昆仑神话故事集

王 韬 主编

陈劲松 肖 影 傅晨婷 改编

北京燕山出版社
BEIJING YANSHAN PRESS

图书在版编目（CIP）数据

昆仑神话故事集/王韬主编．-- 北京：北京燕山出版社，2020.5
ISBN 978-7-5402-5713-2

Ⅰ.①昆… Ⅱ.①王… Ⅲ.①神话—作品集—中国 Ⅳ.①I277.5

中国版本图书馆CIP数据核字（2020）第003506号

昆仑神话故事集

主　　编：	王　韬
美术作品：	韦　珂
装帧设计：	博阅视觉
责任编辑：	朱　菁
特邀策划：	唐朝晖
责任校对：	岳　欣
社　　址：	北京市丰台区东铁匠营苇子坑路138号（100079）
网　　址：	http://www.bjyspress.com/
微　　博：	http://weibo.com/u/2526206071
电　　话：	010-65240430
传　　真：	010-63587071
印　　刷：	涿州军迪印刷有限公司
开　　本：	787mm×1092mm　1/16
字　　数：	306千字
印　　张：	16.25
版　　次：	2022年7月第1版
印　　次：	2022年7月第1次印刷
定　　价：	78.00元
出版发行：	北京燕山出版社

版权所有 盗版必究

目 录

第一章 炎黄传说

盘古开天辟地 …………………………………… 003

女娲造人 ………………………………………… 006

女娲补天 ………………………………………… 008

伏羲画卦 ………………………………………… 011

女娲和伏羲的故事 ……………………………… 014

共工怒触不周山 ………………………………… 017

神农尝百草 ……………………………………… 019

黄帝战蚩尤 ……………………………………… 022

刑天舞干戚 ……………………………………… 026

仓颉造字 ………………………………………… 028

夸父追日 ………………………………………… 031

精卫填海 ………………………………………… 033

天帝颛顼 ………………………………………… 037

鲧盗息壤 ………………………………………… 042

舜的故事 ………………………………………… 048

大禹治水 ………………………………………… 051

禹铸九鼎 ………………………………………… 054

后稷的传说 ……………………………………… 057

后羿射日 ………………………………………… 061

嫦娥奔月…………………………………………… 063

巨德湖与嫦娥……………………………………… 065

吴刚伐桂…………………………………………… 068

玉兔望月…………………………………………… 071

盘古与盘生………………………………………… 074

茫耶取谷种………………………………………… 077

第二章 瑶池仙境

三帝下凡的传说…………………………………… 081

西王母、轩辕黄帝与昆仑山……………………… 084

雨师赤松子与昆仑山……………………………… 089

巫山神女…………………………………………… 091

姜子牙昆仑山学道………………………………… 097

陆压道人助周伐商………………………………… 102

西王母和周穆王的传奇故事……………………… 111

西王母和蟠桃仙子的故事………………………… 113

皇娥的传说………………………………………… 117

麻姑献寿的故事…………………………………… 119

陈抟老祖梦游昆仑山……………………………… 122

宝莲灯……………………………………………… 124

孙悟空瑶池大闹蟠桃会…………………………… 127

哪吒闹海…………………………………………… 133

龙伯钓鳌……140

牛郎织女……143

第三章　八仙故事

老子收徒弟……148

八仙显神通……149

八仙闹海……151

八仙庆寿……154

铁拐李行医收徒……158

吕洞宾舌战王母……161

吕洞宾剑斩石狮精……164

张果老倒骑毛驴……167

韩湘子造酒开花……170

八仙斗花龙……172

张果老和唐玄宗……174

王发与石狮精……179

第四章　其他传说

龙凤的传说……183

大年除夕的传说……186

酒圣杜康……189

树神罗永 192

三茅真君 195

汉武帝和东方朔 199

广寒茶 204

神仙桥 207

鹊桥传说 209

上清祖师魏华存 213

嵩岳梦游 215

仙境一日 凡间十年 219

鲁班借龙宫 224

煮海治龙王 226

龙公主与捕鱼郎 229

鲤鱼精 233

白娘子 238

济公活佛的故事 244

勿忘我的传说 250

蝴蝶仙子 253

第一章 炎黄传说

韦珂作品,《盘古开天地》

第一章　炎黄传说

盘古开天辟地

很久很久以前，世界并不是现在这个样子的，天空还不是蔚蓝的，大地也不是如此的辽阔，没有山川没有河流更没有人类。天地混沌一团，好像一个大鸡蛋一样。

这个大鸡蛋里孕育出了一个巨人，这个巨人沉睡了一万八千年。突然有一天，这位巨人睁开了双眼，发现眼前的世界一片漆黑，没有一丝的光亮，他还觉得身体好像被什么东西绑住了似的，他拔下自己的一颗牙齿，将它化作一把巨斧，使劲地砍了下去，这个大鸡蛋居然被打破了，于是就出现了天地。

天地出现了以后他发现世界都亮了，天地分开以后他害怕天地又合在一起，于是他高举臂膀手托苍天，脚踏大地，就这样日复一日，天每天高一丈，地每天厚一丈，他也跟着长大。这样又过了一万八千年。天高得不能再高了，地厚得不能再厚了，天有九万里高，地有九万里厚，这个小巨人的身高也长到了九万里高。

他知道天地不会再合在一起了，终于放心了，就在这时，从另一个地方也孕育出了一个巨人，两个巨人成为了兄弟俩，一个叫盘古，一个叫盘生。就这样慢慢世界有了花草树木山川河流，他们每天都去山里砍柴来生活。

谁知，有一次龙王不小心大雨一直下了七年。天连水，水连天，造成了很大的灾难，天崩了，地也裂了。从此，天地没有了，人类没有了，日月也没有了，天下变成了黑洞洞的。

没有天，没有地，一直延续了好几年，盘古对盘生说："我来变天，谁来变地？"

盘生说："哥，你变天，我来变地好了！"

于是，弟兄俩一个去变天，一个去变地。天从东北方变起，地从西南方变起。盘古在鼠年变成了天，盘生在牛年变成了地。

他们变出来的天和地还不完整。天在西南方不圆满，地在东北方还有缺陷。盘古、盘生都非常忧虑。后来，他们终于想出了一个法子：天不满，用云来补；地不平，用水来填。从此，天圆满，地也平了。可是，盘生变的地，比盘古变的天大。怎么办呢？后来还是盘生想出了个法子。盘生对盘古说："我的地和你的天不配，我把地缩小一点好了。"

盘古很赞同弟弟的法子，盘生就用缩地法把他的地缩小了。这一缩，地面上就出现了许多皱纹。这些皱纹便是大地上的山。

因为盘古开天辟地那时候，造了很多座大山。这一天，他造成桐柏山后，实在太累了，就躺在北山脚下睡着了。

昆仑神话故事集

盘古醒来一看，只见远处来了一个年轻的姑娘。姑娘看他醒了，就喊他："盘古！盘古！"盘古心里奇怪，就问："你是谁呀？"姑娘说："我是玉皇大帝的三女儿。我父亲看你开天辟地，每天太过劳累，吩咐我来给你做妹妹。你愿意吗？"盘古笑着说："愿意。"

从这以后，盘古和玉帝的三女儿就成了兄妹。

盘古和弟弟、妹妹三人一道，住在自己用树枝和野草搭成的大茅屋里，经常有妖怪、野兽来打扰。他们就费了七七四十九天的工夫，做了一个又大又凶猛的石狮子，放在桐柏山顶上，从此这座山的名字就叫石狮子山。这一带有了石狮子看守，便再没有妖怪、野兽来打扰，三人的日子也好过了很多。

盘古每天在石狮子山上摘野果时，总要围着石狮子玩一会儿，摸一摸，抱一抱。有一天，盘古又来到山上，石狮子忽然开口对盘古说："盘古啊！从今天起，你每天要给我嘴里放一个馍，千万不要忘了啊！"盘古答应了。

于是三妹妹每天做馍，盘古与盘生每天送馍。过了七七四十九天，盘古往石狮子嘴里放了49个馍。等到第50天，石狮子又说话了："盘古，别再拿馍给我了，等我的眼睛变红色了，你就赶快喊你弟弟妹妹一块往我肚子里钻，知道了吗？"

第二天，盘古果然见石狮子的两眼发红了，便立即叫来了弟弟妹妹。盘生弟弟和三妹妹听到哥哥的喊声，拿起装有馍的篮子就往石狮子跟前跑。三人看到了变化，天昏地暗，乌云翻滚。石狮子的两眼发光，像明亮之光一样照着盘古兄妹三人向他跟前跑，三人紧跑慢跑，刚跑到石狮子面前，天空就落下雨点。石狮子张大嘴巴，一下就把三人吞到了肚里。刹那间，天空中雷电火闪，暴雨跟着狂风像瓢里的水一样倒了下来。雨越下越大，这时天都破了一道好长好长的口子。

大水一直不断往下流。树淹没了，山泡没了。只有石狮子山随着暴雨长，越长越高，高得都快与天并齐了。就这样大雨奇迹般的居然下了七七四十九天，兄妹三人在石狮子肚子里吃完了49个馍。石狮子张开大嘴，就把他们吐了出来。

盘古从石狮子嘴里出来见大水漫地，就问石狮子："石狮呀石狮，是不是我们兄妹三人做了什么不对的事情，才会发生这种情况降祸惩罚我们呢？"

石狮子回答道："你妹妹是玉帝的三女儿，她从天上下来以后，天上有个十分心恶的天将，也随她一起下来了，到了地下便自称王。玉帝不答应，他就私自串通雷公、雨公、风婆，一起作恶祸害人间，趁玉帝闭关时，撕破天幕，降下滔天的水患，想把你们三人淹死。"

盘古三人立刻说："多亏你的搭救，要不然，哪里还有我们三人呀！"

石狮子说："你们还是想办法把天补好吧！"

三人问："用什么补呢？"

石狮子说："就用盘古开天辟地时用的那把斧子吧，能当补天的神器，这山顶的葛藤就是补天可以用的线。赶快去补吧，再晚，可就来不及了。"

第一章　炎黄传说

盘古听了，马上就往石狮背上一站，顶住狂风，一边拿着斧子，一边拿着线补了起来。缝啊，缝啊，从这边补到那边，最后总算补好了。凡是盘古补过的地方，一个针眼儿，就变成一颗明亮的星星，天河上密密麻麻的星点就是盘古补天的痕迹。

天补好了，雨不下了，水也慢慢地退去了。就在大家都高兴的时候，盘古他猛一转身，被一个从水里刚爬上岸的老乌龟绊了一跤。盘古本来就身心俱疲了，现在又摔了一跤，一怒之下，拿起一块石头，就把老乌龟的壳砸碎了。

三妹心疼地蹲在乌龟面前哭了。盘古想了想说："这样吧，我想办法让老乌龟复活。"

石狮子说："三姑娘你别哭了，你就把老乌龟的壳对拢起来吧。"三妹便把大小49块碎乌龟壳对在了一起。接着，盘古一跳，泥土溅在老乌龟壳上，龟壳便立刻结合起来。从此，乌龟壳上就永远有了一片一片整齐的花纹。

盘古实在是太累了，天修好以后，盘古、盘生就死了，他们虽然身体死了，身体却继续改变着世界。盘古死时，身长足有一丈八尺。他横躺着，头朝东，脚朝西，眼有碗大，嘴有盆大，十分魁伟。他的左眼变成了万丈光芒的太阳，右眼变成了皎洁的月亮。张开眼睛是白天，闭上眼睛就是黑夜。大牙齿变成了石头，眼毛变成了竹子，嘴巴变成了村庄，汗毛变成了草，头发变成了树木，小肠变成了小河，大肠变成了大河，肺变成了大海，肝变成了湖泊，鼻子变成了山丘，心变成了启明星，气变成了风，油变成了云彩，肉变成了土，骨头变成了大岩石，手指、脚趾变成了飞禽走兽。两手两脚变成了四座大山：左手变鸡足山，右手变无量山，左脚变点苍山，右脚变老君山。筋变成了道路，手指甲变成了屋顶上的瓦片，而盘古的身躯也变成了一座座连绵起伏的大山，盘生的身躯化作了北边神圣的昆仑山，那滔滔不绝的江河是他们流淌的血液。

盘古给世界带来了无限的改变，天地间从此开始丰富多彩。

女娲造人

传说天地开辟以后，整个世界的混沌状态被一举打破，天上有了太阳、月亮和星星，地上也有了山川草木，甚至还有了鸟兽虫鱼了，可是这世间，无论怎么看，总不免显得有些荒凉寂寞。

不知道什么时候，西边的昆仑山上出现了一个神通广大的女神，叫做女娲。她在昆仑山上修炼，这座山层峦叠翠，终日云蒸霞蔚，仙气缭绕，有各种奇花异兽。山脚下溪水潺潺，清风扑面。女娲在这里采日月之精华，吸天地之灵气，道行越来越深。据说，她一天当中能够变化七十多次。

除了在昆仑山上修炼，女娲还经常下山去各处云游。

有一天，女娲行走在一片苍茫辽阔的原野上，看看周围的景象，突然感到非常孤独。她觉得在这天地之间，不能只有美丽的山水花草，烟雨雾雪，应该添一点什么东西进去，让它生气蓬勃起来才好。

但添点儿什么东西进去呢？女娲有些茫然。

走啊走啊，女娲走过山川河流，又走过沙漠旷野，她走得有些疲倦了，还没想好要给这天地间添点什么东西合适。正在这时，她偶然在一条溪流边经过，澄澈的溪水照见了她的面容和身影；她笑，溪水里的影子也向着她笑；她假装生气，溪水里的影子也向着她生气。

她忽然灵机一动："虽然，世间各种各样的生物都有了，可单单没有像自己一样的生物，那为什么不创造一种像自己一样的生物加入到世间呢？"

想着想着，她就顺手从溪水边挖起一团黄泥，掺和了水，在手里揉捏着，捏着捏着，就捏成了一个娃娃模样的小东西。

她把这个小东西放到地面上。说也奇怪，这个泥捏的小家伙，刚一接触地面，就甩胳膊蹬腿地四处乱跑起来，还兴高采烈地笑着冲她叫着："妈妈，妈妈！"

接着就是一阵兴高采烈地跳跃和欢呼，表示他获得生命的欢乐。

女娲看着她亲手创造的这个聪明美丽的小生命，又听见"妈妈"的喊声，不由得满心欢喜。她给新创造的心爱的小生命取了一个名字，叫做"人"。"人"和盘古化身而来的世界所孕育出的鸟兽虫鱼不同，是由女娲按自己的样貌亲手捏制的，具有万物不能相比的灵气，也具有掌管这个宇宙的气魄。

人的身体虽然小，但因为是神创造的，相貌和举动也有些像神，和飞的鸟、爬的兽都不同，

第一章　炎黄传说

看起来似乎有一种宇宙间主人的非凡的气概。

女娲对于自己的作品，感到很满意。于是，她又继续动手做她的工作，用黄泥做了许多能说会走的可爱小人儿。这些小人儿在她的周围跳跃行走，使她有说不出的高兴和安慰。从此，她再也不会感到孤独、寂寞了。

但天地间很大，需要更多的"人"才能生机盎然。

女娲一心想创造出更多的小生命，于是努力工作着，一直工作到晚霞布满天空，星星和月亮射出幽光。夜深了，她只把头枕在山崖上，略睡一睡，第二天，天刚微明，她又赶紧起来继续工作。

她一心要让这些灵敏的小生灵布满大地。但是，大地毕竟太辽阔了，她工作了许久，还没有达到她的意愿，而她本人已经疲倦不堪了。

女娲决定想想办法。她乘着仙鹤，回到了昆仑山。

当天晚上，天空下起了小雨。

那一滴一滴的雨滴，淅淅沥沥，冲刷的昆仑山上的各种花草更加鲜亮。

站在一块高耸的崖石下，女娲眯着眼，看着眼前的一条条雨线，陷入了沉思。

突然，她眼前一亮：这些雨滴虽然不大，但成串落下，地上很快就聚起了一片水涡。自己只有一双手，即使小人捏得再快，速度也是有限的。不如像这些雨滴一样，去创造人类。

于是，她从崖壁上拉下一条枯藤，伸入一个泥潭里，搅成了浑黄的泥浆，如天女散花般向地面这么一挥洒，只见泥点溅落的地方，就出现了许多小小的叫着跳着的人儿，和先前用黄泥捏成的小人儿，模样一般无二。

用这种方法来进行工作，果然又简单又迅捷。藤条一挥，就有好些活人出现，不久，大地上就布满了人类的踪迹。

有了人类，天地间也因此生机勃勃了许多，但女娲的工作却并没有终止。随着人类的长大，她又考虑着另一个问题：人不同于神仙，他们会老，老到一定时候是要死亡的，死亡了怎么办？再创造一批吗？未免太麻烦了。怎样才能使他们继续生存下去呢？这可是一个难题。

看到昆仑山上的神兽有雌有雄，有大有小，她一下子豁然开朗。

于是，她把那些小人儿分为了男女，让男人和女人配合起来，叫他们自己去创造后代，孕育新生命。这样，人类就世世代代绵延了下来，并且一天比一天多了。

后世的人们把创造了人类的女娲奉为母亲一般的神祇，同时也奉其为高禖。高禖就是婚姻之神的意思。后来，女娲还兼任了送子之神。一些婚后无子女的人为求子来女娲神庙祭拜，求神赐予他们子女。因此，女娲又被人们亲切地称为"送子娘娘"。

女娲补天

女娲补天的故事还要从水神共工和火神祝融之战说起。

自从盘古开天辟地后,女娲便用泥巴创造了人类,使得空荡荡的天地间充满了勃勃生机。人们在大地上辛勤地劳动着,分享着生活的乐趣。女娲面对这生机盎然的景象,也时时露出欣慰的微笑。

但近段时间以来,天地间突然有了一些微妙的变化,让女娲有些忧心忡忡。这天,她正在昆仑山巅茕茕孑立,有青鸟飞来,向她传达自家主人的邀请:"西王母请女娲氏赴昆仑瑶池共饮瑶池仙酿。"

女娲点头,便驾云向瑶池飞去。

昆仑山中,有一股一尘不染、清澈透亮的泉水,名叫瑶水,一直流到昆仑山附近的瑶池中。这水酿出的酒,香味浓郁,口感甘洌,是每年西王母宴请众仙的必备佳酿。

这天,在昆仑仙境,美丽的瑶池边,众仙聚首,推杯换盏,其乐融融。独女娲在一旁眉头紧锁,食不下咽。

"女娲为何愁眉不展?"西王母觉察到了女娲的异常,放下酒樽问道。

"四方之神中的祝融和共工不和,近日来二人已多次发生冲突,而且越来越厉害,长此以往,终是不善,恐会惹出祸端。"女娲蹙着眉,脸上满是担忧之色。

"他们之间,向来是不和的,"西王母淡淡说道,"倒也平安过了几千年。"

"可是,"女娲顿了一下,道,"我怕的是,他们如此闹下去,终有一天会使天地生灵遭受祸端。"

西王母抿唇一笑,不再言他。

回到昆仑山后,女娲不知为什么,总是心神不宁。她时常立于昆仑山巅,俯瞰大地上的生灵。人类、飞禽、走兽……一切都是那么美好而充满生机。

可是……若是有朝一日这般美好的世间遭到破坏,该怎么办?女娲不敢去想,只有隐隐忧虑。

没想到越怕啥,啥就越来。

这天,当西方之神蓐收急匆匆地跑来告诉她,水神共工和火神祝融在不周山脚下发生了争执,并且大打出手,激愤之下共工还用头怒触了不周山时,女娲的一颗心一下子就坠了下去。

没承想,此时,因共工的这一撞,他自己倒没事,却把天捅出了一个大窟窿。原来,

第一章　炎黄传说

那不周山是撑起天空西北角的一根柱子，现在天柱被撞断了，天空就出现了一个大窟窿并向西北倾斜，地的一角也被砸坏了，出现了一个深坑并向东南塌陷。

更糟糕的是，飞落的山石相互撞击产生了火花，点燃了山林，整个山野都处在一片火海之中。洪水从地下裂了的深坑中喷涌而出，把大地变成了一片汪洋。猛兽被大火吓破了胆，四处奔逃……

这场变故最大的受害者就是人类。他们失去了土地和房屋，还要面对突然增多的各类凶兽猛禽的伤害。

"九州之生灵……危在旦夕……"蓐收最后说的那句话，她始终忘不了。

真的是逃不过的……劫数吗？

火，铺天的大火；水，滔天的洪水。天地间的生灵，在这水与火之间，奋力呼喊，哭声震动天地。

女娲看到这样的情景，心急如焚，不禁潸然泪下。人类啊……她千辛万苦创造出的人类，就这样被水火吞没，被野兽恶鸟吞食。而她，只能站在云端之上，眼睁睁地看着惨剧的发生，却无能为力。

无能为力？不，不会的！

"女娲氏，西王母派青鸟传话，说昆仑山东有一条叫五彩秀沟的山谷，里面有五色石，炼之，或可补苍天……"蓐收立于她身侧，低声耳语。

五色石……好，她记住了。女娲纵身而起，向昆仑山东飞去。

昆仑山高耸入云，四周有九重山重叠绵延。各种挺拔繁茂的树木上端缭绕着丝丝缕缕的白云。山脚下碧水潺潺，叮咚之声悦耳。时有仙鹤起伏的身影，还有各种瑞兽穿梭其中。

但女娲此时对各种美景视若无睹，一心想赶快找到有五色石的那条山谷。

只见她时而驾起祥云向下俯瞰，时而在溪水岩石旁急进。寻寻觅觅，一直没找到有五色石的山谷。这天傍晚，当女娲刚走到一座山的山腰上，无意间一抬头，就见在夕阳的余晖中，左侧的山谷中折射出一片五彩斑斓的光芒。她急步进入谷口，一下就被眼前的景象震撼了。只见这条山谷，十几里长的崖壁上，石头都闪耀着五颜六色的光，在夕阳的照射下，有种梦幻的美。

女娲知道，这里应该就是西王母说的五彩秀沟，让她炼五色石的地方了。

于是，女娲在昆仑山顶堆巨石为炉，取来秀沟的五色石为料，又借来太阳神火，采石，熔炼……，一夜一夜，她都在辛苦忙碌着。如此三日后，一声巨响，将她惊得一下站起来。

"天……塌了吗？"她紧抿着唇，面色苍白。原来，天柱被撞断后，天的四极进一步倾斜，已越来越不稳。女娲想，必须想办法先把天的四极撑起来。这时，她突然看到了她脚下趴着的一只老鳖。这只鳖，是她创造人类之初一并创造的，跟了她也有千年了，极具灵气。

"只能对不起你了……"她抚着老鳖粗糙的背，爱怜地说："你可愿意，为天下苍生牺牲自己?"

只见老鳖抬起了头,朝她眨了一下眼睛。

于是,她砍下了老鳖的四足,暂时撑住了天地四极,避免了天空进一步倾斜。

虽然用老鳖的四足暂时撑住了天的四极,但女娲很是过意不去,就将自己的衣服扯下来送给了它。从此鳖游水的时候就不用腿,而改用鳍了。

历时九天九夜,五色石终于炼好了。炼就了五色巨石 36501 块。

"蓐收,我此去补天,怕是要耗尽我毕生的灵力。若我此去无法回来,麻烦你统领四方之神,替我照顾好我的子民。"

蓐收沉吟许久,终是应了一声:"是。"

女娲笑了。突然金光一闪,她已化作人首蛇身的模样。只有如此,她才能发挥出最强的力量去补救暴怒的天。

"我的子民……再见了……"女娲托着五色石,飞向天的缺口,同时她也融入了云层之中。

这样,残破的天地逐渐被女娲给治理修补好了。只是和原先相比,还是略有不同。天空因此略向西北倾斜,所以,太阳、月亮和星辰都不自觉地朝那边移动,落向倾斜的西天。而东南的大地因此下陷,所以溪流大川的水,都不由自主地向东南奔流,在大地的东南方汇集成海洋。

苍天补,四极正。天地生灵终归安宁。可是,女娲不在了。不,她还是在的,天边那五彩的祥云,不正是她手托五色石的模样吗?

从女娲补天至今,几经沧海桑田。昆仑山也从帝之下都演变成道教修行圣地。只有女娲当年采彩石的秀沟,历经沧桑,现在还能依稀找到一些当年的模样,名字也还是叫"五彩秀沟"。

第一章　炎黄传说

伏羲画卦

相传在我国遥远的西北，有一个极乐的国家，叫华胥氏国。这个国家十分遥远，无论是走路、乘船，还是坐车，都很难到达那儿。这个国家的人没有什么欲望，所有的人都随遇而安，其乐融融，所以人们的生活美满而幸福，寿命奇高。这里的人们，可以说是生活在地上的神仙。

在这个极乐的国土上，有个名叫华胥氏的姑娘，是当地首领的女儿，长得非常漂亮。有一次，她到东边的一个非常美丽的大沼泽雷泽去游玩，那里的景色美丽怡人，让人十分陶醉。华胥氏这儿看看、那儿瞧瞧，心中充满了喜悦和好奇。就这样，她越走越远。突然，她看到沼泽边上有一个巨大的脚印，印迹深，形状又不像是动物的。她觉得这个脚印又奇怪又好玩。研究了一会儿，突发奇想，想用自己的脚去比较一下这个脚印的大小，便小心翼翼地去踩这个脚印。这一踩不要紧她顿时有了某种奇妙的感觉，回去后就怀孕了。她将这次奇妙的经历告诉了父亲和族人。在族人的精心照料下，华胥氏生下了一个男孩，取名叫伏羲。

伏羲的父亲就是那个留下巨大脚印的神。他是"雷泽"的主人，人头龙身，半人半兽。伏羲

韦珂作品《伏羲》

昆仑神话故事集

天生异象，长有人的头，蛇的身子，从小就很有神力，而神力就源自于他的父亲。

伏羲很小的时候就能沿着天梯自由来去于天上和人间。连接神和人的天梯其实就在高峻巍峨的昆仑山顶上。有一株名叫"建木"的大树，这棵树不知有多高，紫褐色的树干直插九霄云天。这棵树也十分神奇，它长在西南的都广之野，据说那里是天地的中心，一年四季生长着各种粮食果实，各种祥瑞的飞禽走兽都聚集在一起。"建木"是其中最引人注目的。它细长的枝干笔直地升入云霄，两旁没有多余的枝桠，只在树的顶端生出了如同伞盖一样的、相互缠绕的枝条。如果轻轻拉一拉它的枝条，就会有绵软的树皮掉下来，像缨带，又像黄蛇。这位于天地中央的"建木"，就是天神上天入地的梯子。

伏羲自小就心地善良，又聪敏过人，周围的百姓都喜欢和他交往，很多长辈更是悉数将自己的手艺都教给了他。伏羲还有一个特点，就是对任何事情都非常感兴趣，只要遇到问题，就会千方百计地把它弄明白。

伏羲生活的远古时代，人们对大自然还很不了解，所以不管刮风下雨，还是打雷闪电，人们都充满了对大自然的敬畏。

伏羲非常想把这一切都搞清楚，以对百姓的生活更加有利。所以他经常仰头观看日月星辰，低头观察周围的地形方位。同时，他还会对四季变化、花鸟虫鱼进行研究，也时常观察飞禽走兽的脚印和身上的花纹。

也许是他的精诚感动了天地，有一天，他的眼前出现了一派美妙的幻境，一声炸响之后，河对岸的龙马山豁然中开，但见一匹龙马振翼飞出，悠悠然顺河而下，直落在河中心的分心石上。这龙头马身的神兽，通体有着很多奇怪的花纹，闪闪发光。这时，分心石亦幻化成为立体太极，阴阳缠绕，光辉四射。此情此景震撼了伏羲的心胸，太极神图深切映入他的意识之中，他顿时灵光一闪，彻底洞穿了天人合一的秘密。原来天地竟是如此的简单明了——唯阴阳而已。经过一番推演，他终于总结出一套可以包容万物及天地变化的符号系统——八卦。

八种卦形分别是：乾、坤、震、巽、坎、离、艮、兑，人们可以用这八种卦形来表示自然界中的天、地、雷、风、水、火、山、沼泽。使用起来，不仅可以解释万事万物变化的规律，还可以预测未来、趋吉避凶。从那以后，伏羲便用阴阳八卦来解释天地万物的演化规律。

伏羲画出了八卦图后，据说闹得玉皇大帝终日心神不定，玉皇大帝便命天将下到凡界察看发生了什么怪事。就在这时，伏羲用八卦算出了玉皇大帝的疑虑，为了防止天将查出他画的八卦图，就把它埋在地下，并在上面栽了一棵柏树。在封土的时候，他左踩一脚、右踩一脚，南边踩一踩，北边踩一踩，使那棵柏树左看右倒、右看左倒，南看北歪，北看南歪。使下界的天将找不准方向，最后也没有查出八卦图的具体方位。

伏羲后来当了东方的天帝。既然是万民之王，他就理所当然地要为天下苍生谋取福利，

第一章 炎黄传说

为改善人民的生存条件展现自己的王者智慧了。那个时候，人们都是靠打猎、捕鱼和采集野果为生的。大自然的四季变换和恶劣的自然环境，使得人们不能随时随地获得稳定的食物来源，因此，伏羲就开始为人们寻求出路。据说，他看到人们手拿木棍到江河里去打渔，他就试着用绳子交叉打结，形成了一个网状的东西，用它在水里捕鱼，效率大大提高了。他教给人们编织渔网的技术，使他们能够捕到许许多多的鱼。这就为人们改善生活条件提供了很好的工具，伏羲又触类旁通地把它运用到了捕鸟上面。

伏羲为人们做出了很大贡献。他画出的八卦，包括了天地万物的种种情况，当时的人们都用它来记载生活中发生的各种事情。

要说伏羲对人们做出的最大贡献，那恐怕就是他将火种带到了人间。在这之前，人们吃的全都是生冷食物。吃肉食时，腥膻的生肉常常使人生胃病、闹肚子。吃生的野菜、野果，使得人消化不良。伏羲看到这一切，很怜惜人们的痛苦。

一次，他来到一座大山上，恰好遇到了大雷电，霎时间雷电交加，十分恐怖。突然，山林里燃起了熊熊大火。原来，是雷电把干枯的树木引燃了，许多小动物被大火烧死。大火过后，被烤熟的动物飘出一股异香。伏羲拾来这些小动物一尝，味道非常可口。于是，伏羲便把火种留了下来。

他把这火种传给大家，教人们用火烤熟食物来吃。吃了烤熟的食物的人，从此一个个身强体壮，无论捕鱼、打猎都非常有力气，而且，因为吃生食引起的疾病也越来越少了。

昆仑神话故事集

女娲和伏羲的故事

　　相传，从前，天地是无边无际且相连着的，东过了东洋大海，西过了昆仑山，就到了天河的两头，曰南方和北方。这两头又各有一座关卡，叫作南天门和北天门。谁要是过了天河，或者进了南北天门，就到了天神们的世界里去了。

　　有一天，玉皇大帝身子不太舒服。王母娘娘急忙离开昆仑山瑶池，到玉皇宫里去探病。只见玉皇的双眉紧蹙，唉声叹气不止，王母娘娘就有些紧张，赶紧问玉皇哪里不舒服。

　　玉皇大帝皱着眉头说："唉！我身上倒是没有不舒服，只是心里担忧。你看，现在天下事越来越繁杂，下界人也越来越聪明了，我怕总有一天，我这天帝之位会有威胁！"

　　王母娘娘这才知道他忧虑的是什么，于是安慰玉皇大帝："陛下不要过虑，凡人东渡不过大海，西翻不过昆仑山，南有司天圣帝守关，北有真武大帝把卡，他们如何上得了天？"

　　"可我的十盏天灯（太阳），已被他们射黑了九盏，说不定哪天，他们就会将箭射到我的灵霄宝殿来的。"玉帝依然忧心忡忡。

　　见他如此，王母娘娘说道："凡人五百年要遭一次劫，天神五百年要临一次凡。不然，我替你到凡间去一趟看看吧！"

　　于是，王母娘娘告辞了玉帝来到人间，变成一个叫化子老婆婆，要试试凡人的善恶，看看玉皇大帝是不是在自寻烦恼瞎操心。她特意将自己打扮得衣衫褴褛去乞讨，讨到东家，东家骂，讨到西家，西家嫌。人们不是拿拐棍赶她，就是放恶狗咬她。见此情景，王母娘娘深深叹了一口气说："凡间世上果然没有一个好人，看来，凡人真的要遭劫了！"

　　有一天，王母娘娘走到一条河边，遇到了两个没有父母没有家的兄妹，哥哥叫伏羲，妹妹叫女娲。他们住在一条小船上，靠叉鱼为生。伏羲见这个衣衫褴褛的叫化婆婆可怜，要留她做自己兄妹的母亲，女娲见叫化婆婆可怜，拿出自己不多的米饭和鲜鱼款待她。王母娘娘心里又叹了一口气说"凡间还是有好人，人类应该遭劫，但是不应该绝种。"

　　想了想，她告诉兄妹两个说"天要降灾了，你们快把柴米准备足，躲在船上莫下来。天灾来了的时候，你们只能救畜牲，不能救人，千万要记住！"嘱咐完了，她就离开了伏羲女娲兄妹，来到了困龙山。

　　困龙山的山洞里睡着一条大黑龙，它一觉要睡五百年，只要一醒就要闯大祸。王母娘娘上山叫醒了它，命令它快去收尽世上的人，再回来睡觉。黑龙睡得正香时被吵醒了，憋着一肚子脾气当面不敢发，等王母娘娘走了，它一下冲出洞来，驾起乌云，来到天河边上洗了个澡。只见它一尾巴就把天河打缺了一个口子，憋着口气，又回山洞里睡觉去了。

第一章　炎黄传说

伏羲和女娲听了乞讨婆婆的话后，就赶紧筹措柴米，刚装满一船柴米，大雨就接连下了七七四十九天。漫天漫地的洪水淹没了天河缺口。小船在洪水中起伏飘荡，险象环生。这时有一个人漂到了船边，兄妹两人见他可怜，不顾王母娘娘的嘱咐，把他救上船来了。后来还救了一只乌龟和一条狗。

这天，小船漂到了困龙山下，兄妹两个叫救出的那个人守船，自己带着乌龟和狗，想上山去找个安身的地方。没想到那个守船的人是个没良心的家伙，等伏羲女娲上了山，竟偷偷地把船开走了。

兄妹俩拿着鱼叉，东寻西找，找到了困龙山洞，认为是个安身的好地方，就打算下去把柴米搬进洞来。这时，那条被救上来的小狗耸耸鼻子，闻到了洞里有股怪味，就低声向兄妹俩说："洞里可能有妖怪，先进去除妖怪吧，不杀了它，莫说我们住山洞，就连活可能也活不成。"

听得此言，兄妹俩小心翼翼地进了洞，果然见黑龙睡得正酣。兄妹俩一点头，两把鱼叉一齐下，女娲的叉刺进了黑龙的喉咙，伏羲的叉挑开了黑龙的肚皮。黑龙受了致命伤，负痛冲出洞来，向东南方向疯狂滚去。霎时山摇地动，黑龙滚过的地方成了一条弯弯曲曲的泥水河，洪水随着这条河，流进了东洋大海。黑龙滚下海里死了，王母娘娘说的"凡人五百年要遭一次劫"的话，不能兑现了。这条河，就是后来有名的黄河。

解决了黑龙，兄妹两个下山来搬柴米，没想到洪水不见了，小船也不见了。兄妹两个还以为那个守船的人被黑龙害死了，女娲还难过了一场。然后，他们带着乌龟和狗住进了山洞，靠上山打猎，下河叉鱼过日子。衣服破得不能穿了，女娲手巧，热天就用树叶子连缀成衣衫遮丑，冷天就将野兽皮缝制成袄御寒。

一天，伏羲经过长时间思考，有些忧虑地对女娲说"世上没别的人了，再这样下去，人类会绝种的，不行的话，我们成亲吧！"

女娲说"我是妹来你是兄，兄妹本是一母生，哪怕世人会绝种，兄妹不可结成亲。"

兄妹两个争不清，就叫小狗来评理。

小狗说："两朵花开分雌雄，一条藤子一条根，要想开花结果，兄妹应该结成亲。"

女娲想不通，又把乌龟叫来问。

乌龟说："天上起云雨落地，草木开花有生机，父是天来母是地，兄妹应该成夫妻。"

女娲还是难以同意，想了想就对伏羲说："这样吧，我们围着一座小山跑，如果你抓得到我，我就做你的妻子。"

于是，女娲在前面跑，伏羲在后面追，从太阳升起追到日头偏西，还是没追上。这时乌龟对伏羲道："她跑你也跑，从少追到老。她跑你不跑，一把抓住了。"

伏羲信了乌龟的话，就躲在山石后面不追了。等女娲跑近身边时，就钻出来一把抓住了女娲。

昆仑神话故事集

女娲这时想了想，说："这个事，我们是否再看看天意。我们分别从两座山峰往下滚磨盘，如果这两个磨盘滚到山下能合到一起，就说明天意让我们结婚。如果磨盘合不到一起，我们就算了吧。"

伏羲点头同意了。

于是伏羲和女娲分别滚了一个磨盘上山。到山顶上以后，两人顺着一个方向往下推磨盘，只见那两个磨盘在向下翻滚的过程中，竟像长了眼睛似的，越过各种沟壑，绕过各种树丛，不断地向一处聚集，最后竟紧紧地、严丝合缝地贴合在了一起。

女娲和伏羲先是目瞪口呆，继而相视一笑，看来天意如此。

兄妹两个于是成了亲。人类得以延续下来。所以，现在我国很多地方的夫妻还是以兄妹相称。

第一章 炎黄传说

共工怒触不周山

盘古开天辟地、女娲造人之后，宇宙间发生了一场大战。这还要从很早的时候说起。

黄帝时候，燧人发明了钻木取火，但人们还不太会保存火和利用火，于是就专门挑选了一个人来管火，他的名字叫做黎。

黎是一个部落首领的儿子，长得威武高大。黎特别喜欢火，火种到了他的手里，只要不是长途传递，他总有办法保持火种长时间不会熄灭。

黎会教大家用火做饭、用火取暖、用火照明，还会用火驱逐野兽，所以大家都很敬重他。有一次，在迁徙途中，黎觉得带着火种不方便，就只带着钻木取火用的尖石头就上路了。到了一个地方，大家安顿下来想要取火做饭时，没想到钻了半天木头，只出来一点烟，连个火星都没有。黎的脾气上来了，"呼"地一下站起来，就把手中的尖石头朝着一个大石头狠狠砸去。

已经热得发烫的尖石头碰到大石头，"咔嚓"一声冒出了几颗耀眼的火星。聪明的黎，立刻悟出了新的取火方法。他让人找来一些晒干的芦花堆在一起，然后用两块尖石头靠着芦花使劲砸，不一会儿，乱溅的火星就钻到了芦花里面，芦花堆开始冒烟，再轻轻一吹，火苗一下就出来了。自从黎发现了石头取火的方法后，人们就再也不用钻木取火了，也不用千方百计保存火种了。

黄帝知道了黎的发明后，更加器重他，对他说："以后就任命你为祝融好了，'祝'就是永远，'融'就是光明，愿你永远给人间带来光明。"黎听了非常高兴，连忙拜谢。从此，大家都叫他祝融了。因为火是红色的，所以有很多人又把祝融称为"赤帝。"

但不是所有人都尊敬"赤帝。"水神共工觉得，虽然世界万物都离不开火，但是更离不开水啊，为什么人类只崇拜祝融，而不崇拜自己？他越想越气愤，所以就找了个机会向火神发动了进攻。据说共工长得人面蛇身，有红色的头发，性情十分凶恶，嗜杀成性。共工手下有两个恶名昭彰的恶神：一个是长着九个脑袋的相柳，它也是人面蛇身，全身青色，性情残酷贪婪，专以杀戮为乐；另一个是长得凶神恶煞一般的浮游，也是一个作恶多端的家伙。

争斗一开始，担当先锋的大将相柳、浮游，就集了五湖四海的水冲向昆仑山，猛扑向火神祝融居住的光明宫，并把光明宫四周长年不熄的神火都弄灭了。大地顿时一片漆黑。火神祝融驾着遍身冒着烈焰的火龙出来迎战。

昆仑神话故事集

  人们都知道水往低处流，昆仑山巍峨高耸，虽然大水一齐涌来时淹没了大半个昆仑山，但因山势很高，洪水一点点往下退，所以火神祝融所到之处，云雾廓清，雨水齐收。黑暗悄悄退去，大地重现光明。看到这一切，水神共工恼羞成怒，命令相柳和浮游将三江五海的水都吸上来，然后往祝融他们那里全力倾去。霎时间长空中浊浪飞泻，黑涛翻腾，白云被淹没，神火又被浇熄了。可是大水一退，神火又烧了起来，加上祝融请来了风神帮忙，风助火威，火乘风势，直扑共工。共工他们想留住大水来御火，可是水泻千里，哪里留得住？这种情况下，火焰又长舌般地卷来，共工他们被烧得焦头烂额，东倒西歪。没办法，共工率领着水军且战且退，逃回了大海。

  他满以为祝融遇到大水，肯定会知难而退。因此站在水宫里，有些得意起来。不料祝融这次下了必胜的决心，他决定全速追击。说也奇怪，只见火龙所到之处，海水不由滚滚地向两旁翻转，让开了一条大路。一见火神祝融已直逼水宫，水神共工他们只好硬着头皮出来迎战。经过一番激烈的战斗，代表光明的火神祝融获得了全胜。水神共工的下属浮游被活活烧死，九个脑袋的相柳虽然没死，但逃之夭夭，从此躲入昆仑山的北边，再不愿意出来见人。共工心力交瘁，无法再战，带着剩下的下属狼狈地向天边逃去。共工辗转杀到西北方的不周山下，身边仅剩一十三骑。不周山的奇崛突兀，顶天立地，挡住了他们的去路。这不周山是一根撑天的巨柱。这时，火神祝融率领下属从四面八方冲来，喊杀声、劝降声惊天动地，天罗地网已经布成。

  共工回头一看，追兵已近。他又羞又愤，就一头向不周山撞去。

  在轰隆隆、泼喇喇的巨响声中，那撑天拄地的不周山竟被他拦腰撞断，横塌下来。不周山一倒，大灾难降临了。原来不周山是根撑天的大柱，柱子一断，半边天空就坍塌下来，露出石骨嶙峋的大窟窿，顿时天河倾泻，洪水泛滥。著名的"水火不相容"的典故即源于这场大战。天柱折断后，整个宇宙便随之发生了大变动，西北的天穹因失去撑持而向下倾斜，使拴系在北方天顶的太阳、月亮和星星在原来的位置上再也站不住脚，身不由己地挣脱束缚，朝低斜的西天滑去，成就了我们今天所看见的日月星辰的运行路线。

  不周山被共工撞折了，后来才有了女娲炼五彩石补天的事情，大地也才重回正常。

第一章 炎黄传说

神农尝百草

在女娲补天之后不知过了多少年,在烈山的一个石洞里,出生了一个孩子,就是神农氏,长大后成为部落首领。那时候,人们还不懂稼穑,可吃的东西不多,人们都靠捋草籽、采野果、猎鸟兽维持生活。那时的五谷和杂草还都长在一起,药物和百花也都开在一起,哪些植物可以作为粮食,用来充饥,哪些植物可以作为草药来治病,谁也分不清。百姓们靠打猎过日子,天上的飞禽越打越少,地下的走兽越打越稀,人们有时只好饿肚子。谁要是生疮害病,无医无药,往往不死也要脱层皮!那时人们得了病,都是硬挺,挺过去算命大,挺不过去也没办法。老百姓的疾苦,神农氏瞧在眼里,疼在心头。怎样才能使百姓不再饥饿?怎样才能为百姓治病?

神农氏为这事很犯愁,决心尝百草,定药性,为大家消灾祛病。有一回,神农氏的女

韦珂作品《神农尝百草》

儿花蕊病了。茶不思，饭不想，浑身难受，腹胀如鼓，咋调治也不见轻，神农氏很着急。后来他想了想，抓了一些草根、树皮、野果、石头面面，数了数，共十二味，让女儿服下。没想到花蕊吃了那药，肚子疼得像刀绞。没多大一会儿，竟生下了一只小鸟，这可把神农氏吓坏了。谁知这小鸟通人性，一出生就叫着："叽叽，外公！叽叽，外公！"神农细看这小鸟，浑身翠绿，透明，连肚里的肠子肚子等东西也能看得一清二楚。吃点东西，食物可以很清楚地看到是如何经过了小鸟的胃肠的。神农氏高兴坏了。看着这只玲珑剔透的小鸟，家里人吓得连连说："快扔了，妖怪，快扔了……"神农氏笑着说："这不是妖怪，是宝贝哟！就叫它花蕊鸟吧！"神农氏又把给女儿吃过的十二味药分开在锅里熬。熬一味，喂小鸟一味，一边喂，一边仔细看，看这味药到小鸟肚子里往哪走，有啥变化。同时他自己再亲口尝一尝，体会这味药在自己肚子里是啥滋味。十二味药喂完了，也尝完了，发现一共走了手足三阴三阳十二经脉。

神农氏后来带着这只鸟爬大山，钻老林，采摘各种草根、树皮、种子、果实；捕捉各种飞禽走兽、鱼鳖虾虫；挖掘各种石头矿物，一样一样地喂小鸟，一样一样地亲口尝。观察体会它们在身子里各走哪一经，各是何性，各治何病。可哪一味都只在十二经脉里打圈圈，从来没有超出过这个范围。天长日久，神农就摸清了人体的十二经脉，定出《本草经》。这时，神农氏想到地上的花草毕竟有限，天帝的花园奇花异草更多，说不定可以治病的东西也更多。这样想着，他便决定上天去。那时候上天有两条路：一条是从昆仑山上去，另一条是从都广之野顺着一株叫建木的大树爬上去。考虑了一下，神农选择了从都广之野登建木上天庭。

在天庭，他选了一大捧瑶草，走出花园时，碰到了天帝。天帝说这点瑶草治不了多少人的病的，给了他一根神鞭，可以鞭打识别草药有毒无毒。神农拿着这根神鞭从都广之野，走一路鞭一路，又发现了许多能用来治病的草药。

有一天，在一座山上，神农看到一种树叶，正好他口渴了，就顺手摘了几片放在嘴里咀嚼。这一嚼，还真解渴，神农又扯了几把咀嚼着。树叶一下肚，他就感觉肚子里上上下下像有东西在摩擦。给小鸟也喂了，透过小鸟那透明的肚子，可以看到小树叶把它的胃洗得干干净净。这一发现使神农氏高兴坏了。他断定这小叶儿既解渴，又能解毒，他决定改鞭药为尝药，如果遇毒，就用它来解救。他把小树叶叫"查"（查巡的意思）。后世人读白话了，叫成了"茶"。

第二天，神农又发现了许多淡红色的小花，它们的形状像一只只飞舞的蝴蝶，非常美丽。神农采了一朵花放进嘴里，只觉得甜津津的浓香四溢。神农把这种花称为甘草，采了一些也放进口袋。

神农就这样一路走着，一路尝着百草回到了烈山。神农尝百草，经常中不明植物的毒，每次都多亏了"查"解救他。据说被他尝过的花、草、根、叶，就有三十九万八千种。他下决心要尝遍所有的植物。同时，他把哪些草是苦的，哪些热，哪些凉，哪些能充饥，哪些能治病，都写得清清楚楚。

第一章　炎黄传说

有一次，他把一棵草放到嘴里一尝，霎时天旋地转，一头栽倒。人们慌忙扶他坐起，他明白自己中了毒，可是已经不会说话了，只好用最后一点力气，指着面前一棵红亮亮的灵芝草，又指指自己的嘴巴。臣民们慌忙把那红灵芝喂到他嘴里。神农氏吃了灵芝草，毒气慢慢缓解了，头不昏了，慢慢也能开口说话了。从此，人们都知道了灵芝草能起死回生。

在几年的时间里，神农氏尝出了麦、稻、谷子、高粱等能充饥，就叫臣民把种子带回去，让黎民百姓种植，这就是后来的五谷。他尝出了三百六十五种草药，写成《神农本草》。神农氏在尝百草的过程中，识别了百草，发现了具有攻毒祛病、养生保健作用的中药。

这一天，神农氏又在山上尝试百草，他忽然发现一株攀在树上的藤状植物，开着一朵朵黄色的小花，那叶子还会一张一缩的。这种植物他过去没见过，想知道具体能治什么病，就采了一些叶子放在嘴里咀嚼着。谁知这是一种有剧烈毒性的药草，叫断肠草。这一次神农氏没能再一次从毒魔手中逃脱，就这样死在了断肠草下。人们为了纪念他的恩德和功绩，奉他为药王神，并建了药王庙，每逢农历四月二十六神农氏生日，人们纷纷来到药王庙祭祀。在川、鄂、陕交界的天然中草药库，传说是神农氏尝百草的地方，人们为了纪念他的功绩，把这一带地方称为神农架。

黄帝战蚩尤

几千年前,在我国的黄河流域生活着许多部落,其中有三个部落最为强大。一个是黄帝领导的有熊部落,他们本来在陕西北部过着游牧生活,后来在河北一带定居下来,开始了农耕生活;一个是炎帝领导的神农部落;另一个是蚩尤统领的九黎部落。

在黄帝的部落崛起之前,神农氏本来是十分强大的。等到神农氏开始衰落时,诸侯们就开始互相侵伐,战火频繁,人民生活水深火热,而衰落的神农氏已没有能力去阻止他们。面对这种情况,黄帝心中十分焦急。

三个部落争霸,在形势上,黄帝部落夹在神农部落和九黎部落之间,有两面作战的危险。为了百姓,也为了在形势上争取主动,黄帝不断讨伐那些不服从命令的诸侯。由于他

韦珂作品《皇帝 蚩尤》

第一章　炎黄传说

能征善战，诸侯们都先后对他表示臣服，不再互相进行争斗了。但神农氏部落的首领炎帝，见原本服从自己的诸侯转而服从了黄帝，心中十分不舒服，于是，开始和黄帝争夺领导权。战争刚开始时，善于洞察战争先机的炎帝占据了主动，竟然在黄帝毫无防备的情况下，采取先发制人的战术，以烈火围攻黄帝大军。

风助火势，一时间，黄帝阵营火光冲天，浓烟滚滚。黄帝的部将应龙迅速以水灭火，大破炎帝的火攻战术。与此同时，黄帝振作士气，安抚百姓，并且还教会了熊、貔貅、虎等几种猛兽打仗。黄帝立刻展开反攻，将炎帝的部队赶入阪泉谷。

面对困守阪泉谷的败局，炎帝无计可施，只得讲和。黄帝仰慕炎帝部落先进的农耕及医学技术，决定冰释前嫌，与炎帝共同治理天下，炎帝欣然接受。

黄帝和炎帝结成联盟之后，实力大增，一鼓作气向九黎部落发动攻击。

九黎族部落酋长蚩尤，率部落里的八十一个兄弟举兵与黄帝争霸，在涿鹿展开激战。这是历史上最早和最有名的大战之一，两军在一段时间内相互胶着，难分胜负。

传说蚩尤有三头六臂，铜头铁额，刀枪不入。善于使用刀、斧、戈作战，还能制造各种兵器，不吃不休，勇猛无比。

可能正是因为他的本领很大，所以渐渐地不能继续安分守己，起了夺天帝宝座的野心。

在蚩尤去夺黄帝宝座之前，他想，可以先去夺取炎帝的宝座，这也可以壮壮自己的声威。而他的弟兄们也已按捺不住，早就摩拳擦掌，想要寻求一战了。于是，蚩尤带着自己的弟兄们，给了炎帝一场出其不意的袭击。炎帝这边，一则没有战斗准备，且蚩尤来势十分凶猛；二则，炎帝担心战争会使无辜的百姓受到牵连，所以，炎帝虽然有火神祝融这样的大将，其本人也本领非凡，他还是选择了放弃南方天帝的宝座，前往了北方的涿鹿。

蚩尤见时机已经成熟，就带着他的军队向涿鹿浩浩荡荡地杀来。避居在涿鹿的炎帝，见蚩尤杀到，赶忙统领军队，与蚩尤在涿鹿打了几仗。但抵挡不住蚩尤强大的攻势，最后炎帝决定派人到黄帝处求救。

此时的黄帝正在昆仑山县圃的宫苑里悠然自得地过着太平日子。忽然听得战事已起，炎帝已派人来求援了，黄帝对蚩尤的嚣张非常震怒，带着部队就火速赶到了涿鹿。

这场战斗激烈无比。蚩尤是有备而来，兵力强大，而黄帝这边有四方鬼神，还有黑、熊、虎等野兽。双方棋逢对手，互不相让。在战争初期，蚩尤方面的军队更为强悍，黄帝不敌，接连吃了几个败仗。

双方激战之际，蚩尤用了一种魔法，张口喷出滚滚浓雾，遮天蔽日，在旷野上持续三天三夜不散，将黄帝和他的军队团团围在中心。黄帝的士兵在浓雾中迷失了方向，十分被动，被铜头铁额、头上生角的蚩尤杀得人叫马嘶，损失惨重。

正在黄帝一筹莫展的时候，他手下一名叫作风后的臣子——一个非常聪明的老头，此刻却坐在战车上微闭着双目，像在打瞌睡。黄帝不由责问他在战事如此紧急之时，怎么还有闲心睡觉。哪知风后听了微微一笑说:"我哪里是在打瞌睡呀,我是正在思索办法啊!"

事实上,风后确实是在想办法。他想,北斗星的斗柄为什么就能根据时序的不同而变换它的方位呢?如果我们能发明出一种东西,也同样不管如何东转西转,自身都能准确地指向一个方向,那其余三方也就都可以确定下来,我们就不会在大雾中迷失方向了。

想到这一点,风后就用他鬼斧神工的本领,替黄帝做了一辆"指南车"。在这个车子的前面,有一个铁制的仙人,不论车子如何旋转,仙人的手臂始终指向正南方。靠着这辆车的指引,黄帝最终统率着他的军队,冲出了大雾的重围。

冲出重围后,黄帝又让人放出那些驯养了很久的猛兽加入战阵。那些虎豹熊黑一头头张牙舞爪,冲入战阵横冲直撞,蚩尤的部队哪见过这个,个个吓得魂飞魄散!蚩尤慌了,赶紧到天上请来了风伯和雨师。战场上立刻刮起了倒山拔树的狂风,降下瀑布般的大雨,大地上波浪滔天,一片汪洋。

其实,黄帝这边也有一条龙,名叫应龙。应龙生有一对翅膀,能蓄水行雨。黄帝心想,蚩尤虽能下大雾,但我的应龙能下大雨,难道大雨会没有大雾厉害?况且应龙一来,那些魑魅魍魉也没法作怪了。于是,黄帝派人叫应龙来到战场助战。

应龙一到,就马上出阵攻打蚩尤。它展开翅膀,正准备在天空中行云布雨,谁知架子还没摆好,蚩尤已请了风伯雨师来,先下手为强,抢先下起了一场无比猛烈的暴风雨,向黄帝这边阵地上吹来。

应龙一时受制,完全无法施展自己的本领,黄帝阵地上的士兵在暴风雨的侵袭下,站不住脚,纷纷溃散。

在这危急关头,黄帝也施展法力,请女神旱魃助阵。旱魃的相貌狰狞可怕,据说是僵尸变成的,眼睛生在头顶上,秀发全是一条一条的小蛇,身上长满白毛,所到之处,雨水立即停止,往往还会一连大旱三年,赤地千里,所有生物,全部干渴而死。人们听到她的名字都会发抖,但请她出面对抗风神雨神,却最恰当。她一出现,风神雨神就狼狈逃走,霎时间风停雨住,大水消失,泥泞干涸。黄帝乘机反攻,蚩尤的队伍终于败下阵来。

至此,黄帝的队伍终于掌握了战场的主动权,由对峙转为反攻。

在最后一场战争中,蚩尤的队伍落入了黄帝军队的包围圈,左冲右突没有成功。这时战阵上的应龙大显神威,它一声长啸,振翅翱翔于天空,自上而下,消灭了许多蚩尤的士兵。最终,黄帝的军队围上来,将铜头铁额的蚩尤活捉了。

蚩尤被捉后,被杀。杀他的时候,因其凶猛,黄帝的军队害怕他逃走,不敢把他手脚上的镣铐除去,直到已经将其杀死,才从他身上取下了带血的枷锁,抛掷在大荒之中。没想到这枷锁立刻变成了一片枫林,每片枫树的叶子都颜色鲜红,据说那是蚩尤枷锁上的血迹所化。

自此,九黎部落大败,蚩尤战死。

经此一战，黄帝的威望大增，其他各个部落一致拥戴他为首领，奠定了他一统中原的局面。

为了让百姓生活得更幸福，黄帝带领各诸侯开山通路，祭祀天地，教化万民。天下被黄帝治理得井井有条，百姓安居乐业，一派欣欣向荣的景象。黄帝也成为中华民族最伟大的祖先。

刑天舞干戚

据说刑天出生在南方,那时炎帝还是统治全宇宙的天帝,刑天被炎帝看中,做了炎帝手下的一位武将。传说,他是一位巨人,光头颅就大得像一座小山。他不仅力大无穷,还十分酷爱音乐,曾经为炎帝创作过乐曲《扶犁》和诗歌《丰收》,总名称为《卜谋》,以歌颂当时人民幸福快乐的生活。

刑天十分敬佩炎帝,对炎帝的仁爱和慈善常常赞不绝口。但刑天觉得炎帝有时过于仁爱,在与黄帝的矛盾冲突中显得过于懦弱和忍让,所以心里总为炎帝有点抱不平。

后来炎帝战败,被黄帝推翻,屈居到南方做了一名小小的天帝。虽然炎帝战败后为了百姓不要再受战乱之苦,不想和黄帝再起烽烟,但他的子孙和手下众人却不服气。所以当蚩尤举兵反抗黄帝的时候,刑天也曾想去参加这场战争,只是因为炎帝的坚决阻止没有成行。

后来听得蚩尤和黄帝一战失败,蚩尤被杀死,刑天再也按捺不住他那颗愤怒的心,于是偷偷地离开了南方炎帝的天庭,径直奔向中央天庭,去和黄帝争个高低。

只见刑天左手握着长方形的盾牌,右手拿着一柄闪光的大斧,一路过关斩将,砍开重重天门,直杀到黄帝的宫前。刚刚接近宫殿,刑天就遇到了卫兵的层层堵截,但勇武过人的刑天根本没把这些卫兵放在眼里,几个回合便把那些卫兵杀得人仰马翻。

此时黄帝正带领众大臣在宫中喝着美酒,观赏着歌舞,却见一个巨大的黑影挟着风势挥舞着盾斧就杀将过来,顿时大怒,拿起宝剑就和刑天搏斗起来。刑天一边痛骂黄帝的不仁不义,声称要为炎帝报仇雪耻,一边举起大板斧向黄帝凶猛地砍去。

两人你来我往,剑刺斧劈,从宫内杀到宫外,从天庭杀到凡间,刀光剑影处日月无光,天昏地暗。最后一直杀到了常羊山旁。

常羊山是炎帝出生的地方,也是刑天的故乡。往北边不远,便是黄帝的诞生地轩辕国。两个人都回到了自己的故土,更加力量倍增,因而战斗更加激烈。刑天想,这个世界本是自己的首领炎帝的,现在被你窃取了,我一定要夺回来。黄帝认为,现在普天下邦安民乐,我轩辕子孙昌盛,岂能容你再起战火。于是各人都使出浑身力量,恨不得能将对方一下置于死地。

黄帝经过前期和炎帝、和蚩尤的几场大战后,已积累了丰富的战争经验,是久经沙场的老将,又有九天玄女传授的兵法,便比刑天更多了些心眼。他在刀光剑影中不断观察刑天的破绽,只见刑天力大无穷,斧斧生风,终于在一个转身时被黄帝抓住一个机会,一剑

第一章　炎黄传说

向刑天的颈脖砍去，只听"咔嚓"一声，刑天的那颗像小山一样的巨大头颅，便从颈脖上滚落下来，落在常羊山脚下。

刑天感到脖颈上一阵剧痛，伸手一摸颈脖上没有了头颅，顿时惊慌起来，忙把斧头移到握盾的左手，伸出右手在地上乱摸乱抓。他想赶紧寻找到头颅，安在颈脖上再和黄帝大战一番。他摸来摸去，周围的大小山谷被他摸了个遍，参天的大树下，突出的岩石边，都没有找到那颗头颅。他只顾向远处摸去，却没想到头颅就在离他不远的山脚下。

黄帝怕刑天真的摸到头颅，到时恢复原身来和他继续作对，连忙举起手中的宝剑向常羊山用力一劈，随着"轰隆隆"的一阵巨响，常羊山被劈成了两半，刑天的巨大头颅一下就骨碌碌地落入了劈开的山中，刚一落进去，两片山又合而为一，把刑天的头颅深深地埋了起来。

听到这异样的响声，感觉到周围异样的变动，刑天停止了摸索头颅的动作。他知道再也摸不到自己的头颅了，黄帝已把它埋掉了，他将永远身首异处。只见他呆呆地立在那里，就像是一座黑沉沉的大山。想着自己心愿还未能达到就已身首异处，他愤怒极了，不甘心就这样败在黄帝的手下。只见他突然一只手拿着盾牌，一只手举起大斧，向着天空乱劈乱砍，虽然看不见了，仍用力和敌人进行着拼死搏斗。

失去头的刑天，赤裸着他的上身，似是把他的两乳当作眼，把他的肚脐当作口，他的身躯就是他的头颅。那两乳的"眼"似在喷射出愤怒的火焰，那圆圆的脐上，似在发出仇恨的咒骂，那身躯的头颅如山一样坚实稳固，那两手拿着的斧和盾，挥舞得是那样的有力。

看着无头的刑天还在愤怒地挥舞盾斧想要继续战斗，黄帝心里一阵颤栗，他佩服对手这种不服输的精神。于是他不再和刑天战斗了，悄悄地回到了天庭。

孤独而勇武的刑天，他还在常羊山无休止地挥舞着盾牌和板斧，只是随着时间的流逝，气力越来越少，最后累死在常羊山边。不过，据说刑天只剩下最后一口气时，双手还没有停止挥舞。

这正是：刑天舞干戚，猛志固常在。

仓颉造字

相传，仓颉的父系是伏羲氏，母系是史皇氏。仓颉的母亲是史皇氏的一位女首领，与伏羲氏结为夫妻。后来就生下了仓颉。仓颉从小就聪明好学。长大后成为黄帝手下的大臣。黄帝分派他专门管理牲口的数目和屯粮。仓颉生性聪明，做事又认真，很快就对所管的牲口和食物的情况了如指掌。可是，牲口、食物的储藏量在逐渐增加，数量每天都在变化，光凭脑袋已经记不住了。

面对这种情况，仓颉整日整夜地想办法。先是发明了结绳计数的方法，在绳子上打结，用各种不同颜色的绳子，表示各种不同的牲口、食物，用绳子打的结代表不同数目。但时间一久，这个方法也不奏效了。随着牲畜和食物的数量、品种越来越多，越来越丰富，怎么才能不出差错呢？

聪明的仓颉没有被难倒，在结绳的同时，他开始用各种各样的贝壳来代表不同的物品。哪种物品增多一个就加一只贝壳，哪种物品减少一个，就减掉一个贝壳。事实证明，这个方法挺管用，仓颉一连用了好几年。

黄帝见仓颉这么能干，就把更多的事务交给他管理。比如：每年祭祀的次数、东西的分配、部落人口的增减……，面对增加了的工作量，打绳结和挂贝壳的方法都不顶用了，得找到更好的办法才行。可是究竟应该怎么办，仓颉一时还没想出办法来。

这天，仓颉参加集体狩猎，走到一个三岔路口时，几个老人为往哪条路走争辩起来。一个老人坚持要往东，说有羚羊；一个老人要往北，说前面不远处可以追到鹿群；另一个老人偏要往西，说前面有两只老虎，不及时打死，就会错过了机会。

仓颉暗自奇怪，心想，他们是怎么知道前面有哪种动物的呢？上前一问，原来他们都是看着地上野兽的脚印做出判断的。仓颉听了猎人的话很受启发。他想，万事万物都有自己的特征，如能抓住事物的特征，画出图像，大家都能认识，这不就是字吗？既然动物能一种脚印代表一种野兽，我为什么不能用一种符号来表示我所管的东西呢？他高兴得猎也不打了，拔腿奔回家，开始创造各种符号来表示不同的事物。

从此，仓颉便注意仔细观察各种事物的特征，譬如日、月、星、云、山、河、湖、海，以及各种飞禽走兽、应用器物，并按其特征，画出图形，造出许多象形字来。仓颉看着圆圆的太阳画出了"日"字，看着弯弯的月牙画出了"月"字。看着高高的大山画出了"山"字，看着流动的河水画出了"水"字……这样日积月累，时间长了，仓颉造的字也就多了。

第一章　炎黄传说

仓颉又想：一棵树就是"木"、树木多了就是"林"；一个"石"代表石头、三个石头就代表很多石头，也就是"磊"字；人在树下歇着，就是"休"字。古时候的人，觉得女人留在家里最安心，就发明了"安"字，把两个字合起来，形成另一个意义的字，就叫做"会意"字，真是太有意思了！而"指事"原理造出的字，更能令你马上看出意思。

因为后来文字不够用了，便在象形文字的基础上加上形或声的符号，成为"形声"字，像"鲤"字，把里字和鱼字合起来就是"鲤"；另外还有"转注"字，是把形声意义相近的字，互相转用，像是"依"和"倚"；而另一种"假借"字，是取同音的字，借作别的意思，像是"考"和"老"！仓颉拿起树枝在地上涂涂画画，也越来越有心得，终于发现了用文字记事的诀窍及要领，就是形成中国文字的六种原理，叫做六书——"象形""指事""会意""形声""转注""假借"。

仓颉发现，有了这些符号后，管理起事情来就轻松多了。于是，仓颉把他造的这些象形字献给黄帝，黄帝非常高兴，立即召集九州酋长，让仓颉把造的这些字传授给他们，于是，这些象形字便开始应用起来。就这么形成了早期的文字。

仓颉造了字，黄帝十分器重他，人们也都称赞他，他的名声越来越大。随着声名日隆，仓颉的头脑就有点发热了，心里的骄傲情绪渐渐滋长，什么人也看不起，造的字也日渐马虎起来。这样一来，人们对仓颉不满的话不断传到黄帝耳朵里，黄帝很恼火。怎么样才能叫仓颉认识到自己的错误呢？黄帝召来了身边最年长的老人商量。

这老人长长的胡子上打了一百二十多个结，表示他已是一百二十多岁的人了。听了这事后，老人沉吟了一会，就独自去找仓颉了。仓颉此时正在教各个部落的人识字，老人默默地坐在最后，和别人一样认真地听着。仓颉讲完，别人都散去了，唯独这老人没走，还坐在老地方。仓颉有点好奇，上前问他为什么不走。

老人说："仓颉啊，你造的字如今大家已经基本认识了，可我人老眼花，有几个字至今还糊涂着呢，你肯不肯再教教我？"仓颉看这么大年纪的老人都这样尊重他，很高兴，说："好啊，什么字您不清楚？"老人说："你造的'马'字、'驴'字、'骡'字，都有四条腿吧？而牛有四条腿，你造出来的'牛'字怎么没有四条腿，只剩下一条尾巴呢？"仓颉一听，心里有点慌了，自己原先造"鱼"字时，是写成"牛"样的，造"牛"字时，是写成"鱼"样的。都怪自己粗心大意，竟然将这两个字弄颠倒了。

老人接着又说："你造的'重'字，是说有千里之远，应该念出远门的'出'字，而你却教人念成重量的'重'字；反过来，两座山合在一起的'出'字，本该为重量的'重'字，你倒教成了出远门的'出'字。这几个字真叫我难以捉摸，只好来请教你了。"

这时仓颉羞愧得无地自容，深知自己因为骄傲而铸成了大错。但这些字已经教给了各个部落，传遍了天下，改都改不了。他连忙跪在地上，深深表示忏悔。老人拉着仓颉的手，诚恳地说："仓颉啊，你创造了字，使我们老一代的经验都能记录下来，传下去，你做了件大好事，世世代代的人都会记住你的，但你千万不能骄傲自大啊！"

从此以后，仓颉每造一个字，总要将字义反复推敲，有时候，还会拿去征求人们的意见，一点也不敢懈怠。只有大家都说"好"的时候，他才会最终确定下来，然后再逐渐传到每个部落去。

由于仓颉造字是一件天大的好事，玉皇大帝便赐给人间一场谷子雨，于是，便有了现在的"谷雨"节气。仓颉去世后，当地百姓为纪念他，在其埋葬的地方修建了庙宇，并将这里的村庄取名为"史官村"。

第一章 炎黄传说

夸父追日

　　距今约四千年以前,黄帝时期,在北方的大地上,有一座大山,高大巍峨,雄奇险峻,山的名字叫做"成都载天"。成都载天山高有万丈,向上,可以直通天庭,向下,可以抵达幽都。成都载天山峭岩绝壁,十分陡峭,山间终年云雾缭绕,松柏散落山间,郁郁葱葱,更加增添了一丝神秘的气息。

　　在这座山上,生活着远古大神后土的子孙,已不知经过了多少代。他们个个身材高大,力大无比,他们的首领叫做夸父,于是人们便把他们称为"夸父族"。夸父喜欢在双耳挂上两条黄蛇,手里再拿着两条黄蛇,以显示他的强壮。夸父族人喜好替人打抱不平,传说当年蚩尤被皇帝打败,便派人来夸父族请求救援,夸父族觉得应该帮助弱者,于是派出了很多族人参加了反对黄帝的斗争。

　　蚩尤得到了夸父族人的支援,力量得到了极大地增强,如虎添翼,后来再和黄帝作战的时候已经势均力敌,互有胜负了。有一次,蚩尤打败了黄帝,黄帝急忙后撤,又急又忧,一筹莫展,便去泰山上去寻求各路神仙的帮忙。有一位自称"九天玄女"的神仙来见他,教了黄帝各种兵法,又告诉黄帝在昆吾山上有一种坚韧的叫做"红铜"的金属,可以用来锻造兵器,对于他以后的作战会大有好处。黄帝便从昆吾山运了很多石头,用来冶炼红铜,锻造兵器。造出的兵器果真切金断玉,削铁如泥。从此,黄帝在一次次的部族战争中战无不胜,统一了很多地方。在涿鹿大战中,终于一举击败了蚩尤联军,杀死了蚩尤。蚩尤阵中的夸父族人不得不逃回了成都载天山。

　　某一年,大地发生了严重的干旱,很长时间都没有下雨。天上的太阳好像一下变得炽热无比,烤得大地上处处龟裂,那一个个巨大的裂口像无声抗议的嘴一样,向着天空张开。江河干枯,草木死去,这样下去,连饮用水也会出问题。夸父族的族人都很忧虑,便一起商量该怎么办。商量来商量去,最后决定由族里最强壮的人,他们的首领去摘下太阳,以缓解干旱。

　　说干就干,第二天,年轻的夸父在太阳还未升起时便向着东方出发了,按照他的经验,他知道每天太阳必然从东方升起,在天空还一片黑暗的时候,夸父便找了个隐蔽的地方藏了起来,只等着太阳一露头,便把他抓住,从天上摘下来。因为连夜赶路,夸父在等待太阳升起的时候竟然慢慢睡着了。在睡梦中,夸父捉住了太阳,教训了一通,太阳开始变得驯服,大地上也正开始恢复生机。梦到这里时,夸父不由得很得意,这让他猛然醒来了。醒来时

昆仑神话故事集

才发现太阳已经升到了半空。夸父又急又恼，跳向太阳，他伸出了自己巨灵般的手掌去抓太阳。太阳吓了一跳，慌忙躲开，加快速度升向空中。夸父当然不肯罢休，加快脚步去追太阳，边追边愤怒地大喊：太阳啊，你胡作非为，让河流干枯，草木死去，把大地弄得一片荒凉，我一定要捉住你，好好教育你一番！

太阳大惊，看夸父不像开玩笑，一副愤怒的模样，便加快速度向西方逃去。夸父也大步流星，不敢稍停，边骂边追。太阳无奈，惊骇不已，就施展出法力，向大地、向夸父射出灼热的火焰。这不但没有阻止夸父，反倒让他更加恼怒，追上太阳的信念也更加坚定。他虽然汗如雨下，越来越感到疲乏，却不肯停下脚步。就这样一直追呀追，已经追过了万里之遥，追到了昆仑山，夸父知道昆仑山就是太阳落下的地方，他不由得增添了信心。但就在此时，夸父饥渴难耐，眼冒金星，几乎就要晕倒了。夸父便返身来到黄河，俯身喝水，想补充点能量继续追赶太阳。他一口气把黄河的水都喝干了，竟然还是觉得口渴，又去喝离黄河很近的渭河里的水。夸父豪饮不已，不觉间竟然又把渭河的水喝干了，但还是觉得口渴，倔强的夸父决定去喝北方大泽里的水。大泽又叫瀚海，是鸟雀们孳生幼子和更换羽毛的地方，这也给了夸父以暗示，他喝了水，就像鸟儿重新换了羽毛，可以继续追赶太阳了。来到大泽，夸父俯下身来，突然感到一阵天旋地转，他轰然倒下了。

倒下后，夸父万分遗憾地看着落向昆仑山的太阳，长叹一声，把手杖奋力掷向太阳，就闭上眼睛死去了。夸父手杖落下的地方，突然出现了一片桃林，据说是夸父有意为后来人留下的，让他们在追赶太阳的路上可以歇歇脚，补充一下能量，可以继续追赶自己的目标。

经过了这件事之后，太阳也大为震骇，受到了巨大的触动，他以后也不敢再任意行事了，他收敛了性子，尽量让自己变得温和起来，对万物施以仁慈的照耀。人间又恢复了祥和的样貌。

第一章 炎黄传说

精卫填海

很久很久以前，人类尚处于部族社会，在当今中国的中原地区，有两支比较大的部落，炎帝部落和黄帝部落。炎帝是部落的首领，他身材伟岸，长相奇特，据说是牛首人身，族人对炎帝非常信服，便把他推举为部落的首领。

有一天，炎帝外出狩猎，返回的路上，炎帝看见一丛丛的植物，忽然想到以前曾见到风把这些植物的种子吹落到了地上，过了一段时间之后便长出了新的植物。炎帝灵机一动，觉得可以把植物的种子收集起来，然后种下去，有了收获，就不用过饥一顿饱一顿的日子了。在之后很多年的实践中，炎帝由此发明了五谷生产。再后来，在种植五谷的时候，炎帝发现徒手耕种很辛苦，于是又发明了耒耜，由此形成了最早的农业生产的雏形，所以，后人又尊称炎帝为神农氏。

韦珂作品《精卫填海》

昆仑神话故事集

食物得到了一定程度的解决，炎帝又发现部落里的人经常会生病，生病了却不知道如何治疗，很多人便死去了。炎帝看到这种情况，忧心忡忡，便开始尝百草，尝试以自然界的各种植物治疗疾病。炎帝以身试吃了很多植物，他把结果全都记录下来，什么有毒，什么有益，最后集成了一本书，就是后来的《本草经》，这本书与黄帝的《黄帝内经》、扁鹊的《难经》、张仲景的《伤寒杂病论》并称为中医药四大经典著作。因此，炎帝又称神农氏，被奉为药学之祖。

关于炎帝，还有很多传说，比如大战蚩尤，比如炎帝部落和黄帝部落合二为一，成为了如今炎黄子孙的先祖，比如发明了人类最早的乐器——神农琴等，但今天我们要讲到的神话传说，与炎帝的女儿有关，叫做精卫填海。

炎帝有个女儿，叫"女娃"，女娃生得聪明伶俐、美丽可爱，深得炎帝的喜爱。女娃自小活泼好动，经常是一转身就跑得没影了，这让炎帝很是头疼，但又无可奈何。

有一天，女娃和几个小伙伴偷偷跑出了门，在原野上撒开了欢，奔跑、嬉戏，玩得不亦乐乎。采野花，追蝴蝶，处处留下了他们活泼的身影和清脆的笑声。他们的玩闹惊动了林子里的小动物，吓得一些小动物到处逃窜，一些飞鸟也受到惊扰，飞向远方。

玩得累了，他们便摘了一些野果，边在树下休息，边分享野果，大吃起来。吃完野果，他们一时觉得百无聊赖，便躺在树下小憩。

一个小伙伴突然说道："天天就在这些地方玩，都玩得腻了，咱们能不能到更远一点的地方玩呀？"

小伙伴们纷纷附和："好呀，好呀。"

"可是要到哪里去玩呢？"

大家又陷入了短暂的沉默，都在开动脑筋想要去哪里玩才有意思。

"去远处那座山上，怎么样？"有个头上插着野花，大眼睛的小姑娘指着远处的那座山说道。

"以前我们去过那座山呀，我觉得不是很好玩啊，"一个束着兽皮裙的小男孩说道，他眼睛滴溜溜转了几圈，"要不我们去更远的地方玩去吧。"

"更远的地方是哪里呀？"有人问道。

"去大海边玩一下怎么样？"那个小男孩的眼睛猛然放出光来，"我们只在河水里玩过，还没有人见过大海呢，就走远一点，到大海里去玩吧！"

"可是太远了啊，又没有人去过，路上安不安全呢？"一个小女孩怯生生地说。

一个小男孩从地上跳了起来，挺了挺胸脯说："没事，不要怕，我们几个男孩子来保护你们的安全！"说完他把眼睛看向女娃，"怎么样？走吧，到海边去玩一次！"

女娃一直没有说话，她沉吟着，在思索着什么。

"好吧，到大海边去玩！"女娃猛地站起身来，脸上现出渴望的神情来，"我听父亲说过，大海在东边，翻过几座山就到了。"到底是个孩子，玩耍本身就对她充满了强烈的诱惑，何况还是未知的远方和大海呢？人类的历史，正是由于对未知事物的好奇和探索，才促进了人类的每一次进步啊。

达成共识，一支小小的队伍向着东方出发了。

他们走了很久，终于到了海边。

看到大海时，所有人都兴奋起来，几个胆大的男孩子更是雀跃不已，已经奔到浅水中开始玩了起来。

几千年前的大海无疑比现在更加纯净，更加蔚蓝。看那大海，水平如镜，一望无垠，横无际涯，蓝得通透，蓝得纯粹，犹如一块硕大的碧玉，安放在天地之间，有一种摄人心魄的魔力。

几个孩子越玩越高兴，渐渐地到了大海的深水里。一时间，笑声，喧哗声，激起的水声，打破了大海的宁静，这些孩子不知道，一场祸事正一点点降临了。

话说东海龙宫之中，龙王正在午休，正睡得香甜，忽然被海面上一阵又一阵嘈杂的喧闹声吵醒，他当下心头火起，大声喝道："巡海夜叉何在？"

巡海夜叉急忙跑进来，伏地跪倒，回道："大王，我在呢，您有何吩咐？"

龙王怒曰："迅速查看一下，看看何人在海面吵闹？搅得我连觉都睡不好。"

巡海夜叉接令，带了几个鱼鳖虾将，赶往海面。来到海面，见是一群孩子正在海面上嬉闹呢。

夜叉怒喝道："哪里来的小孩，在这里胡闹，搅得龙宫不得清净！"

女娲和小伙伴回头一看，只见海面上出现了几个怪物，样貌很是丑陋。领头的那个身高数丈，绿色的身体，红色的头发，长长的獠牙露出唇外，手持黑色三角叉，狰狞恐怖，刚才问话的应该就是他了。

女娲并不害怕，呵呵笑道："我们是何人又与你何干，你这畜生，生得真是丑陋，快快滚开，别打扰我们游戏！"

夜叉一听顿时大怒，道："我乃东海巡海夜叉，不是你说的什么畜生，你竟敢口出不逊，待我捉拿了你们到龙宫去治罪！"说完，巡海夜叉便领着虾兵蟹将向几个孩子扑了过去。

不长时间，几个孩子便被捉住了。女娲更加机灵一些，得以逃到岸上。巡海夜叉也不追赶，只押了那几个孩子去见龙王。

龙王见是几个毛头孩子，颇为不耐烦，挥挥手，道："先押下去，听候处理吧。"说完之后，翻身倒下，继续睡觉。

再说女娲，一群伙伴只剩下了她一个人，一时觉得孤单不已，又觉得很是气愤，仅仅因为玩耍，竟然就把她的小伙伴们全捉走了。

越想越觉得气恼，女娲不由手指大海，高声喝骂："龙王老儿，快快放了我的伙伴，

昆仑神话故事集

要不就会让你不得一刻的安宁！"

女娃一遍遍地怒骂着，声音越来越高，话语也越来越毒辣。

龙王就要睡着的时候，又隐隐听到有人在大声喝骂他，听声音，还是个孩子的声音，实在是气恼不已，便循着声音挥了挥袍袖。海面上一下便掀起了几十米的滔天巨浪，向着女娃恶狠狠地扑了过来。

女娃躲闪不及，被恶浪卷进了海里。她奋力挣扎着，但无奈水势汹涌，像巨大的绳索一样绑缚住了她的手脚，她向黑暗幽深的海底坠落下去，被东海龙王残忍地杀害了。

女娃死后，她的魂魄依然没有消散，奋力从海底飘了出来，化身为一只黑色羽毛白色脚趾的鸟儿，依然不眠不休高声怒骂着残暴的东海老龙王。她心里还记挂着被龙王捉去的几个伙伴，便飞来飞去，衔起一块块的石头，向大海扔去，想用这些石头填平大海，救出她的小伙伴。但无奈力量太单薄了，这样过了一天又一天，上天被女娃感动了，便变化出无数只和女娃一样的小鸟，帮着女娃衔石填海。人多力量大，对于鸟儿也一样，这数不清的鸟儿把一座又一座的山都搬空了，去填埋那广袤的大海。

女娃她们衔石填海，一直飞到了西天的昆仑山，天长日久，竟然把巍峨雄奇的昆仑山也搬空了。西王母也被女娃感动了，便施展出法力，把昆仑山又原模原样地变了出来，在之后的时间里，女娃她们只要衔去一块石头，便有一块一模一样的石头出现在相同的位置，这样，昆仑山就永远不会被搬空了。

后世的人们把这种鸟儿称为"精卫"，也称作"誓鸟""冤禽"，民间也有叫她"帝女雀"的，意思就是炎帝的女儿变成的小鸟。由此可见，这种倔强、勇敢的鸟儿已永远活在人们的心中了。

第一章　炎黄传说

天帝颛顼

　　在黄帝族所繁衍的众多子族中，颛顼与帝喾是最著名的两支。颛顼，是黄帝的曾孙、少昊的侄子，他的父亲叫韩流。韩流的相貌也是十分的奇特：修长的脖子，小小的耳朵，猪的嘴巴，麒麟的躯干，而且两条腿是连在一起的。颛顼的长相和他父亲差不多。他的母亲母女枢因为看见瑶光之星穿过月亮，像一道美丽的彩虹，心有所感，后来就有了身孕，生下了颛顼。颛顼非常聪明能干，深得叔父少昊的喜爱。后来，他长大成人之后，就做了北方的天帝，和他的属下海神禺强共同掌管着白雪皑皑、天寒地冻的一万二千里的原野。中央的天帝本来是黄帝，可是由于当时黄帝年事已高，再加上颛顼非常有才干，所以有时候黄帝就让他代掌大权，所以，颛顼又做过一段时间的神国的最高统治者。

　　颛顼执政后，第一件事就是派遣天神重和黎把天和地之间的通道截断。

　　自从盘古开天地以来，虽然天和地相距九万里，遥遥相望，可是人们还是可以沿着天梯一步一步登天，天上的神仙也可以由天梯下到人间。但是要知道什么地方直通天庭，也不是一件简单的事，即使知道了，还得有爬上去的本领。比如昆仑山，谁都知是天帝的"下都"，最高处直达天庭，可是山下绿水环绕，四周烟雾缭绕，等闲人是上不去的。

　　据说昆仑山周围不知几千万里，住着许多神仙，像西王母居于昆仑山西北隅的玉山，西王母之夫则住在东北隅，都只是一隅之地。昆仑山上的奇花异卉、异兽珍禽，多得不可胜数。群山中有一座极大极高的山，映着日光，金光灿烂，矗立天中，山顶固然看不到，两旁也不知延伸到什么地方为止，几乎半个天都被这座大山遮去了。这就是"天柱"，周围三千里，位于昆仑山北部正面，四周浑圆。

　　山下有一座房屋，叫作"回房"，方广一百丈，归仙人九府治理。山上面有一只大鸟，名叫"希有"，朝着南方。此鸟张开右翼，可盖住西王母之地，张开左翼，可盖住东王公之地。"希有"背上有一块小小的地方，没长羽毛，有人算出有一万九千里。据说西王母和东王公正是凭借这只大鸟的巨翼作一年一度的相会之地。

　　从昆仑山东隅登山，迎面是一座大城，进城就见两种奇树：一种叫沙棠树，它的形状像海棠，开着黄色的花朵，结红色的果实，果实无核而味道像李子，非常甘美；一种叫琅玕树，高大绝伦，枝叶花三样都是玉生成的，青葱可爱，微风吹起，枝叶相击，所发之声，清新悦耳。

　　据说昆仑山四方，按着五行各有特别的树。东面是沙棠、琅玕两种，西面有株树、玉树、璇树、不死树四种，南面有绛树一种，北面有碧树、瑶树两种，中央有木禾一种，高三十五尺，大五围。

这座东面的大城名叫增城，共有九重，重重上去，高一万一千里零一百十四步，还零二尺六寸。最上重的那一座城，有四百四十个城门，每个城门广约四里，其宏伟可想而知。

城中最大的宫殿足足有一百里，名叫倾宫。还有一个宫殿，处处以玉装成，极其华丽，而且有机关可以使它旋转，要它朝东就朝东，要它朝西就朝西，所以名叫旋室，又叫璇室。四百多个城门之中，有一个名叫间阖门，就是西门。内有一个蔬圃，是天帝的菜圃，四面围以黄水，黄水绕流三周，仍归回原处，自古以来不增不减。此水又名丹水，凡人饮它一勺，就可以长生不死。传说西王母的不死之药，就是用这个丹水配制的。

从昆仑山的第九重增城上去，再高一万一千里零一百十四步二尺六寸，就是凉风之山了。人能登到这座山上，不必服什么药，也可以长生。再上去高一万一千里零一百十四步二尺六寸，就是悬圃山。人若登上此山，不但长生不死，而且具有神通，能呼风唤雨。从悬圃山再上去一万一千里零一百十四步二尺六寸，名叫上天，是天帝的住所，不是神仙不能到。

由天梯上天虽然困难重重，但古时天地间的距离还不算太远，因此天上人间偶然也有往来。神可以随便到地上来，人也可以到天上去。并且神和人的语言是可以相通的，可以互相交流。后来由于天梯上下方便，天上的恶神蚩尤，乘机偷偷到下方来，煽动苗民造反作乱，并且对不合作的无辜民众肆意加以残酷的迫害。黄帝为了保护善良的人民，便和蚩尤展开了一场规模巨大、历时长久的战斗，终于获胜但大伤元气。

颛顼接受了蚩尤变乱的教训，觉得神和人不分出个界限，混居在一起，总是弊多利少的，于是思考之后，命重、黎两人把天地间的通路隔断，叫人上不了天，神也不能再随便下地了。重和黎遵命行事，各伸出一只毛茸茸的硕大无比的手臂，一个把天托起来，尽力往上推；一个把地按住，努力朝下压。这样一来，本来相隔不远的天地，从此就相隔得十分遥远。自从隔断了天和地的道路，天上的神偶然还可以运用法力私下凡间，地上的凡人却再也没有法子上天去了。

天地分开之后，颛顼就命令天神重专门管理天，而命令天神黎专门管理地。黎后来有一个儿子叫做噎，他协助父亲管理日月星辰的运行顺序，以免错乱。后来，噎也就自然而然地成为了神话中的时间之神。

在颛顼执政期间发生的第二件大事就是他和共工为了争夺天帝的位置，打了一场大规模的战争。整个战斗过程曲折动人，我们下面再详细介绍。

颛顼在绝地通天的同时，也在创造着一种新神——龙。他把原各部落、氏族的图腾毁灭了，使先民们失去了各自原有的依赖和信仰；他又把这些图腾利用起来，从每一个图腾中选取了一个代表性特征，拼凑了一个庞大的、威猛的、什么都是又什么都不是的新图腾——龙。龙作为中华民族大一统的图腾，是一种政治化的象征物，本质上是世俗的，但是颛顼

第一章　炎黄传说

却借用了龙的神性，制定了一些法律法规。

颛顼是一位开创性的统治者。这种开创性的意义有二：一是他的政治之功——将黄帝的军事征服成功地转换为政治控制；二是他的文治之功——为达到人统治人、北方统治南方的政治目的，即位后，除了进行政治改革，颛顼又进行了一次重要的宗教改革。被黄帝征服的九黎族，到颛顼时，仍信奉巫教，参拜鬼神。颛顼禁绝巫教，强令他们顺从黄帝族的教化，促进了民族和民族之间的融合。

颛顼是位沉静、博识、有谋略的人，能根据不同地域条件发展生产，聚集财物。同时观察天象，按日月运行而制定一年与四季。他还命重和黎二人编制历法，后人称"颛顼历"，开始将一年定为360天。颛顼的地域异常的广大，辖区非常大。北边一直到幽灵之地，南边一直到交趾之国，西边一直到流沙之滨，东边一直到蟠木之属，都在他的辖区范围之内。不管是动物或是植物，无论能力大小的神灵，一句话，凡是沐浴在日光月华之下的东西，都是属于颛顼的。

颛顼在位78年，死时90多岁。他死后不久，凛冽的北风吹来，地下的泉水因为大风吹得溢出了水面，这个时候，蛇就会出来，变成鱼。死后的颛顼就会乘机附在鱼的身上。死而复生之后的颛顼，半边身体是鱼，半边身体是人，人们都叫他"鱼妇"。

颛顼的子孙很多，他有一个儿子叫做椿杌。椿杌的身材比老虎大一点，身上长着长长的毛发，有着野猪的牙齿，老虎的爪子，并且身后还拖着一条一丈八尺的大尾巴。他经常在旷野为非作歹，几乎没有人可以制伏他。

颛顼有一个女儿，叫九头鸟。九头鸟，顾名思义，就是有九个脑袋。她白天一般不出来，只有在夜幕降临之后，才出来活动。她如果披上羽毛，就可以凭风翱翔；如果她不披羽毛，就会变成女人。

颛顼还有一个儿子，叫做穷禅，也就是人们家里的灶神。到了每年的腊月二十三，灶神就要到天上报告人间的各种事情。人们怕他说坏话，就给他供奉各种各样的水果、鱼肉等美味佳肴，希望他在上天报告的时候，只说好话，不说坏话。

颛顼的子孙后代，非常繁盛，他们分布在辽阔的大江南北。草长莺飞的江南，白雪飘飘的塞北，到处都有他们的足迹。他们中的一支后来发展成为南方的楚国，在战国时期成为国力最为强盛的国家之一。

帝喾，姓姬，为上古五帝之一。他是黄帝的孙子，少吴的儿子。帝喾出生的时候，有着天然的神异之处，可以说出自己的名字。他的相貌奇特，他长着鸟类一样的头，可是在头上又多出来两只角。他的身子像猴子，全身都是毛发，可是，他只有一只脚，所以常常拄着拐棍，这儿一拐那儿一拐地蹒跚行走。十五岁时，因辅佐颛顼帝有功，被封于高辛。帝喾三十岁时，就代替颛顼为帝。帝喾治理国家，就好像是流水之灌溉，公正严谨，不偏不倚，福利遍于天下。他在位七十年，天下政通人和，人民安居乐业。

昆仑神话故事集

帝喾一共有三个妻子。一个妻子名字叫娥皇。他和娥皇的孩子，也是奇特无比：他们只有一个头，却有三个身子。他们的看家本领就是驯化凶猛的野兽，像老虎、狮子、大黑熊这些最凶猛的野兽都乖乖地听他们指挥。不但如此，他们还让这些动物驾车带他们四处游逛，而且让它们帮自己干粗笨的体力活。

帝喾另一个妻子的名字叫做羲和。他和羲和一共生下十个儿子，他们就是十个太阳，而羲和的任务就是每天赶着车子，带着孩子，在天上轮流值班。

每一天，羲和都要带着她的十个孩子在东海边上的一个名叫汤谷的地方洗澡。所谓"汤谷"，顾名思义，就是这里面的水是热乎乎的。在汤谷的旁边，有一棵几千丈高的扶桑树。每天，十个孩子洗澡过后，都要爬到树上玩耍，但是，只有一个孩子才可以爬到大树的顶端去玩，而其余的九个孩子就只能在低一些的树枝上嬉闹。在大树顶端的孩子第二天要值班，母亲羲和驾着有六条龙拉着的马车护送他，因此人们在地上看见的太阳就只有一个，虽然说一共有十个太阳。

可是，要是这个孩子睡觉睡过了头，那么第二天岂不是人们就没有太阳了？怎么办呢？不要担心，在扶桑的最顶端，有一只玉鸡在值班。它在夜幕将逝、黎明即将到来的时候，会伸长脖子，扇动翅膀，喔喔地叫起来。这样，离它最近的那个太阳理所当然地就第一个先被叫醒了。随着玉鸡的第一声啼叫，天下的雄鸡也就跟着叫起来，这个时候，天就真的要亮了。

那个睡眼惺忪的太阳，到海里洗了一把脸，立刻变得容光焕发起来，红彤彤的脸庞随即染红了东边的天空，海面上也荡漾着万道霞光。随着他慢慢地升高，他的眼睛也睁开了，道道金光撒向大地，山川、河流、房屋、树木、建筑、行人，一切都开始显现出了轮廓。他坐在妈妈羲和的车子上，不紧不慢地走着，风儿温柔地吹着，白云悠闲地飘着，欢欣的人们，袅袅的炊烟，一切都是那么和美、幸福、安康。他真想停下来，仔仔细细地看个够，可是，妈妈不让，因为他们在值班呢。羲和说："一寸光阴一寸金，可不能白白浪费时间。"

十个孩子就这么被妈妈羲和护卫着，日复一日，年复一年地轮流在天空值班，给人们带来了光明和快乐。不过，也许是儿童顽皮爱闹的天性使然，有一天，这十个小家伙竟然同时出现在天空，闯下了大祸，也就引出了后羿射日和嫦娥奔月的神话。

帝喾的第三个妻子是月亮女神，名字叫做常羲。她和帝喾一共生下了十二个美丽的女儿。她们不但性情温和，而且也爱干净，所以，常羲经常带她们到西方荒野的一个碧波荡漾的湖水里去洗澡。这十二个女孩子都很文静、听话，从来没有为父母惹过一丝一毫的麻烦。

帝喾的儿子中有两个让他很头痛，这两个儿子一个叫阏伯，另外一个叫实沉。不知道什么原因，兄弟俩一见面，就要动手打架，而且都不谦让，不断寻衅厮杀。帝喾多次教育这两个儿子，要他们互帮互爱，和平相处。可是阏伯和实沉对父亲的话语充耳不闻，依旧我行我素。父亲只要一离开，他们就要寻机闹事，如水火般不相容。帝喾为他们伤透了脑筋，后来，实在是没有办法，就把他们俩分开。

于是帝喾派阏伯往商丘去，让他主管东方的商星，又派实沉去大夏主管西方的参星。参和商在天空中恰好遥遥相对，一个升起，另一个就会落到地平线以下，他俩从此此起彼落，再也不能见面了，也就再没有机会争吵。

由于德行高尚，聪明的帝喾一直活到105岁。帝喾身边有八个善良贤明的人物，来辅佐他管理国家大事，史书上称他们为"八元"。传说帝喾能操纵辰星，掌握观察时间和节气的方法，以指导生产。而且帝喾非常喜爱音乐，他叫乐师咸黑制作了九招、六列、六英等歌曲，又命乐垂作鼙鼓、钟、盘等乐器，让六十四名舞女，穿着五彩衣裳，随歌跳舞。在音乐齐鸣之后，凤凰、大翟等名贵仙鸟也都云集殿堂，翩跹起舞。帝喾好巡游，他攀登到过巍峨耸立的泰山，畅游过磅礴澎湃的东海。一句话，他几乎游遍了中国的名山大川，参观过女娲、少昊、黄帝等先人的遗迹。我们也可以想象他执政的时候，地域是多么辽阔，国力是何等强大。

鲧盗息壤

息壤,也被称作九天息壤,传说中是昆仑山中的一种可以自行生长、永远不会减损的五色神土。女娲娘娘造人的时候,用的就是这种神土。

最开始造人的时候,女娲娘娘在昆仑山中就地取材,用普通的泥土抟土造人,但造出的"人"没有灵性,不会行走,没有思想。女娲娘娘见此情景,忙停下造人的工作,她知道如果用造出的这种没有灵性的"人"来治理这个世界,那这个世界将会死气沉沉,不会发展进步,她便把造好的"人"又全部收了起来。开始造人并不成功,这让女娲娘娘有些郁闷,便在昆仑山中闲逛解闷,她思考着到底自己在造人过程中哪个环节出了问题。想来想去,觉得不是自己造人技艺上的问题,应该是原材料,也就是泥土出了问题。意识到这个问题之后,女娲娘娘便重新在昆仑山中认认真真找起适合造人的泥土来。

有一天,女娲娘娘忽然想到,昆仑山中有一种五色神土,被称作息壤,它集聚了天地之灵气,可以自行生长,永远不会减损,而且取之不尽用之不竭,这不就是最好的造人的"原材料"吗?想到这里,女娲娘娘顿时觉得豁然开朗,她马上驾起祥云直奔昆仑山中的一处胜景而去。不多时,女娲娘娘便到了一处风景秀美、祥云缭绕的山谷之中。但见这处峡谷雄奇磅礴,鬼斧神工,一石一水,都显示出天工的造化。更为神奇的是,山谷之中,处处都闪烁着五彩的神光,细看之下,方知道是山谷中遍布的五色泥土发出的光芒。女娲娘娘大喜,她知道这就是自己要找的五色神土——息壤了。

女娲娘娘挑了一处最富灵气的地方,取了一些神光闪烁的息壤。女娲娘娘回到自己的洞府,又开始重新造人。神土息壤果然不同于普通的泥土,造出来的小人一个个都眼神流转,机灵万分,活泼可爱,果然比之前用普通泥土造出的"人"强了万倍。女娲娘娘大喜,继续用息壤造人,由于息壤本来就分为五色,所以女娲娘娘造出的人肤色各不相同,有黄色的,有白色的,有黑色的,竟然还有棕色和褐色的小人呢!

小人一落地,就会奔跑、打闹。但女娲娘娘又发现了一个问题,这些小人都不会说话,他们之间的交流只能通过手势和一些肢体语言来进行。如果不会用语言来交流,将会严重影响他们以后治理这个世界,女娲娘娘又陷入了沉思。女娲娘娘忽然想到,昆仑山中有一种九天轻灵之水,是山中的神泉,她经常取来饮用,饮用之后,她的声音变得异常清澈、干净,连山中的鸟儿饮用后声音都变得好听极了。女娲娘娘便取来了一些九天轻灵之水,轻轻洒在了造出的小人身上,小人果然会开口说话了。女娲娘娘大喜,又按照这个方法造

第一章　炎黄传说

了很多很多的人出来。

从此以后，我们生活着的这个世界便不再荒凉，人类与自然界的万物都能和平相处，凡间一片其乐融融。因为有了人类的加入，世间慢慢变得繁华热闹起来。

又过了很多年，到了人类的上古时期。

中华民族的人文始祖伏羲降生了。伏羲长大之后，统一了华夏的各个部落，定都在今天的河南陈地。他取蟒蛇的身子、鳄鱼的头、雄鹿的角、猛虎的眼睛、红鲤鱼的鳞片、巨蜥的腿、苍鹰的爪子、鲸鱼的须，综合而成了中华民族的图腾——龙，中国人是龙的传人之称也便由此而来。

伏羲通过观察天上的云彩、下雨下雪、打雷打闪，来得出地上的风雨变化规律。他又观察飞鸟走兽，根据天地间的阴阳变化，从而创造了八卦，用八种简单却寓意深刻的符号来概括天地之间的万事万物。他后来又模仿自然界中的蜘蛛结网而制成渔网，用来捕鱼打猎，解决了人们的温饱问题。他还创造了用文字替代结绳记事的方法，使人类的文明更进了一步。

伏羲制定了人类的嫁娶制度，实行男女对偶制，用鹿皮为聘礼。并以所养动物为姓，或以植物、居所、官职为姓，以防止乱婚和近亲结婚，使中华姓氏自此起源，绵延至今。

人类社会产生部族之后，很长时间都是靠打猎为生，捕到猎物，部族里的人便分而食之，吃的便全是生食。但这样也带来一个不好的后果，就是人们容易生病。伏羲看到自然界里的闪电把树木引燃，把动物烧死了，他偶然尝试着吃了点被烧死的动物肉，发现很美味，而且也没有生病。他便想着怎么才能把火种保存下来，但一直没有成功。但伏羲忽然想到，每次带来火的闪电都是从天而降的，天帝那里一定会有火种的，他便来到昆仑山中，设法盗取了火种。

伏羲盗取火种之后，天帝震怒，便把天打破，泻下了大洪水，以惩戒人类，后来女娲娘娘用炼石补天，堵上了天上大洪水的口子，但是这场灾难引发的洪水却一直没有断绝。

又过了很多年，两个部族首领共工与颛顼又发生了争斗，共工让怪兽相柳吞噬堤岸水淹颛顼大军，大江大河之水更加肆意横流。

等到了尧统治时期，天帝派到黄河之中的河伯不思治水，整日贪图享乐，致使水患更加严重，每天都有无数的民众到尧那里求助。

"伟大的尧啊！我的房子被大水冲倒了，我现在只能在山洞里生活，请帮助我重新建设房屋吧！"

"伟大的尧啊！我的田地被大水冲毁了，我现在只能吃些草根树皮，请帮助我重新开垦土地吧！"

"伟大的尧啊！大水把野兽驱赶到我们的村庄，吃了我的亲人，请派人帮我们杀死野兽吧！"

每天，民众的求助之声不绝于耳，尧十分忧心，召集群臣，求计问策："肆虐了千年的洪水依旧滔滔不绝，刚刚围住了山丘，又淹没了丘陵，民众为此流离失所、苦不堪言。你们有谁能够把这洪水制服吗？"

大臣们你看看我、我看看你，没有一个人站出来。

"共工，你不是总跟我提起你的先祖治理过洪水吗？"尧口中称的这位共工，是那位反抗颛顼的共工的后代，也叫共工。

共工向前一步答道："我的先祖自从被颛顼帝惩处之后，我们的家族就再也没有能治水之人了！"

尧失望地看了看四方诸侯之长四岳："你认为什么人能够把这水患治好？"

四岳答道："我推举一人一定能够消除水患，只怕你不能同意！"

尧眼睛一亮，问道："此人是谁？"

四岳答道："我推举的这个人就是崇伯鲧。"

尧心中一沉，鲧这个人个性极强，尧对他的印象并不好。鲧虽然心地善良，但性格耿直，脾气有些急躁。他沉吟道："鲧？这个人总是违背天命。重用他，我担心他有一天会惹怒天帝，毁灭同族！恐怕难以胜任治水重任。"

四岳答道："如今满朝文武，没有比他更加贤能的了，如果他都治不好水，那就更没有人能治理水患了！您不妨让他试试。"

尧思忖良久，四岳说的话也不无道理，便任命鲧去治理水患。

鲧的才能很大，却没有治水的经验，面对滔天洪水，束手无策。于是，他便向共工去求治水良策。

共工摆手说："自先祖之后，我们已经再不会治水了！"

鲧笑着说道："你就别瞒我了，我知道你有治水的法子。退一万步讲，就算你不会治水，你也总该听说过一些你的先祖治水的方法吧！"

其实，这共工不是不会治水，他深知治水之难，没有个十年八年抛家舍业的决心，根本完不成治水大业。所以，他知难而退，在尧的面前说自己不会治水。尧心知他不愿为国出力，也没有和他深究。

共工拗不过鲧的纠缠，只得说道："我倒还真是听说过一些先祖治水的方法。"

鲧连忙问道："该怎样治水？"

共工说道："其实治水很简单，就一个字——'堵'！"

鲧问道："此话怎讲？"

共工慢慢地说道："水流到哪里，就在它的前面筑一道坝，把它堵住，它就不会再流向其他地方了！"

"这倒是一个好办法！"其实鲧早就想到用这一方法，只是不知道该如何去堵，"可是，河流众多，我到哪里去找那么多人、那么多的土去堵这漫天大水呢？"

第一章　炎黄传说

"本来倒有一法，不过可惜现在行不通了！"

鲧实在着急："你就别再和我卖关子了！"

"这是我们家族最大的秘密，只几个人知道。你既然问，那我就告诉你。"共工说道，"我的先祖是用天帝赐予的'息壤'来堵洪水。息壤是只有巴掌大的一块土壤，你别看它不大，它可有万斤之重。从它的上面扒下一小块扔到地上就能长成一个小山丘。它还有另一神奇之处，就是能生生不息，永不耗损。只可惜，先祖与颛顼帝一战之后，天帝就把这息壤收回，再不给人间使用。"

鲧一听，黯然失色："没有息壤，该如何治理水患？"

"要获得息壤说难也不难！"共工别有用心地说道："你可以去偷！"

鲧心头一震："偷？"

共工点了点头，小声说道："先祖治水的时候，有一只鸥鸟引领、一只神龟负土。如果你能找到它们，一定可以帮你从天帝那里偷来息壤。"

鲧问道："到哪里才能找这鸥鸟和神龟呢？"

共工答道："鸥鸟长着一个头、三个身子，它本住在三危山上，自从帮助先祖治水之后，天帝就把它安置在了天帝山上。神龟就是伏羲帝创八卦时给他启迪的那只大龟，你在画卦台可以找到。"

鲧问道："它们又如何能够从天帝那里偷来息壤呢？"

共工答道："鸥鸟有洞察一切的双眼，一眼就能看到息壤在哪里。当它遇见神龟时，就会疯狂地寻找息壤，找到后就会把这息壤扔到龟背之上。哪里有洪水，鸥鸟就会飞向哪里，神龟就会背着息壤跟着鸥鸟四处游荡。"

鲧真的找到了鸥鸟和神龟，鲧坐在神龟的背上，鸥鸟在天空中疾飞如电，在前面引路，一路直奔昆仑山而来。鲧其实是天帝的孙子，但他自小就不讨天帝的喜欢，天帝就罚他到人间尧的部落里做了他的臣民。如今又回到天界，鲧的内心有些激动，但更多的是紧张，如果被他的爷爷知道了他来盗息壤的事就糟了，不光盗不了息壤，他还会受到惩罚。所以越靠近昆仑山，他越是紧张。所幸没有被天界的人发现，他和鸥鸟、神龟悄悄进入了山里。鸥鸟也降低了飞翔的高度，贴地飞行，七拐八拐，来到了一处壮美的山谷之中。但见山谷中五色的神光缭绕，生出一种神秘的气息。

鲧知道已经到了天帝存放息壤的地方，那五色的神光就是息壤发出的光芒。他屏息凝神，从神龟背上下来，准备进入山谷盗取息壤。正在此时，猛然听到一声像虎又像狮子的猛兽的长啸，声音未落，一只体态怪异的猛兽从山谷中窜了出来。但见这猛兽长着老虎的鞭子一样的巨大的尾巴，身躯雄壮无比，足有百只老虎那么大，它长着九个头颅，和人的面目相似。

鲧大吃一惊，他知道这是他爷爷用来守昆仑山的灵兽陆吾。陆吾凶猛无比，很是不好惹，

昆仑神话故事集

鲧正在犹豫之间,却见刚才骑乘的神龟猛然发生了变化,一下变得巨大无比,犹如小山一般,神龟走上前去,挡在了鲧和陆吾之间,陆吾扑了上来,和神龟缠斗在一起。鲧赶紧抓住机会,进了山谷。

鲧正小心行走,一点点接近息壤的时候,忽听到鸱鸟发出了尖利的叫声。鲧定睛一看,只见鸱鸟扑向了一只头上长着四只角的、很像羊的异兽。鲧知道,那异兽名叫土缕,别看它长得像羊,但那只是像而已。实际上土缕凶残万分,它只吃人,而从不吃草。鸱鸟也是上古神鸟,它并不惧怕土缕,和土缕缠斗了一会,瞅准机会,鸱鸟啄伤了土缕的眼睛,土缕负痛而逃。鲧带着鸱鸟继续往山谷里走去,正走着,忽然又看到一群鸳鸯般大小的蜂扑了过来!鲧吃惊不小,他知道,这蜂群名叫钦原,凶猛无比,被它们蜇一下,任何鸟兽都会死去,任何草木都会枯萎。但鸱鸟并不害怕,它张开翅膀,护住了鲧,两只利爪和尖嘴迅疾如电,把钦原一只只打落下来。就这样,鲧历经艰难,终于盗取到了息壤。

盗取息壤之后,鲧便和鸱鸟、神龟到处寻找发生洪水的地方。天空中飞翔着鸱鸟,大地上鲧坐在神龟背上,跟着鸱鸟满世界转悠。鸱鸟找到洪水,鲧就和神龟到达那里,在洪水前头扔一块息壤,一个山丘一样的堤坝就挡住了洪水的去路。经过九年兢兢业业、不辞劳苦地工作,鲧扔下的息壤越来越多,地面越来越高,终于形成了很大一片高原,把水挡在一边。那坚实无比,散发着泥土芳香的大地,重新展现在人们的眼前。百姓们纷纷从高高的树上爬下来,从潮湿的山洞中走出来。他们欢呼着,跳跃着,笼罩在人们心头上的愁云消失了,大地上又充满了勃勃生机。

正当人们以为鲧已经找到治水的良方,不幸的事情发生了,天帝发现息壤被鲧偷走了,大怒不已,命火神祝融从鲧手中取回息壤,又把鲧杀死了。之后又命鸱鸟返回天帝山、命神龟返回画卦台。

没有了息壤,水在不停地涨,而高原却不再增高,被高原封堵的洪水越聚越多,终于冲破高原,像恶魔一样排山倒海地涌向大地每一个角落,吞噬着它所遇到的一切事物。

鲧被杀害之后,他的尸体一直都没有腐烂。一个月、两个月,一年、两年……,整整三年过去了,经受了无数的风霜雨雪,鲧身上的衣裤也都化作了尘土,可他的尸体却完好如初。

这是怎么回事呢?原来,鲧虽然被杀害了,然而他的魂魄却一直没有散去。因为平息洪水、拯救百姓的宏愿还未了却,他不甘心就这样死去。他在用自己的血肉、自己的精髓孕育着一个新的生命,那就是他的儿子——大禹。鲧要让禹去完成他未竟的事业。禹在鲧的肚子里,从父亲的身上吸取营养,慢慢地长大了。经过三年的孕育,禹具备的神力已大大地超过了父亲鲧。

再说天帝。自从派人将孙儿鲧杀死之后,他心中一直隐隐感到不安。一天,一位天神来报告说,鲧的尸体三年不腐烂。天帝一听,心中更觉不安。他很了解孙儿的性格,真怕这个脾气倔犟的孙儿会变作精怪，再来同自己捣乱。于是，赶紧命令一位天神，带了一把宝刀，去把鲧的尸体剖开，看看到底有没有腐烂。

天神来到羽山脚下，果真拿了宝刀，将鲧的尸体剖开了。正当天神俯下身，想看个究竟时，突然，从鲧的肚子里，跳出了一条虬龙，这就是禹。只见禹变化的虬龙，一个腾跃，飞上了天空。它在空中盘旋飞舞了一阵之后，便消失在云端之中。

禹诞生之后，他具有无穷的神力，可以千变万化。他继承了父亲的遗愿，改进了父亲治水的方法，变堵水法为疏通水道，经过了很多年，终于平息了洪水，拯救了天下的百姓。

这就是息壤的故事。

今天，在青海省格尔木市西南方向六十余公里的昆仑山里，有一处名叫秀沟的地方。那里景色秀丽，山石泥土五彩斑斓，据说就是天帝存放息壤的地方。女娲娘娘造人就是用的这里的泥土，鲧后来治水时，也是在这里盗取的息壤。五彩的泥土在今天依然闪着迷人的色彩，引人流连忘返。

舜的故事

舜是尧之后的一位贤明的君主。

据说舜生于今永济市的诸冯村。他姓姚,因眼里有双瞳,故名叫重华。母亲生下他不久就去世了,父亲娶了继室,生一男一女,男的叫象,女的叫阔首,就是舜的异母弟妹了。

舜的继母偏爱自己的儿子,总是虐待舜。象因为有母亲在后面撑腰,也总是欺负舜。而舜的父亲经常受继母挑唆,也总是偏袒后妻和小儿子。

在坝河的河岸上,有一处舜家粮仓。秋天到了,眼看就要秋收。后娘便分派舜去打扫修补粮仓,说要准备秋收屯粮。因受后娘的虐待,舜常常连饭都吃不饱。这一天,舜一早就来粮仓清扫修补干活,已是日过中午还没有吃上早饭,又累又饿,禁不住倒在仓楼上昏昏睡去。正当他睡得香甜之际,忽然被粮仓内燃起的熊熊大火惊醒。时值初秋,骄阳当空,偶尔还伴有阵阵河风吹来。舜见仓房起火,不知是个阴谋,左冲右突,一心想扑灭大火。怎奈这火借风势,风助火威,眼看救火无望,不得不舍弃仓房逃命。可他万万不曾料到,唯一能进出的大门早已被后娘锁上了。

情急之中,忽听房后有人大喊:"舜哥哥请速上房顶,到房后槐树上避难!"舜循声迅速顺石梯上了后楼,翻上房顶,来到后檐,见恰有大槐树一枝直伸后屋房檐边上。再仔细一看,原来是小妹阔首正在大槐树上急得向他招手。舜来不及多想,伸手揪住槐枝猛地一甩,一个秋千便荡上了大槐树。这时,只听得小妹边哭边说:"舜大哥有所不晓,这都是母亲设下的计谋,想加害于你。幸有大槐树救你性命。你千万不可出去,他们请了好几个纵火大汉还守在前门上,要亲眼看到房子烧尽才得放过。这里我带了干粮给你充饥,你赶紧爬上树顶躲过他们,等到天黑逃命去吧!"

舜侧耳默听,心里十分感激妹妹的真情实意与良苦用心,遂爬上树顶躲藏起来,逃过了一劫。但他并没有逃走,而是依然勤谨地孝敬父母,照顾弟妹。

那时,尧帝正在四处选拔贤才,四岳之长就向尧帝举荐了舜。于是尧帝就选他作自己的继承人,并把自己的两个女儿——娥皇、女英嫁给舜作妻子。尧帝不但赏赐给他一大批牛羊,还给他修了高大的仓库。舜一下子富有了起来。

他的父母和弟弟,一听到舜富了,就顿起不良之心,设计陷害,想把舜的财产夺过来。一天,他们借掏井为名,想投石下井,把舜淹死在深井里。没料到舜穿了娥皇、女英给他的龙衣,从井底游走了。一计不成,他们又借吃饭为名,酒中下毒,想要把舜毒死。然而

第一章 炎黄传说

舜有娥皇、女英的保护，事先让他服了仙药，毒酒下肚，也安然无事。

原来这一切都因舜的异母妹妹阚首生性善良，当她听到父兄要陷害舜的消息时，便悄悄告诉给二位嫂嫂，这就使得娥皇、女英能够从容对付恶人的诡计，帮助舜死里逃生。而舜宽宏大量，不计旧恶，他一如既往，对父母孝顺，对弟弟友爱。不过，经历过这番风波之后，舜更把娥皇、女英当作自己生死不渝的伴侣了。

尧帝把二女许配给舜以后，在长期的考察中，知道舜不但宽厚仁慈，而且英明能干，于是就让他担负一些重要职务，独当一面。尧帝让他做掌管天下土地和人民的司徒，他以美好的道德教育人民，使人民做到父义、母慈、兄友、弟恭、子孝，上下都和睦相处。尧帝让他做总管天下百事工役的司空，他把诸事也都办得井井有条，绝无荒废。尧帝让他出使四面兄弟部落，他同兄弟部落的关系处得也十分融洽。尧帝派他单独到深山老林或边远地区去巡视，他在狂风暴雨中从不迷路，碰到虎豹、豺狼也从不畏怯。

当舜五十岁时，尧帝把天下大事托付给他。他总摄大权，统领百官，做了一系列轰轰烈烈的大事业。他向尧帝推荐了高阳氏苍舒、叔达等才子八人，谓之"八恺"。接着又举荐了高辛氏伯奋、促堪等八位能人，谓之"八元"。这十六位贤人帮助他辅佐尧帝，把天下管理得很好。他在举贤任能的同时，又把使势倚强、横暴不法的"四大凶神"作了惩处。把号"穷奇"的共工流放到幽州，把号"浑沌"的欢兜发配到崇山，把号"桃杌"的鲧囚贬到羽山，把号"饕餮"的三苗驱逐到三危，于是天下大治大安。尧帝整整用了二十七年的时间对他进行考察、培养和试用，直到完全可以放心了，这才把天下正式禅让给他。

舜受尧禅，在蒲坂（今永济）即帝位，就以蒲坂为都，为有虞氏。舜帝即位，因政绩卓著，传说天上有五星化为五老，游于蒲坂，舜以师道尊之。今永济有"五老峰"和"五星湖"，就是这个故事的遗迹。

那时洪水泛滥，舜帝命禹治理，禹治水有功，就拜禹为司空，总理百官。他又请懂得稼穑的后稷管理农业，契管理教育，皋陶管理司法，垂管理手工业，益管理山泽，伯夷负责天下的典礼，夔制谱作乐，龙传达君主命令，谓之"九官"。

成为帝王后，一日，舜来到曾搭救过其性命的大槐树下，焚香叩拜，封赠大槐树为万年神树，常年结籽，青皮不老。世人发现，此槐树无论是在酷热的炎夏还是在寒冷的冬天，其皮常青，枝繁叶茂，年年结籽。据民间传说，就是受过虞舜帝的拜封之故！

尧帝去世之后，舜帝办事更加谨慎，他征聘贤人辅政，立诽谤之木，设进谏之鼓，让人民提意见，以改正自己的过失。他又让乐师制了九招、九韶等古乐。因用箫笛演奏，故称"箫韶。"这种古乐，雍容典雅，清扬婉转，演奏起来，据说凤凰也会飞来起舞。

相传舜巡视南方时，九疑山出了九条孽龙，盘踞在"蟠龙洞""九疑岩"，危害百姓生灵。舜帝闻之前往巡视。走了三湘四水，看了五岭三山，终于来到九疑山间。他带领百姓大战三年，斩杀了九疑岩里的四条龙；接着大战三年，斩杀了蟠龙洞里的四条龙。又大战了三年，方斩杀了三峰石天湖池里的老蛟龙。舜帝苦战了九年，积劳成疾，终于病倒在三峰石下。

在他临终之时，大臣皋陶问他有何吩咐，他说："不可厚葬，只要在三峰石下选一黄土高地，瓦棺布衣掩埋即可。"最后他手指三峰石上的天湖池，龙驾归天了。舜死后，人们刻了块三千斤重的龙碑立在三峰石下。皋陶心想，此地太险恶，迁到大阳河边为好。起灵这天，碑太重，三十个壮汉都抬不动。这时，只见几只白鹤从天空飞临，两头大象从地上走来。大象用鼻子卷起墓碑就走，白鹤在前面引路。当走到熊家山黄龙洞前时，突然，从洞里出来一个白发老人，笑着说："生在帝王城，死在九疑山，白鹤来引路，大象来抬丧。"说完摇身变成一条黄龙，张牙舞爪，不让将舜帝葬在这里。

大象只好又向前走，过了马蹄坳，穿过大桑塘，来到一道大石岩前。这大石岩十分奇特，高300丈，直上青天。岩形状似龙，龙角龙眼龙须龙牙俱全。山下西边有两口龙泉。白马仙人还将峰顶用乱石堆了一顶王冠，一条玉带放在山上。这真是龙潜凤栖之地。

大象将龙碑往此地一放，碑即入地3尺，端端正正地立在中间。于是，众人将舜帝龙体抬下了石坎，砌上瓦棺，就见成群的白鹤从四面八方衔来紫蚌壳，放满瓦棺，这就是"瓦棺贝冢"的由来。皋陶在此地结庐为庵，一直守护在舜陵前。死后化作一棵青松，长在墓边石岩上，像一位将军魏然屹立，侍卫着长眠地下的舜帝。

当娥皇、女英听到舜死南方的消息，便立即动身前往。她俩一路走，一路哭，经过竹林时，泪珠洒在竹子上，竹竿上就呈现出了点点泪斑，有紫色的，有雪白的，还有血红的。后人就称这种竹子为湘妃竹，也叫斑竹。她俩到了湘江时，渡江时遇暴风，船被打翻，二妃落水而逝。

第一章 炎黄传说

大禹治水

　　传说很久以前，水神共工和火神祝融曾属两个部落，共工氏部落负责水文地理和治理水利，而祝融氏负责火事管理。由于炎皇神农时期地球处于冰河时期，那时水灾不明显。到了颛顼大禹期间，冰河期已经过去，气候变热，冰川消融，大地开始不断发大水，同时又经常暴雨不断。因为共工氏负责水事管理，所以首领颛顼认为水患不断是共工氏的责任，因此把滔天不断的洪水怪于共工氏治理不力，便下令诛杀共工氏。然而杀了共工，水患却依然不断。到了尧帝继位，水患依然持续不断，大雨也依旧经常下个不停，于是尧帝也下令继续追杀共工氏族之人，而祝融氏正是追杀共工氏的执行者。杀戮在继续，暴雨和洪水依旧不止。

　　在这样的情况下，大禹的父亲鲧又被尧帝派去治理水患，修堤堵水九年未果，被杀。后舜帝即位，舜来征求大臣们的意见，看谁能治退这水，大臣们都推荐禹，他们说："禹虽然是鲧的儿子，但是比他的父亲能力强多了，这个人为人谦逊，待人有礼，做事认认真真，生活也非常简朴。"听得大臣们这样说，舜并不因他是鲧的儿子，而轻视他，而是很快把治水的大任交给了他。

　　大禹实在是一个贤良的人，他并不因朝廷处罚了他的父亲就怀恨在心，而是欣然接受了这一任务。他暗暗下定决心："我的父亲因为没有治好水，而给人民带来了苦难，我一定要努力做好这件事情。"

　　但是他知道，这是一个十分重大的职责，他哪里敢懈怠分毫。考虑到这一任务十分艰巨，舜又派伯益和后稷两位贤臣和他一道，协助他的工作。

　　禹接到治水任务后，仔细研究了一下父亲的治水方法，发现到处修堤堵水的方法不可取，于是改变了治水方略。他经过调研和摸排，运用准绳和规矩，带领族人凿开了龙门和伊阙，凿通了积石山和青铜峡，挖通了九条河，经过十多年的努力，终于把洪水引到了大海里去，地面上又可以供人种庄稼了。治水过程中，他和老百姓一起劳动，戴着箬帽，拿着铁锹，带头挖土、挑土，因为常年脚泡在水里，后来连脚跟都烂了，只能拄着棍子走。

　　禹在涂山治水时，遇到了一个名叫女娇的姑娘，两人相互爱慕，后来便成了亲。禹新婚仅仅四天，便为了治水，要离开妻子到处奔波。大禹洒泪和自己的恩爱妻子告别，就踏上了征程。

　　禹带领着伯益、后稷和一批助手，跋山涉水，风餐露宿，走遍了当时中原大地的山山水水，穷乡僻壤，人迹罕至的地方都留下了他们的足迹。

他生活简朴，住在很矮的茅草屋子里，吃穿用度能省则省。但是在水利工程上，为了工程质量，他又是最肯花钱的，每当治理一处水患缺少钱，他都亲自去争取。

治水时，大禹左手拿着准绳，右手拿着规矩，走到哪里就量到哪里。他吸取了父亲采用堵截方法治水失败的教训，发明了一种疏导治水的新方法，其要点就是疏通水道，使得水能够顺利地东流入海。大禹每发现一个地方需要治理，就到各个部落去发动群众来施工，每当水利工程开始的时候，他都和人民在一起劳动，吃在工地，睡在工地，挖山掘石，披星戴月地干。

他治水曾三过家门而不入。有一次他治水路过自己的家，听到有小孩的哭声，那是他的妻子女娇（涂山氏）刚给他生了一个儿子，他多么想回去亲眼看一看自己的妻子和孩子，但是他一想到治水任务艰巨，就强忍着思念没进去探望，只向家中那茅屋行了一个大礼，眼里噙着泪水，骑马飞奔走了。

大禹治水时，根据山川地理情况，将中国分为九个州，就是：冀州、青州、徐州、兖州、扬州、梁州、豫州、雍州、荆州。他的治水方法是把整个中国的山山水水当作一个整体来治理，这比只治理各个局部要有效得多。他先治理九州的土地，该疏通的疏通，该平整的平整，使得大量的地方变成肥沃的土地。

当禹治理到黄河时，有一天，一个白净脸孔、下身是鱼的长人从波涛中一跃而出，来到禹的面前。他递给禹一块湿淋淋的青石板，又跳进水中不见了。禹有些纳闷，仔细端详着手中的石板，当看到上面刻着弯弯曲曲的线条时，他一下就明白了，原来这是一幅治水的地图，可以当作全盘工程的参考。后人将这块青石板叫作"河图。"而那个献图的人，就是河伯。

然后大禹开始治理山，经他治理的山有岐山、荆山、雷首山、太岳山、太行山、王屋山、常山、砥柱山、碣石山、太华山、大别山等，治山时就是要疏通水道，使得水能够顺利往下流去，不至于堵塞水路。山路治理好了以后，他就开始理通水脉，长江以北的大多数河流都留下了他治理的痕迹。

帮助禹的可不止河伯一人。他治水讲究的是智慧，如治理黄河上游的龙门山就是如此。龙门山在梁山的北面，大禹将黄河水从甘肃的积石山引出，水被疏导到梁山时，不料被龙门山挡住了，过不去。大禹察看了地形，觉得这地方非得凿开不可，但是偌大一个龙门山如果方法不当，就会工程量太大，太耗时。

据说开凿龙门山的一天，禹偶然走进了一个大岩洞。当深不见底的山洞把禹身后最后一丝光线都掩盖住的时候，他只能重回洞口，点燃火把，再次进入。没想到这次，禹看到眼前居然有一条十余丈长的大黑蛇，黑蛇头顶的角上嵌着一颗夜明珠，将整个山洞照得亮如白昼。也不知往前走了多久，黑蛇带着大禹到了一个明亮而开阔的殿堂里，只见很多黑

第一章 炎黄传说

衣人围绕着一个人面蛇身的人,这个人正在打量着他。禹大胆猜测,这身打扮应当是九河神女华胥氏的儿子伏羲吧?

两人一攀谈,果真如此。伏羲和禹一见如故,更感佩禹治水的辛苦和坚韧。只见他从怀中掏出一块像竹片的玉简交给他,说:"别看它才一尺二寸长,可是你丈量土地的好宝贝!"

要说这龙门山,可真是治水的大麻烦。这么一座大山,和另一座叫吕梁的大山把黄河的去路挡得严严实实。黄河滚滚,流到这儿就是无法通过。

大禹选择了一个最省工省力的地方,只开了一个80步宽的口子,就将水引了过去。因为龙门太高了,许多逆水而上的鱼到了这里,就游不过去了。许多鱼就拼命地往上跳,但是只有极少数的鱼能够跳过去,这就是我们后人所说的"鲤鱼跳龙门",据说只要能跳上龙门,鱼马上就变成了一条龙在空中飞舞。

大禹治水一共花了13年的时间,正是在他的治理下,咆哮的河水失去了往日的凶恶,驯服平缓地向东流去。昔日被水淹没的山陵露出了峥嵘,农田变成了米粮仓,人民又能筑室而居,过上幸福富足的生活。

大禹治水居外13年,三过家门而不入,他是中国历史上第一位成功地治理水患的治水英雄。

后代人们感念他的功绩,为他修庙筑殿,尊他为"禹神",我们的整个中国也被称为"禹域",也就是说,这里是大禹曾经治理过的地方。

此外,关于大禹治水还有另一种传说。据《山海经·海内经》记载,相传古时嵩山一代洪水滔天,土地淹没,许多生命被夺走,大禹为了尽快凿开山间通道,经常废寝忘食。大禹之妻涂山氏为了支持大禹治水,也一同来到嵩山,就住在山脚下,每天给大禹缝衣送饭。每当大禹忙得顾不得回家,到了吃饭时分,便击鼓为号,由大禹的妻子涂山氏前来送饭。相传此事感动了上苍,玉皇大帝便出手相助,让大禹在开山凿渠时变成了一头力大无比的黑熊,滔滔江水乖乖地听从大禹的安排,但大禹始终没有把变熊的事情告诉妻子。大禹只对涂山氏说:"当你听到击鼓声时,就来给我送饭吧。"这就是闻鼓饷夫的故事。大禹为了尽快凿开山间通道,就时时变成一只大熊,在山间来来往往,开山凿石,忙碌个不停。

一天,大禹开山进石时误触了皮鼓,涂山氏闻声前来送饭,没承想,不见大禹却见到了一头威猛的黑熊,又惊又急之下,扭头便往东奔跑。大禹急忙去追,眼看快要追上时,涂山氏却化成了一块大石头。面对急匆匆赶到的大禹,涂山氏明白了一切,悲喜交集,但却已无法回答大禹的千呼万唤。这时只听一声巨响,巨石的背部裂开了,生出了一个婴儿。原来是涂山氏焦急万分,愁肠百转之下迸破了肚子,把十月怀胎的儿子留给了大禹,也把无限的眷恋和思念留给了大禹。这个婴儿便是夏代的第二代君主夏启。

禹铸九鼎

禹铸九鼎的故事来源于一个神话传说。传说夏朝建立之后，九州稳定，四海升平，赋税政策既定，万民遵从。当时百姓的收入日益增多，人们说即使有灾年，也够九年的消耗了，国家的积蓄也够使用三十年的，朝廷和百姓都日益富庶。

有一天，禹的大臣施黯请示道："现在国家富裕，九州所贡的金属一年一年积累下来，现在已经有很多了，咱们能用它们干些什么呢？"大禹想起从前黄帝轩辕氏功成铸鼎，鼎成仙去。现在天下有九州，所以他打算铸九鼎。

但大禹转念一想，这个办法不好，如果真这样做，会不会又要引起诸侯们的责备呢？禹一转念：我可以变通方法啊！何必一定要学前人呢？铸鼎不是为自己表功，而是为百姓所用，有何不可？

于是大禹说道："我的意思，把这些金属拿来铸成九个鼎吧。九州里哪一州所贡之金属，就拿来铸哪一州的鼎，鼎上可以将那一州内的山川形势都铸在上面。还有，从前治水时所遇到的各种奇禽异兽、神仙魔怪等，也一一刻出。至于形象，我和伯益都有草图画出，现在一并把它铸在鼎上。将来鼎成之后，你们再设法将图像拓出，昭示给九州百姓，使他们知道哪一种动物有益，哪一种动物有害。免得他们跑到山林、川泽里去劳作时，遇到不好的东西，自己也不知道，受了魑魅魍魉的害，还不知道是怎么回事，懵里懵懂，不知厉害。再则，有了山川形势图，百姓出门也要方便得多。这样，岂不也是为百姓做了一件有益的事情吗？"

施黯道："如果按照这个想法去设计去做的话，这九个鼎的体积可能就要做得非常大了，也会非常重。"

夏禹说："就是要它又重又大，越重越大就越不好迁移，这样才可以留存久远。"

施黯道："如果按照这个设计，这是一个浩大的工程。这样大的工程，在何处铸造好呢？是在都城之内呢？还是在都城之外呢？"

夏禹道："放到都城之外去吧，选择一个山川形势秀美、黎民有铸造技术的地方。具体放在哪里，你自己看着办吧。"

大臣施黯领命，到伯益处取了《山海经图》，便去择地经营，悉心摹铸。

又过了几个月，这已是夏禹在位的第五个年头，夏禹承继了帝舜定下的制度，也定为每五年下去巡视一遍。这年刚好是巡视之年，所以他们决定正月下旬就动身。

第一章 炎黄传说

巡视途中，夏禹想起施黯正在监督铸鼎，当时选定的地方是在荆山之下，因此特地绕道前往视察。

这个荆山地区，据说当地群众自古以来就擅长冶铁铸造工艺。夏禹一行浩浩荡荡行进到离荆山岭还有好远的地方，就看见许多工匠师傅正在那里忙碌，绘图的绘图，造胚的造胚，锤炼的锤炼，设计的设计，非常紧张繁忙。

夏禹在铸造现场转了一圈后向施黯道："我听说这种金属类也有雌雄之分，你最好选择雄金，铸成五个阳鼎；选择雌金，铸成四个阴鼎。五应阳法，四象阴数，这样方才完美。至于九州之中哪个州属阳，哪个州属阴，由你们自己去悉心研究、合理分配，寡人不再遥度。"

施黯听了，唯唯受命。

过了两年，天上忽然出现了一种怪现象：一连九日，大白天都能看见太白金星在天空闪耀。百姓和满朝文武大臣纷纷议论，都猜不出它是福还是祸。正在惶惶不安时，忽听施黯来报："陛下，九个大鼎终于铸成功了。"夏禹一听大喜，知道太白昼现是因为这个缘故，便吩咐将那九个鼎都迁到夏邑来。

人们这才明白，太白昼现，原来是九鼎铸成的征兆。这九鼎即冀州鼎、兖州鼎、青州鼎、徐州鼎、扬州鼎、荆州鼎、豫州鼎、梁州鼎、雍州鼎。鼎上铸着各州的山川名物、珍禽异兽。

九鼎象征着九州，其中豫州鼎为中央大鼎，豫州即为中央枢纽。九鼎集中到夏王朝的都城阳城，借以显示夏王大禹成了九州之主，天下从此一统。九鼎继而成为"天命"之所在，是王权至高无上、国家统一昌盛的象征。大禹把九鼎称为镇国之宝，各方诸侯来朝见时，都要向九鼎顶礼膜拜。从此之后，九鼎成为了国家最重要的礼器。

但是那九鼎非常重而且大，要从荆山搬到国都夏邑实在不易，据说上万人夫，足足搬运了三四个月的时间方才运到国都。

九鼎运到夏邑这天，百姓成群结队前来观看，热闹非常，成为了当年的一大盛事。夏禹一看，九鼎中阳鼎六个，阴鼎三个，上面的图书都非常精妙，大禹大喜，遂对施黯及他手下的工匠师傅们都一一优加慰劳、赏赐。并把这九鼎都陈列在宫门外。

九鼎一时成为当时人们最好的旅行指南。

后来夏都几经搬迁，九鼎也随之搬来搬去。此时鼎已经成了国家政权的象征。因为九鼎只有君王才能拥有，从此之后，谁要想夺取天子之位，不用说夺天子位，只要问问这九鼎的大小轻重，就可知道他的野心是想要夺取天下。

夏朝被商所灭之后，这九个鼎就迁之于商朝的都城亳邑。商朝为周朝所灭之后，九鼎又迁到了周朝的国都镐京。

春秋时期，楚国国王四处侵略别的邦国领土，当时战火烧到了周天子的都城。周天子就让王孙满去见楚王，没想到楚王却拐弯抹角地打听九鼎的大小轻重。

王孙满听他如此不自量力，就轻蔑地说："能不能当天下的君主，看的是一个人的德行，而不是看他是否拥有这几个鼎。"

再后来，成王在洛阳地方营造新都，又先将九鼎安置在郏鄏，其名谓之"定鼎。"

到了战国末年，秦国国王靠着强大的武力从周天子那里抢来了九鼎，准备把九鼎迁到秦国。就在秦国人满心欢喜往回迁移宝鼎的路上，一只宝鼎突然挣脱了捆绑，飘飘忽忽地飞了起来，一直飞到了东方的泗水河畔，沉进了深不可测的泗水之中。秦国派了许多人，搜寻了许久，竟找不到鼎的踪影。

就这样，缺了一个的八鼎再也不是完美无缺的象征了。到了这个抢九鼎的秦王的孙子登基时，新秦王统一了全国，自称"秦始皇。"秦始皇去东海求仙，希望自己能长生不老，永远统治天下，结果神仙没求到，路过泗水的时候，一下想起了那个逃跑的宝鼎，于是就命令军队去打捞。

用了很长时间，想了很多办法，终于找到了宝鼎。但没想到宝鼎刚被绳子拽出水面，绳子竟莫名其妙地齐刷刷都断了，宝鼎又沉入了水底。再找时，竟不知踪影。而其他的八个宝鼎也无缘无故地消失了。至今不知所在，成为千古之谜。

因为禹铸造九鼎，直到现在，"一言九鼎""问鼎中原"等还是人们常用的词汇。

第一章　炎黄传说

后稷的传说

关于农业始祖后稷的传说很多，许多都颇有传奇色彩。

相传，炎帝后裔有邰氏的女儿名叫姜嫄，她十分喜爱大自然，经常外出散步。

有一天，在昆仑山的一个山谷里，她偶然发现地面上有一个巨大的人的足迹。什么人的脚印这么大？姜嫄觉得好奇，就把自己的脚踩到这个脚印里，没想到刚一接触这些脚印，一股巨大的力量就从脚底涌遍全身，更不可思议的是，她回去后竟然发现自己怀孕了，后来生了一个儿子。

人们认为这个无父亲的孩子来得蹊跷，恐怕是个"不祥之物"，就把他偷偷抱走，丢在了一片山坡上。但奇怪的是，当一群群牛羊经过那里，都小心翼翼地避开了这个孩子，没有践踏到他。人们心中纳闷，认为是个偶然，便把这孩子抱走，扔在了一条结冰的河面上。但奇怪的事情再次发生了：只见一只大鸟飞翔而来，直接落在襁褓上，用它毛茸茸的翅膀包裹着孩子，温暖着他。

人们震惊了，不知这是吉兆还是凶兆，又把他扔在了森林里。没想到这次更离奇：头天放在森林，第二天去看时却发现有只母狼带着两只小狼把这个孩子围在中间，守护着他。

就这样，人们把他抛弃了三次，先后扔在山坡、冰河和森林里，奇怪的是每次都有动物相救。于是人们认为他是个神孩，就又抱回去给姜嫄养育。因他曾被抛弃过，所以起名叫"弃"。

弃是个有灵气的孩子，从小就喜欢观察，也很喜欢农艺。他看到人们仅仅靠打猎维持着生活，食物品种太单调，常常吃了上顿没下顿，心里非常难过，就决心想个办法来保证人类能生存下去。

有一天，他在山坡上看到漫山遍野的树木和花草，突然灵机一动，人们为什么总要渔猎吃肉呢？这些树木的果实、茎叶能不能吃呢？于是，他便决定亲口尝一尝各种野生植物的滋味，以确定哪些能吃、好吃，哪些不能吃或不好吃？遍尝各种植物，经历了九九八十一难，他为人类找到了大量的食物。

古人把谷子一类的东西叫"稷"，姜嫄就给儿子取了个大名叫"后稷"。

可是，后稷并不满足于他的这些发现，他看到人们为了找到好吃的植物，往往要走很远的路，累得满头大汗。这些东西能不能在自己家门口种植呢？他反复思考、观察，后来惊奇地发现，飞鸟嘴里衔的种子掉在地里，人们吃完的瓜子、果核扔在地上，到第二年又能发出新芽，长出新的瓜果树。后来他又发现植物的生长与天气、土壤有关系，就决定根据天气的变化和不同类型的土地，指导人们选育良种，有计划地进行农耕。

春天，后稷把种子撒播到松软的土地里。秋天，他从土地里收获了许许多多的瓜果谷物。人们对此感到很神奇，就都开始学着他的样子耕地种庄稼。为了有更多的植物品种可供种植，后稷还四处寻访种子。

有一次，后稷听说天宫里有一种谷子，结的果实很好吃，便准备到天上去要一点回来种。但听说天宫的东西管得很严，怎么才能得到谷种呢？传说在很远的地方有个仙人，什么都难不倒他，于是就动身去找那位仙人。

翻过了几座大山，历尽了千辛万苦，后稷终于找到了那位仙人。他鹤发童颜，精神矍铄，一见后稷就说："小伙子，你的来意我已知晓。想要天上的谷种，光有勇敢还不行，还得有智慧。"于是他出了道题，想考验一下后稷。

仙人说："你看，我这儿有一颗里面有弯弯曲曲通道的明珠，还有一根细如发丝的麻线，你能用这根细线将这颗明珠穿起来吗？"

后稷看了看珠子和麻线，想了想，捉来了一只蚂蚁，将麻线小心地系在小蚂蚁的脚上，然后把蚂蚁放在明珠的一端洞口，吹口气，小蚂蚁就从洞的这端爬进去了。不一会儿，小蚂蚁就带着麻线从珠子的另一端爬了出来。

见此情景，白胡子仙人微微颔首："小伙子，以你的勇敢和智慧，相信你已经拥有了把谷种从天上盗下来的能力。不过，我还是要给你提个醒，天上守护谷种的谷神又凶狠又狡猾，你可千万要当心，别上了他的当。"

后稷一边答应着一边披上了老仙人给他的一件衣服。没想到刚披上这衣服，转眼就轻飘飘地飞到了云彩上方，又一阵轻风，就已经到了谷神宫殿前。

后稷见了谷神，诚恳地表达了来意，想获得一些谷种，造福百姓。

谷神眨眨眼睛，思索了一下，说："想获得种子，先帮我做两件事吧！这两件事做好了，就把谷种给你。"

后稷答应了。

谷神说："这第一件事，就是现在正是春耕季节，但不巧的是，我的神牛生了病，你能代替神牛拉犁，帮我耕完这块地吗？"

后稷说，"好的，交给我吧。"

后稷在下界经常耕地，想来这个任务很好完成。没承想，当他在肩上套上绳子，拉起犁时，使尽了全身力气，犁居然纹丝不动。随着他不断用劲，绳子一点一点地勒进了肩膀，磨出血丝来，犁还是一动不动。后稷有些奇怪，心想，难道天宫的犁比地上的犁重吗？

还没等他想明白，就见谷神很自得地扔下他到一边喝水休息去了。

正在这时，只见一条天狗路过这块地，洋洋洒洒地在他的犁边拉了一泡屎，然后扬长

第一章 炎黄传说

而去。后稷哭笑不得，顾不得许多，一心想尽快完成任务，就又使劲往前拉犁。没想到这一下犁不但拉动了，还十分轻松。粪便难道会对土地产生影响？后稷高兴坏了，为自己又发现了一个奥妙而兴奋。

谷神休息完回来时，见后稷正轻松地拉着犁走在地里，那块地也快犁完了，他就知道这其中的玄机已经被后稷识破了——土地里掺上粪便之后，土质就会变得疏松。谷神叹了口气，说："既然这件事你做完了，那咱们去做第二件事吧。"

谷神让他做的第二件事是，将一块光滑的较圆的大石头从山脚推上山顶，中途不能落下来。后稷将这块石头用尽全身力气向上推去，没想到才推上去五六尺的距离，石头就因自身重量一下子滑了下来。后稷从山脚再次将石头用更大的力气向上推去，但是推到五尺高的时候石头又滚落下来。连续推了四五次都是如此，一到五六尺高的时候，就推不上去了。

得想个办法，不能盲目推了。后稷坐下来，望着那石头，陷入沉思。

突然，他眼睛一亮，想到一个办法：从山脚开始，在每往上五尺的地方都弄出一个平台，这样每往上推五尺的高度时，石头都可以停在平台上不再往下滑，人也可以在每一个平台借力再往上推，比从山脚下一直往上推，可以省不少力气。

说干就干。后稷用这个方法终于把石头推到了山顶。谷神交给后稷的两件事都完成了。

由于有言在先，谷神也不好抵赖，心里即使再不情愿，也只得把一捧金灿灿的谷种交给了后稷。

经过千辛万苦终于得到了谷种，后稷心里十分高兴。他立即返回凡间，开垦荒地，将谷种播种下去。

自从谷种播种下去以后，后稷就天天在这块地边转悠，眼巴巴地盼着禾苗出土。可他左等右等，一直等了半个多月，也没发现禾苗有任何破土而出的迹象。后稷很纳闷，不知到底是哪里出了差错。百思不解下，就又千辛万苦地赶到仙山，去向老仙人请教。

没想到仙人一见他就说："哎呀，小伙子，你被谷神给骗了。他不想让天宫的谷子流到人间，就给了你一些煮熟的谷子，这些种子永远都不会发芽。而真正能发芽的谷种全都晾晒在天上的晒谷场里，那里有天兵天将把守，不容易进去呀。"

听了这话，后稷转身就又要到天宫去，老仙人一把拉住了他道："你也太心急了，要知道欲速则不达啊。你带上我的这颗宝珠，它可以让你的外形随意变化，方便你去取谷种。"

谢过老仙人后，后稷又一次飞上天庭。这一次，他直接飞到了天庭的晒谷场外，四面一望，只见金灿灿的谷种铺满了巨大的晒谷场，场面十分壮观。见场外有许多天兵天将在守护，后稷没敢贸然行动。他把仙人给他的宝珠拿出来，悄悄念了几句口诀，摇身一变，变成了一只小麻雀，飞进晒谷场衔起谷粒来。

没想到还没衔几粒呢，就让守卫给发现了，他们一起来轰赶麻雀，后稷怕暴露身份，只得衔着那几粒种子飞走了。看到已得到的几粒种子，后稷心里虽然很高兴，但又觉得这

昆仑神话故事集

几粒种子实在太少了,到天宫来一趟不容易,还是得想办法多带些回去才好。

想到这里,他又拿出宝珠,摇身一变,变成了一条天狗,趁天兵天将还在找麻雀的功夫溜到了晒谷场上。这次,后稷留了个心眼,怕守卫发现后会立即来赶他,一到晒谷场他就赶紧就地一滚,使身上都沾满了谷种。正在这时,守卫们也发现了这只捣乱的天狗,便一齐围攻过来。后稷一看形势不妙,调头就往人间跑去,而天兵天将们还在后面紧追不舍。

后稷一路急奔到纵横几百里的银河边,只见河中波涛汹涌,河水击岸的声音响彻天地。但是事到如今,他也顾不上危险了,飞身跃进了河水里,只高高擎起尾巴。等到终于渡过天河上岸后,后稷才发现身上沾着的谷种都被河水冲走了,只保住了那高高擎起的尾巴上的种子。

从此,人间才种上了五谷。而每当收获的季节,饱满的谷穗一束束就像高高翘起的狗尾巴,金光灿灿,充满希望。

后来,后稷还根据实践,指导人们改进农具,开渠修堰,排水、灌溉,使田野一片绿油油的。人们都夸后稷教百姓种的庄稼穗儿大、颗粒饱、产量高。

后稷教民农耕,是远古时一位大农艺师。舜帝为了表彰他的功德,把广阔的有邰地赐予他。《史记·周本纪》和《诗经·生民》都详细记载和颂扬了后稷的功绩。它记载着炎黄民族农业生产远在各国之先的历史,反映了原始社会生产力的发展。几千年来,有关后稷的故事广为流传。

第一章 炎黄传说

后羿射日

传说古时候，天空中曾经有十个太阳，他们都是天帝的儿子，住在东方的大海边，海边有一种叫做扶桑的大树，高耸入云，遮天蔽日，巨大无比，这棵树就是他们的家。十个太阳，轮流当值，每人一天，照耀着人间。开始的时候，十个太阳很守规矩，每一个黎明来临的时候，提前栖息在树梢的那个太阳便驾起火焰车辇穿越天空，给人间的万物带去光明和热量，其余的九个太阳便藏在密实的扶桑树叶之间，等待着自己的值班时刻。

那时候，人们在大地上生活得非常幸福和睦。万物都能友好相处，人间处处是一片快乐祥和的景象，人们也都感恩于太阳给他们带来了光明和欢乐。但这样和谐的景象却在某一天被打破了。

有一天，十个太阳因为某件高兴的事喝了很多酒，第二天，有两个太阳都记得该是自己值班了，便一起出现在了天空。两个太阳一起出现在天空，这可是个稀罕事，人间的人民很是稀奇，纷纷仰起头看着太阳，指指点点。但除了觉得比平时热

韦珂作品《后羿射日》

昆仑神话故事集

一些,天色也更亮一些,其他差别倒并不大。两个太阳第一次一起值班,开始还觉得忐忑,后来便觉得很好玩,他们开始说说笑笑,携手穿越天空,一天的时间很快便过去了。

因为这一次无意的"失误",之后的日子里,十个太阳便隔三差五三三两两地出现在天空中,直至有一天,最小的那个太阳说:"以后咱们就一起值班吧,多好玩啊,也不会像一个人的时候那样孤单了。"十个太阳纷纷附和,大声说好。于是,当又一个黎明来临时,十个太阳各自坐上自己的火焰车辇,一起踏上了穿越天空的行程。

这一下,大地上的人们和万物就遭殃了。十个太阳像十个火团,他们一起放出的热量烤焦了大地。森林着火啦,烧成了灰烬,烧死了许多动物。那些在大火中没有烧死的动物流窜于人群之中,发疯似地寻找食物;河流干枯了,大海也干涸了。数不清的鱼都死了,水中的怪物爬上岸来偷窃食物;农作物和果园枯萎了,供给人和家畜的食物也断绝了。许许多多人和动物都渴死了,剩下的一些人出门觅食,又被太阳的高温活活烧死了,另外一些人则成了野兽的食物。人们在火海里苦苦挣扎着生存。

这一切,都被一个年轻英俊的叫做后羿的年轻人看在眼里。后羿是个神箭手,箭法超群,百发百中。他看到人们生活在苦难中,便下定决心帮助人们脱离苦海,射掉那多余的九个太阳。于是,后羿来到了东海边,登上了一座大山,山脚下就是茫茫的大海。在离扶桑树不远的地方,后羿拉开了万斤巨弓,搭上了千斤重利箭,只等着太阳从扶桑树上升起来。

黎明来临了,十个太阳一起闹哄哄地从扶桑树上升了起来。后羿瞄准天上火辣辣的太阳,嗖,一箭射去,一个太阳被射落了。其余九个太阳在愣神的刹那间,后羿又拉开巨弓,搭上利箭,嗡的一声射去,又射落了第二个太阳。这下,天上还剩下八个太阳瞪着红彤彤的眼睛,他们都吓坏了,在天空中惊慌逃窜,向着西方奔去。后羿不肯罢休,迈开大步,紧紧追赶。一路上,后羿爬过了九十九座高山,迈过了九十九条大河,穿过了九十九个峡谷,又射落了七个太阳。后羿又继续追赶,一直追到了西天的昆仑山中。

剩下的那个太阳害怕极了,在天上慌不择路,抱头鼠窜。眼看后羿就要追上最后一颗太阳了,后羿又拉开了手中的巨弓。正在此时,一个衣饰华丽、面容慈祥、法相庄严的神仙出现了,她就是大名鼎鼎的西王母。西王母拦住了后羿,说:"这最后的一个太阳就留下吧,要不人间就会陷入黑暗了。"后羿猛然一惊,才觉得暗自庆幸,如果把最后这个太阳也射下来,就真的是好心办了坏事了。

西王母又叫住最后这个太阳,训诫了一番,嘱咐他以后再不可以任意妄为了。从此之后,最后的这个太阳每天从东方的海边升起,落向西方,每天挂在天上,温暖着人间,使得禾苗得生长,万物的生存。

后羿因为射杀太阳,拯救了万物,西王母赐给了他两粒长生不老药,后羿欢欢喜喜回到了自己家里。

第一章 炎黄传说

嫦娥奔月

远古的时候，天空中出现了十个太阳，他们一起放出的热量烤焦了大地。河流干枯了，大海也干涸了，数不清的鱼都死了，庄稼枯萎了，许许多多人和动物都渴死了，人们在火海里苦苦挣扎着生存。看着人们生活在水深火热之中，有一个人心急如焚，这个人就是英雄后羿，他决定挺身而出，救人民于水火之中。打定主意之后，后羿背上弓箭，前往东海边。

后羿历尽艰辛，他爬过了九十九座高山，迈过了九十九条大河，穿过了九十九个峡谷，终于射落了九颗太阳。后羿又继续追赶，一直追到了西天的昆仑山中，但见昆仑山莽莽苍苍，高耸入云，险峻雄奇。那颗太阳一到昆仑山，就开始降落下去，想借助一座座的山峰藏起来，好躲过后羿的追杀。后羿哪肯罢休，他奋力登上最高的那座山峰，弯弓搭箭，瞄准了太阳。就在后羿准备射下最后那颗太阳时，一个衣饰华丽、面容慈祥、法相庄严的神仙出现了，她就是大名鼎鼎的西王母。西王母拦住了后羿，说："这最后的一个太阳就留下吧，要不人间就会陷入黑暗了。"后羿猛然一惊，醒悟过来，赶紧收手，留下了那颗太阳。

西王母叫住最后那颗太阳，训诫了一番，嘱咐他以后再不可以任意妄为了。从此之后，剩下的这颗太阳每天从东方的海边升起，落向西方，每天挂在天上，温暖着人间，使得禾苗得生长，万物的生存。

后羿因为射杀太阳，拯救了万物，立下了大功，西王母很高兴，赐给了后羿两粒仙丹，并告诉后羿，吃一颗仙丹可以长生不老，吃两颗就可以成为天上的神仙了。后羿高兴极了，他辞别西王母，欢欢喜喜从昆仑山踏上了返程之路。

后羿回到家里，见到自己的妻子嫦娥。两个人高兴极了，喜极而泣。射落了九颗太阳，人间重新获得了安宁与祥和，这是多么值得高兴的事啊。后羿又悄悄告诉嫦娥，西王母念他立下大功，还给了他两颗仙丹呢。嫦娥听了以后愈加高兴，对于未来充满了憧憬。他们算了一下，八月十五是个好日子，便约定在那天一人吃下一粒仙丹，两人一起长生不老，携手而行，尽享人间的美好生活。

自后羿射落九颗太阳回到家乡之后，一时英名远扬，大家都在传颂着他射落太阳的伟大事迹。他的家里也顿时门庭若市，想瞧一瞧大英雄模样的，请求拜师学艺的，人来人往，络绎不绝。后羿推辞不过，收了一些徒弟，其中有一个叫做逢蒙的年轻人，看着很是机灵、聪慧，学起东西来总比别的徒弟快一些，很得后羿的喜欢。后羿整日和徒弟们要么一起在家练习武艺，要么一起外出打猎，日子过得很是逍遥快活。

昆仑神话故事集

这一天，后羿又带着徒弟们去远处的森林里打猎了。逢蒙却找了个借口，说身体不舒服，没有和师傅一起去打猎。逢蒙回到家里，假装躺着休息，估摸着师傅已经走远，一时半会回不来之后，便带上一把短刀出了门。

原来，逢蒙本是个奸诈贪婪、心术不正的人，他在后羿面前表现出来的顺从听话全都是伪装出来的假象。他学习武艺，主要是想学成之后恃强凌弱，巧取豪夺，聚敛财物，就可以过上自己奢想的生活了。一个偶然的机会，逢蒙竟然听说了师傅后羿有两颗仙丹的事，这可是个巨大的诱惑，逢蒙动起了坏脑筋，想着无论如何也要拿到手，这样的想法让逢蒙开始变得寝食难安，坐卧不宁。现在师傅他们都出去打猎了，这可是个好机会，他决定到师傅的家里去偷仙丹。说做就做，逢蒙轻手轻脚出了门。

师傅家关着门，师母嫦娥应该也出门了，这可是个千载难逢的好机会。逢蒙看四下无人，便用刀子拨开门闩，轻手轻脚进入房间，开始四下寻找仙丹。

但找了半天，连仙丹的影子都没看到。他不由着急起来，师傅出门打猎已经很长时间了，随时可能回来，万一被师傅撞见就糟了。恰在此时，外出的嫦娥出门回来了。逢蒙本想悄悄溜走，又一想，可以逼迫嫦娥把药拿出来啊，反正师傅现在又不在家。想到这里，逢蒙便跳了出来，用刀子逼住了嫦娥。嫦娥吓了一大跳，喝问道："逢蒙，你想干什么？"逢蒙毕竟有些心虚，愣了一下，索性一不做二不休，咬着牙低声回道："把仙丹交出来！"嫦娥这才明白了逢蒙的来意，装作糊涂地回道："什么仙丹？我不明白你说的什么意思。"

"别装糊涂，赶紧拿出来！别逼着我伤害你！"逢蒙有些气恼，边说边把刀子在嫦娥脖子上划了一下，一丝鲜血顿时流了出来。嫦娥眼见逢蒙有些气急败坏，知道不能硬来，便假意说在家里找一找。"逢蒙是个奸邪贪婪的小人，仙丹一定不能落在他的手里，如果被他拿到，他成了仙也一定是个坏神仙，会利用法力干更多的坏事"，嫦娥暗暗想着，趁逢蒙不注意，瞅个机会悄悄拿出仙丹，吃了下去。

逢蒙见嫦娥很长时间还没找到仙丹，更加气恼了，他知道如果师傅后羿知道了肯定不会放过他的，便准备杀了嫦娥灭口。就在他用刀砍向嫦娥的时候，嫦娥突然飞了起来，越飞越高，一直飞到了月亮上。

后羿回到家之后，听说了事情的经过，他怒气冲冲去找逢蒙算账，可逢蒙早就因为害怕，逃跑了。天帝听说这件事之后，很感动，便准许后羿每年八月十五可以去见一次嫦娥，所以，每年的八月十五那天的月亮都是又大又圆的。到了八月十五，我们抬头仰望天空，便似乎看到了圆圆的月亮上树影婆娑，树下站着一个深情凝望着的仙子，那就是美丽善良的嫦娥吧。

第一章 炎黄传说

巨德湖与嫦娥

自从嫦娥飞往广寒宫后,天宫生活并不像她所想象的那么美好浪漫,有许多的天规天条,还有因为生命永无尽头而产生的无尽的孤寂。她时常在寂寞的夜色里思念自己的丈夫后羿。就让月宫里的玉兔制作可以让她重返人间的仙药,好和后羿团聚。

于是,玉兔就时常在月宫的桂花树下捣药,一地清辉,捣药声更增加了广寒宫无边的寂寥。

话说这日,广寒宫里依旧异常的冷清。万籁寂静,只能听到白兔捣药的卟、卟、卟的单调声。嫦娥本来已经非常抑郁,凄苦的心情此刻变得越发忧伤了。那卟卟卟的每一下的捣药声,都仿佛是一次次重锤撞击在她的心尖上,痛得她简直要五脏俱裂。她使劲地揉着心口,愁肠百结。

突然,一声巨响传来,紧接着是一道银白色的光芒射出,把她惊得身子一颤,眼睛也随着白光不停地眨动。说来也怪,这一震山撼岳的声音好似一剂除忧去痛的灵药,顷刻间似乎就把她忏悔内疚和忧伤的痛苦全部解除了。她好生纳闷,不知这声巨响来自何处,因而急步走出广寒宫的深闺,向人间探视。她将目光四处扫了一下,定神一看,惊讶地发现,在塞北掏鹿城东南约百里的一片原始森林中,有一座明亮清澈的高山湖泊,此刻有一条金红色的巨大鲤鱼和一条巨大的黑白相间的大鲭鱼正在那里尽情地嬉戏,不时地卷起数丈高的水柱,时不时地还发出一阵清脆的响声。湖边上的人们欢声雀跃,高高地举着酒杯,唱着欢快的歌曲。

这是怎么回事?嫦娥不由得心里一动。

借着湖面反射的光,她看到了自己那秀丽的脸庞依旧是那样的年轻漂亮,心情顿时豁然开朗起来。心底积压了许久的乌云,顷刻间变得无影无踪。她在月宫中找了找,搬出了一本足有一尺厚的宇宙图集,认真地看了起来。翻着翻着,她猛地惊呼道:"巨德湖,刚才那个是巨德湖!这不是那颗镶嵌在长白山麓的明珠吗?这颗珠子原本是王母娘娘桌前的一个翡翠杯,这个杯子很神奇,那杯子上每到中秋都会开放出五彩的菊花,散发出沁人心脾的香味,因而受到王母娘娘的喜爱,却也引起了众花神的嫉妒。于是,就有花神故意颠倒了菊花的开花季节和时间,让王母娘娘恼羞成怒,就把她贬到了不见人烟的大山里。"

弄清了这个湖的来历,嫦娥又开始细细地研究起说明巨德湖的天书。

书中记载:说北海龙王奉玉皇大帝之命前往松花江巡视,当走到了巨德湖边时,却被

昆仑神话故事集

一群美丽的舞女和一伙勇猛的壮士拦住去路。他们请求北海龙王讲讲海底世界的奇文轶事，但龙王当时急于去天庭向玉皇交差，当即生气的拂袖说："去！去！去！你们都到湖里做鱼等着吧！"从此，这巨德湖里便生长着许多娇美的红须、红鳞、红尾的红鲤鱼和白脸青皮黑尾的大鲭鱼。

这时，嫦娥兴奋极了，她按捺不住激动的心情，先是在广寒宫里走来走去，思量了一番，又来到梳妆台前描眉涂丹，着实地打扮了一番。她决心宁可挨一百大板的重罚，犯一次天规戒律，也要下凡一探究竟。

也许是广寒宫与人间的时差很大，或者因为嫦娥打扮的时间太久。当嫦娥飞出广寒宫，直扑巨德湖时，已经是夜幕深沉了。她借着盈盈月光鸟瞰人间，心中十分感谢月光婆婆对她的厚爱，为她特意把月的清辉点燃得更加明朗。

这晚的月儿正圆、正亮！如同银子磨成的镜子，把银辉洒得这般透明、迷人。

嫦娥觉着天上有面月亮明镜，地上却是巨德湖银盘，遥相呼应，相得益彰。她突发奇想，我何不在这两面镜子间飞舞，那该多么有趣呀？她回眸看看月宫，翩翩的舞姿在月镜里映得清晰无比。俯面瞧瞧巨德湖，呀！她简直不敢相信自己的眼睛，她在清澈见底的湖水里看到了自己，美得离尘，脱俗得似乎纤尘不染。

银色的月光下，茫茫碧水，无边无际，风静浪平，没有小船，没有鸥鸟，可那些鱼儿正在施展着才干。一条条泼辣辣地飞出水面，一会儿跃龙门，一会儿走鹊桥，玩得潇洒，玩得惬意。把嫦娥看得羡慕直了眼。她把视线又移向湖边，却怔住了！在她白天看到的声声巨响后从水中拔起根根烟柱的地方，象又从湖里跳出了许多的美人鱼。她们一条条游弋，展示出优美的舞姿。这些美人鱼分做几个群，朦胧中可以看到组成了一个神奇的图案。嫦娥仔细观察，突然想起这图案在每年昆仑山王母娘娘的蟠桃会上似乎都能够见到。那浑圆匀称柔美的苗条身段，象圆心射向圆周的半径，把那美人鱼的尾儿结成了圆周的弧线。嫦娥瞧着这姣好的图案，心里暗暗想：这些美人鱼真聪明啊，这岂不又是一个团圆的皎月吗？

只见那些黑白相间的鱼儿看上去也别具神韵。他们一个比一个泼辣、淘气，宛如一群烂漫的孩子在草地上打滚、嬉戏，不时地做出一些恶作剧，有着捣蛋鬼的怪模样儿。那金红的鲤鱼们，仨一伙俩一串，不时地发出阵阵欢乐的笑声，嫦娥凭着晶莹的湖水，看到了美人鱼们在湖里的倒影。这些倒影又映到了银盘月宫。从而，地面美人鱼，湖里倒影鱼和月宫里的幻景鱼构成了一幅令人眼花缭乱的图画。

嫦娥看着想着，在这人间的仙境面前，不知不觉地从心底涌出一阵莫名的惆怅，甚至许多说不明白的酸楚来。她想起当初王母娘娘敬佩后羿射日的英雄业绩，给了后羿两颗长生不老的丹药。并一再告诫说：夫妻双双吃了都会长生不老，倘若一个人吃了，就有成仙作神的希望。后羿原准备择日小两口共同吃下以求长生不老。可嫦娥一方面想和后羿永远相爱相守，一方面又觉得人生太苦，一心想去天上作仙女，无意留在人间。经过激烈的思想斗争,终于有一天,她趁后羿不在的时候,把宝葫芦里的丹药全部吞下,飞往广寒宫成了广寒仙子。从此,她与丈夫后羿永远分居天地各一方。没想到天宫的日子并没有想像中的那般逍遥,而是终日清冷寂寞无乐。

想到这里,嫦娥心里懊悔极了。暗暗地掉下了伤心的眼泪。要不是当初那自私贪心的做法,现在的我和后羿不是也和这些鱼儿一样自由自在、同歌起舞、同枕共眠吗?内疚的痛苦坚定了她找到灵药返回人间的决心。

她此次违反天规悄悄下界,只能在人间待一个晚上。看着人间这熟悉的景致和温暖的烟火气息,嫦娥的眼中一阵阵发热,心绪难以平静。

她轻轻地落在巨德湖飞起美人鱼的地方,悄悄地蹑手蹑脚走到了他们中间。经过细心的观察,嫦娥辨认出其中一条鱼透着一股柔爱的温馨和红艳艳的美色。另一条则散发着强烈的阳刚之气和粗犷的力量的旋律。呵,她明白了。前者是昆仑山瑶池鱼王后的红鲤鱼,后者是天河大鲭鱼的美鱼王。

此刻,在明亮的月光下,鱼王后和美鱼王都沉浸在幸福的酣睡中。那匀称的鼾声和体态是那么柔美、和谐、深情,充满线条美和氤氲气息,以及彩霞般的热烈。这一切,让嫦娥心醉神移,"人间还有这般美妙的生活,我也要争取和他们一样幸福,才不枉为神女一世呀!"

嫦娥抬头看了看,月已移过中线。还有一些时间,她想去寻找一下自己的丈夫后羿。虽然奔月以后她总是千方百计打听后羿的消息,但因为自己的行为伤害了彼此,她始终不敢面对他。但这次,她决定不再逃避,要去寻找并面对他。

哪怕只能相聚一瞬间。月色下,嫦娥怀着羞愧、自责、痛苦而又幸福的复杂心情翩然起飞……

吴刚伐桂

每当满月之时，人们抬头赏月，似乎总能看到月宫中有个人，在一棵树下挥斧奋力砍树，几千年来一直如此。

传说好久好久以前，离昆仑山不远的地方发生了一场瘟疫，这场瘟疫来势迅猛，几个星期过去，就席卷了附近许多地方，人也差不多死去了三分之一。人们想了很多办法，用了各种偏方都不见效果，恐慌情绪一时笼罩了大地。

在桂榜山下，有一个小伙子叫吴刚，他的母亲也染了疫病卧床不起了，小伙子心急如焚，每天都上山采药救母，但都没有效果。一天，观音菩萨东游归来，准备赶回西天过中秋佳节，这天路过此地时，见小伙子不惧风险，正手攀一根青藤在峭壁上采药，菩萨被小伙子的孝心深深感动。菩萨晚上就托梦给他，说月宫中有一种叫木樨的树，也叫桂花，开着一种金黄色的小花，用它泡水喝，可以治这种瘟疫。并告诉小伙子，桂榜山上，每到八月十五这天，就有天梯可以到月宫摘挂。

吴刚醒来，梦中的情景历历在目。这是真的吗？不管真假，为了救母亲，他决定试一试。

他算了一下日子，这天晚上正好是八月十二，还有三天就到八月十五中秋节了。可要上到桂榜山顶要过七道深涧，上七处绝壁悬崖，最少需要七天七夜。可时间不等人，过了八月十五，错过了桂花一年一次的花期，就要再等一年。

想到这里，吴刚拿了些绳索，立即出发。路上他为了赶时间，不停地抄近道、攀绝壁，历经千辛万苦，终于在八月十五的晚上登上了桂榜山顶，赶上了通向月宫的天梯。八月正是桂花飘香的时节，天香云外飘。吴刚顺着袅袅香气来到了月宫的桂花树下，看着一树金灿灿的桂花，见着这天外之物，好开心呀，他就拼命地摘呀摘，总想多摘一点回去救母亲，救乡亲。可摘多了他抱不了，于是他想了一个办法，他撼不动那高大粗壮的桂花树树身，就不停地摇动着桂花树的枝条，让桂花从枝头纷纷飘落，掉到了桂榜山下的河中。顿时，河面清香扑鼻，河水也被染成了金黄色。

桂榜山下的人们本让疫病弄得一片凄然，但没想到有的病人路过这河时，饥渴难耐之下无意中喝了这水，不曾想回去后身体竟一天比一天好了起来。人们惊喜之下，纷纷来喝这河水，疫病竟全都好了，于是人们都说，这哪是河水呀，这分明就是一河的比金子还贵的救命水，于是人们就给这条河取名为金水。后来，又在金字旁边加上了三点水，取名"淦（gàn）河。"

第一章 炎黄传说

八月十五这天晚上,天宫的神仙们也开始了大集会,美酒佳肴,觥筹交错,好不惬意。准备宴会后还要赏月吃月饼。正在这时,桂花的香气冲到天上,惊动了神仙们,于是玉皇大帝派差调查。差官到月宫一看,见月宫神树、定宫之宝桂花树上的桂花全都没有了,都落到了人间的"淦河"里,就回去报告了玉帝。玉帝一听大怒。因为玉帝是最喜欢吃用桂花做的月饼的,一听一树的桂花都没了,他还到哪儿去吃桂花月饼?于是就派天兵天将吴刚抓来。

吴刚被抓来后,就把人间发生疫病及当晚发生的事一五一十都对玉帝说了。玉帝听完也不好再说什么,其实他打心眼里挺敬佩这个年轻人。可吴刚毕竟是犯了天规,如果不惩罚他就不能树立玉帝的威信。玉帝就问吴刚有什么要求,吴刚说他想把桂花树带到人间去一些,这样可以救苦救难。

听到吴刚这样说,玉帝正要端起茶杯的手顿了顿,他想到了一个主意,既可惩罚吴刚,又可答应吴刚的要求。于是他说,只要你把桂花树砍倒,你就把它带到下界去吧。

吴刚不知是计,找来大斧就来到月宫的桂花树下大砍起来,想快速砍倒大树,好回去造福下界百姓。可谁知,这株桂花树被玉帝施了法术,一刀刚砍下去,一会儿就长了出来,砍一刀长一刀,这样吴刚长年累月地砍,桂树也长年累月地长。砍了几千年,吴刚每天伐树不止,那棵神奇的桂树依然如旧,生机勃勃,每临中秋,就馨香四溢。吴刚知道人间还没有桂树,他上次摇下去的都是桂花,他就准备想办法也要把桂树的种子传到人间。

无奈桂花树的树身和枝条砍一刀就长一刀,吴刚只有把他的想法告诉了嫦娥,并说下界凡人遇到疫病都只能束手无策,不知有无办法能让他把种子带下界,以造福众生。

嫦娥对人间情况很了解,奔月成为"广寒仙子"之前也曾尽己之力帮助困难之人。今听吴刚如此说,她蹙眉细思了一下,计上心来。给吴刚一说,吴刚频频点头。

话说离桂榜山不远的地方,住着一个卖山葡萄的寡妇,她为人豪爽善良,酿出的酒,味醇甘美,人们尊敬她,都称她仙酒娘子。冬天的一个清晨,冰封雪冻,仙酒娘子刚开大门,忽见门外躺着一个骨瘦如柴、衣不遮体的中年男子,看样子是个乞丐。仙酒娘子摸摸那人的鼻口,还有点气息,就慈心大发,也不管别人会怎么议论她,把这乞丐背回家里,先灌热汤,又喂了半杯酒,把火盆里的炭又加了些。

那汉子慢慢苏醒过来,激动地说:"谢谢娘子救命之恩。我是残疾人,出去不是冻死,也得饿死,你行行好再收留我几天吧。"

仙酒娘子为难了,因为常言道,寡妇门前是非多,像这样的汉子住在家里,别人会说闲话的。可是再想想,总不能因为怕闲话就看着他活活冻死饿死啊!终于点头答应,留他暂住。

果不出所料,才几天,关于仙酒娘子的闲话就很快传开了,大家对她疏远了,到她店里来买酒的人也一天比一天少了。

但仙酒娘子忍着被人误解的痛苦，尽心尽力地照顾那汉子。后来，大家都不来买酒，她的店实在无法维持，那汉子也不辞而别，不知所往。

仙酒娘子想到他一个残疾人，放心不下，就到处去找，结果那残疾人没找到，却在山坡上遇到了一位白发老人，挑着一担干柴，吃力地走着。仙酒娘子正想去帮忙，那老人突然脚一滑跌倒了，干柴散落得满地。老人闭着双目，嘴唇颤动，气息微弱地喊着："水，水……"仙酒娘子急得四处张望，却见这荒山坡周围没有一点水洼的影子，到哪去找水呢？正情急间，那老人眼看着晕了过去。仙酒娘子一下咬破了中指，顿时，鲜血直流，她把手指伸到老人嘴边时，老人忽然不见了。

这时一阵清风，天上飞来一个黄布袋，袋中贮满许许多多的小黄纸包，另有一张黄纸条，上面写着："月宫赐桂子，奖赏善人家，福高桂树碧，寿高满树花，采花酿桂酒，先送爹和妈，吴刚助善者，降灾奸诈滑。"

仙酒娘子这才明白，原来那个瘫汉和担柴老人，都是吴刚变的。这事一传开，远近的人都来买仙酒娘子的桂花酒。

奇怪的是，这从天而降的桂花种子并不是每个人得到了都能种出桂树来，善良的人把桂子种下，很快就能长出桂树，开出桂花，满院香甜，繁花似锦。而那些心术不正的人，种下的桂子就是不生根发芽，使他们感到难堪，从此洗心向善。

原来当日嫦娥利用南天门守将换班的间隙，让一只仙鹤幻化成吴刚，继续在月宫里伐桂，而将吴刚幻化成那只仙鹤飞到凡间送桂花种子。同时，他们又怕桂花种子落到心术不正之徒手中，借此牟利，所以才让吴刚变了两次身，测试良善之人。

知道这个原委后，大家都很感激仙酒娘子，是她的善行，感动了月宫里的吴刚大仙，才把桂子洒向人间，从此人间才有了桂花与桂花酒。

自此以后，桂榜山周围方圆几百里的人，人心都逐渐向善，民风更加古朴。成活的桂花树越来越多，逐渐成为当地的一景。

第一章　炎黄传说

玉兔望月

在永新龙门的秋山之巅,有一处鬼斧神工的景观——"玉兔望月"。这块形似玉兔的巨石突兀地屹立于悬崖之上,头微抬,似乎在痴痴地眺望天际的明月。

关于这个景观,还有一个美丽的传说,而这个传说,和嫦娥有关。

传说很久很久以前,有一对在昆仑山修行千年的兔子,得道成了仙。它们有四个可爱的女儿,个个生得纯白伶俐。

一天,玉皇大帝召见雄兔上天宫,它依依不舍地离开妻儿,踏着云彩上天宫去。当它来到南天门时,看到太白金星带领天将押着嫦娥从身边走过。兔仙不知发生了什么事,就问旁边一位看守天门的天神。天神告诉兔仙,在天庭的一次宴会上,天蓬元帅按捺不住自己的激情,向嫦娥表白,触犯了天条,因而天蓬元帅被打下凡间,嫦娥因拒绝不力要被关到月宫以示惩戒。听完她的遭遇后,兔仙觉得错不在嫦娥,嫦娥无辜受罪,很同情她。但是自己只是一介小仙,力量微薄,能帮什么忙呢?

兔仙一向心软,想到月宫清冷,嫦娥一个人关在月宫里,该有多么寂寞悲伤,要是有人陪伴就好了。兔仙一下想到了自己的四个女儿,办完事后,它立即飞奔回家。

兔仙把嫦娥的遭遇告诉了雌兔,并说想送一个孩子跟嫦娥作伴。雌兔虽然深深同情嫦娥,但是又舍不得自己的宝贝女儿,这等于是割下它心头的肉啊!几个女儿也舍不得离开父母,一个个泪流满面。

雄兔于是语重心长地说道:"咱们修行的人要始终心存慈悲。如果是我孤独地被关起来,你们愿意陪伴我吗?嫦娥成仙前也曾为百姓做过许多事,如今无辜受到牵累,我们能不同情她吗?孩子们,我们不能只想到自己呀!"

孩子们明白了父亲的心,都表示愿意去。雄兔和雌兔眼里含着泪,笑了。它们决定让最小的女儿去。

于是小玉兔告别了父母和姊姊们,到月宫去陪伴嫦娥了。

嫦娥非常喜欢这个又乖巧、又善良的小玉兔,每当夜深人静,嫦娥都会带着玉兔站在广寒宫外,静静地听听风声,看看斗转星移,俯瞰人间的烟火,回想过去在凡间的点滴生活。可爱的玉兔陪伴嫦娥仙子度过了一个个清冷寂寞的日子。

有一天,正逢王母娘娘的生辰,她突发善心,安排太白金星去月宫邀请嫦娥到王宫里跳舞助兴。虽内心不情愿,但嫦娥不敢违旨。临走时,她叮嘱玉兔不要乱跑,要乖乖地等她回来，便一个人赶往王宫，没想到这一去就是三天。

原来，这次王母娘娘要大摆三天宴席，每天宴席，都要嫦娥翩翩起舞。

嫦娥走后的第一天，玉兔倒很好地遵守着诺言，哪也没去。第二天，她实在忍受不住人间美景的诱惑，便偷偷下了凡。刚降落在风光旖旎的秋山，没想到立即飞来了一只已成精怪的硕大无比、凶狠异常的老鹰，叼起玉兔就飞向天空。就在这危急时刻，只听见老鹰惨叫一声，松开锋利的爪子，玉兔便直直地坠向幽深的山谷。就在快要触地的一刹那，一双有力的臂膀接住了魂飞魄散的玉兔。

原来，是一位英俊魁梧的猎人射中了老鹰，然后又奔向玉兔坠落的方向，千钧一发的时刻救了玉兔一命。

回到猎人森林里的住所，惊魂未定的玉兔安静地蹲在地上，眼里贮满了柔情。猎人的父母都已去世，是个孤儿，名叫阿松。

他对玉兔说："兔子啊，我要出去打猎了，顺便给你采些鲜嫩的野草回来。不能带你一起去，你可别生气哦！"说完，便带上门出去了。

等阿松傍晚打完猎回来时，远远地，他就惊奇地发现家中居然飘出了炊烟，阿松以为自己眼花了，揉揉眼细看，飘出炊烟的还真是自己家。自父母去世后，这么多年他都是独来独往，见此情景，他一边纳闷，一边加快了回家的脚步。推开家门一看：香喷喷的饭菜已做好了，灶台边居然还站着一位清纯美貌的少女。

"你是谁呀？为何要为我做饭？"阿松纳闷地问。

"我就是你救下来的玉兔变化成的女孩啊！你就叫我小玉吧。"

接着，玉兔将自己的来历叙说了一遍。

于是，阿松与小玉交谈起来。两人都有似曾相识、一见如故之感。后来，随着了解的越来越深，两人的好感也越来越多，阿松与小玉结了婚，在广袤的大森林里过着自由自在、无忧无虑的生活。

可好景不长，阿松和小玉过了不到一年的幸福时光，那只受过箭伤并痊愈的老鹰在森林里偶然发现了他俩的行踪，咬牙切齿地骂道："此仇必报，我一定要想法子拆散你们。"

小玉在天上时，曾向偷偷来月宫陪嫦娥聊天的仙女学习过医术，懂得怎样治病救人。因此，她经常一个人采些草药下山帮助村里的病人解除病魔的痛苦，深受当地百姓的爱戴。

一个深秋的下午，小玉背着采满草药的竹篓下山去帮助村民治病，尾随而至的老鹰俯冲下来，狠狠地用利爪抓起小玉的衣服，带着小玉边飞向空中，边喊道："看今天谁来救你？！我不但要将你摔成肉饼，还要在山下你常去的村里放把火，烧死那些亲近赞美你的村民，我还要放一条毒蛇到你爱人的房屋，让毒蛇咬死他。这样，才能真正报我的一箭之仇！"

听见老鹰说出如此恶毒的誓言，小玉蒙了，但她一会儿就冷静了下来。想到老鹰要伤害这么多和自己有关的无辜的人，小玉暗下决心，决定和老鹰同归于尽。于是她飞快地从衣服里拿出一根绳子将自己的左手与老鹰的左腿缠在一块,然后又悄悄用右手从口袋里掏出一把小刀,用力刺向老鹰的右腿。

这一切,都发生在一瞬间,老鹰都没反应过来,痛得头昏欲裂。老鹰恼羞成怒,抓着小玉撞向山崖,老鹰顿时摔成了碎片,而小玉则化成了一块巨石,静静地耸立在秋山之巅。因为内心十分想念月宫里的嫦娥,所以小玉化成的玉兔形状的石头,便年复一年、日复一日地眺望着月亮升起的地方。

打猎回来的阿松不见了小玉,只望见一块玉兔形状的石头,那双栩栩如生的兔眼里似乎盈满了泪水。阿松伤心欲绝,不久就去世了。

秋山脚下的百姓为纪念小玉,特意在玉兔形状的巨石旁边修建了庙宇,每到月圆之日便去祭拜。

天上的仙女们也知道了这件事情,为玉兔英勇献身的精神所感动,同时向往秋山胜似仙境的美景,于是偶尔会偷偷下凡来到秋山顶上的倚天湖沐浴嬉戏。

而可怜的嫦娥却不敢私自下凡,只有等到每年的中秋节,圆圆的月亮慢慢升起后,嫦娥便站在月宫离"玉兔望月"景点最近的地方,深情地眺望已化成巨石的玉兔,喃喃自语,黯然神伤。

盘古与盘生

从前，在昆仑山脚下，有这么两个弟兄，一个叫盘古，一个叫盘生。昆仑山当时是各路神仙修炼之所，终日云蒸霞蔚，奇珍异兽很多。他们每天都去山里砍柴，砍回来又拿到街上去卖。有时运气好了，还能猎上一些小动物，日子倒也过得有滋有味。

一天，盘古在街上遇着一个叫妙庄王的。妙庄王对他说："从你的命里来看，你砍柴不如去钓鱼。"

盘古说："我也很喜欢钓鱼，但是到什么地方、哪天去钓好呢？"

妙庄王说："你如果要钓鱼，就一定要到沙江边，八月初三那天，太阳出来的时候就去。"

同时，妙庄王还嘱咐他说："钓鱼的时候，记住不要钓第一条，也不要钓第二条，要专钓那条红鱼。"

盘古又问："如果钓回来能不能把它煮了吃呢？"

妙庄王说："你千万不要把它煮了吃！要到街上去卖，也不要随便就把它卖掉，人家要零买，你就说要整卖。人家要整买，你就说要零卖。谁把价钱出到三百六，你就把鱼卖给他！"

盘古按妙庄王所说，在八月初三这天，真的钓上来一条红鱼。

原来那条红鱼就是龙王的三太子，被盘古钓上去以后，龙王非常着急，每天都到街上去寻找，好不容易才找到了卖鱼的人。龙王生怕卖鱼的人把红鱼割开来卖，就不断地添钱，最后添到三百六，终于把这条红鱼买到手了。

龙王心里觉得很奇怪，他想：怎么这个卖鱼的偏偏钓了这条红鱼呢？一定是有人教他的！他便问盘古说："是谁叫你钓红鱼的？"

盘古说："是妙庄王。"

龙王想了想，找到了妙庄王，问道："先生，请问今年的雨点是怎么个下法？"妙庄王屈屈手指，便说："城内两点，城外三点。"

龙王想：雨要怎样下，完全由我定。你说城内两点，城外三点，那我偏偏要在城内下三点，在城外下两点，看你怎么样。

谁知，龙王这么一任性，没承想大雨却一直不停歇地整整下了七年。直下得天连水，水连天，造成了很大的灾难。最后天崩了，地也裂了。从此，天地没有了，人类没有了，日月也没有了，天下变成了黑洞洞的一片。

第一章 炎黄传说

没有天，没有地，这种状况一直延续了好几年。几年后，被洪水冲到昆仑山一棵建木上的盘古、盘生才悠悠醒过来。一醒来就发现天地已混沌一片，整个宇宙一片漆黑。

面对这样的世界，盘古对盘生说："阿弟，我来变天，谁来变地？"盘生说："阿哥，你若变天，我就来变地好了！"

于是，弟兄俩一个去变天，一个去变地。天从东北方变起，地从西南方变起。盘古在鼠年变成了天，盘生在牛年变成了地。

他们变出来的天和地还不完整。天在西南方不圆满，地在东北方还有缺陷。盘古、盘生非常忧虑，天天都在盘算着如何补满天，如何填平地。后来，他们终于想出了一个法子：天不满，用云来补；地不平，用水来填。从此，天圆满了，地也平了。可是，盘生变的地，比盘古变的天大些。怎么办呢？后来还是盘生想出了个法子，他对盘古说："我的地和你的天不配，我把地缩小一点好了。"

盘古很赞同弟弟的法子，盘生就用缩地法把他的地缩小了一些。没想到这一缩，地面上就出现了许多皱纹。这些皱纹便是大地上的山河沟壑。

天地修成之后，盘古、盘生也劳累过度，不久就死了。盘古死时，身长足有一丈八尺。他横躺在观音寺里，头朝东，脚朝西，眼有碗大，嘴有盆大，十分魁伟。说也奇怪，这时的盘古，观音叫他怎样，他就怎样。观音的手指到哪里，他就变到哪里。他的左眼变成了太阳，右眼变成了月亮。张开眼睛是白天，闭上眼睛就是黑夜。小牙齿变成了星星，大牙齿变成了石头，眼毛变成了竹，嘴巴变成了村庄，汗毛变成了草，头发变成了树木，小肠变成了小河，大肠变成了大河，肺变成了大海，肝变成了湖泊，鼻子变成了笔架山，心变成了启明星，气变成了风，油变成了云彩，肉变成了土，骨头变成了大岩石，手指脚趾变成了飞禽走兽。

盘古的两手两脚变成了四座大山：左手变成鸡足山，右手变成无量山，左脚变成苍山，右脚变成老君山。筋变成了道路，手指甲变成了屋顶上的瓦片。这时，洪水把地面上的东西冲得光光的，只有观音留下的两个兄妹。观音当时把他们藏在金鼓里，不知被洪水冲到哪里去了。

观音四处去找这两兄妹，走了九十九天，翻过了九十九座大山、越过了九十九条大河。东边找到了汉阳口，西边找到了昆仑山，北边找到了雷音寺，南边找到了普陀岩，最后才在洱海找着他们。可是他们藏在金鼓里，金鼓漂浮在水面上，没有法子把他们打捞上来。

正在无法可想的时候，鸭子来了，老鹰也来了。它们都愿意出力帮助。于是，鸭子凫在水面上推，老鹰也展翅来帮忙，费了很大的劲，才把金鼓捞了上来。

金鼓虽然捞上来了，可是这两兄妹藏在金鼓里面还是不能出来。后来观音又去请啄木鸟，把顶子大帽许给它戴，请它啄开金鼓。啄木鸟答应了。不料，啄木鸟啄起来声音很大，观音生怕它把兄妹俩吓死，不让它再啄了，顶子大帽也就白送给它了。现在，啄木鸟头上的红缨就是那一次观音送的。

金鼓啄不开,观音又去请老鼠来帮助。老鼠请来了,它说:"我愿意咬开金鼓,可是你得给我'衣禄'呀!"观音说:"只要你把金鼓咬开,我就把五谷分给你一些。"

老鼠答应了,用它那尖利的牙齿咬呀咬,最后终于把金鼓咬开了。于是,观音就把五谷分给它。所以,现在老鼠才到处吃人的粮食。

金鼓咬开了,两兄妹出来了,可是他们的身子却连在一起不能分开。观音只好去请燕子帮忙,并且说,只要它把两兄妹分开,就准许它住人们的房子。燕子答应了,它用那比刀子还快的翅膀把两兄妹割开了。从此,燕子就和其他的鸟不同了,可以住在人们的屋檐下。

这两兄妹,观音要他们二人结为夫妻,繁衍人类。兄妹俩听了观音的话,急得哭了起来。两人对观音说:"我们是兄妹,怎么能做夫妻!"

观音说:"现在世上只有你们二人了,只有你们成为夫妻,才能生儿育女,繁衍后代。"

观音苦劝,两人还是不依。观音就叫他们一个到东山烧香,一个到西山烧香。不一会儿,两山的香烟便徐徐会合。观音指着会合到一起的香烟,说:"你们看,这就证明你们可以结为夫妻。"

可是,两人还是不答应。观音又叫他们各拿一根小木棒,两人一起往河里丢。两根小木棒一丢到河里,很快就变成两条美丽的金鱼,在水中游来游去。

观音对他们说:"你们看,河里的那两条金鱼,一条是公的,一条是母的。这也是天意呀。"

可是,两人还是不答应。观音又说:"那你们一人搬一扇磨盘,从山顶滚到山谷里。如果两扇磨盘合在一起,那就说明这是天意,你们就得成为夫妻。"兄妹俩没有办法,只好各搬了一扇磨盘,从山顶滚到山下。结果,磨盘合起来了,两兄妹没有话说了,只好答应结为夫妻。

两人结婚了。没有房子,就用栗树的枝叶搭成喜房;没有主婚人,就请松树来做主婚人;没有媒人,就请梅树做媒人。

结婚那天,还请了许多雀鸟来帮忙,梅花雀做提调,鸽子待客,乌鸦挑水,喜鹊做饭,家雀招待茶水。

兄妹结婚以后,十个月,就生下一个狗皮口袋。口袋里有十个儿子。后来十个儿子又各生了十个孙子,成了百家。从此,他们各立一姓。这就是"百家姓"的由来。

第一章　炎黄传说

茫耶取谷种

关于五谷，还有另外一个传说。

远古的时候，世间还没有五谷，人们都是以兽肉、野菜和树皮维持着生命。这种完全靠天吃饭的生活没有丝毫保障。后来人们听说在遥远的西方有个大山叫昆仑山，山上有一个神洞，洞里藏着五谷的谷种。人们想，如果能得到一些谷种并学会种植它，那么打不到猎物、找不到野菜的日子就不会饿肚子了。但要想拿到谷种绝非轻而易举，必须克服千难万险。于是，大家就决定选派一个聪明勇敢的人去取谷种。

可是左挑右选了好多天，也没有选出一个合适的人来。有一个名叫茫耶的小伙子挺身而出对大家说："让我去吧，我保证为大家取回谷种！"

就这样，准备了几天，茫耶就出发了。他翻山越岭，克服了重重险阻，还杀死了几只拦路的虎，夜晚偷袭他的狼，还有嗞嗞吐着毒信的毒蛇，一路往前走。后来，他带的兽肉吃光了，马也累了，但茫耶毫不气馁，信心十足。肚子饿了，就找来野果子充饥，马走累了，自己就牵着马走一程。

又走了好多天，茫耶又饿又累，便下马来找吃的。他找到了一棵大野桃树，树上果实累累。他爬到树上去，痛痛快快地饱餐了一顿，由于太疲劳，刚从树上下来就靠着树干睡着了。茫耶很快进入了梦乡，他梦见一位白胡子老人，牵着一匹马，带着一只小狗，来到了他的面前，老人表示愿意助茫耶一臂之力。

白胡子老人指着前面对茫耶说："记住，年轻人，从这里往前走，再走三十天，有一棵大白果树，树上有一个斑鸠窝，窝里有一个斑鸠蛋，蛋里有一把钥匙，那把钥匙就是专门用来开昆仑山那个藏谷种的神洞的。"

老人又接着说："白果树下还有一个洞，洞里藏着一把宝剑，那把宝剑可以降伏一切妖魔鬼怪和毒蛇猛兽。你得到钥匙和宝剑之后，一直往前走，就会遇到一条红水河，河里有一条蛟龙，它专门兴风作浪，阻挡过往的行人。但河边有一头石牛，石牛肚子里藏着一张弓，只要你带一把灵芝草，走到石牛跟前，把灵芝草递给石牛吃，它就会张开嘴。这样，你就能马上从石牛的嘴中取出一把弓箭。那弓箭是专门用来制服蛟龙的。"

老人接着说："你过了红水河，再走很长的路，会遇到一座火焰山。但你不用害怕，就在火焰山对面那红色的岩石缝里找出一把扇子，用它一扇，火焰山便会让出一条路来让你过去。这样你就可以顺利地到达昆仑山的神洞了。"

最后，白胡子老人又把那匹马和那只小狗交给了茫耶，然后对他说："来吧，把你的马和我的换一下。我这匹马可以日行千里，这只小狗，你也带着它，必要时它会对你很有用处的。"说完，白胡子老人就化作一缕青烟不见了。

茫耶在大桃树下醒来，果然有一匹高头大马和一只小狗站在他的身边，而自己那匹马却不见了。茫耶牢牢地记住了白胡子老人的话，骑上马，带着小狗，继续向西边走去。

一路上，茫耶按照梦中老人的叮嘱，取了钥匙和宝剑，用弓箭射死了红水河中的蛟龙，用宝扇扇熄了火焰山上的烈火。

最后，茫耶来到了昆仑山，找到了神洞。当他高高兴兴地朝神洞的大门走去时，突然从神洞门两边跳出两个把门的洞神，一个红脸，手拿两把大斧头；一个黑脸，手拿一把大刀，一起挡住了他的去路。

茫耶急忙向两位洞神说明了自己的来意，两个洞神听罢，怒气冲冲地对他说："我们的谷种怎么会给你们这些世间的凡人享用呢？你想来取，那真是痴心妄想！赶快回去吧，不然的话休怪我们手下无情。"

茫耶好话说尽，再三请求，那两个洞神无动于衷。见他不走，还举起刀斧，要置他于死地。这时，茫耶再也按捺不住心里的怒火了。他抽出锋利的宝剑，一下子就刺死了那个黑脸的洞神。红脸的洞神见状大惊，急忙抡起大斧朝茫耶砍去。茫耶手疾眼快，用宝剑一挡，结果宝剑被红脸洞神的大斧砍折了，茫耶急忙想取出弓箭，但却来不及了。

茫耶无奈，只得赤手空拳朝红脸洞神扑了过去，于是他们扭打在了一起。茫耶由于连日来的劳累奔波，打来打去，体力就有些支持不住了。正在这危急关头，那只小狗跑过来给茫耶帮忙了。只见小狗一跃而起，一口咬住了红脸洞神的脖子，死也不放，红脸洞神痛得松开了按着茫耶的手，去抓小狗。茫耶趁机翻过身来，拿起红脸洞神的大斧子，顺手砍了他两斧子，结果了他的命。

茫耶提起大斧子又继续向洞里走去。走了没多远，便来到了神洞的第二道门，这时迎面扑来了一只白虎。茫耶毫不畏惧，举起大斧，迎着白虎猛力地砍去，正好砍在白虎的额顶上，白虎一下就被砍死了。可是，由于用力过猛，大斧也折断了。

没有了兵器，茫耶只得仗着剩下的弓箭，壮着胆子，继续朝洞里走去。

当他来到第三道门前的时候，猛听头上呼的一声响，抬头一看，一只巨大的神鸟展翅向着他猛扑了过来。他来不及张弓搭箭，急忙随身一闪，大神鸟扑了一个空，接着又扑了过来。茫耶又一闪，再一次闪过了。这时，小狗跳上去一口咬住了大神鸟的尾巴，茫耶乘势赶过来，一箭把大神鸟射死了。

进了第三道门，就可以到达藏谷种的地方了。茫耶上前用力去推这道门，但厚厚的石门无论怎样用力也无法推开。

正苦于没有办法打开门时，他突然想起了怀中的金钥匙，于是急忙取出来开门。嘎——

第一章 炎黄传说

石头门终于打开了。门开的瞬间，茫耶只觉得眼前金光一片，这么多金灿灿的谷粒呀！茫耶惊喜不已，他不敢怠慢，急忙拿出临走时阿妈为他缝制的大袋子，装了满满一袋谷种。

可是，当茫耶正要往洞外走时，石门突然嘎地一声关上了。他急忙又拿出钥匙来开，却怎么也打不开石门了。他急中生智，把钥匙倒转着一扭，石门又开了。这样，他背着一袋子谷种走出了大石门。

接着，茫耶又走过了第二道和第一道门，走出了山洞。

一出洞口，他就急忙上马，抱着那只小狗，提着谷种，往回家的路上飞驰。

茫耶心急地往回走，当他来到火焰山前面的时候，火焰山的热气更大了，于是他又取出扇子，一边用力扇，一边马不停蹄地往前走，走了整整一天一夜，才走出了火焰山。

茫耶继续往前走，当他来到红水河边时，红水河的浪涛更加凶猛了。茫耶急忙取出弓箭往河里射了几箭，可是河中的浪涛不仅没有平息，反倒越来越猛了。

茫耶心里着急，用力拉满了弓，射出了最后一支箭，红水河翻滚的波浪终于慢慢地平息了下来，可是，由于他用力过猛，他竟把弓弦拉断了。

茫耶过了红水河，再有几天的路程就可以回到家乡了，马却累倒了，茫耶也累得实在支持不住了。怎么办呢？茫耶想来想去，最后决定，将装谷种的袋子拴在小狗的脖子上，让它先走。

为了让乡亲们知道这只小狗是替自己先带谷种回来的，他还在小狗的脖子上拴了一根姑娘们送给他的花飘带。就这样，小狗带上谷种一直朝东方走去了。

茫耶送走了小狗，由于身体极度的疲劳和透支，他倒下了。勇敢顽强而又聪明善良的茫耶从此再也没有起来，再也没有回到自己的家乡，再也不能与慈爱的阿妈、亲爱的乡亲们见面了。

小狗离开茫耶以后，走了九天九夜，躲过了无数次毒蛇猛兽的追杀，终于回到了茫耶的家乡。

当家乡的人们看见这条小狗脖子上拴着茫耶带去的袋子和姑娘们送给茫耶的花飘带时，知道谷种已经取回来了，急忙把袋子解下来一看，惊喜地看到袋子里装满了金灿灿的谷种。紧接着，人们又陷入了深深的忧虑之中，因为他们知道茫耶没有回来，一定是出事了，立即派出寨子里的人去寻找。可是，茫耶已经死了。永远地倒在了那条取谷种的路上。

后来每到谷类收获时，人们都要举行一个仪式：面朝西边，扬起一箩金黄的谷粒，以告慰茫耶的为民之魂。

第二章 瑶池仙境

第二章 瑶池仙境

三帝下凡的传说

很久以前,中原地区居住着成千上万个部落,到底有多少,谁也说不清。这些部落酋长们,每天都带领部落的成员不是上山打猎、采集野果,就是下河捕鱼,或者到田地里耕种,得来的劳动果实,不论男女老少,远近亲疏,人人都有一份。可即使这样,大家还是吃不饱穿不暖,有时不得不到附近其他部落去抢地盘,夺食物。因而各部落之间经常发生械斗,互相厮杀,大批人员伤亡,惨不忍睹。

这事惊动了天上的玉皇大帝。他匆匆召回正在"天帝的下都"——昆仑山游玩休憩的王母娘娘,对王母娘娘说:"这人间为了夺食终日互相厮杀,造成人员大批伤亡,再这样下去,以后还有谁来进供品、烧香火呢?这可如何是好?"

王母娘娘说:"人间相互厮杀,不过是因为吃不饱肚子,何不派主管南天的火星下凡,让他教人间种植五谷,饲养禽畜?这样温饱问题解决了,百姓不就不会打了吗?"玉帝闻听大喜,说:"所言极是!"

第二天天庭早朝时,玉皇大帝早早地就端坐龙庭,等天上各路神仙到齐后,就说:"近日,朕观凡间部落林立,方国万千,兽衣麻裳,茹毛饮血,互相厮杀。朕不忍我下界子民生灵涂炭,欲派火星下凡拯救人间,不知众卿意下如何?"各路神仙听罢,拱手齐呼:"大帝英明!"玉帝又问:"火星天神,你可愿往?"火星即刻拱手道:"小神愿往!"

早朝已毕,玉帝回天寿宫歇息,各路天神也都各归其位。唯有火星天神拉住太白金星说:"先师且慢,小神有言相求!"太白金星说:"我知道了,老朽有两句话相送:遇'阳'而生,遇'虎'则和。"火星问:"不知这两句嘱言作何解释?"太白金星微微一笑说:"一切自有天数。"

且说这火星真君本是天上的火神,因为是管太阳的,人们又称他太阳神。这日,他奉了玉帝之命化作一条赤龙,由红云环绕,离开天庭,来到中原大地上空。他在天空整整飞了七七四十九个来回,寻那"阳"地。当他飞到黄河南岸上空时,只见有一座城堡甚是壮观,城门上刻有"华阳"二字,就飞入城中。这时,正好有熊部落国君少典正陪伴身怀六甲的妻子女登游华阳,于行宫中安歇。女登突然觉得腹中翻滚疼痛,一眨眼见窗外飞来一道彩虹,顿时屋内红光普照,瞬间那彩虹化作一条赤龙,在屋里打了一个旋儿就消失了。此时,女登感到像是要临产了。一会儿,一个婴儿就呱呱坠地了。

那孩子的相貌甚是奇怪,身体憨壮,面如牛首,叫声嗡嗡。少典和女登见此模样,吓得浑身发抖，直呼妖怪。说也奇怪，那孩子坠地就会说话："爹娘不必害怕，我是天上的火星真君，是奉玉帝之命到人间来普救众生的。"少典、女登闻听此言，转忧为喜，急忙盼咐祭祀天地，祈祷上苍。少典和女登壮年得子，甚是欢喜，少不了宴请各部落酋长和族人祝贺，为他起名叫榆罔。这榆罔生性聪明，体格健壮，转眼之间就长大成人。一日他的父亲少典说："我儿已经长大成人，该为父分担忧愁了。近年来，南边陈丘神农部落渐衰，你可到那里干一番大事。"榆罔依照父亲之命，辞别故里，去到陈丘。据传，榆罔到了陈丘积极发展农耕，种植五谷，采集草药，为百姓治病，受到部落百姓的爱戴，接替了炎帝的职务，成为神农部落的第八代首领。

俗话说，天上才一日，人间几十年。火星真君奉玉皇大帝之命来到人间教人民种植五谷，饲养畜禽，百姓们渐渐都能吃饱了饭。其他各个部落也都效法他们，垦荒种植，教百姓吃饱了饭。但是各个部落之间仍然是你争我夺，互相厮杀。一日，玉皇大帝又对王母娘娘说："原想人间吃饱了肚子，就不相互抢夺厮杀了，现在看来，这还不行，还须派一位天神到人间将他们统一管理起来，教他们懂法规，知礼仪。这样也许天下就太平了。你看谁能担当此任？"王母娘娘说："我看只有轩辕星君能当此任。"玉皇大帝说："是！是！甚合吾意！"

且说，那轩辕星君住在中宫，在天上是掌管雷雨的，有生化阴阳的本领。一日他来到太白金星处说："先师，小神受玉帝之命，要到凡间走一趟，今天前来辞行，想请教先师，不知何处可以安身立命，成就大事？"太白金星说："贤弟不必客气，请随我观看那神州大地。你看这人间环境，西部是崇山峻岭，北部是浩渺大漠，这南边和东边经常是洪水浩荡。这中部地区，像一把座椅，坐西面东。这里背靠嵩岳，左临黄河，南有颍淮，东面是大平原，气候湿润，雨水充沛，土地肥沃。靠山可以狩猎采果，临河可以捕鱼捉虾，平原可以种植五谷……只要这里百姓富了，部落强大了，何愁不能统一天下？贤弟座下就是有熊国，你不妨就到那里去吧。"轩辕星听罢连连道谢，化作一条黄龙，由黄云扶绕，飞往人间。

一日上午，有熊国的国君少典和他的妻子附宝正同部落的男女老少在具茨山下用一种叫作耒耜和铫的生产工具耕田种谷，突然头顶响起一声闷雷。大家抬头一看，只见天空乌云翻滚，电闪雷鸣，霎时将整个天空罩得黑暗暗的像个锅底。在黑暗中，人们看到天空有一条黄龙从天而降，摇头摆尾，张牙舞爪，口若血盆，直奔少典的妻子附宝而来。附宝见状，惊得"啊"的一声昏倒在地。少典和人们急忙去看附宝，只见她像安睡一样平躺在地上。少典将妻子叫醒，问她怎么样。附宝说："没有什么，只是觉得肚里有些不舒服。"打这以后，附宝就怀了孕，肚子一天比一天大。

一年过去了，孩子没有生下来。两年过去了，孩子还是没生下来。附宝有些害怕，对少典说："我肚子里的怕是一个怪物。女人生孩子只要八九个月，现在已经过去两年了还没生下来，不是怪物是什么？是否请个巫师给看看！"少典说："也好！"于是请了巫师。巫师一看，拍着双腿笑着说："不用怕，不用怕，这怀的准是个白白胖胖的大小子！"

第二章　瑶池仙境

到了第三年，一天，少典和附宝在查看农桑，来到一个叫轩辕丘（山）的地方。少典兴致大发，对附宝说："这里真是人间仙境，何不对诗助兴？"附宝笑着说："如何对法？"少典说："这轩辕山四处都是美景，咱就以轩辕山为题对诗如何？"附宝说："好！好！夫君你先说吧，小妃自然跟上。"少典随口道："站在轩辕山，举目向东观，近处是枣林，远处是沙滩。"附宝也随口对道："站在轩辕山，举目向西观，远处是嵩丘，近处是桑园。"两人吟罢东西，少典和附宝又对吟南北。少典说："站在轩辕山，抬头向北观，近看是桃树，远看是太山。"附宝也吟道："站在轩辕山，抬头向南观，近看是姬水，远看是杏园。"附宝话音刚落，只听背后有人大声喊叫："好诗！好诗！让老朽也凑个热闹！"少典、附宝扭头一看，见是一位老者。那老者上前拱拱手，随口吟道："站在轩辕山，举目向上观，此处是天心，八方来朝班。"吟罢，三人又是一阵大笑，尤其是附宝，捧着个大肚子笑得喘不过气来，突然觉得肚子一阵疼痛。少典着急地说："怕是要生孩子了！"那位老人忙说："快随我到家中。"附宝刚躺到床上，孩子就落地了。传说生这孩子时满屋都是红光，轩辕丘的四周有四条龙飞来游去像是在护驾。这孩子身似龙体，脸似太阳，二眼如月亮，手足像龙爪，说话犹若洪钟……少典和附宝甚是欢喜，说："老天爷叫你生在这轩辕丘上，就起名叫轩辕吧。这轩辕丘的前面，有一条姬水河，你就姓姬吧，以后大家就叫你姬轩辕。"

老汉也高兴地说："我看这孩子相貌非凡，有帝王之相，如果他得了帝，做了天子，咱这轩辕丘北边是黄水河，不妨就叫'黄帝'怎么样？"大家当是戏言，都哈哈大笑起来。

俗话说："宁为鸡口，不为牛后。"东方岁星见火星、轩辕星都先后下凡，到人间做了天子，当上酋长，万人敬仰，四方朝贺。而自己却在天庭做玉帝的把门将军，心里实在不是滋味。因此，轩辕星君下凡不久，他就将镇守东方的差事交给手下一个叫句芒的小神守着，化作一条苍龙，由青云环绕，降落在东方的济水一带。这里是九黎族蚩尤部落，岁星做了蚩尤部落的首领，其名就叫蚩尤。

传说，天上这三位星帝后来在黄河北的涿鹿一带曾进行过长期的战争，后来黄帝制服了炎帝，打败了蚩尤，挥师南下，回到有熊国做了中央大帝。

西王母、轩辕黄帝与昆仑山

王母娘娘,古代中国神话传说中掌管不死药、罚恶、预警灾厉的长生女神,她的称谓很多,又被称为九灵太妙龟山金母、太灵九光龟台金母、瑶池金母、西王母、金母、王母、西姥等。

根据古书《山海经》的描写,西王母的外形像人,长着一条像豹子那样的尾巴,像老虎那样的牙齿,她戴着一顶方形帽子。她住在昆仑山上,有青鸟轮番外出给她寻找食物。青鸟是为西王母沟通仙界与凡间的信使,它们长相非常奇特,都长着三只红脑袋。王母娘娘披头散发,却佩戴玉簪,昆仑山又称玉山,所以西王母取用玉料,制作首饰,有得天独厚的优势。她掌管天灾、瘟疫、刑罚,也炼制、收藏不死灵药。她住在昆仑山的瑶池边,瑶池边有数千亩的蟠桃园,蟠桃是神仙享用的仙物,吃了可以长生不老。

关于西王母的神话传说很多,比较早的要从黄帝说起。

当年黄帝征讨残暴的蚩尤,开战多日不能取胜。蚩尤会变幻多端的法术,征风召雨,吹烟喷雾,因而黄帝的军队大受迷惑。黄帝只好暂时撤兵,坐在自己的军营中,他心里十分忧虑,迷迷糊糊地躺着。西王母派使者把一张符交给了黄帝。这个使者对黄帝说:"太一在前,天一在后,得到它的人就能胜利,作战就能打败敌人了。"黄帝从朦朦胧胧中醒来,见到手中果真握着一道金符,符宽三寸,长一尺,上面有用丹血写的字。

黄帝把金符佩戴在身上,再与蚩尤作战的时候,果真可以避邪疠之气。西王母后来又派了一个仙人来到黄帝军营,但见这位仙人长着人的脑袋鸟的身子。她对黄帝说:"我是九天玄女,西王母派我来助你一臂之力。"说完,她便给了黄帝一本天书,上面记载的全是一些高深的兵法韬略。之后,九天玄女又把奇门遁甲之术全都传给了黄帝。

黄帝重整旗鼓,开始按照兵书上的阵法操练士兵。操练成熟之后,为了振奋军威,黄帝决定用军鼓来鼓舞士气。他打听到东海中有一座流波山,山上住着一头巨兽,叫"夔",它吼叫的声音就像打雷一样。黄帝派人把夔捉来,把它的皮剥下来做鼓面,声音震天。黄帝又派人将雷泽中的雷兽捉来,从它身上抽出一根最大的骨头当鼓槌。传说这夔皮鼓一敲,能震响五百里,连敲几下,能远震三千里。黄帝又用牛皮做了八十面鼓,使得军威大振。黄帝又制造了上古神器轩辕剑,这也使黄帝的军队如虎添翼。

为了彻底打败蚩尤,黄帝又召来女魃助战。女魃是个旱神,专会收云息雨,平时就住在遥远的昆仑山上。

在今天的河北涿鹿附近,黄帝布好阵容,再次跟蚩尤展开厮杀。

第二章　瑶池仙境

两军对阵，黄帝下令擂起战鼓，那八十面牛皮鼓和夔皮鼓一响，声音震天动地。黄帝的士兵听到鼓声勇气倍增，蚩尤的士兵听见鼓声则失魂落魄。蚩尤看见自己要败，便和他的八十一个兄弟施起神威，凶悍勇猛地杀上前来。两军杀在一起，直杀得山摇地动，日抖星坠，难解难分。

黄帝见蚩尤确实不好对付，就令手下大将应龙喷水。应龙张开巨口，江河般的水流从上至下喷射而出，蚩尤没有防备，被冲了个人仰马翻。他也急令风伯雨师掀起狂风暴雨向黄帝阵中打去，只见地面上洪水暴涨，波浪滔天。这时，女魃上阵了，她施起神术，刹那间从她身上放射出滚滚的热浪，她走到哪里，哪里就风停雨消，烈日当头。风伯和雨师无计可施，慌忙败走了。黄帝率军追上前去，大杀一阵，蚩尤大败而逃。

蚩尤的头跟铜铸的一样硬，以铁石为饭，还能在空中飞行，在悬崖峭壁上如走平地，黄帝怎么也捉不住他。追到冀州中部时，黄帝灵感突现，命人把夔牛皮鼓使劲连擂九下，这一下，蚩尤顿时魂丧魄散，不能行走，被黄帝捉住了。黄帝命人给蚩尤戴上枷栲，把他杀了。害怕他死后还作怪，便把他的身体和头部埋在了两个地方。

黄帝就在冀中战胜了蚩尤。此后黄帝又在阪泉杀了榆罔，天下大定，在上谷的涿鹿建都。

又过了几年，西王母又派白虎神为使者，乘着白鹿，停留在黄帝的庭院中，授给他地图。让他统治天下九州。

天下安定之后，西王母便得以安居于昆仑山，此时的西王母经过多年修炼，早已褪去了虎齿豹尾，化身为一个雍容华贵、仪态端庄的贵夫人。于是关于她的神话就变得丰富多彩起来。

她所居住的宫阙，在昆仑之圃，阆风之苑。有方圆千里金碧辉煌的城池、十二座玉楼，以及琼华之阙、光碧之堂、九层玄室和紫翠丹房。左边瑶池如带，右边翠水环绕。这就是所说的玉阙直至上天，绿台承接霄汉。那芒玉般的屋檐，朱紫色的房屋，连着青碧色的彩帐。明月出昆仑，光芒耀四方。西王母戴着华美的首饰，佩着虎形花纹，左边站着仙女，右边站着羽童。众多宝石车盖互相映照，仙女拿的羽扇遮住了庭院。栏杆台阶之下，种着白环树，形成丹刚之林，空中青枝万条，美玉般的树干高达千寻（一寻为八尺），无风而如神箫自然成韵，响亮的声音都是九奏八会之音。

再说西王母居住的昆仑山，这是一座西北大荒中的神山，位于西海之南、流沙之滨、赤水之后、黑水之前。原先是天帝之下都。"帝之下都"是指天帝在大地上的统治中心。

昆仑山高大巍峨，据说高达数万里。四周由九重山重叠包围。山的外面是深不可测的深渊。深渊之中，弱水九重，洪涛万丈。如果不乘飚车羽轮，就不可能到达。弱水外又环绕着炎炎的火山，山上有一种烧不完的树，如同烛照，不论风吹雨打，永不熄灭。火焰发出灿烂的光辉，把昆仑山顶的宫殿照耀得霞光万道，分外美丽。

火中还生长着一种大老鼠，身体比牛还大，重达千斤，身上的毛有两尺长，细滑如丝。

昆仑神话故事集

这种老鼠一离开火，用水一泼就会死掉，把毛剪下可以织布。这种布做了衣服，永远不用洗濯，穿脏了只要在火中一烧，就洁净如新，称为火浣布。

昆仑神山并非拔地而起，它分有九层，山外有山，层层相迭，每一层之间相隔万里。从山下仰望，五色云雾缭绕，俨然一体，映出巍峨神圣的城阙之象。

从昆仑山东隅登山，迎面是一座大城。这座大城按着五行，在四方及中央各生有特别的树。

东面有两种树。一种叫沙棠树，形状像海棠，黄花赤实，果实无核而味道像李子，非常甘美。一种叫琅玕树，高大绝伦，枝条、花朵和叶子都是玉生成的，青葱可爱。微风吹起，枝叶相击，所发之声，清新悦耳。琅玕树由一位名叫离朱的天神看守。他有三头六眼，因为三个头轮流睡觉，所以不分昼夜总有一只眼睛注视着琅玕树的动静。琅玕树上能生长美玉，状如珍珠。宫中的凤凰和鸾鸟都以美玉为食。

西面有株树、玉树、璇树、不死树四种。

南面有绛树一种。

北面有碧树、瑶树两种。

城中央最高处有一株稻子，叫做木禾，长达四丈，粗需五人合围。它食之不尽，得来全不费工夫。里面还有一种奇特的视肉。所谓视肉是一种生物，样子有点像牛肝，中间生了一对小眼睛，没有四肢百骸。其肉总是吃不完，所以是一种理想的肉类食物。

这座充满了奇异珍宝的大城名叫增城，共有九重，重重上去，高一万一千里零一百一十四步又零二尺六寸。最上重的那一座城，有四百四十个城门，每个城门的宽度大约四里，其宏伟可想而知。城中最大的宫殿足足有一百里，名叫倾宫。又有一室，处处以玉装饰，极其华丽，而且有机关，可以使它旋转，要它朝东就朝东，要它朝西就朝西，所以名叫旋室，又叫璇室。四百多个城门之中，有一个名叫间阖门，就是西门，内有一个蔬圃，是天帝的菜圃，四面浸以黄水，黄水绕流三周，仍归回原处，自古以来不增不减。此水又名丹水，凡人饮它一勺，就可以长生不死。西王母的不死之药，就是用丹水配制的。

从第九重增城上去，再高一万一千里零一百一十四步又零二尺六寸，就是凉风之山了。人能登到这座山上，不必服什么药，也可以长生。再上去一万一千里零一百一十四步又零二尺六寸，就是悬圃山。人若登上此山，不但长生不死，而且具有神通，能呼风唤雨。从悬圃山再上去一万一千里零一百一十四步又零二尺六寸，名叫上天，是天帝的住所，非神仙不能到。

这座壮丽的行宫共有五座城池十二座楼阁，四周围着白玉栏杆。每一面有九口井，用玲珑剔透的玉石做井栏。另外有九扇门，正门对着东方，每天早晨迎接旭日光辉。此门由神兽陆吾把守。

陆吾即开明兽。这开明兽十分神奇，体态怪异，像虎并长着九条虎尾。它高大的身躯

第二章 瑶池仙境

十分雄壮,九个头颅却长得很像人。它立在昆仑山上遥望东方,似乎在监护着什么。

陆吾神不仅掌管这"帝之下都",还兼管"天之九部"。所谓天之九部,就是整个上层宇宙。天帝的苑圃、田圃中的时令与节气,也归他管,堪称是天帝的大管家。

在陆吾的周围,环绕着一些神异的精灵。其中有一群名叫"土蝼"的神兽,它像羊而长着四只角,它不吃草而吃人。有一群名叫"钦原"的神鸟,它像蜂一样蜇人,但大如鸳鸯。被它一蜇,任何鸟兽都会死去,任何草木都必枯萎。有一种名叫"沙棠"的果子,类似李子而无核,人吃了它,可以飘洋过海,踏水不溺。陆吾的西边,有神异的"凤凰""鸾鸟。"它们头上戴着蛇,脚下踩着蛇,胸部还盘踞着赤蛇。

北边有"珠树""文玉树""琪树""不死树"等神异植物。

东边有一大群希望能攀援天梯,以此沟通神人的巫师,比如巫彭、巫抵、巫阳、巫履、巫凡、巫相等等。他们互相环绕在一起,每个人手中都握着"不死之药",希望能抗拒凡人的死亡,祈求复活。

南边,有着六个头的"树鸟",以及蛟龙、大蛇、豹子,还有连名字都说不清楚的各种植物、动物等等。

昆仑山东北四百里,有一座悬圃,是天帝在下方的一座花园。此园由一位名叫英招的天神管理,他长得马身人面,浑身虎斑,背有双翅,能腾空飞行,周游四海。

悬圃下面,有一股一尘不染、清澈晶亮的泉水,名叫瑶水。瑶水一直流到昆仑山附近的瑶池中。

距昆仑山不远处有一座岩山,生产一种柔软的白玉,玉中分泌出洁白油润的玉膏,天帝每天以此作为食物。多余的玉膏用来灌溉丹木。每过五年,丹木就开出五色的花朵,结出五味的鲜果。

昆仑山周围,住着许多神仙,西王母居于西北角,西王母之夫东王公则住在东北角,都只是昆仑的一部分。昆仑山上的奇花异卉、异兽珍禽,多得不可胜数。

群山中有一座极大极高的山,周围三千里,位于昆仑山北部正面。山的四周浑圆,好像天柱一样,映着日光,金光灿烂,矗入天中。山顶固然看不到,两旁也不知伸展到什么地方为止,几乎半个天都被这座大山遮去了。山下有一座房屋,叫作"回房",方广一百丈,归仙人九府治理。

山上面有一只大鸟,名叫"希有",朝着南方。这只鸟张开右翼,可盖住西王母之地;张开左翼,可盖住东王公之地。希有的背上有一块小小的地方,没长羽毛,据说这里就是西王母和东王公一年一度相会之地。

住在这么神奇的地方的西王母,当然也做了很多神奇的事情。每年三月初二,王母娘娘都派仙女到蟠桃园摘蟠桃,然后在昆仑山瑶池开蟠桃大会,请各路神仙都去尝鲜。一到王母娘娘的寿辰,各路神仙纷纷备了大礼前去参加蟠桃盛宴。只见瑶池内莲叶摇摇,荷花

昆仑神话故事集

盛开。池边摆满案桌，上面陈列着奇珍异果、玉浆琼汁。旁有数位侍女怀抱琵琶弹奏仙乐，更有七位仙女翩然起舞，恭迎贵宾。一时间是清香满园、仙乐飘飘，真的是好时好景好风光。很多神仙平日大多闭门修行，亦是许久不曾谋面，此时见面，分外亲热，互相嘘寒问暖、举杯相劝，良久方才就位，恭候王母娘娘鸾驾。

王母娘娘也十分威严，法力无边。传说天池之中有一个水怪，经常乱施淫威，兴风作浪。搅的天池之水暴涨，淹没左右居民，百姓无家可归四处流浪。有一年，王母娘娘在天宫举行盛大的蟠桃会。会上宴请了各路神仙，唯独忘记了邀请这位天池水怪。水怪不悦，发威泄私愤。顷刻之间浊浪滔天，洪水四溢。天兵禀报王母娘娘，王母娘娘大怒，旋即取下头上的一根碧玉簪投入水中，顿时风平浪静，水退石出。那根碧玉簪就变成了一棵大树。从此生长在天池水边，成为镇水之宝。

关于西王母的传说有千千万万，我们这篇小文，难以表述万一。

最后再说一下轩辕黄帝，黄帝之后过了很多年，人间由虞舜代理国政，西王母又从昆仑山派使者授给舜白玉环。舜即位，王母又给他增加地图，于是舜比黄帝时的九州扩大到十二州。

之后，西王母的名声越传越响。人间的帝王、百姓、求道修炼的人都希望能到昆仑山面见西王母，以期能得到垂青，满足他们形形色色的愿望。西王母在中国的神话传说中就慢慢成为了一个最为独异的存在。

第二章 瑶池仙境

雨师赤松子与昆仑山

神农时期，有一年，发生了一场罕见的旱灾，一连几个月，没有下一滴雨，禾苗全部干枯，人畜也接连渴死了，人间一片凄凉景象。作为部落的首领，炎帝焦急万分，可是，不管人们怎么向上天祭祀祈祷，仍然没有落下一滴雨。

正在炎帝忧心忡忡的时候，来了一位容貌奇异的怪人，但见他上身披着草衣，下身系着一件兽皮裙，赤着硕大的脚掌，头发蓬乱如草，指甲长且弯曲，身上还披覆着很多黄毛。他自称名叫赤松子，有施雨的本领，炎帝让他赶快给人间下一场雨。赤松子于是来到院内，手执柳枝，狂歌乱舞，施法祈雨。炎帝一开始还有些疑虑，觉得这可能又是一个哗众取宠的人。但过了一会，闷热的天空中有了一丝丝的微风，慢慢地，风大了起来。本来晴朗的天气竟然开始变得阴沉沉的，黑色的云从四面八方聚拢过来，正是正午十分，但天空一下变得漆黑如墨，像是黑夜降临了。赤松子怪异的舞蹈更加癫狂了，这让围观的人群顿时生出了敬畏之意。

轰隆隆的雷声从天空中滚过，黄豆大的雨滴噼里啪啦从天而降，下了一场大雨，缓解了旱情，人间重新焕发了生机。炎帝大喜，就任命赤松子为雨师，专门负责行云布雨之事。

赤松子为什么会施雨呢？这跟他在昆仑山修道有着直接的关系。

上古时期，昆仑山成了众多神仙修炼的道场，很多仙人都在那里修炼。赤松子便是其中一员，他年轻时便来到昆仑山，经过很多年的苦修，终于得道。而西王母此时已经得道成仙，成为了昆仑山的主神，掌管着长生不老的神药，凡人吃了神药会长生不老。赤松子得道之后，经常去西王母的洞天里修行，成为了西王母的座上宾，他经常向西王母虚心求教，西王母就教了他幻化龙形，也学会了施雨的本领。

传说赤松子不但会施雨，还有一项本领，就是能在烈火中行走自如，烈火竟然奈何他不得，毫发无损。这可能与他施雨的法术有关，在火中施法，浑身被水气包裹，故此烈火烧他不得。

赤松子生性潇洒，很会耍帅，他能在风雨中，随着风雨起舞，借助风雨之势上天入地，在昆仑山时，他也因此吸引了炎帝的小女儿的目光，她坚定地追随着赤松子而去，修炼道法，最后也位列仙班，升天而去。

赤松子成为神仙，除了修炼道法之外，主要是吃了长生不老的神药，就是冰玉散。赤松子成为神农的雨师后，还把服食冰玉散的办法教给了神农，神农也因此得以成仙。长生

昆仑神话故事集

不老的神药是西王母掌管的,赤松子经常出入西王母的洞天,应该是西王母教会了他冰玉散的炼丹之术。

赤松子曾与黄帝有过一段有趣的对话,记载在道教典籍《赤松子中诫经》里。按照赤松子的说法,人的寿命都是固定的,也就是120岁,但是为什么都活不到这个岁数呢?因为犯了天地禁忌,故此损伤了寿命。如此看来,人类确实存在着长命百岁的基因。

关于赤松子,还有一个我们耳熟能详的传说,那就是"观棋烂柯"。相传晋朝有位叫王质的人,有一天他上山砍柴,看到两个人在一块大石头上下棋,于是放下斧子围观。不知不觉大半天时间就过去了,那两个人终于下完了一盘棋,便对王质说:"你该回去了。"王质这才回过神来,起身捡起一边的斧子,却发现斧柄已经朽烂了,锋利的斧子早已变得锈迹斑斑。王质非常奇怪,但还是告辞而去。等王质一下山,发现他的家乡已经大变样了,村子里也都是陌生的面孔,他一个人也不认识了,找人询问,才知道时间已经过去了上百年。原来王质砍柴时误入了仙境,下棋的两个人都是仙人,真是仙境一日,人间已过百年。那两个下棋的仙人,其中一个就是赤松子。

赤松子爱下棋,也因此误了很多事。他本是掌管人间行云布雨的神仙,在他不下棋的时候,他到处视察,了解人间的疾苦,人间便风调雨顺;但他一下起棋来,便忘了自己的本职工作,人间便会发生旱灾,导致饥荒,人民便民不聊生。这也给了我们普通人一个启示:做什么事一定要专心,保持专注度,千万不要玩物丧志,沉迷于自己本职工作之外的一些事情,而耽误了自己应该做好的事,那就得不偿失了。

第二章　瑶池仙境

巫山神女

层峦叠嶂、风景秀丽的长江三峡里有座巫山，江水逶迤东去，临江的北岸，有一座山峰亭亭玉立，每当云烟缭绕时，那山峰犹如披着薄纱脉脉含情的仙女，故名神女峰。关于神女峰，有一个美丽的传说。

相传，昆仑山住着一位道行高深的神仙——西王母。西王母有二十三个女儿，最小地名叫瑶姬。瑶姬长得非常漂亮，明眸皓齿，皮肤雪白，乌黑的长发垂落，腰肢又细又软。西王母对她异常疼爱，真是捧在手里怕摔了，含在嘴里怕化了。为了防止她受到伤害，便整天把她关在瑶池仙境里，不准她到天上游玩，更不许她下到凡间了。可是，美丽聪明的瑶姬正值年少，活泼好动，哪里关得住呢？她常常偷着跑出瑶池去玩耍。玉珠峰，玉虚峰，都是好玩的地方，飞瀑流泉，奇花异草，珍禽异兽，到处都是郁郁葱葱的苍松翠柏，山顶还积着厚厚的雪，在阳光下熠熠生辉，犹如王冠一般。慢慢地，她已把昆仑山的胜景玩了个遍。后来还越跑越远，居然跑到天河里游泳嬉水。时间长了，她还把很多天上的仙境也偷偷游玩了，只是还没敢下到人间。她常听身边的侍女说凡间如何繁华，如何热闹，不似仙境里的枯燥、冷清，她便对人间生出浓浓的向往来。

她的母亲西王母知道她偷偷去了很多地方，既有些生气，又无可奈何，便差侍臣虞余把瑶姬叫来训话。小瑶姬蹦蹦跳跳走进大殿，但见殿内气氛森然，自己的母亲西王母端坐在高高的凤椅之上，众仙环侍在两边，母亲的身边还立着两只硕大的青鸟。小瑶姬一看到母亲便撒起娇来。

西王母又爱又气，板着脸说："听说你成天在外面疯跑，已经去了很多地方，是吗？"

瑶姬做了个鬼脸说："这些母亲都已经知道了呀。"

西王母道："你整天疯疯癫癫，到处乱跑，成什么样子！"顿了一下，王母又说道："你也渐渐长大了，送你去一个地方学艺吧。"

小瑶姬噘起嘴来，"我还小，过几年再说嘛"，她抓住母亲的衣袖，央求道。

西王母狠了狠心，道："我这是告诉你一声，不是在征求你的意见。"

西王母说完便驾起云辇，把瑶姬送到三元仙君的紫清宫去拜师学艺了。

在三元仙君的紫清宫眨眼几年过去了，三元仙君教瑶姬学会了诸般变化，又教给她许多高深的法术。几年间，瑶姬也静下心来，很爱学习，她冰雪聪明，三元仙君教什么她便会什么。学成之后，她拜别师傅，回到瑶池。

昆仑神话故事集

久别重逢，西王母很是高兴，让瑶姬一一展示了学到的真本事。西王母大为愉悦，便封瑶姬为云华上官夫人，主管教育金童玉女，并派了一群侍女侍臣给她。

瑶姬做了云华上官夫人，依然没有半点贵人的架子。她除了日常教育金童玉女之外，还常把自己的本事传授给身边侍女侍臣，让她们也有了变化无穷的法术。

这一日，身边的侍女又向瑶姬说起人间的繁华热闹来，边说边央求瑶姬带她们下界游玩一下。瑶姬经不起央求，加之自己内心也一直对凡间心存向往，便答应下来。她又怕被母亲知道，便施展法术，变出了假瑶姬，假侍女侍臣，把这些替身留在宫里，而自己却带着这些侍女侍臣腾云驾雾下到了人间。

她们一路东行，嬉戏游玩。人间果然不同于天庭，处处人来车往，熙熙攘攘，热闹非凡。瑶姬和侍女侍臣玩得很尽兴，流连忘返，乐不思归。

这一天，她们来到了东海边，看到了无边无际的大海，竟如天庭的银河般宽阔，蓝色的波涛闪烁，气象万千。她们高兴极了，纷纷下到海中，尽情嬉闹。东海龙宫之中，东海龙王正召集虾兵蟹将议事，忽听得海面上笑语喧哗，就差巡海夜叉到海上探听消息。巡海夜叉到海上探听到是九天仙女下凡，急忙回来报告龙王。龙王一听高兴极了，他暗自思忖：原来是西王母的女儿啊，这可是个身份尊贵的神仙，我得好好巴结一下。西王母每年在瑶池开蟠桃盛会，大宴群仙，我却极少获邀参加，如果巴结好了西王母的女儿，就可以经常参加蟠桃会了。

想到这里，东海龙王连忙派巡海夜叉去邀请瑶姬一行来水晶宫作客。瑶姬款款而来，龙王大为高兴，连忙吩咐大摆宴席款待瑶姬一行。

席间，东海的虾兵蟹将跳起舞来，张牙舞爪的模样很是可笑，逗得瑶姬不住地掩嘴窃笑。接着，蚌女鲛人又表演了"龙宫乐"，这逗起了瑶姬的舞兴，领着侍女加入了舞蹈的行列，那美妙的舞姿，顿时使龙王的水晶宫大放异彩。

东海龙王看得眼花缭乱，"龙"颜大悦，愈发卖力地讨好瑶姬。但他没有料到有"人"却坏了他的好事，打碎了他的如意算盘。这个"人"就是他的小儿子，他一向对小儿子宠爱有加，这就造成了他小儿子一贯的骄横跋扈。

自东海龙王的小儿子见到瑶姬的第一眼，就对瑶姬的美色垂涎三尺。癞蛤蟆竟然想吃天鹅肉，他竟不自知，跑上前去向瑶姬求婚。瑶姬见东海龙王的小儿子样貌丑陋，言语粗鄙，便心生厌恶，冷言拒绝了他。东海龙王的小儿子还不死心，拿出龙宫的奇珍异宝，搬出了珊瑚床、水晶案、鲛人珠、夜光杯等，每一件都是罕见之物。瑶姬不为所动，东海龙王的小儿子准备用强逼迫瑶姬同意。他不顾自己父王的阻拦，施展出自己的本事，掀起滔天巨浪，吞没了海上的过海船只。瑶姬心生怒意，轻描淡写就化解了东海龙王小儿子的伎俩，面带怒色，拂袖而去。

东海龙王的小儿子仍不死心，带了其他十一条蛟龙偷偷尾随而去。瑶姬领着侍女侍臣

第二章　瑶池仙境

溯长江而上，一路飞越千山万水，来到在那时还是一马平川的巫山上空。

这里土地肥沃，物产丰饶，人民生活幸福。瑶姬看了很是高兴，便在这里停下来歇息，准备多留几日。那十二条恶龙也跟到了这里，开始翻云覆雨，来回翻腾飞卷，搅得天昏地暗，屋塌地裂。瑶姬很生气，喝令这些恶龙快离开这里，可是它们非但不听，反而闹得更加起劲。只见它们掀起阵阵旋风，把人间的百姓和牲畜都卷到天空然后又从半空中抖落下来，跌死跌伤无数。树木庄稼也被飞沙走石所伤，损失殆尽，颗粒无收。瑶姬见这十二条恶龙如此放肆，毫不收敛，十分恼怒，立即按住云头，纤指一点，把十二条蛟龙全打落下云头。天地间终于天朗气清，人间又恢复了平安，不料十二蛟龙的尸体落在长江里，竟变成了高高低低的层峦叠嶂。

瑶姬刚松了一口气，突然发现不幸的事情又发生了。日夜奔流的长江水被堵住了去路，水道不畅，大水很快便积聚起来，眼看一场洪灾就不可避免了。瑶姬急坏了，正想派侍臣去掘开水道。忽见一个赤膊跣足的精壮汉子飞奔而来，领着一众人民。瑶姬细细一看，原来是万人爱慕的治水英雄夏禹刚刚治理了黄河，带着人马乘胜赶到巫山。

瑶姬早就听说过夏禹治水的事迹，一直想看看他的真本事，便暂时按兵不动，看看夏禹的能耐到底有多大。只见夏禹并没有把蛟龙尸体变成的山峰放在眼里，他指指点点，分派人马，开挖水道，疏通积聚的大水。可是山堆得那么高，水涨得那么猛，水道还没开挖出来多少，水已经涨到他的脚下，把他的裤腿都弄湿了。夏禹略一思索，他爬上赤甲山顶，摇身变成一只巨大的黄熊，身形伟岸如山峰，他扑通一声跳入了水中。夏禹手足并用，开挖河道。但是那些蛟龙变成的山石又大又硬，夏禹和他的部下开挖河道的速度却赶不上涨起来的水势。夏禹的手脚都磨破了，流起血来，但山还是山，水还是水，而且越涨越高。

夏禹这下可着急了，他爬到岸上变回人形，回到赤甲山顶，大声呼唤，把最得力的助手黄牛叫了来。黄牛一见水势严重，立刻扑通一声跳下水去，用巨大的双角去掘山。可是掘了老半天，两只角都秃了，但大水却越涨越猛，而且快要涨到赤甲山顶了。夏禹急得转来转去，望着滔滔江水挖空心思想办法。

站在云端的瑶姬把这一切看到了眼里，她十分钦佩夏禹不屈不挠的精神，决心助他一臂之力。于是派出虞余、童律、黄魔等六位仙臣。

六位仙臣下来和夏禹见了面。夏禹又惊又喜。顾不得问他们从哪里来，便请他们献策献力。仙臣们施展法术，召来了许多天兵天将，一起动手。雷公抛出连环雷，一串串滚雷把山石炸得粉碎。电母挥动闪电的长鞭，一道道闪电把泥沙击飞。火君放出火龙，条条烈焰把枯木积草烧成了灰烬。夏禹的人马也没有闲着，日日夜夜地掏挖水道。足足干了七七四十九天，三峡的河道凿成了，汹涌的洪水穿过陡峭的峡谷，一泻千里，直奔东海。

洪水退尽大地复苏，人民又过上了平安祥和的生活，这时夏禹才顾得上感谢前来帮忙的仙臣们。夏禹紧紧握住他们的手，千恩万谢，弄得一向粗犷直爽的黄魔很不好意思。他手指巫山道:"不要谢我,是一位神女派我们来的。"

夏禹听了,便跑上巫山,想找瑶姬当面致谢,心里还想着看看这神女到底有多大本事,是不是三头六臂。

瑶姬知道夏禹的心思,她望着正在气喘吁吁爬上山来的夏禹,微微一笑,打了个开玩笑的主意。她待夏禹上得山来,忽然化成晶莹的青石,立在夏禹面前。夏禹东找西找,怎么也找不到她。青石忽然又化成一道青烟,缭绕在夏禹身边,夏禹东看西看,还是看不到她。青烟忽然凝成一团青云,罩在夏禹的头上,夏禹东张西望,还是望不到她。青云忽又变成细雨,一丝丝落在夏禹周围,夏禹东寻西找,还是找不到她。细雨忽然化成一只金凤,旋舞在巫山峰顶。夏禹怀疑这就是神女变的,可是没法证实。金凤此时又化作一只白鹤,飞翔在峡谷之间。夏禹明白这是神女的化身,可却无法与她交谈。

夏禹找得气喘吁吁,汗如雨下,无可奈何时便对身边的黄魔说:"你说的神女在哪里呢?是不是根本不存在,是你虚构出来的?"

黄魔笑了笑说:"谁说不存在,你真的看不出青石、青烟、青云、细雨、金凤、白鹤全是她变化的?"

夏禹恍然大悟。黄魔又说:"这说明你还不明白万物都会变化的道理。"

夏禹难为情地说:"那我上哪儿去找她请教呢?"

黄魔哈哈大笑,向顶峰一指:"远在天边,近在眼前。"

夏禹抬头一望,惊得呆住了,刚才还是光溜溜的山峰,突然出现了一座仙宫。再仔细看去,这仙宫果然气势非凡,亭台楼榭,琼阁玉殿,瑞兽守门,天马护道。

黄魔领着夏禹走进宫门,一群仙女翩翩起舞,把夏禹迎进正殿。银光闪闪的宝座上,端坐着一位娇美非凡的神女,青龙白虎左右侍卫。夏禹又是敬佩又是欣喜,赶紧上前施礼致谢,并请教治水的方法。

神女请夏禹坐下,诚恳地对他说:"你是一位治水的能手,为人民做了不少好事。但是你还应该懂得天地万物变化的道理,否则很难做成大事业的。"接着,神女又说:"比如,渡大海不知道用船,过泥滩不知道用橇,那就会在水中受淹。走平路不知道用车,走山路不知道用轿,那在路上也会受困。这些道理都不懂,哪里还谈得上开凿千百座山谷,疏通千万条河流?"

夏禹听得面红耳赤,深感自己才疏学浅,连忙站起身来恭恭敬敬地行大礼,恳求神女指点。神女连忙亲手扶起夏禹,说:"你做的是对人民有好处的事,我怎么会不尽力帮忙呢?"

神女叫侍女容华去打开一只红玉箱,取出一部黄绫宝卷送给夏禹。神女说:"这本宝书中有各种有用的知识,还有一些驱使虎豹,制伏蛟龙的方法,对你治水会有帮助。"

夏禹感激地接受下来,拜谢后便起身欲走。神女忽然又叫住他说:"你治水的人马恐怕不够,我派两个侍臣去帮助你吧!"

第二章 瑶池仙境

夏禹看了看那两个善于仙术的侍臣，满意地点点头，刚准备走，神女又唤住了他。夏禹停下脚步，神女却欲言又止，停了半晌，才悄声道："前程保重。"

夏禹懵懵懂懂地应答着，领着人马走了。神女站在巫山顶上遥望着远去的夏禹，几分惆怅袭上心头。原来，瑶姬虽是神仙，却也有颗凡心啊，她正值妙龄，这位少女的心已悄悄爱上了为民治水的英雄。她多么希望留下夏禹，与自己同享人间欢乐。可是，天下还有多少河道等着夏禹去疏通啊，她不能为了儿女私情而误了大事。

夏禹并不知道神女的情意，一心想着治水。他按照神女赠的宝书所说，领着人们造出了船、车、橇、轿等交通工具，又依照宝书上的知识，率领人民掘河开道，终于把长江之水疏导到东海，接着又去疏通其他河流。多年后，大地上的河流都如驯服的野兽般慢慢服帖下来。

再说留在巫山的神女，她和侍女侍臣们在峰岩奇秀、山水壮丽的三峡玩了好多天，总是快快不乐，打不起精神。

天上一日，人间一年。瑶姬不觉已在凡间过了好几个月的时间。

这一天，她准备回昆仑山瑶池去了。

一大早，她又来到巫山峰顶，站在那块巨大如坛的石头上眺望东方，思念一去杳无音信的夏禹。正当她出神之时，突然发现几只独木舟在夔峡和青滩遇险。那些舟上的篙师和舵工奋力在漩涡中喊叫挣扎，形势十分危急，险些被恶水吞没。瑶姬见此情景大吃一惊，侍臣们救了那几个遇险的船工。她这才知长江三峡尚未通行无阻，便派出侍臣侍女分头调查。

黄魔沿长江向西走了几百里，只见一路上的河道，横七竖八地堆着高高低低的礁石，好像怪兽扬着巨角，阻碍着过往的行船。侍女容华沿河向东走了几百里，只见一路上的河水，卷着大大小小的漩涡，好像恶魔张着大嘴，吞食来往旅客。他们回来向神女报告。神女赶紧向九天呼唤，召来一队一队的神鸟。神鸟听从神女的命令，低低地飞翔在七百里长的三峡中，担起送船送客的职责。看见有船来到，它们便在船头盘旋，指点着何处有礁石，哪里有漩涡，引导船只平安通过。

神女还不放心，又站在巫山顶眺望，发现山腰山脚横行着许多豺狼虎豹。这些猛兽吞吃家畜，追咬妇稚，人们吓得成天躲在石洞里，不敢出来种田。神女又赶紧派出自己的侍臣，到处去给人民驱逐野兽。野兽逃进了深山，人民高高兴兴地走出石洞，又开始耕种荒芜的田地，可是老天久不下雨，田地出现了巨大的裂口。神女不辞辛苦，天天驾祥云奔忙在峡谷上空，耕云播雨，给庄稼降下甘霖。人民丰衣足食了，但峡谷中却又经常弥漫着瘴气，常常使人们得病，瑶姬便又来到山坡水边，播种治病的药材，给人们采去治病。就这样，神女瑶姬今日东，明日西，成年累月忙着为人民做事，忙得忘记了西天昆仑山，也忘记了自己。

可是西王母却记着这个不听话的女儿，她终于发现了女儿瑶姬偷偷溜出云华上宫中下凡人间的事，不禁勃然大怒，派出十万天兵天将，四处搜寻女儿的下落。其中有一路来到

昆仑神话故事集

东海龙宫，龙王讨好地告诉说神女沿长江往西去了。天兵天将立即风驰电掣沿着长江向西赶来，被正在引导船只下三峡的神鸟发现。

神鸟急忙飞到巫山顶上向神女报告。神女正想找个地方避一避，却见天兵天将已远远驾云而来。神女急中生智，摇身一变，化成一座纤丽俊俏的山峰。她的那些侍女侍臣也跟着变成了姿态各异的群峰，屏障般地侍卫在她周围。天兵天将赶来一看，傻了眼，只见云下青峰座座，白雾缭绕，银练般的长江从中穿过，哪里有神女的影子。天兵天将找不到神女，只好垂头丧气地回去，但他们不死心，还常常派人来察看。因此神女也不敢轻易现形，只能在夜深人静之时变回真身，与众侍女歌舞嬉戏，到天明又化作山峰。

瑶姬本可以回到昆仑山的西天仙境，西王母终究是她的母亲，最多不过责骂一下而已，但瑶姬觉得人间多灾祸，她如回到昆仑山的西天仙境，人民又会民不聊生，便决定永远地化作山峰，留在人间。

天长日久，人们便把神女化身的山峰称为神女峰，围绕着神女峰的那些望霞、翠屏、朝云、松峦、集仙、聚鹤、净坛、上升、起云、飞凤、圣泉、登龙等十二峰，便是她的侍女侍臣变化而来的。

三峡的老百姓永远铭记着神女，尊她为妙用真人，给她修了一座凝真观（又叫神女庙）。庙旁有块平整的石头，便是神女时常伫立眺望的石坛。坛旁有一丛翠竹，低垂的竹枝在风中不停摇曳，把坛上的枯叶、灰尘打扫得干干净净，等待神女的来临。

很多很多年过去了，直到今天，她与她的侍女侍臣仍然伫立在三峡的山光水影之中，成为大好山河一颗放射着异彩的奇珍，受到世人的瞩目和敬仰。

第二章　瑶池仙境

姜子牙昆仑山学道

公元前一千多年的一个夏日，茫茫的青海高原上，烈日灼烧，大地滚烫，一个须发蓬乱、满面尘土的人正踉踉跄跄地行走着。

他的衣服已然破烂不堪，很多地方都烂成了丝缕，在高原罡风的吹拂下，露出了身体来。他手拄木棍，步子走得摇摇晃晃，但眼神依然很坚定。偶尔他会停下来歇息，手搭凉棚，遥望前路，大地一片苍茫，他在心里暗暗念道：昆仑山啊，你到底在哪里呢？

这人是谁呢？他就是在后世大名鼎鼎的姜子牙！

姜子牙从东海边的家乡出发，已经走过了几个寒暑，他一心前往昆仑山，寻高人学艺，在他心里，一直有治国安邦的宏伟抱负。从家乡出来时，他先是坐车，后来车坏了，他就弃车骑马，一路向西而行。最后，连马也累死了，干脆就迈步而行。虽经历了无数的困难，他不改初衷，一心要到昆仑山里找高人求道学艺。姜子牙一路前行，有人的地方，他就一路乞讨些食物，没有人烟的地方，他就寻些野果山泉，对付一下，然后继续赶路。

这一天，姜子牙在茫茫的旷野中忽然发现前方似有人烟，他赶紧加快了步子，朝那个地方奔去。及至到了跟前，发现果真是一处小小的村落。姜子牙揉揉眼睛，不是幻觉，果真是一处小小的村落！他又掐了一下自己的大腿，很疼！这个被确认的信息让他欣喜若狂。姜子牙加快脚步，向一位须发皆白的老人走去。

姜子牙深施一礼，道："老人家，我去昆仑山求道学艺，想跟您讨碗水喝，再求您给点吃的。"

老人面色有些茫然，咿咿呀呀说了些什么。

姜子牙完全没有听懂，但他想了一下，也就明白了个中缘由：他离开故乡已有几个寒暑，走了不知有多远的路了，早已远离了他的国土，风土人情必然迥异不同了。他连说带比划，老人终于大概明白了他的意思，为他端来水和一些吃的。在后面磕磕绊绊的交流中，姜子牙知道这里距昆仑山还远着呢，也知道了昆仑山中确有得道的仙人，这也更加坚定了他的信心。

姜子牙带上老人送他的吃食，辞别老人，继续西行。

又行了多日，带的食物早已吃完，姜子牙困乏不已，他咬牙继续西行。

太阳挂在头顶，明亮得有些刺眼，热辣辣的光线像一根根有毒的荆条抽打在姜子牙的身上。他的全身都被疼痛和疲累包裹着，意识已经变得有些模糊了。茫茫的前路依然看不到尽头，细细算来，已有三四年的时间了，竟然连昆仑山的影子都没看到呢，更别说见到得道的仙人了。自己的先祖曾助夏禹治水，东奔西走，疏通河道，拯救生民，给许许多多的人民带来了福祉。而自己现在已过而立之年，三十有二了，却一事无成，虽也尝试过行商坐贾，但无奈做什么赔什么，也曾尝试入朝为官，报效朝廷，但一直报国无门，以致他们家这个显赫一时的望族到了他这儿就家道中落了，一想到这儿，姜子牙就觉得悲从中来，心中泛起了无限的悲凉。

　　姜子牙多么渴望能够找到名师，潜心学艺，然后报效国家，济世救人，也让自己家没落的声望重新振作。这样的信念支撑姜子牙一路走来，在他就要倒下去的时候重又给他了一丝信心。姜子牙振作精神，一遍遍提醒自己不能停下来。

　　姜子牙机械地挪动着脚步，如同一个笨拙的提线木偶一般行走在青海高原的旷野中。

　　不知又走了多久，蓦然间，一座巍峨高峻的大山闯入了他的视线。茫茫原野间，这座大山如同突然出现一般，巍然屹立，连绵不绝，气势雄伟。高山无语，却让人内心生出一份肃然出来。莽莽苍苍，高有万仞，那积雪的山尖如同圣殿的尖顶，没入了云端。山间云雾缭绕，远远望去，满山都是郁郁葱葱的松柏，鹤影起落，似有鸣叫传来。姜子牙精神一振，不由加快了脚步。

　　越来越近了，山脚下草木渐渐繁茂，绿草如茵，其间开着五彩缤纷的奇异花朵，散发出沁人心脾的香气。幽泉鸣溅溅，突然传来的水声清冽而美好，让姜子牙顿生出浓浓的凉意，他循声而去，见一条水流从山上蜿蜒流下，犹如一位婀娜的女子，款款而来，环佩叮咚。姜子牙不禁有些痴了，他向溪流俯下身子，见水中映出了自己的影子，沧桑而疲惫，他松弛的神经再也支撑不住，不由"啊"了一声，就晕了过去……

　　再次醒来，姜子牙发现自己已在一间房子中，正躺在一方床榻之上。姜子牙翻身坐起，才发现有人已帮他换了身新的袍服。他坐在床上，定了定神，闻到了一股好闻的松香的味道。姜子牙环顾了一下房内，陈设很简单，一床一桌一椅而已。他猜测这里应该是间卧房，但，是谁住在这里呢？

　　姜子牙欠身下床，见床前放着一双崭新的青丝履，他穿上鞋子，向门口走去。

　　姜子牙推开房门，一股凛冽的冷风迎面吹了过来，虽正值夏日，但这股冷风还是让他打了个寒噤。姜子牙走出房外，仔细往四周看了看，才发现自己所在的房子在半山腰上，房子周围矗立着一座座金碧辉煌的建筑，黄色的墙，琉璃的瓦，飞檐翘角的廊下挂着很多的铃铛，风吹过时叮当作响，愈加显得清幽。这些殿宇依山势而建，层层叠叠，不可胜数。

　　其时应是早晨，太阳正冉冉升起，灿烂而壮美，映照得这些殿宇更加显得金碧辉煌。群山也都在朝阳的映照之下，犹如加了金冕，云雾浮动，透出神秘庄严的气息。隐隐的似有清幽的钟声传来……

　　姜子牙一时看得痴了，忽听到有人叫他："子牙，你醒了啊。"

第二章　瑶池仙境

姜子牙循声音望去，见一位鹤发童颜的老者向他走来，仔细看时，见这老者身材不高，须发皆白，额头隆起，手持长杖，杖首系一葫芦。老者慈眉善目，未开口就先露出了笑意。

"子牙，休息得还好吧"，老者已到姜子牙的身边，笑眯眯地问他。

姜子牙弯腰施礼，道："老人家，是您救了我吧？这是哪里啊？"

老者一脸笑意，没有回答，反问道："你要去往哪里呀？"

姜子牙道："我从东海而来，已走了好几年了，想去往昆仑山寻找高人，拜师学艺。"

老者哈哈笑了几声，道："身在昆仑，却不识昆仑，子牙，这里就是昆仑山玉虚峰啊。"

姜子牙心里一阵狂喜："怪不得有种身在仙境的感觉呢。"忽然又生狐疑，姜子牙道："您是谁？您怎么知道我的名字？"

老者哈哈大笑起来："你的一切师傅和我全都知晓，师傅昨天已算到你历经千辛万苦，到了昆仑山了，他命我下山接你。我下山后见你晕倒在圣泉边，便将你救上山来了。"

姜子牙喃喃道："师傅？师傅是谁？"

老者道："咱们的师傅就是青玄祖炁玉清元始天尊妙无上帝，我是你的大师兄南极真君"，顿了一下，老者又道："机缘早已注定，你会拜在师傅的门下，走吧，现在你跟我去见师傅。"

老者边说，边挽住了姜子牙的胳膊。一朵祥云在他们脚下升起，托着他们二人掠过层层殿宇，迅疾而平稳地飞向远处。

姜子牙又惊又喜，惊的是这看似平凡的老者却有这样的法力，喜的是他历尽艰难，得来全不费功夫，竟误打误撞找到了这样的高人。

在空中的角度看这些殿宇，星罗棋布，重重叠叠，更显出重重殿宇的雄伟气派来。

正暗自思忖间，他们已到了一处高大雄伟的宫殿上方。按下云头，南极真君和姜子牙来到殿前，见此大殿青玉石阶，翘角飞檐，廊檐下挂有一面金色的牌匾，上面写着三个大字：玉虚宫。姜子牙又仔细看了下大殿，除去高高的台座，竟也有十几丈的高度，当真是高大宏伟金碧辉煌，殿檐斗拱、额枋、梁柱、都装饰着青蓝点金和贴金彩画。青玉石阶有九十九级，通向大殿正门。姜子牙和南极仙翁拾级而上，进入大殿，大殿内有多根红色的巨柱，上面雕着缭绕的蓝色的祥云。大殿正中的金漆宝座上，端坐着一位相貌清奇的长者，一头白发高高绾起，用一支玉簪束在头顶，身上穿着一身平平常常的道袍。这位长者虽看似普普通通如邻家老翁一般，却自有一股超然物外的气质，不觉间就感受到了他的威仪。老者两旁站立着两排相貌各异、年龄不同但却都是仙风道骨的人。

南极仙翁恭恭敬敬深施一礼，道："师傅，子牙师弟已经带到"，转头又对姜子牙道："子牙，快快见过师傅！"

姜子牙忙俯身跪下，向师傅磕头，道："师傅在上，受弟子一拜！"

元始天尊道："子牙快请起，你一路历经困苦，我都知道了，这是命数,也算不得什么坏事。从现在开始，你就在山上好好修为吧，日后必有你大展宏图之时。"

昆仑神话故事集

姜子牙谢过师傅，起身后垂手而立。

元始天尊指了指自己身边的人，对姜子牙说道："这些都是你的师兄，他们都已在山上修炼了多年，有什么问题你可以多请教他们。"然后便一一介绍了广成子、赤精子、玉鼎真人、太乙真人、黄龙真人、文殊广法天尊、普贤真人、慈航道人、灵宝法师、惧留孙、道行天尊、清虚道德真君等人。姜子牙一一见过师兄，他的这些师兄们在日后也都帮姜子牙解了很多困，助他立下了大功。

姜子牙向师傅元始天尊恭恭敬敬地说道："我要学些什么武艺呢？"

元始天尊沉吟了一下，道："你明日就先从挑水、浇松做起吧。"

姜子牙心中有些狐疑："挑水、浇松就是个体力活，这算什么武艺啊。"

元始天尊看出姜子牙心中的疑惑，微微笑了笑，说道："子牙，天数早已注定，你做的任何事对你都有裨益，你只管去做就是了。"

姜子牙再无二话，便辞别师傅出来。

第二天，姜子牙挑上水桶出门挑水。玉虚宫离圣泉距离很远，走了很久方才走到。还好一路风景优美，虽然路远，倒也不枯燥。但见昆仑山渺渺茫茫，起起伏伏犹如大海的波涛，向无尽的远方绵延而去。林间小路蜿蜒在山中折来折去，仙鸟鸣唱，荡起回音。水声潺潺从远处传来，更显出寂静来。

挑水确实是个体力活，才挑了两趟姜子牙就已感到非常疲乏了，他多么想找个地方好好歇息一下。揉着已经开始酸疼的胳膊，心中还是不明白师傅为什么要安排他挑水浇树。但一想到师傅对自己说的话，姜子牙便不敢生出懈怠之心，还是认认真真咬牙坚持挑水浇树。

时间一晃而过，姜子牙到昆仑山已经三十年了。在这期间，除了挑水浇树，他还干过种桃、烧火、扇炉、炼丹等等一些杂活，他的师傅元始天尊却一直没有交给他什么高深的武艺，这与姜子牙来昆仑山之前的设想全然不同。这样一天天过去了，姜子牙倒没有了开始的疑惑与浮躁，他开始让自己安静下来，专注于自己所做的每一件事，他已经慢慢有了一种超然的心态。

这一天，元始天尊召见姜子牙，问道："子牙，你来昆仑山已有多年，为师只安排你做些杂活，并未让你登堂入室，学些高深的武艺，你有什么想法吗？"

姜子牙恭恭敬敬回道："师傅安排我做那些活，自有道理，弟子只管去做就好。"

元始天尊微微点头，露出笑意道："安排你做了很多年杂役，为师确实有自己的目的"，顿了顿，元始天尊又道："你知道为什么吗？"

姜子牙道："弟子愚钝，尚未得知。"

元始天尊道："你来昆仑山之前，也做过很多事情吧，可为什么诸事不顺，什么都没做成功呢？就是因为那时你一直心高气傲心浮气躁，这使你总是急功近利急于求成，又没有足够的耐心，所以你才一事无成。"

第二章　瑶池仙境

姜子牙的脸微微红了，道："师傅说的是，弟子明白了。"

元始天尊点了点头，道："为师安排你做那些杂役，而且一做就是三十年，就是想磨炼一下你的心性，让你能够真正地安静下来，踏踏实实做事，专注地去做事。"

姜子牙跪地叩谢师傅，道："弟子明白师傅的苦心了，谢谢师傅的费心栽培。"

元始天尊露出欣慰的笑容，道："起来吧，从明天起，为师就教你一些文韬武略、降妖驱魔的法术吧。"

此后，姜子牙才真正开始了他在昆仑山的学艺之路，他也得到了元始天尊的很多真传，学到了一身的本领。

又过了十年，这一天，元始天尊让白鹤童子去叫姜子牙。

看到姜子牙，元始天尊道："子牙，现在适逢乱世，你该下山去辅佐明主，成就一番大事业了。"

姜子牙哀告道："弟子虽修行有年，但只有小成，望师傅收留，继续指迷归觉，弟子情愿在山苦行，必不敢贪恋红尘富贵。"

元始天尊道："你命缘如此，为师原也说过，一切事情都有定数，你虽无仙缘，但却会在凡间去浊留清，为黎民百姓带去福祉，成就一番大事业，会位极人臣，享尽人间富贵，也会青史留名的。"

姜子牙见事已至此，便不再央告，就开始收拾行李，准备下山。下山前，元始天尊给了姜子牙三件威力无比的法器：打神鞭、杏黄旗，和他的坐骑四不像。

姜子牙下山之后，精心策划在渭水边垂钓，"偶遇"到周朝的开国明君周文王。他力助周文王讨伐商纣，鼎定乾坤，建立了不世功业，青史留名，备受后人敬仰。

在天下初定之后，姜子牙还做了件大事：封神。

接到元始天尊的金符、玉敕之后，姜子牙披挂整齐，在封神台上，他左手执打神鞭，右手拿杏黄旗，让清福神柏鉴将"封神榜"挂在封神台下，按照受封将士的资历等等，敕封了八部正神，各司其职，去监察人间的善恶。首先封柏鉴为三界首领八部三百六十五位清福正神，再封黄天化为三山正神炳灵公，又封黄飞虎等五人为五岳正神。闻太师等等三百六十位正神也都一一听封。

至此，三界已定，玉宇澄清，大周也揭开了八百年基业的序幕。

陆压道人助周伐商

　　陆压，又称陆压道人，是昆仑山中的一位散仙，跳出三界外，不在五行中。他一直在昆仑山修炼，道法高深，来无影去无踪，自称是闲游五岳，闷戏四海的野人。他曾经下昆仑山帮助武王伐纣，协助阐教大战截教，功成之后又回到昆仑山，重新归隐山林，不问世事。
　　陆压道人道术精深，他有独门自创的斩仙飞刀和钉头七箭书两大法宝，在与敌人对战时，从来没有失手的纪录。有一天，陆压道人正在昆仑山中的洞府中打坐，忽然掐指一算，知道了姜子牙有难，便决定下昆仑山，去西岐扶助姜子牙。想到此处，陆压道人忙带上自己的宝物，急急出山，奔西岐而去。
　　再说这个故事中的另一个人物：姜子牙。商朝末年，纣王无道，姜子牙辞别元始天尊，下了昆仑山，到了西岐，辅佐周武王讨伐商纣。他们在西岐城竖起反商大旗，招纳贤将良才，演练阵法，准备时机成熟后就进攻朝歌。纣王知晓武王已反，命闻太师西征，镇压西岐。在西岐城外，两军对垒，闻太师先胜了一阵。姜子牙带杨戬、哪吒众将偷袭商朝兵士的大营，大败闻太师，姜子牙用打神鞭打断了老太师闻仲雌雄双鞭中的雌鞭，还将闻太师打伤了。闻太师无奈从西岐城下后退七十里重新安营扎寨，他命邓忠、辛环看守大营，独自一人骑上墨麒麟前往东海金熬岛邀请朋友助阵。
　　闻太师的墨麒麟本是仙禽异兽，可以瞬间抵达千里之外。闻太师拍了拍墨麒麟的风云角，墨麒麟明白了主人的意思，飞腾而起，到了空中，闪电般向东海奔驰而去，瞬间就到了一片汪洋之上，一座山清水秀的小岛出现在了视野之中。闻太师拍了拍墨麒麟，按下云头，落在了小岛上。但见这个海岛祥云缭绕，绿荫匝地，一片幽静。
　　闻太师在岛上转了一圈，却只见到菡芝仙一人，诧异间，菡芝仙告诉闻太师，其余截教道友都去了白鹿岛。闻太师又急忙赶往白鹿岛，见到诸位道友，他们已经知道了闻太师的来意，告诉闻太师他们在演练十绝阵。闻太师大喜，道：真乃天助我也。闻太师带上十位道友，直奔西岐而来，重新又在西岐城下摆开了阵势，布下了十绝大阵。所谓十绝阵，共分为天绝阵、地烈阵、风吼阵、寒冰阵、金光阵、化血阵、烈焰阵、落魂阵、红水阵、红砂阵，每一个大阵都凶险无比，如果进入阵内，人、仙难逃，都会一命归西。闻太师暗暗思量：有各位高人助阵，西岐指日可破，这实在是社稷之福。闻太师命人在西岐城下叫阵，喊姜子牙来探阵。姜子牙带上杨戬、哪吒、黄天化、雷震子探阵。探阵之后，姜子牙和闻太师约好破阵之日，就回到了西岐城内。

第二章　瑶池仙境

杨戬见师叔姜子牙愁眉紧锁，便问道："师叔可有破阵的方法？"

姜子牙道："这是截教的奇幻大阵，我学艺几十年间，从来没有见过这样的阵法，一时也没有什么破解的方法。"

再说闻太师请来的十位道友，其中一人名叫姚斌，人称姚天君。他在"落魂阵"内命人夯筑了一个土台，设置了一个香案，台上扎了一个草人，草人身上贴着写有"姜尚"的符印。草人的头上点了三盏灯，脚下点了七盏灯。上三盏名叫催魂灯，下七盏名叫摄魄灯。姚天君设好这些，便开始披头散发，仗剑而舞。就这样每天拜三次，只拜了三四天，姜子牙便已经魂不守舍，坐卧不安了。

姜子牙还没有想出破阵的办法，却又被姚天君施展法术，三魂七魄已被姚天君摄去了二魂六魄。姜子牙在相府中昏昏沉沉，整日不理军事，酣睡不止，鼻息如雷。杨戬、哪吒等众将士见姜丞相日渐昏迷，都忧心不已，忙报告给了武王。武王一时之间也大惊失色，手足无措。

忽然有一天，姜子牙剩下的一魂一魄飘飘忽忽，杳杳冥冥，竟然向封神台飘去。清福神柏鉴迎了出来，见到是姜子牙的魂魄，有些讶异，却也知道这是天意，姜子牙该有此一劫，忙将姜子牙推了出去。姜子牙的魂魄没有着落，从封神台出来后，又飘飘忽忽转了一阵，径自向昆仑山飘荡而去，可见他魂牵梦绕之处，还是昆仑山。在昆仑山间，姜子牙的魂魄渺渺茫茫，无所归依。也是姜子牙命不该绝，刚好遇到南极仙翁采仙草炼丹，忽然看见姜子牙影影绰绰，飘忽而来，南极仙翁仔细一看，知道是姜子牙的魂魄。他大惊失色，忙把师弟的魂魄捉住，装在了自己的宝葫芦里面，塞住了葫芦口，心急火燎进了玉虚宫，刚想启禀师父元始天尊，让师父救师弟一命。忽然见赤精子迎面走来，南极仙翁打了招呼，就想去见师父。赤精子拦住南极仙翁，道："多大的事情，何劳师父的大驾，你把宝葫芦给我，我去西岐走一趟，把师弟救回来。"赤精子拿上宝葫芦，借土遁去往西岐城，刹那间便到了相府，见相府内早已乱成一团，大家都慌乱不已，武王甚至都哭出声来了。

杨戬见到赤精子，拜倒在地，道："师伯驾临，想必是为了师叔而来，师叔有救了！"

赤精子颔首道："大家不必惊慌，只要把子牙的魂魄归附于他的身体，自然就没事了。"

说完，赤精子便走到内榻，见师弟仰面躺在床上，脸色铁青，闭目不语。赤精子让众人退了出去，他施展道术，让一魂一魄重新依附到了姜子牙的肉身。但姜子牙还有二魂六魄困在十绝阵中，赤精子起身出城，只身来到十绝阵内，但见阵内阴风阵阵，冷雾飘飘，隐隐约约有鬼哭狼嚎的声音传来。赤精子来到"落魂阵"内，见姚天君披头散发，手拿宝剑，对着一个草人连连拜伏。赤精子知道那个草人就是已被摄去了二魂六魄的姜子牙，忙上前去抢，被姚天君发现后撒了一把黑砂，差点打落在阵中。赤精子慌忙逃走，借土遁来到昆仑山，见到师父元始天尊，把事情说了一遍。元始天尊让赤精子去八景宫请老子救自己的师弟。赤精子驾祥云来到大罗宫玄都洞，见到老子，赤精子把自己的来意说了。老子说道：

昆仑神话故事集

"子牙该有此一劫，你带上太极图去救你师弟吧。"

赤精子带上太极图，重又来到十绝阵中，见姚天君还在落魂阵中拜伏。赤精子打开太极图，一时间金光万道，护住了赤精子。赤精子抓住草人，返身便走，不料太极图落在了阵内，被姚天君拿到了。

赤精子进到西岐城内的相府，用宝葫芦收了草人体内姜子牙的二魂六魄。来到姜子牙的床榻前，赤精子用葫芦嘴抵住姜子牙的泥丸宫，用手轻轻敲了几下葫芦，姜子牙的二魂六魄依次入窍。不多时，姜子牙睁开眼睛，徐徐吐了口气，道："这一觉好长！"众人这才松了一口气。

姜子牙又调养了数日，才得以痊愈。又过了几日，观音菩萨、文殊菩萨、普贤菩萨等人来到西岐城，为姜子牙助阵。姜子牙按黄龙真人的要求搭了一个结彩悬花的芦蓬席殿，在芦蓬内邀众仙人商议破解十绝阵的办法。后燃灯道人也来助拳，并要求执掌帅印，亲自指挥破解十绝阵。众人欢呼雀跃，无不信服。

到了破阵之日，两军对战，经过一场厮杀，终于破了十绝阵中的六阵，但也折损了邓华、韩毒龙等人，他们都死在了阵内，日后，封神台上，他们也都会被分封。姜子牙统帅的西岐军大胜，但怎知他才出深潭，又将入虎穴，这次，就要陆压道人来救他于危难之中了。

话说闻太师被破了十绝阵中的六阵，十位道友已被杀了六人，一时心灰意冷，泪如雨下。他独自一人在帅帐中坐着，思忖来思忖去，该怎么样破解现在的不利局面呢？他忽然想起了峨眉山罗浮洞的赵公明，他道术高强，和自己一样，同是截教中人。如果能把他请来，那打败西岐就不在话下了。想到这里，闻太师安排好了守营事务，便骑上墨麒麟直奔峨眉山罗浮洞而去。

墨麒麟四蹄下升起风云，眨眼间便到了峨眉山罗浮洞。但见峨眉山清幽僻静，瑞气蒸腾，空中飞舞着白鹤，林间来往穿梭着鹿影。但见一个开阔清静的洞府出现在眼前，上写三个大字：罗浮洞。洞门上垂挂着苍翠的藤萝。闻太师对着洞门喊道："有人吗？"不一会，出来了一个童子，见问话的是一位须发皆白，豹头虎目、威猛异常的老人，奇特的是，他的坐骑是一只墨麒麟，更奇特的是，这位老人的脸上长着三只眼睛，第三只眼睛就长在额头的正中间。童子不敢怠慢，忙问老太师找谁。闻太师说道："你师父在吗？就说商都闻太师来访。"童子忙进洞禀报，不一会赵公明就大步流星走出洞外，来见闻太师。两人手挽手进到洞内，简短寒暄之后，闻太师说明了来意，赵公明立刻答应前往助阵，帮助闻太师讨伐西岐。赵公明让闻太师先回，自己安排好洞府的事宜随后就到。闻太师回去之后，赵公明安排好童子看守洞府，之后便带了两个徒弟借土遁往西岐而来。途中路过一座山明水秀的大山时，忽见一只黑虎跃出山林，赵公明便擒住黑虎，当了自己的坐骑。赵公明在黑虎的脖颈上画了一道符印，黑虎长啸一声，顿时足下生云，腾起在空中，往西岐而来。

到了西岐，赵公明见到闻太师和四位道友，听闻太师细细说了六位截教道友死时的惨状，

第二章 瑶池仙境

不禁怒从心头起,决意要为几位道友报仇。说到做到,赵公明当即提鞭跨上黑虎,来到西岐军营前叫阵。哪吒禀报了姜子牙,姜子牙带上杨戬、黄天化等几位大将来到阵前,话不投机,没说几句,赵公明便提鞭来打姜子牙,姜子牙仗剑相迎,两人你来我往,缠斗成一团。几十个回合之后,赵公明忽然把鞭抛向空中,鞭子如同长了眼睛,直奔姜子牙的后心而来,电光石火间,姜子牙躲闪不及,被从四不像上打落下来。因为伤势过重,竟身亡了。杨戬、哪吒几人忙施展武艺,缠住赵公明,其余人趁机抢了姜子牙的尸身,逃进西岐城内。短短数天,姜子牙竟连遭两劫,相府内一时愁云惨淡,隐泣声声。广成子忽从城外芦蓬席殿来到城内相府,他见过众人后,轻轻说道:"大家不必悲伤,子牙天命如此,逃不过这一难的,不过无妨。"

他叫人端来一碗水,从身上取出一粒丹丸,捻开之后,用水给子牙喂了下去。约摸过了一个时辰,姜子牙大叫一声"痛煞我也",慢慢睁开了眼睛。姜子牙知道了自己被赵公明打死又被广成子救活的事,他挣扎着起身向广成子道谢。广成子让他好好养身体,然后出城来到了芦蓬宫殿。恰逢赵公明又来骂阵,指明让燃灯道人答话。燃灯道人下了芦蓬,来与赵公明理论,话不投机,黄龙真人提剑来战赵公明,只几个回合,就被赵公明用缚龙索捉住。赤精子慌忙来救,也被赵公明用定海珠打伤。之后,赵公明如法炮制,又用定海珠打伤了广成子、道行天尊等五位。赵公明大胜而归,回到闻太师的大营,把黄龙真人用符印封住泥丸宫,吊在了幡杆之上,又摆了庆功宴,喝酒庆祝。

一家欢乐一家愁,燃灯道人回到芦蓬席殿,却愁眉不展。当天晚上,杨戬化作一只飞蚁,来到闻太师大营,揭去了黄龙真人身上的符印,把他救了回去。

第二天,赵公明又来叫阵,燃灯道人亲自出战,却不敌赵公明,只好败走。赵公明紧追不舍,直追到一座仙山,遇到萧升、曹宝二位仙人。萧升、曹宝用"落宝金钱"收了赵公明的缚龙索、定海珠,萧升却也被赵公明取了性命,但赵公明也被燃灯道人用乾坤尺打伤。赵公明急怒之下,赶往三仙岛,找同为截教弟子的云霄娘娘、碧霄娘娘、琼霄娘娘来借宝物金蛟剪,准备用金蛟剪打败燃灯道人,取回自己的宝物。三位娘娘本来不准备把宝物借给赵公明,但耐不住赵公明一再央求,又本是同宗同门,便把金蛟剪借给了赵公明。

赵公明得了宝物,如虎添翼,士气大振,又来向燃灯道人叫阵。燃灯道人下了芦蓬,来战赵公明。赵公明往空中祭出金蛟剪。金蛟剪原来是两条采天地灵气、纳日月精华的蛟龙,头尾相交,势如闪电,不管你是凡人还是神仙,只要躲闪不及,都会被剪为两截。燃灯道人见状,大吃一惊,忙借木遁逃回了芦蓬席殿,但他的坐骑梅花鹿却被剪成了两段。

燃灯道人逃回了芦蓬席殿,仍后怕不已,冷汗连连,大呼好险。正在众人愁眉不展的时候,哪吒忽然进来,说有位道人求见。本故事的主人翁——陆压道人终于登场亮相了。

燃灯道人忙让哪吒把他请进来。众人都盯住了来人,却见是一个面相儒雅、举止潇洒的道人施施然走了进来,但却没有一个人认识。

燃灯道人打了个稽首，问道："道友来自哪座仙山？何处洞府？"

道人微微一笑，回了礼，然后说道："贫道闲游四海，闷戏五岳，一个野人而已，"沉吟了一下，道人又接着说道："我本是昆仑山人，修行得道混元初，跨青鸾，骑白鹤，不去蟠桃飨寿药，不去玄都拜老君，三山五岳任我游，海岛蓬莱随意乐，陆压散人亲到此，西岐要伏赵公明。"说完，道人再不出声。

众人听到陆压道人这么说，都觉得他话语中有些清傲，但看他神态，很是高深莫测，加上他又是来给西岐帮忙的，大家也就不好说什么了。

第二天，赵公明又来叫阵，指名道姓让燃灯道人出来决一雌雄。陆压道人起身向燃灯道人道："我去会会赵公明。"说完便走出芦蓬，来到阵前。赵公明看了一眼，不认识来人，便问道："你是何人？"陆压回道："我乃昆仑闲人陆压，说了你也不认识。纣王无道，天意灭商，你还是不要助纣为虐了，我劝你早回罗浮洞，免得生出无妄之灾！"赵公明听了之后大怒，道："你口出狂言，让我看看你到底有什么本事！"说完提鞭杀向陆压道人，陆压也持剑迎战。

三五个回合之后，赵公明将金蛟剪抛到空中，陆压大喝一声："来得好！"化作了一道长虹，不见了身影。赵公明大怒，但不见了陆压的身影，又无可奈何，只得回到大营。原来陆压出战本意只是要看清赵公明的相貌，然后用法术斩杀赵公明。

陆压回到芦蓬，见到众人。燃灯道人问道："道兄会战赵公明的结果如何？"

陆压回道："我的本意是看看赵公明的相貌，现在已经知道他是什么样子了。接下来我去岐山之中搭建一个台子，上面扎一个草人，草人身上写上'赵公明'三个字，在草人头上放一盏灯，脚下放一盏灯，然后每天拜三次，到第二十一天，自然可以取赵公明的性命。"

姜子牙按照陆压的要求，带三千人马前往岐山，筑起了一个台子，又设置了香案，扎好了草人，把写着"赵公明"的符印贴在了草人身上。布置停当之后，姜子牙连拜了几天，直把赵公明拜得焦灼不安，如同油煎一样。闻太师见赵公明坐卧不宁，心里也觉得焦躁。这一天，烈焰阵阵主白天君来见闻太师，要求去会一会阐教的人。闻太师本想阻拦，但白天君心意已决，说完他便去叫阵。

燃灯道人和众人正在商议军情，忽听见对面有人叫阵，让哪吒出去探听，回复说是烈焰阵阵主白天君。陆压道人听到之后对燃灯道人说："我去会会他。"说完起身来到阵前。

白天君看对面来了一个举止潇洒的道人，但并不认识，大喝道："你是什么人？"

陆压道人道："我乃昆仑散人陆压，特来会会你！"

白天君听这名字完全陌生，从没有听说过。也不多讲，举剑直奔陆压道人而来。陆压也不相让，持剑迎击。斗了几个回合，白天君佯装败回阵内，陆压道人紧追不舍，也进了烈焰阵。却见阵内烈焰熊熊，将陆压紧紧裹住。烈火烧了两个时辰，但白天君见陆压道人竟然没有被焚化，反倒精神百倍，双目精光四射。白天君见陆压道人手中托着一个葫芦，

第二章　瑶池仙境

葫芦中射出一道毫光，有三丈多高，上面竟有一个小人，有眼目口鼻，小人眼中有两道白光照出，将白天君紧紧罩住，钉住了白天君的泥丸宫。白天君心神恍惚，不觉中竟昏迷了。但见陆压在火内鞠了一躬，说道："请宝贝转身！"只见到那宝物在白天君头上转了一圈，白天君的头已被斩落下来。白天君的灵魂径自朝封神台去了。

陆压道人收了葫芦，就此破了烈焰阵。

忽见姚天君从落魂阵中奔出，跨鹿持铜，来找陆压道人寻仇。燃灯道人命赤精子迎战姚天君。斗了几个回合，姚天君像往常那样，佯装败回阵内。赤精子将计就计，追进了阵内，这已是赤精子第三次进阵了，他岂能不知道此阵的厉害，既然追进阵来，说明他已经胸有成竹了。当然，这是姚天君不知道的。一进入阵内，赤精子头顶就升起一朵祥云，护住了他的身体，他身披的紫寿仙衣也现出光芒，耀眼夺目。姚天君依葫芦画瓢，像以往那样洒出黑砂。但这次赤精子有祥云和紫寿仙衣护体，黑砂沾不了他的身体。姚天君见状吃了一惊，一愣神的功夫，被赤精子用阴阳镜打倒在地。赤精子面对昆仑山的方向打了一个稽首，道："弟子要开杀戒了！"说完赤精子用剑取了姚天君的首级，姚斌姚天君的灵魂往封神台飘了过去，等周朝平定天下之后，姜子牙封神，姚天君也会得到分封。

赤精子破了落魂阵，取回了太极图，到玄都洞又送还了老君。

闻太师听说十绝阵又被破了两阵，白天君和姚天君也都被杀了。这个消息让他五内俱焚，七窍生烟，不由得顿足长叹："唉！怎能料到今日之灾呢？"

闻太师让人请出剩下的两位阵主，痛哭着说："我蒙受皇恩，奉命征讨西岐，但连累诸位道友，受到这样的劫难，我心里万分不安啊！"

张天君和王天君忙安慰闻太师："事已至此，道兄不必太难过，这些都是天命，我们一定竭力助你打败西岐，早日得胜还朝。"

再说赵公明，已经昏昏沉沉很多天了，整日只知道昏睡不起，不理军事。闻太师已去探望了好几次，赵公明都是昏睡不起。闻太师忽然一惊，如醍醐灌顶，他命人设下了香案，又拿来了金钱，占卜了一卦，这才恍然大悟，吃惊不小。知道原来是陆压道人设下了钉头七箭书，想要取了赵公明的性命。知道了原委，闻太师和张天君、王天君商量该怎么办。王天君对闻太师说道："既然是陆压设的钉头七箭书，那我们把书抢过来不就行了。"闻太师命人把手下大将陈九公、姚少司二人叫来，命他二人晚上借着夜色前往岐山，偷偷把书抢过来。当天晚上，陈九公、姚少司便借着夜色，按计划去往岐山，密谋抢书。

陆压道人和燃灯道人等诸位道友在芦蓬静坐，忽然有些心绪不宁，他掐指一算，知道了原因，开口说道："诸位道友，闻仲已经知道了我设下的钉头七箭书，他已经命人今天晚上就去抢书。"

燃灯道人听后忙说："那我们赶紧让人去告诉子牙，让他早早防备，以保不出什么差错。"说完便命杨戬、哪吒赶往岐山，告诉师叔姜子牙小心提防。二人出了芦蓬，直奔岐山而去。

昆仑神话故事集

这边陈九公、姚少司已经在夜色中借着土遁到了岐山上空，果然见到姜子牙仗剑披发，正在作法。趁姜子牙没有防备，二人从空中猛然冲下来，抢了钉头七箭书，一阵风似的逃向成汤大营。

哪吒风火轮神速，比杨戬先到，师叔姜子牙告诉哪吒箭书已被人抢走了。哪吒一听，忙返身寻找抢书的人。再说杨戬，快到岐山的时候，却见到前方一阵黄风吹来，这风来的奇怪，杨戬急忙下马，从地上抓起一把沙土，往空中一洒，顿时升腾起一股烟雾。

陈九公、姚少司正走得急，忽然看到前方出现了自家的大营，邓忠正在营外巡逻。他们二人忙收了土遁，从空中落了下来。二人走进中军帐，正看到闻太师，闻太师问道："你们把箭书抢来了吗？"

二人边施礼边回道："我们去的时候姜子牙正在作法，我们趁其不备，已经将箭书抢了回来。"

闻太师大喜："快将箭书呈上来！"

二人把箭书呈给太师，闻太师收了箭书，仰天一阵大笑。陈九公、姚少司二人正在诧异之间，见到一阵烟雾散尽，"闻太师"现出了本来的样貌，原来是杨戬，刚才的一切不过是他的一个法术，障眼法而已。陈九公、姚少司二人气急攻心，大骂道："宵小之徒，快把箭书还给我们！"边骂边举剑冲向杨戬，与杨戬缠斗在一起。哪吒正在此时赶到，也挺枪加入进了战团。陈九公、姚少司哪里是杨戬、哪吒的对手，十几个回合后便被双双杀死。杨戬、哪吒返身来找师叔姜子牙，把箭书又还给了他。姜子牙长吁了一口气，总算是虚惊一场，便命人日夜提防，以防闻太师再派人来抢。

闻太师在帐中等抢书的二人，却左等不来右等不来，命人出去打探消息，却被告知陈九公、姚少司已暴死在了半路。闻太师拍案而起，长叹不止，不觉间，已落下泪来。张天君、王天君见到闻太师这样，也觉得黯然神伤，默立不语。他们一起来到后营，看望赵公明。三人来到赵公明床榻之前，见赵公明仍沉睡不醒。闻太师又落下泪来，轻声呼唤道："赵道兄醒来！"连着呼唤了多声，赵公明努力睁开双眼。闻太师趁着赵公明有一刻的清醒，便将陆压道人用钉头七箭书害他的事说了一遍，又告诉他派人去抢箭书，但没有成功的事。赵公明勉力支撑着欠起身子，二目圆睁，大喊道："我命该绝！我命该绝！"闻太师听到赵公明这么说，又惊又愧，大汗淋漓，又无计可施。

红水阵阵主王变王天君怒火攻心，气冲冲出了大营，往西岐军阵前叫阵。燃灯道人派曹宝出战，却在红水阵中沾上了王天君洒出的红水，肉身顿时化为了血水，骨肉无存，只剩下了道服丝绦，殒命于阵中，他的灵魂也飘到了封神台上。

燃灯道人又命道德真君前去破阵，道德真君轻轻抖了一下袍袖，他脚下就出现了一瓣莲花，头顶也升起了一团祥云。王天君又从葫芦中洒出红水，但任凭红水上下翻腾，却一丝也沾不了道德真君的身体。王天君见自己伤不了道德真君，抽身便逃。道德真君拿出七

第二章　瑶池仙境

禽扇冲着王天君扇了一下，王天君惨叫一声，化为了灰烬，灵魂也奔着封神台的方向去了。

闻太师听到王天君殒命的消息，真是旧愁未消，又添新愁。

姜子牙在岐山中已经拜了二十天，七箭书都已拜完，再差一天，就可以杀死赵公明。

这边赵公明躺在成汤大营中，也知道自己的死期近了，他面色凄然，告诉闻太师："闻道兄，我命休矣，明天就是咱们的告别之日了。"

闻太师听赵公明这么说，痛哭流涕，哽咽着说道："道兄遭此不测，让我心如刀割啊，我对不起你……"军营中众人也都痛哭不止，成汤大营中一片凄惨的景象。

姜子牙在岐山中拜到第二十一天的早晨时分，陆压道人忽然出现在台上。陆压道人道："赵公明一定死在今天！"边说边取出一个小小的桑枝弓、三支桃枝箭，递给了姜子牙，说道："今天午时初刻，你用此弓箭射草人，定可以取赵公明性命！"不觉间，午时初刻已到。姜子牙净手、拈弓、搭箭。陆压说道："先射左眼。"姜子牙一箭射出，正中草人的左眼。这边成汤大营之中，赵公明大叫一声，把左眼闭上了。闻太师心如刀割，紧紧抱住赵公明，哭声凄惨无比。

姜子牙在岐山中第二箭又射中了草人的右眼，第三箭正中草人的心脏。三箭之后，赵公明就惨死在了成汤大营。

赵公明死后，申公豹去三仙岛请云霄娘娘、碧霄娘娘、琼霄娘娘，让她们为自己的兄长报仇，三姐妹赶往西岐，为兄报仇，用混元金斗擒住了陆压道人，然后命五百士兵用箭射陆压。箭矢如雨，但只要到了陆压跟前，箭头箭杆都化为了灰烬。三姐妹又用金蛟剪杀陆压，陆压化为一道长虹，不见了踪影。后来陆压又单挑孔宣，用斩仙飞刀杀死金刚之躯的余元，扶助周武王灭了大商，开启了周朝的百年基业，这就是陆压道人下昆仑山，助周伐商的故事，当然这些都是后话，不一一细说。

讲完陆压道人用钉头七箭书杀死赵公明的故事，很多人也许会生出一个疑问：陆压道人为什么一定要杀死赵公明呢？

陆压道人总爱说自己闲游五岳，闷戏四海，乃是一位野人，更标榜自己不拜元始天尊，更不向昊天上帝称臣，仿佛就是天地间一毫无师承背景、天生天养、自修得道的一位散仙。事实上，他在人前反复说自己无门无派，其实是遮掩自己下凡参与封神大战的真正目的。陆压拜见燃灯道人时曾说道："陆压散人亲到此，西岐要伏赵公明。"他在战场初见赵公明时，直接道明来意："不识高名空费力，吾今到此绝公明。"从以上两处，我们可以清晰地看到，陆压道人下山的目的非常明确，就是来杀赵公明的。

赵公明初见陆压，茫然不识。陆压也说："吾有名，是你认不得我。"可见，赵公明此前根本就不认识陆压。也就是说，两人之间并无私仇。既然两人之间远日无仇近日无怨，陆压为何指名道姓要杀赵公明呢？答案很简单：陆压接到了高层命令，是上面有人要收拾赵公明。这个要取赵公明性命的人是谁呢？那就是：阐教的大掌教老子。

昆仑神话故事集

　　老子乃是鸿钧老祖大弟子，通天教主的大师兄，赵公明乃是老子诸多师侄中的一位。两人地位悬殊，分属二教，极少见面，怎么会结仇呢？只有一个原因：因为定海珠！

　　最开始，燃灯道人看不出定海珠来历。在曹宝得到定海珠之后，燃灯道人仔细观看，对曹宝道出定海珠来历：此珠曾出现光辉，照耀玄都，后来杳然无闻，不知落于何人之手。原来，定海珠本是玄都洞八景宫老子的宝物。在无数年前老子曾经把定海珠拿出来给很多仙人看过，可是，在让众人看过不久，定海珠却神秘失踪。以老子的神通修为，若是大张旗鼓，严格盘查肯定可以找到偷定海珠的人。可是，对方竟然从老子的眼皮底下盗走定海珠，传扬开去，这必将成为圣人间的笑谈，这是爱面子的老子绝不愿意看到的。

　　老子在长时间的暗暗调查之后，终于知道了定海珠是赵公明偷走的，但他碍于面子，又是赵公明的前辈，所以不好大张旗鼓地去讨要。但老子又无论如何咽不下这口气，所以才派了没有什么知名度的昆仑山散人陆压前去，以助周伐商的名义，杀了赵公明，既让定海珠回到阐教门人手中，又出了胸中的一口恶气。

第二章 瑶池仙境

西王母和周穆王的传奇故事

周穆王是周昭王之子，周武王的曾孙，西周第五位君主，据说他很有才能，文韬武略，并且箭法超群。

周穆王身边有一个大臣，名字叫做造父，是伯益的后代，造父是因有祖父孟增的功德，成为周穆王的亲信随臣。造父与周穆王的岁数相近，都爱收养天下名马，擅长狩猎，精通御马之术，是一个爱马如命之人。周穆王时期，造父担任的是周王的御马官，专门负责周穆王的出行。造父在泰豆氏门下学习御马技术，长达三年之久，熟练掌握了驾驶马车的精髓，周穆王很喜欢乘坐造父所驾驶的马车，又稳又平，速度还非常得快。

有一天，周穆王收到了住在昆仑山瑶池中的西王母派来的使者带给他的一支玉笛和一柄玉斧这两件宝物，并邀请他去瑶池游览一番。周穆王被使者所描述的瑶池宛如人间天堂，那里没有严寒，没有酷暑，一年四季温暖如春，到处都是美景的画面所吸引。可是，从镐京到昆仑山的路程十分遥远颠簸，如果驾普通的马车去需要好几年的时间，周穆王为此眉头紧锁。

造父知道后将自己得来的六匹骏马献给了周穆王，周穆王见到良马非常得高兴。可是他身为周朝天子，按规矩出行需要八匹马来拉车才可以的，这六匹骏马显然也不够用的。于是造父为了凑齐八匹骏马，深入潼关桃林，在桃林之中，风餐露宿，入蛇蟠之川，闯虎穴之沟，终于获良马两匹，为周穆王训练了一辆八匹骏马所拉的新马车。据说这八匹骏马能够日行三万里，不久就可以到达瑶池，这种豪华阵营让周穆王心痒难耐，他吩咐下去，立刻召集一批随从，坐上这辆马车同造父一起向西而行。

随即西王母的使者摇身一变，化为只青鸟在前面引路。周穆王随身带了一只凶猛的狗，这只狗一天能跑一千九百里，连老虎和豹子都能被它抓来当作食物吃掉。八匹骏马奔跑的速度真可谓风驰电掣，没过几天，他们就越过了八条长河，翻过了八座大山，眼看着已经来到第九座山的前面。

八骏正在向前奔驰，忽然从山后跳出来一只怪物。只见这怪物的长相十分奇特，龙头虾身只有一条腿，却长着十只手。只听那怪物大声喊道："想要从这里过去，都要留下身上最珍贵的宝贝才能过去。"周穆王还没回过神来，他带来的那只凶猛的狗就已经冲了上去，与怪物打成了一团。双方在打斗过程中，怪物虽然有十只手，却只有一条腿，没有那只狗灵活，它渐渐支撑不住，于是就从嘴里喷出了无边的火焰，向众人烧来。

昆仑神话故事集

　　周穆王看到这种情况，立刻取出玉笛吹了起来。只见天空忽然间乌云密布，下起了倾盆大雨，不一会儿就把火全都浇灭了。怪物一见自己打不过对方，慌忙逃命去了。

　　走着走着，周穆王和造父便发现已身处西域，漫山遍野都是珍禽野兽，周穆王猎了一只白狐和一只黑貉子。经过河流的时候，一行人又被天河拦住了去路。周穆王将这两只猎物都献给了河神，希望河神保佑周朝风调雨顺。传说弱水河是一条死亡之河，上面连一根羽毛都无法漂浮，从来没有一只船能够漂浮在河面上，所以弱水河是一条拦路河。当周穆王的豪华马车来到弱水河边，拿出了西王母送的玉斧朝着河里扔了过去，河里立刻出现了一座桥梁和一条通往对岸的道路。周穆王命令造父，驾着马车飞快地渡过了弱水河。

　　他们的马车行驶得飞快，随从们跟不上，早已跟丢了，于是他们就任由马儿带着他们跑。直到暮色降临，周穆王和造父二人觉得天色已晚，需要就地安营扎寨，便四处寻找可以居住的地方。在黑暗中不知道走的哪一条道路，他们就来到了昆仑山瑶池，传说中的西王母所统领的地方。

　　西王母得知贵客来到，出来迎接，周穆王他们只看到一个长着虎齿豹尾，执掌天下灾和瘟疫的女神，声称自己就是西王母，很欢迎他们来到瑶池。周穆王献上了白圭玄璧，西王母热情好客，用最珍贵的蟠桃与美酒佳肴款待他们，还亲自为他们歌唱。周穆王也是一个性情中人，酒喝得也非常高兴，也跟着西王母哼唱起来。这种整天吃喝玩乐的时光过得飞快，转眼就过去了近两年。周穆王也了解到了瑶池附近很多部落的情况，大概的地理位置以及风土人情等等。

　　这天，和往常没有什么不同，周穆王和造父像平时一样和西王母玩乐，突然造父发现，今日的马儿格外的不安分，不停地用蹄子刨着地，神情焦灼，于是就解开了它们其中一只的缰绳。马儿被解开了束缚，立刻奔跑起来，造父想追也追不上。过了一会儿，发现离开的马儿又回来了，它带回来一个侍卫。侍卫风尘仆仆地跑来告诉了周穆王，由于周穆王长期不待在国家，徐偃王起了贼心叛乱了，徐偃王是夏朝封国徐国君之后，见周穆王长期不露面，就起了夺权夺位的心思。一开始，徐偃王的军队便锐不可当。因为没有周穆王的带领，周朝军队打不过徐偃王的军队。周穆王听后大怒，没想到自己不在国家的这段日子里竟然发生了这么多的事情，他也没有想到时间过得这么快，转眼五百多天就过去了。

　　见过侍卫以后，周穆王便向西王母辞行，周穆王要回到自己国家去解决纷乱。造父驾车，马儿飞快，周穆王很快就赶回了周朝。见到自己的国家人民饱受磨难，周穆王心生痛楚，对徐偃王的恨意也就越浓。最终，周穆王还是打败了徐偃王，守护了自己的国家。从此，周穆王一心希望社稷平安，开始树立起一统天下的雄心，在治理国家上更加用心。

　　后来有人传说，周穆王登昆仑山时，喝的是蜂山石缝中的甘泉，吃的是玉树上的果实，又登上西王母居住的昆仑山，已全部得到了腾云飞升的道术。他之所以后来还以凡人的形象在世间出现，是想现身说道，告诉人们修炼的结果。

第二章　瑶池仙境

西王母和蟠桃仙子的故事

昆仑山瑶池的主人西王母，是那昆仑山上赫赫有名的人物。她究竟是个什么样的女子呢？

关于西王母的传说，自古以来就众说纷纭，各种记载颇有出入。有人说她是古代西域某一个小国的女王，长得极为凶狠狰狞，有着蓬乱的头发和老虎一样的牙齿，连野兽见了都因为害怕她而要逃离。这种说法里，西王母简直就是母夜叉一般的人物。也有人说得有名有姓，头头是道，西王母姓杨，闺名婉玲，后来得道成仙，住到了昆仑山上。因为其贤能，西王母就代替玉帝掌管宫廷，是一位雍容华贵、气度不凡的中年女子。

传说周穆王在西征途中曾经路过昆仑山，受到了西王母的热情款待。周穆王在昆仑山瑶池上饮酒赋诗，流连多日，被仙酒美景迷得不亦乐乎。后来，在班师回京的路上，他还想再次拜访西王母，可惜仙凡之缘可遇不可求，云雾缭绕的昆仑山只能看到密密的深林。

西王母为人们所熟知的，除了她那光彩夺目的瑶池，就数那让人垂涎的蟠桃园了。《西游记》里，孙悟空曾经被派管理蟠桃园，结果却是蟠桃园里所有成熟的桃子都进了这只顽猴的肚子。那可是几千年一结果的仙桃啊！西王母重视自己的蟠桃，从来就只让自己信任的人看管，对孙悟空的一番大闹自然是恼怒至极。那么，孙悟空未曾来时，蟠桃园又是谁管的呢？

据说，西王母一共有四位贴身的侍女，分别是王子登、郭密香、纪维容和董双成，而蟠桃园的看管者，就是这位董双成。传言她是西王母的心腹，在这四人中地位最高。其实单从董双成一直以来都看管着西王母珍视的蟠桃园一事，就足以证明她的地位不同于一般仙女了。所以，她也被称为西王母的蟠桃仙子。

那么这位蟠桃仙子董双成，又有着什么样的故事呢？

传说董双成原本是个凡人，出生在杭州。杭州这么钟灵毓秀的地方，自然多出美女，董双成也不例外，出落得姿色不凡、妩媚动人，全身上下都洋溢着一份灵动的气质。董家的先祖是商朝的史官，为官清廉谨慎，严律自守，经常以史为鉴，出谋献策。商朝灭亡之后，董家先祖就定居到了钱塘江畔，过着隐居的生活。每年春季桃花盛开，董家的屋子掩映在美丽的桃花林里，自然别有一番风味。

在这样的环境中，董双成被熏陶得从小就爱桃花，常常在桃花盛开的季节，如痴如醉地观看，不觉疲累。董双成日渐长大，秀丽的容颜也渐渐比花更美。美艳的董双成穿梭在桃花林里的时候，大有"人面桃花相映红"之意趣。

这一日，董双成正在欣赏桃花时，突然间灵光一闪，就想了个主意来利用桃花。她采摘了最新鲜的桃花，搭配山中的灵芝等名贵草药炼制丹药。董双成心思细腻，聪明灵慧，这丹药竟被她炼成了。最初的时候，丹药仅仅能清痰化气，渐渐地，在董双成的细心研究琢磨之下，通过改进配方、控制火候，后来炼制的丹药就有了质的变化，能治疗多种疾病了。于是，前来向董双成讨药的人就变得络绎不绝了。

因为需要丹药的人多，董双成就不得不多加炼制，这下可好，从采药摘花到守炉炼丹，董双成常常忙得不可开交。但是董双成是个心地善良的好姑娘，知道自己的丹药能救人一命，所以再忙都非常开心。

偶尔有了闲暇，董双成就会吹笙自娱。时间长了，她的笙也就吹得极有水准，据说甚至能引来百鸟聆听。董双成最为有名的笙曲就是《丹小凤》，曲声甚至能引来仙鹤。所以附近的乡亲都非常喜欢这位美丽善良的姑娘。

当时，黄者之说（即神仙导引之术）已经慢慢兴起。能做神仙从而长生不老法力无边，这当然是众多人们的希望，于是那些豪门贵族就开始寻找风景秀丽的地方，筑庐结庵，兴寄烟霞，吸取日月精华，提炼百卉的汁髓，以期在碌碌尘世中，能够不食人间烟火，进而白昼飞升，得道成仙。

董双成能炼制治疗多种疾病的丹药，自然成了众人的追随目标。董双成认为，这些丹药都是用百花灵草炼成，就算不能让人得道成仙、飞升天宫，对身体也是有益的。于是董双成就把自己的方子传了出去，故而钱塘江畔就多了许多结庐炼丹的虔诚信徒。

有一年春天，在午后灿烂阳光照耀下的望仙桥，董双成炼成了一炉"百花丹"，揭开炉盖，顿时异香扑鼻，闻着便心灵通透，全身舒畅。她吃了几颗，就觉得自己神清气爽，精神百倍。董双成心里十分高兴，忍不住取出形影不离的笙来吹。霎时间，悠扬婉转的曲子弥漫在天地间，百鸟都聚集过来，绕着董双成盘旋飞舞。看着美丽的鸟儿们，董双成更是不禁轻启朱唇，高歌了一曲，大珠小珠落玉盘般的声音引来了几只翩翩起舞的仙鹤。仙鹤绕着董双成盘旋了几圈，就匍匐在台阶下。这时，仿佛心有灵犀，董双成跨上了仙鹤。没想到仙鹤一声长鸣，载着她直飞向天宫。地上的人们都看傻了，一直一动不动地盯着仙鹤的身影直到看不见。

这只仙鹤，载着董双成一直飞到了昆仑山西王母那里。西王母早听说人间有一位善于种桃树的女子，如今那女子就站在自己面前，顿时欢喜不已，就把她留在了身边。于是，董双成就成了王母娘娘身边的侍女。因为她聪明懂事，善良又能干，王母娘娘越来越喜欢她，后来有什么事就都交给董双成去做。

其实前面的那些杂事都算是西王母对董双成的考察，西王母最终的用意是想让她照顾蟠桃园。蟠桃是仙宫中的极品珍果，自然是要一个细致的人来用心管理。西王母对董双成放心之后，就让她重点照看蟠桃园了。蟠桃的保护、采摘和分配都是极为重要的事情，董

第二章　瑶池仙境

双成非常忙碌。每年的瑶池盛会，那么多被西王母赐下去的蟠桃，都是经过董双成的纤纤玉手挑选出来的。

而在凡间，吃过蟠桃的，除了之前提到的周穆王，还有一位就是汉武大帝了。在《汉武帝内传》中有记载说，元封元年七月七日夜，武帝迎西王母于禁宫之中，但见西王母在一群仙女的簇拥下冉冉从空中下降，"文采鲜明，光仪淑穆，带灵飞大绶，腰佩分景之剑，头上大华结，戴太真晨婴之冠，履元琼凤文之舄，视之可年许，修短得中，天姿掩蔼，容颜绝世，真灵人也。"

西王母搭着董双成的手进入大殿，在殿里与汉武帝相谈甚欢，并让董双成送给汉武帝四个蟠桃。汉武帝吃过之后，只觉得唇齿留香，全身舒坦，于是就把桃核小心地收起来，想在凡间栽种。西王母看了，就笑着说："这桃子三千年才结果，而且中原的土地过于贫瘠，就算种植，也是结不成果子的。"汉武帝只好作罢。

西王母回天宫之后，汉武帝就一直对尝过一次的蟠桃念念不忘。毕竟这等仙果的味道是难以想象的美妙，而且还对身体产生了奇妙的效果，汉武帝就总想着怎么能再吃到蟠桃。

武帝时期，有一个著名的人物叫作东方朔，这人虽然有几分才华，却也过于自傲了些。他曾经上书汉武帝："臣朔少失父母，长养兄嫂。年十二学书，三冬文史足用；十五学击剑，十六学《诗》《书》，诵二十二万言；十九学孙吴兵法，战阵之具，钲鼓之教，亦诵二十二万言。臣朔年二十二，长九尺三寸，目若悬珠，齿若编贝，勇若孟贲，捷若庆忌，廉若鲍叔，信若尾生。若此，可以为天子大臣矣！是以冒死再拜以闻。"

在中原这历来讲究谦虚的地方，这么一个极力表扬自己的人就显得格格不入。汉武帝认为他是个人才，但文辞不逊，高傲自我，就只让他待诏公车署而已。但是不久，他就获得了汉武帝的青睐，官运亨通，扶摇直上。而且这时，东方朔的狂妄也表现得更为严重。他时常捉弄朝中的大臣，甚至曾经在上朝之前喝得烂醉，在朝堂之上对着大殿的柱子撒尿！大臣们都觉得不可理喻，对他憎恶至极，但是汉武帝只是一笑了之。

为什么东方朔突然受到汉武帝如此的青睐呢？原来，东方朔曾经三次长途跋涉，不远万里到昆仑山为汉武帝偷取蟠桃。能吃到这么神奇的仙果，汉武帝自然对东方朔另眼相待了。

至于东方朔是怎么盗取的蟠桃，这就跟董双成有关了。话说董双成是在二八年华时乘鹤飞升的，神仙又不会老，董双成就一直保持着自己的美貌。但是，虽然长生不老，贵为神仙，董双成心里却也有着自己的苦楚。她毕竟只是西王母的一个侍婢，一切行动都不能自主，上千年来就接触有限的几个人，做着同样的事情，掌管偌大的一个蟠桃园，心里能不苦闷吗？

突然有一天，一位英俊的男子前来陪她聊天，话语还风趣幽默，董双成自然是芳心大喜。董双成表面上显得十分严肃，但她内心里对东方朔那些越轨的，毫无顾忌的话还是非常受用，常常听得她脸上时红时白，东方朔也就能顺手牵羊把蟠桃弄到手。

昆仑神话故事集

据说，后来到了宋朝，在西湖畔的望仙桥附近，曾有位道士挖到了一块奇异的铜牌，上面还有隐隐约约的文字："我有蟠桃树，千年一度生；是谁来窃去？须问董双成。"这说的就是东方朔偷蟠桃的故事。

而汉武帝每次都把自己吃过的桃核一个个都小心地收藏起来。据记载说，那些蟠桃核长五寸，宽四寸七分。桃核都这么大，可想而知蟠桃有多大了！据说，这些蟠桃核一直传到了明代。

在明代以后，就再没有西王母和蟠桃仙子的任何记载了。

第二章　瑶池仙境

皇娥的传说

皇娥是古代的仙女，和白帝子之间还有一段浪漫的故事。说是皇娥白天乘舟于甘渊，登岸采蚕丝于穷桑，夜里就回到住处璇宫，夜夜织纤，她能织出美丽的云锦天衣，她织的锦缎总是又多又好。她有时织累了就会乘木筏出游。有一天，皇娥又乘着木筏，沿着银河溯流而上，最后来到西海边的穷桑树下，把木筏停下。此树高达万丈，花繁枝茂。叶子是红的，果实是紫色的。据说，这棵树一万年才结一次果实，吃了这种果实，寿命可与天齐。

当皇娥正在穷桑树下浮想联翩的时候，忽然看见一位英俊的小伙子从天上徐徐而降。她好奇地打量着小伙子，见小伙子面如满月，眼如晨星，浑身上下隐隐发着光亮，十分潇洒，禁不住看得呆了。小伙子潇洒地来到皇娥跟前，深施一礼，道："皇娥仙女你好！我是白帝的儿子，愿和你交个朋友。"

皇娥惊奇地道："啊，你就是启明星？也叫金星？原来你就是帝子呀！我常常坐在这里，仰望东方天空的启明星，常在心里感叹，这颗星多亮、多美、多勤快啊，每天都早早地把白昼带给人间。"她说到这里，突然觉得说得太多了，一下耳热心跳，连忙收住话头，羞红了脸。

启明星的脸也微微一红，动情地说："我也是这样！我升到天空时，常常第一眼就能看到你，觉得你太美丽了。我向别的星星一打听，才知道你就是心灵手巧的皇娥。你织的七彩锦和你自己一样美。我每天夜里都能听到你的织布声，悦耳动听的声音使我夜不能寐。每天早上，我都盼着你出现在银河边。"

启明星一口气说了这么多，发觉自己太激动了，连忙收住了话头，红着脸不好意思地看着皇娥。皇娥害羞地低下了头，双手抚弄着垂下的瀑布一样的黑发，掩饰着心房的狂跳。启明星微笑着，将手一伸，召来了一把银光闪闪的琴。他双手抱琴，依着穷桑树，弹奏出美妙的乐曲。皇娥立刻被这琴声给吸引住了，情不自禁地跟着启明星的乐曲轻轻地唱起了歌。

启明星的琴声在情切切地向皇娥倾吐着爱慕之意，皇娥的歌声也在绵绵地向启明星诉说着倾慕之情。歌声、琴音宛转悠扬，吸引着鱼儿成群结队地浮游在水面上，激动的花儿竞相开放。听到琴声，凤凰飞来了，在空中翩翩起舞。听到歌声，百灵鸟飞来了，放开歌喉为皇娥和启明星伴唱。他们的心越贴越近，双双走上了木筏，并用桂树的树条做筏桅，用芳香的熏草拴在桂树树头上当作旌旗，还刻了一只叫玉鸠的鸟，摆放在桅顶，以辨别方向。

木筏在银河里随风飘荡。皇娥伴着悠扬缠绵的琴声，情不自禁地吟唱。美妙的琴声和

昆仑神话故事集

优美的歌声融为一体，连风似乎都放慢了脚步。皇娥和启明星依偎在一起，沉浸在爱情的幸福中。鱼儿撒欢追逐在木筏旁边，凤凰在幸福情侣的欢笑中飞翔。皇娥和启明星就这样尽兴地漂游着，不久，他们的爱情结晶——儿子少昊诞生了。

在少昊诞生的时候，天空有五只凤凰，颜色各异，是按五方的颜色红、黄、青、白、玄而生成的，飞落在少昊氏的院里，因此他又称为凤鸟氏。少昊开始以玄鸟，即燕子作为本部的图腾，后在穷桑即大联盟首领位时，有凤鸟飞来，大喜，于是改以凤鸟为族神，崇拜凤鸟图腾。不久迁都曲阜，并以所辖部族以鸟为名，有风鸟氏、玄鸟氏、青鸟氏等二十四个氏族，形成一个庞大的以凤鸟为图腾的完整的氏族部落社会。

少昊在父母的精心培育下，具有神奇的禀赋和超凡的本领。少昊长大后，成为本氏族的首领，后又成为整个东夷部落的首领。他先在东海之滨建立一个国家，并且建立了一套奇异的制度：以各种各样的鸟儿作为文武百官。具体的分工则是根据不同鸟类的特点来进行。凤凰总管百鸟，然后再有燕子掌管春天，伯劳掌管夏天，鹦雀掌管夏天，锦鸡掌管冬天。除此之外，他又派了五种鸟来管理日常事务。孝顺的鹁鸪掌管教育，凶猛的鸷鸟掌管军事，公平的布谷掌管建筑，威严的雄鹰掌管法律，善辩的斑鸠掌管言论。另外有九种扈鸟掌管农业，使人民不至于淫佚放荡。五种野鸡分别掌管木工、漆工、陶工、染工、皮工等五个工种，一句话，各种各样的鸟儿都鸟尽其材，物尽其用，各司其职，协调活动。因此，一到开会的时间，百鸟齐鸣，一时间，莺歌燕语，好不热闹。有轻盈灵巧的麻雀，有五彩斑斓的凤凰，有普普通通的喜鹊，也有引人注目的孔雀。而一国之君少昊就根据诸鸟的汇报，来论功行赏，论过行罚，一切都显得那么井井有条。百鸟们无不感激少昊的慈爱和德政，无不佩服少昊的智能和才华。

后来皇娥死，帝子感叹："天丧予！天丧予！那棵穷桑树死了吗？再也没人和我琴瑟和鸣了，再也没人给我织出丝绸锦绣之衣了！"于是，他摔毁了和皇娥一起弹奏的琴，穿上了麻布，撕裂了皇娥给他织的丝绸衣服，又让儿子也穿上麻布衣服，哀悼皇娥的死。

后来炎黄子孙继承了这一风俗，把死人叫"丧"，与"桑"同音，丧事期间，不准弹琴奏乐，不准穿丝绸锦绣衣服，只能披麻戴孝发丧，以免勾起帝子对皇娥的哀思。

帝子思念皇娥，抚琴而无人鼓瑟，于是弃其琴瑟。少昊思念母亲，就将自己的百官全部封为鸟，以表示自己是金鸟的后代。少昊又学会了弹琴，为纪念自己的出生地穷桑，他在穷桑附近的奄成立了首都，人称少昊为穷桑氏，也叫桑丘氏，因为少昊有金德，人们又叫他"金天氏"，少昊死后乘凤凰升天，成为西方白帝。

第二章 瑶池仙境

麻姑献寿的故事

　　古时候，人们为老人祝寿，是有男女之分的，男的挂男寿星图，女的则挂女寿星图。女寿星图上通常画的就是麻姑，因此称为《麻姑献寿》。画上的麻姑美若天仙，腾云驾雾，或是飘然行走于云端，或是双手托盘奉献寿礼。一壶美酒，数枚仙桃。酒是麻姑自己酿出来的长寿酒，桃则是王母娘娘昆仑山瑶池所产和赠送的蟠桃。有时候是她肩挑一根细长的竹枝，枝上挂一壶美酒，旁边一个童子背着一个巨大的仙桃相随。但是，不管哪样的麻姑图，桃和酒总是必不可少的东西，因为在人们的心中，桃和酒都是长寿的象征，《麻姑献寿》图就是通过献桃与献酒来表现出献寿的。

　　传说麻姑是南北朝时期北方后赵的一位少数民族姑娘。长得俊俏美丽，穿着光彩夺目的衣裳，头顶上扎着一个大大的发髻，脑后的长发乌溜溜地垂到了腰间。麻姑不仅长得好看，而且心地善良，常常帮助穷苦的人。但是，麻姑的父亲却和她完全相反。他不仅性情暴虐，还经常欺压老百姓。

　　虽然父亲名声不好，但是作为女儿的麻姑仍然很孝顺他。有一次，麻姑到山里去采野果子，好不容易才摘得一个桃子。那时候，桃子可是水果中的上品，是非常难得的东西。麻姑自己舍不得吃，就把桃子揣在怀里，准备回家拿给父亲吃。

　　麻姑拿着桃子往家里赶，忽然看到路边上围着一群人，于是她就好奇地走过去看个究竟。原来是一位身穿黄色衣衫的老婆婆病倒在路旁，已经奄奄一息了。围观的人说："这老婆婆肯定是饿坏了，要是能给她一点东西吃，或许还能活过来。可是这兵荒马乱的，到哪里去找吃的呢？"因而大家只是站在那里，你一言我一语地说话，并没有人走回家去给这老婆婆拿什么吃的东西来。眼看老婆婆快要不行了。麻姑实在看不过去了，赶忙从怀里拿出那个桃子来，蹲下身子，一小口一小口地喂着她。

　　老婆婆吃了之后，很快就苏醒过来了。旁观的人忍不住地啧啧称赞麻姑心眼好，并说她定会得到好报的。

　　老婆婆虽然醒过来了，但是还是没力气，问还能不能给她煮点粥汤喝？

　　那时正值灾荒，很多人都因没有吃的而饿死了，所以粮食显得极为珍贵。但是，麻姑实在不忍老婆婆饿死，就爽快地答应道："我这就去煮点东西来，您在这里等我一会儿。"说完麻姑就飞快地跑回家给老婆婆做粥去了。

　　不巧，这事被父亲麻秋知道了，当他听说麻姑把桃子给老太婆吃了，而且还在给老太婆做粥，非常生气，就把麻姑关了起来，不准她出去。

可是麻姑怎么也放心不下那个病在路边的老婆婆。等到半夜里父亲睡着了，麻姑悄悄地端着粥出了门。可是等她来到白天老婆婆躺着的地方时，却不见了老婆婆的身影。月光下，在老婆婆坐过的地方，有一个桃核留在那里。麻姑只好捡起地上的桃核回了家。

到家躺在床上，麻姑一合眼，就看见白天的那个老婆婆，仍然穿着黄色的衣衫，笑呵呵地朝她走了过来："好孩子，委屈你了。你不用难过，我好好的，以后我们还有机会见面的。"说着，就飘然而去了。

早上，麻姑起床之后，就把晚上捡来的那颗桃核种在自家的院落里。一个月之后，就长成了一棵又高又大的桃子树。第二年正月，桃树上结满了又大又红的桃子。麻姑用这些桃子来救济逃难的老人。奇怪的是这些老人吃了麻姑的桃子之后，不仅不觉得饿了，而且精神倍增，连以前的小毛病也没有了。麻姑这才明白当初的那个老婆婆是天上的神仙下凡，并不是一个要饭的叫化子。

后来，麻姑的父亲麻秋因为打仗立了很大的功劳，皇帝封了他一个大官，并要他负责兴建新宫。为了早日修好皇宫，以便能到皇帝那里去邀功受赏，麻秋就拼命地奴役老百姓，让他们没日没夜地干活，根本没有休息的时间。他还规定，只有当鸡叫了时，老百姓才能有片刻的停歇。麻姑非常同情这些老百姓，于是到了晚间的时候，她就躲在鸡窝边学鸡叫。这样，只要麻姑一叫，所有的鸡就会跟着叫起来，这样老百姓就有了休息的时间。可是这件事很快就被麻秋发现了。他查来查去，发现竟是自己的女儿在妨碍自己的功名，十分恼怒，便要狠狠地痛打女儿一顿。

麻姑听到这个消息，就逃到山上去了。找不到麻姑，麻秋怒上加怒，激怒之下，麻秋竟决心烧山，要把女儿烧死。正在这危急的时刻，王母娘娘从昆仑山瑶池乘坐云车，云游经过此地上空，等她了解了这件事的前因后果后，连声称赞麻姑有仙根，当即救出她来，并决定将其收为弟子，要她去南方的一座山里修道。

农历三月三，是王母娘娘的诞辰。每当寿辰之日，王母娘娘都要在昆仑山瑶池举办蟠桃大会宴请众仙，八方神仙、四海龙王、天上仙女都赶来为她祝寿。百花、牡丹、芍药、海棠四位花仙采集了各色鲜艳芬芳的花卉，邀请麻姑和她们同往。

麻姑没有其他礼物，就用麻姑山的山泉酿制了一坛酒，带到了蟠桃会，为王母娘娘祝寿。这时，早已到来向王母娘娘祝寿的列位神仙，看到麻姑手里捧着一个土坛子飘然而至，一个个掩嘴发笑，心想这麻姑也太寒酸了，王母娘娘的生日，怎么送来一个土坛子？可王母娘娘心里明白，麻姑必定带来的是与众不同的好东西，她没等麻姑开口，便笑眯眯地给麻姑赐座。麻姑谢过王母说："今日娘娘大寿，小仙特用麻姑山的泉水酿制了一坛寿酒，为娘娘祝寿。"说毕，移步向前，揭开酒坛封口，一下子，整个瑶池都飘满了诱人的酒香。

这香味，令神仙们竟忘了天宫礼节，都凑到酒坛边来了。酒坛打开时，酒色透明醇厚，酒味芝香浓郁。前来赴宴祝寿的各路神仙，莫不交口称赞。连天宫的几位专司仙酒的酒仙，也鼻子一耸一耸地啧啧称赞："好酒，好酒！"

原来麻姑是用灵芝草酿成的仙酒，味道自然与众不同了。王母大喜，即封麻姑为虚寂冲应真人。

这就是麻姑献寿的来历。麻姑由此也被王母娘娘封为"女寿仙"。

麻姑活了很久，她曾经说："我已经看见东海三次变成桑园田野了。刚才我到蓬莱仙洲去，看见岛周围的水，比上次我见时又浅了一半，是不是蓬莱仙洲的水也要干涸，变成陆地了呢？"

太上老君曾传授给麻姑攘除灾厄之法，她可以把石头变成丹砂，每每显灵为穷苦乡亲除病消灾，频赐丰年。

陈抟老祖梦游昆仑山

人的一生中，大约有三分之一的时间是在睡眠中度过的。睡眠与健康是最重要的"终生伴侣"。中华医学历来重视睡眠科学，认为"眠食二者为养生之要务""能眠者，能食，能长生"。《养生三要》里说："安寝乃人生最乐。"古人有言："不觅仙方觅睡方……睡足而起，神清气爽，真不啻无际真人。"可见，睡眠对于人来说，是多么的重要。

在我国的唐末宋初，就有这么一位道家学者、养生家，他以睡眠养生，常常一睡就是几个月，更有传说他最长的一觉睡了八百年。这个人就是陈抟老祖。

陈抟，字图南，生于唐末。五代时，天下大乱，陈抟隐居于武当山，修炼神仙炼气之术。曾跟四川道士何昌一学习"锁鼻术"，也就是说不让气从口鼻进出的高深气功术，所以他精于睡功，睡下去少则一月，多则半年，有时甚至熟睡三年。后来隐于华山，常和关西逸人吕洞宾等来往。陈抟虽然隐居，但也关心世事。五代时，朝代更替犹如走马灯，每一新朝登台，陈抟听说后都紧皱眉头。唯独听说赵匡胤做了皇帝，拍手大笑道："这回天下定了。"从周世宗到宋太祖、宋太宗，闻说陈抟名声，召他出山，但他很快又坚辞回华山，高卧修真。一次宋太宗派人带着亲笔信去请陈抟，陈抟却回信说："数行丹诏，徒烦彩凤啣来；一片闲心，已被白云留住。"又说自己"精神超乎物外，肌体浮乎云烟"。就此长住华山，直至将近一百二十岁时仙化，遗骨也葬在山中。

陈抟在武当山石室隐居20年，每日精研《周易》八卦，演练服气辟谷之法，每天仅饮酒数杯便可度日。有一日，5位白须白发的老叟向陈抟请教周易八卦，陈抟把《周易》拿在手上，与他们剖析微理，传其要旨。讲罢，陈抟见五老面如红玉、动若仙童，反问其健身之术。五老便将世间少见的蛰龙法即睡功传给陈抟。五老说："每到寒冬季节，天气转冷，龟蛇之类就蛰而不食。析其理，都是服气所致。先人从中探得原理，引入人身反复习练，创得蛰龙法，用此法服气辟谷，尤能健身延年。"传说这5位老人是日月池中5条龙化身而来。陈抟自得此蛰法以后，每日修炼，睡功渐渐大成。

武当山上有一道士，几年来没见过陈抟生火做饭，便心中生疑，细细观察，见陈抟根本没有锅灶，每天只是酣睡而已。有一次，这位道士几个月不见陈抟踪迹，以为他下山去了，但无意中却发现他正在柴房的一大堆柴火下面酣睡呢。又一日，一个樵夫在山下割草，见山凹里有一个尸骸。上面盖有一寸多厚的尘土，樵夫心生怜悯，欲取出埋了。扒开土一看竟是陈抟，只见陈抟把腰一伸，睁开双眼说："正睡得快活，何人吵醒我？"

五代后周时期，陈抟隐居西岳华山，深修睡功之法，被人称为"华山高卧"。《宋史·陈

第二章　瑶池仙境

抟传》记述他"常百余日不起"。周世宗曾把他关在房中考察他的睡功。一个月之后，见陈抟仍在熟睡之中。

有位文人金砺，漫游到华山脚下，拜访陈抟的朋友崔古，想请他引见陈先生。崔古说道："先生正睡觉呢，等他醒来再见吧。"

金砺问："他什么时候醒呢？"

崔古说道："或者过半年，或者三个月，最少也要一个多月。你不如先到别处去，过些时再来。"

一年之后金砺再访崔古，刚好陈抟也来到崔古家中。金砺恭敬礼拜，向陈抟请教睡觉之道。

陈抟于是侃侃而论，说出一番睡经来："现在一般人，担心衣食不足，饿了吃，困了睡，鼾声如雷，四周都可听到，一夜当中几回醒来，那是因为被名利扰乱了意识，被美酒和佳肴弄昏了心志，这是世俗的睡相。"

陈抟见金砺听得入神，停了一下，又接着说："至于那仙家的睡法，留藏着直气内息，漱饮着甘泉玉液，肺气出纳的门户牢不可开，精神活动停止不可启动。然后召苍龙守住东宫，让白虎把牢西室，真气在丹田中运转，神水在五脏中循环。然后元神脱出泥丸九宫，恣意游行在碧霄，踩着虚空，如履实地，上升天际，如走平地。"听到此时，金砺已是如醉如痴，口不能言，神思似乎也已经飘到了天外。

等回过神来，金砺脸上堆满了仰慕之情，他充满崇敬地对陈抟说："先生入睡后可有您说到的仙家的际遇？"

陈抟微笑不语，微微点了点头，缓缓说道："确实如此，我入睡后也留藏着直气内息，漱饮着甘泉玉液，然后召苍龙守住东宫，让白虎把牢西室，真气在丹田中运转，神水在五脏中循环。元神脱出泥丸宫，便可以恣意游行在碧霄，踩着虚空，如履实地。"陈抟老祖手捻胡须，又说道："前些天我还去了一趟昆仑山紫府仙宫呢。"

"前些天入睡之后，我的元神飘出身体，徐徐而行，与祥风一起遨游，飘飘荡荡，向西而去。不觉间，已到了一处仙山，但见此山高有万丈，上接天庭，祥云飘荡，仙鹤翩飞，仙人往来穿梭。山间草木青翠，飞瀑流泉，各色的宫殿高大巍峨，金碧辉煌。不知不觉间我到了一处洞府，上写'紫府仙宫'。我在这个洞天福地修炼数日，吸日月之精华，赏玩烟霞变幻的绝景，访问山间的仙人，向他们讨教道法之真谛，和仙子相约，到人世外去旅行，回看沧海扬起灰尘。游兴尽了，便足踏清风，身体浮驾着落日的余晖回来。"

陈抟这番话说得金砺如醉方醒，方知高人一睡与俗人睡相有如此大的差别。陈抟又送他几首吟睡诗，更深入地阐释了睡眠的真谛。其中一首写道："至人本无梦，其梦乃游仙。真人亦无睡，睡则浮云烟。烟里长存乐，壶中别有天。欲知睡梦里，人间第一玄。"原来，陈抟的睡觉，实际是在修仙家内功呢。

宝莲灯

传说，华山脚下有一座雪映宫，雪映宫里供奉着一位三圣母娘娘。三圣母娘娘有一件神奇的法宝——宝莲灯。据说这盏宝莲灯是当年女娲娘娘在昆仑山炼补天用的五色石时的神火化身而成，因而具有无穷的法力。这三圣母原是神仙，之所以来到凡间，还有一个传说呢。

说是有一年，王母娘娘寿诞，在昆仑山的瑶池大摆蟠桃会，天上的各路神仙都来赴宴拜寿。玉皇大帝的小女儿三圣母和殿前的金宣也来了。拜寿期间，他俩由于以前认识，就开心地笑闹了一阵。可是，那是等级森严的天庭呀，庄严的蟠桃会怎容的这种行为？众仙议论纷纷。玉帝知道后，大发雷霆，把三圣母贬到了凡间。

以前华山脚下的百姓经常受瘴雾危害，每年都要死不少人和牲畜。自从三圣母娘娘来到华山，用她手中的宝莲灯驱散瘴雾，人们才过上了正常的生活。

据说三圣母在雪映宫住下来以后，她为人们驱除瘴雾，求签问卜。华山脚下的百姓无论遇到什么困难，都会去雪映宫求签解忧，而且十分灵验。雪映宫的名气越来越大，很多人专程从很远的地方赶来求签问卜。

这天，雪映宫里来了一名叫刘彦昌的书生，他进京赶考路过此地，听说雪映宫里求签灵验，便想来问问自己的前程。不巧的是，这天三圣母出去赴宴了，所以刘彦昌连求三支签，都是空签。想到十载的寒窗苦读，九载的心灵煎熬，前程未卜，功名无望，不由悲从心生，便把一腔怨恨信口吟成一首打油诗，题在雪映宫的墙壁上。诗是这样写的："刘玺提笔怒满腔，怨乃圣母三娘娘，安居神龛心如铁，枉受香火在一方。"题罢，刘彦昌好像是出了一口气，就拂了拂衣袖上的尘灰，昂首挺胸，扬长而去。

三圣母驾着祥云回到宫中，听看门的侍童将刚才发生的事情诉说一遍，又看了墙上的题诗，又羞又恼。随身丫环灵芝更是义愤填膺，忙安慰三圣母说："公主切莫生气，想那狂生去了没有多远，我一定给他点颜色看看，为公主报这侮慢之仇。"于是主仆二人驾起云头，唤来风伯雨师雷公电母，命令他们即刻作法。

刘彦昌正在赶路。晴朗朗的天空突然间阴云密布，狂风大作，电闪雷鸣，暴雨如注，就是平常人也会跟跟跄跄、站立不住的，何况是手无缚鸡之力的一介书生？还没有等他想出个所以然来，就被淋成了落汤鸡。可怜他没挣扎几步，就跌倒在泥泞中。

三圣母此时怨气已扫，心中大快，一边令四位仙师收去云雨，一边站在云头向下仔细

第二章 瑶池仙境

一望，这才发现倒在地上的竟是一位眉清目秀、弱不禁风的白面书生。只见他蓝衫上沾满泥水，书箱在一旁倾翻，文房四宝散落一地，一看就是位赴京应试的举子。一想到这场风雨说不定会断送这位书生的前程，一丝怜悯油然而生。她赶紧变出一所房子，让丫环灵芝把刘彦昌扶到房里休息，让他住下来养伤。刘彦昌英俊的相貌、出众的文采深深吸引了三圣母。三圣母不知不觉就喜欢上了刘彦昌。不久，三圣母和刘彦昌在丫环灵芝的牵线下，结成了夫妻。

转眼秋天到了，刘彦昌要进京考试。这时三圣母已经怀孕了，刘彦昌临走的时候，把一块祖传的沉香玉交给三圣母，叮嘱说生了孩子就叫沉香。

刘彦昌走了没多久，小沉香就出世了。他胖胖的脸蛋，红红的小嘴，黑黑的头发，惹人喜爱。三圣母的姐妹们都吵着要给沉香办满月酒，一下子来了很多人，雪映宫里热闹极了。

刚巧这一天二郎神的哮天犬从空中飞过，它闻到肉香，忍不住降下云头，钻进雪映宫找吃的，恰好听到了雪映宫里的谈话，它急忙回去告诉了主人二郎神。

二郎神是三圣母的哥哥，他一听妹妹不顾天规，嫁给了凡人，还生了一个孩子，肺都要气炸了，立刻带领天兵天将去捉三圣母。

二郎神气冲冲地来到了雪映宫。三圣母讲了她和刘彦昌相爱的经过，哀求哥哥成全她和刘彦昌的感情。可二郎神哪里肯听，坚决要带三圣母去见玉帝。

万般无奈之下，三圣母只好拿出宝莲灯来护身。

这宝莲灯还真是法力很大，以二郎神的功夫居然没有敌过。

二郎神战败后，派哮天犬悄悄偷走了宝莲灯，再次来到华山，这才捉住了三圣母，并把她压在了华山之下。

狠心的二郎神还想把沉香扔到山谷里摔死，幸好霹雳大仙路过该山谷，救了沉香。霹雳大仙把沉香带回自己住的仙人峰，开始教他各种本领。

另一边，刘彦昌进京赶考，中了状元，皇上封他做了官。宰相一看刘彦昌前途无量，就想把自己的女儿嫁给刘彦昌。刘彦昌以自己已婚配为由拒绝了宰相。宰相失了颜面，恼恨在心，于是开始派人追杀刘彦昌。在他派的杀手追杀下，刘彦昌一路逃难躲避，刚巧被霹雳大仙救下，送回了华山。

刘彦昌在华山上找不到三圣母，伤心极了，就在山脚下住了下来，等待三圣母的归来。

就这样，不知不觉间，十六年过去了，沉香已长成了一个帅气的小伙子。他跟着霹雳大仙学了很多本领，会使枪、剑和刀，还会七十三变呢！霹雳大仙看到沉香武艺学成了，就把他的身世告诉了他。沉香一听，急得立刻就要拜别师父，去救母亲。

霹雳大仙说："别着急，孩子。你必须得先找到宝莲灯，再找到神斧，这样才能劈开华山，救出你母亲。"

"宝莲灯在哪里？神斧又在哪里？"沉香着急地问。

昆仑神话故事集

"宝莲灯是你母亲的宝物，现在被藏在二郎神的真君庙里，你要想法把宝莲灯拿出来，然后再去昆仑山找神斧。"

"为什么不让我直接去找神斧呢？"

"那可是当年盘古开天地的神斧，有三位非常厉害的天神看守着呢。"霹雳大仙说，"这三位天神都有很强的法力，你必须有宝莲灯的帮助才能拿到神斧。"

"知道了，师父，再苦再难我也要把神斧找到！"沉香说完就拜别师父出发了。

沉香悄悄来到了二郎神的真君庙。真君庙的下面有座地宫，藏着二郎神的所有宝贝。这里可真大，沉香走了好长时间还没有走到尽头。终于，他绕过看守的门卫，偷走了宝莲灯。

这么快就拿到了宝莲灯，沉香不免有些兴奋。他带着宝莲灯跑出真君庙。可刚跑到门口，就看见一个凶巴巴的有三只眼的人——二郎神回来了。

沉香和二郎神打了起来，几个回合下来，沉香根本就不是二郎神的对手，他累得胳膊都快抬不起来了，差点被二郎神一刀砍中。就在这危急时刻，忽然，他怀里的宝莲灯散发出强烈的光芒，弹开了二郎神，并环绕住沉香向远处飞去了。

沉香拿到了宝莲灯后，精神抖擞，又向昆仑山跋涉而去。千辛万苦地来到了巍峨的昆仑山，山上有一座寒冰洞，洞里全是千年不化的寒冰，那把威力无比的开天辟地的神斧就藏在这座寒冰洞中。可是，还从来没有人进了这个洞能从寒冰洞中活着走出去。

沉香为了救母亲，眼睛都没眨就勇敢地走进了寒冰洞。那些冒着凉气、冻入骨髓的寒冰似乎吸走了沉香身上全部的热气，沉香觉得自己都快要被冻僵了。

"放弃吧，孩子。"看守神斧的天神说。

"不，我一定要救母亲出来，绝不放弃！"沉香坚持说。

沉香被冻得一边发抖一边还眼神坚定地如此回答，他的孝道终于感动了冰神、权神和死神三位天神，而且他们也知道抵挡不住宝莲灯的威力，于是就只好让沉香取走了神斧。

沉香扛着神斧一路急急赶到华山，举起神斧就向华山山峰砍去，就听"轰隆隆"声响，山峰一下子就从中间被劈开了，三圣母一下就从被压的山下飞了出来。

被压了十六年，三圣母却美丽依旧。当她衣袂飘飘地飞到沉香面前落下时，沉香终于见到了自己的母亲。

"娘！"沉香哽咽着喊出了这声迟到了十六年的称呼。

"娘子！"刘彦昌也终于等到了三圣母。

他们一家人时隔十六年终于团聚了，从此以后欢乐地生活在一起，再也没有分开过。

第二章　瑶池仙境

孙悟空瑶池大闹蟠桃会

我们这个世界在最开始的时候，一片混沌，没有天地之分，是合在一起的，像一个鸡蛋那样，而盘古就诞生在里面。随着盘古慢慢长大，他就发现这个世界实在太差劲了，混沌、单调而又让他觉得憋屈。有一天，他掰下自己的一颗牙齿，炼化成了一柄巨斧，然后就对着自己身处的这个世界劈了下去。

就这样，旧的世界破碎了，新的世界开始诞生，但新世界的诞生都是有代价的。虽然世界不是混沌一片了，但天地还是连在一起，没有完全的分开。盘古一看这样，立马急了：这不是我想象的样子啊！就手托青天，脚踩大地，把整个天地撑开了。随着时间的推移，天地间的距离也越来越长，而盘古也慢慢感到累了。

毕竟开辟一片新的天地，那是一件很困难的事情，等到天地终于稳定下来的时候，盘古也走到了生命的尽头。但盘古看了一眼自己开辟的世界，感觉还缺少了些什么。所以，他把自己的眼睛化作了日月，身体化作了山川河流，汗毛也都变成了一株株树木……整个世界一下就不一样了，都变得活泼了起来。

盘古的一部分身体变成了山川，其中很大的一块就是昆仑山脉。昆仑山诞生很多年之后，来这里修道的神仙多了起来，如元始天尊、西王母、太上老君、姜子牙等等，连女娲娘娘补天的时候，也在昆仑山采过五彩石呢。

我们今天讲到的这个故事，也发生在昆仑山，主人公就是大名鼎鼎的齐天大圣孙悟空，说的就是他大闹瑶池蟠桃会的事。要说到这个故事，还得从头慢慢讲起。

在海外有一块国土，名曰傲来国。此国在大海边，海中有一座名山，唤为花果山。此山自盘古开清浊之后而立，是盘古的一根手指变化而成，所以颇具灵气。

在那座山的顶上，有一块灵石。高三丈六尺五寸，绕石头一圈约有二丈四尺。石头上天生九窍八孔，吸纳天地之灵气。这块石头孤零零面海而立，四周没有树木之类的遮蔽。自盘古开天辟地以来，这块石头每天吸收日精月华，慢慢生出灵通之气。天长日久，石头里面竟孕育了一个仙胞。有一天，这块石头发出一声巨响，迸裂了，产了一枚石卵，圆滚滚的。风吹之后，石卵变成了一个石猴。这个石猴与今天见到的猴子并无多大的区别，也生着五官，长着四肢，一出生就会跑跳。

石猴跳下山顶，下到了山中。在山林中行走跳跃，饿了就吃些草木，渴了就喝些泉水。他每天采些野花，摘些野果，倒也逍遥自在；他日夜与豺狼虎豹为伴，时间久了，还和一

昆仑神话故事集

群猴子成了好朋友，虽然他是石猴，但到底还是同类嘛。

这一天，他和那群猴子来到了一处瀑布的下面，小猴子们兴奋不已，纷纷跳到瀑布下的潭水里洗澡。洗到畅快处，小猴子们都拍手叫道："好水，好水！"又戏耍了一会，有一只猴子生出了好奇心，说道："谁有本事，能钻到瀑布后寻个源头，看一看瀑布后是什么情况，然后能平安出来，没有受伤，我们就拜他为王。"连说了两遍，没有一只猴子敢应下此事，说到第三遍的时候，那只石猴忽然跳了出来，高声叫道："我进去！我进去！我进去看一看，到底是个什么样子。"

说完之后，便看到那只石猴闭上眼睛，蹲下身子，用力一纵，就跳过了瀑布。跳过瀑布后睁开眼睛，见里面无水无波，却有一架桥梁。走过石桥，左右观看，只见正当中有一块石碑。石碑上写着一行楷书大字："花果山福地，水帘洞洞天。"石猴喜不自胜，便抽身跳出水外，见到众猴，石猴顿了顿说道："大造化，大造化！"众猴把他围住问道："里面怎么样？水有多深？"石猴道："没水，没水！桥那边是一座天造地设的洞府。"说完石猴便带头率领众猴鱼贯而入，从此他们就有了自己的"家"，众猴也遵守诺言，称石猴为"千岁大王"。自此，石猴高登王位，遂称美猴王。

美猴王领一群猿猴、狝猴、马猴等，分派了君臣佐使，朝游花果山，暮宿水帘洞，真是"春采百花为饮食，夏寻诸果作生涯。秋收芋栗延时节，冬觅黄精度岁华。"逍遥自在，不胜欢乐。

就这样过了多年，快乐无比。有一天，石猴突然心生烦恼，落下泪来。众猴问石猴为何烦恼，石猴道："我们现在虽然快乐，不被束缚，但总受生老病死困扰，将来年纪大了，就得受阎王老子的管了。"

众猴一下都面露戚色，跟着石猴落下泪来。

忽然跳出一个通背猿猴，高声叫道："有三等人，可不受阎王老子所管。"

猴王道："哪三等人？"

通背猿猴道："一是修道成佛的人，一是修道成仙的人，三是天神或者神灵，他们都可以躲过轮回，不生不灭，与天地山川齐寿。"

猴王问道："这三种人在哪里呢？"

通背猿猴道："他们在人间或古洞仙山之内。"

猴王听了满心欢喜，道："我明日就下山，务必找到这三类人，学会不老长生。"

第二天，石猴用树枝做了一只简陋的筏子，渡过大海，径自寻仙去了。历经千难万险，九死一生，终于到达四大部洲之一的南赡部洲，后又到达西牛贺洲地界。又历经八九年，到了一座叫灵台方寸山的大山，山中有座斜月三星洞，在那里，石猴终于遇见了自己的师傅：须菩提祖师。须菩提祖师赐石猴法名：孙悟空，自此，石猴终于有了名字。

又过了多年，孙悟空终于学成归来，回到了花果山。

孙悟空学成归来之后，也算是荣归故里了，在花果山带着他的猴子猴孙又过起了快活

第二章　瑶池仙境

自在的日子。在此期间，他剿杀了在他学艺期间欺负他猴子猴孙的混世魔王，又去东海龙宫找东海龙王敖广寻得趁手的兵器——如意金箍棒，再下幽冥地府，在阎罗王的生死簿上勾了所有猴属的名字，从此再不受阎王所管。

东海龙王和阎罗王上到天庭，打了孙悟空的"小报告"，说孙悟空逞恶行凶，不听使唤，不服管教。玉帝开始不当回事，下了一道招安圣旨，把孙悟空招上天庭，授了个"弼马温"的官差，其实只是个管理天马的差事。这样在天庭过了半个月，孙悟空本以为"弼马温"是个很大的官职，后来被告知只是个不入流的小官。孙悟空一时火起，遂反下天庭，重又回到花果山。

玉帝派托塔李天王与哪吒三太子下界擒拿孙悟空，却被孙悟空打败，玉皇大帝听从太白金星的意见，又封孙悟空做了齐天大圣。其实齐天大圣也只是个虚名，并不管事，也没有工资，只是安抚一下孙悟空，不让他闹事罢了。却不料孙悟空就要大闹蟠桃会，生出天大的祸端来。

孙悟空自从被封了齐天大圣之后，倒也逍遥自在，在天宫广交朋友，与各位神仙称兄道弟，每天在天庭东游西逛，行踪不定。后来玉皇大帝怕孙悟空再无事生非，就让他管理蟠桃园。孙悟空听到蟠桃二字时，心里暗暗窃喜，已经垂涎三尺了，他马上驾祥云赶往昆仑山中的瑶池蟠桃园。远远看到昆仑山，果真与别处不同。昆仑山是玉帝在下界的都城，天上人间的万物，应有尽有，华美之极！昆仑山高入云端，山有九层，每层相去万里。山间琼香缭绕，瑞霭缤纷。宫殿散落山腰，巍峨壮丽，大大小小的园圃座落其间，生长着数不清的奇异花木，奔走着各种的珍禽祥兽。守卫大门的，是长着九个脑袋的开明神兽。

一片大湖，横在昆仑山的山脚，烟波浩渺，好似一块硕大的碧玉，孙悟空思忖一下，知道大湖应该就是瑶池了。蟠桃园离瑶池还有一段距离，还未进到桃园，孙悟空就隐隐闻到了果实香甜的气息。待进到蟠桃园，只见到好大一片茂盛苍翠的桃林，每一株桃树都高有一丈多高，果然不同于凡间的桃树。枝叶之间，硕果累累，先熟的，如少女酡红的脸庞，娇嫩诱人，还未成熟的，如凝结着烟霞的翠玉。蟠桃树下，生长着色彩缤纷的珍奇花卉，争奇斗艳，四季不谢。孙悟空知道蟠桃园是西王母的御桃园，每年她都要举办蟠桃会，以蟠桃为主食，大宴群仙。看着成熟的蟠桃，孙悟空不禁暗自咽了几口口水。

他心下愉悦，念了一声"唵蓝净法界"，土地神便出现在他的眼前，向大圣问好之后，土地神带着孙悟空在蟠桃园转了转。土地神告诉孙悟空，蟠桃园中的桃树共有三千六百株，其中的一千二百株，三千年一熟，人吃了会得道成仙；还有一千二百株，六千年一熟，人吃了能长生不老。其余的一千二百株，九千年一熟，人吃了可与天地齐寿，日月同庚。孙悟空听了之后，暗自欢喜。从此以后，他三五天就到蟠桃园游玩一次，再不像做弼马温时那样喝酒交友了，也不到处闲逛了。

有一天，孙悟空在蟠桃园中溜达的时候，见到一棵比较老的桃树，这棵树上的蟠桃比

昆仑神话故事集

别的树上的似乎要更成熟一些，个个硕大红艳，很是诱人，孙悟空心痒难耐，便想吃几个尝尝。但无奈园中的土地神、锄树力士、运水力士、修桃力士、打扫力士等等一干人等太多了，实在有些不方便。他滴溜溜转了一下眼睛，忽然想出一个计策，对土地神等人说道："我在这园子里休息一会，你们就先出去吧。"

土地神等众仙人哪能想到孙悟空会偷吃桃子呢，便纷纷告退，一起出了蟠桃园。孙悟空看四下无人了，心中大喜，脱下官服，跳上了桃树，挑挑拣拣，摘了很多熟透的大桃，就在树枝上自在受用，大吃了一顿，吃饱之后才跳下树来，重新穿上官服，和随从一起回到了他在天庭的府第。过了两三天，他又故技重施，进到蟠桃园，尽情享用蟠桃。

这一天，到了开蟠桃盛会的时候。西王母娘娘设席，在瑶池旁大摆宴席，吩咐七仙女顶着花篮，去蟠桃园摘桃。七仙女来到蟠桃园，见土地神、众力士等一起在那里把门。

七仙女近前说道："我们奉了西王母的懿旨，到此摘桃设宴。"

土地道："今年跟往年不一样了，现在蟠桃园是齐天大圣在管理，我先进去通报一声，才敢开园。"

仙女道："大圣何在？"

土地道："大圣在园内，一个人在亭子里睡着了。"

仙女道："赶紧通报他，不可耽误了开蟠桃盛会。"

土地神赶忙进到园子，在花亭里却没见到孙悟空，只见到了脱下的官服，人却不知跑到哪里去了。原来大圣耍了一会，吃了几个桃子，就变成了一个二寸长的小人，在那大树梢头的桃叶下睡着了。

七仙女道："我们奉旨前来，找不见大圣，但也不敢空着手回去啊？"

旁边有仙使说道："大圣闲游惯了，可能是出园会友去了。你们先去摘桃，等大圣回来，我们替你回话就行了。"

七仙女听了，便进到桃林中摘桃子。先把三千年一熟的摘了二篮，又把六千年一熟的摘了三篮，去到九千年一熟的桃林摘桃时，却只见树上桃子稀疏，只有几个青皮的。原来熟的都被猴王吃了。七仙女东张西望，看到南面的枝上有一个半红半白的桃子。七仙女用手扯了下来，孙悟空正是睡在了这个树枝上，一下便被惊醒了。孙悟空现出原形，从耳朵里取出金箍棒，大喝一声道："你是哪方怪物，如此大胆，敢偷摘我的桃子！"

七仙女吓了一跳，忙说道："大圣息怒。我们不是妖怪，是西王母娘娘派来的七仙女，来摘取仙桃，要在蟠桃大会上用。刚才来到这里，没见到你。我们怕误了王母的懿旨，所以便先摘桃子了，万望恕罪。"

孙悟空听了，问道："王母设宴，请的都是谁呀？"

仙女回道："请的是西天的佛老、菩萨、圣僧、罗汉，南方的南极观音，东方的崇恩圣帝、十洲三岛的仙翁，北方北极的玄灵，中央黄极的黄角大仙，这个是五方五老。还有五斗星

第二章 瑶池仙境

君，上八洞三清、四帝，太乙天仙等众仙，中八洞玉皇、九垒，海岳神仙，下八洞幽冥教主、注世地仙。各宫各殿大小尊神，都一起来参加蟠桃大会。"

孙悟空一听，面露笑意，问道："可曾请我了吗？"

仙女回道："不曾听说。"

孙悟空道："我乃齐天大圣，就请我老孙参加大会，又有何不可？"

仙女道："这是定好的规矩，应该不会更改了。"

孙悟空心生怒意，念了声咒语，对七仙女道："住，住，住。"他使了个定身法，把七仙女都定在桃树之下。孙悟空跳出园子，驾祥云直奔瑶池而去。一路上，孙悟空见到五彩祥云往来不断，声声白鹤的鸣叫，萦绕在空中。孙悟空知道是各路神仙都来参加蟠桃大会了。正匆匆赶路的时候，孙悟空遇见了赤脚大仙，便骗赤脚大仙说："玉帝吩咐要先去通明殿观礼，随后再去瑶池赴会。"赤脚大仙信以为真，就转身先去通明殿了。

孙悟空摇身一变，就变做了赤脚大仙的模样，不多时就到了瑶池的宴会大厅，只见大厅里瑶台铺彩结，宝阁散氤氲。烛光明亮，一派富丽堂皇。里面摆着八宝紫霓墩，五彩描金桌，桌上有龙肝和凤髓和珍馐百味，以及异果佳肴。

此时还没有神仙来到，大厅里空空荡荡，他忽然闻到一阵酒香扑鼻，转头见到几个造酒的仙官，已造好了玉液琼浆，准备过一会让众神仙享用呢。孙悟空止不住流出了口水，就用毫毛变了几个瞌睡虫，飞到那几个酒官的脸上，几个人马上就呼呼大睡了。孙悟空就着美味佳肴，痛饮了一番，不知不觉就醉了。忽然想到：一会神仙们都来了，看到我大吃大喝，肯定要怪罪我，不如我回府睡觉去吧。

想到这里，孙悟空摇摇晃晃，往齐天大圣府第走去。却因为喝醉，误打误撞，来到了太白金星的兜率天宫。孙悟空想，既然来了，那就见一见太白金星吧，但恰逢老君与燃灯古佛在三层高阁朱陵丹台上讲道，众仙童、仙将、仙官、仙吏都侍立左右听讲，所以兜率天宫里空无一人。

孙悟空来到老君的炼丹房里，见丹灶旁的炉中有火。丹炉的左右放着五个葫芦，葫芦里都是炼就的金丹。孙悟空暗喜：这些仙丹都是仙家至宝，趁老君不在，我吃他几丸尝鲜。他将葫芦里的仙丹都倒了出来，吃炒豆一般全吃了下去。吃完仙丹，孙悟空酒也醒了，说声不好，如果今天的事让玉帝知道了，我就大祸临头了，还是下界为王去吧。想到这里，孙悟空跑出兜率宫，从西天门使个隐身法逃了出去，又回到了花果山。

但终究是纸里包不住火，玉帝和西王母知道了孙悟空偷吃蟠桃、搅乱了蟠桃大会，又偷吃了太白金星仙丹的事。一时大怒不已，就派四大天王，协同李天王和哪吒太子，及十万天兵天将下界去花果山捉拿孙悟空问罪。

孙悟空大战十万天兵天将，将九曜星、李天王、哪吒、四大天王等一一击败。观音菩萨向玉帝建言，请二郎神前去捉拿孙悟空，玉帝依言，请出二郎神，大战孙悟空。二人旗

昆仑神话故事集

鼓相当，打斗得天昏地暗，太上老君用金刚琢偷袭，打中孙悟空天灵盖，二郎神这才趁势捉住了孙悟空。

孙悟空被众天兵押到天庭斩妖台下，绑在降妖柱上，刀砍斧剁，枪刺剑砍，莫想伤及其身。南斗星命令火部众神，放火烧，亦不能烧着。又着雷部众神，以雷屑钉打，越发不能伤损一毫。太上老君将其投入八卦炉中，烧了七七四十九日，烧出了火眼金睛。孙悟空跳出八卦炉，大闹天宫，将天庭搅了个七零八落。玉帝无奈请来如来佛祖，把孙悟空压在了五行山下，待五百年后唐僧经过时方得解脱，保唐僧去西天取经，一路经九九八十一难，取得真经，孙悟空也终于得道成佛，被封为斗战胜佛。

当然这都是后话，如果没有孙悟空大闹蟠桃盛会，也就没有了后面的诸多事情，也就不会得道成佛了，所以说，这些全都源于他在昆仑山的大闹瑶池蟠桃会，也算是因祸得福了。

第二章　瑶池仙境

哪吒闹海

　　浩渺巍峨的昆仑山中，这天，太乙真人刚从一座山峰上飘然而下，在参天的古木下就感到了一阵异动。太乙真人当即抚须微笑，说："我的徒儿要降生了。"

　　原来殷商时期，陈塘关有一总兵官，姓李，名靖，自幼访道修真，拜西昆仑度厄真人为师，学成五行遁术。因仙道难成，于是下山辅佐了纣王，做了总兵，享受人间的荣华富贵。李靖的妻子殷氏生了两个儿子，年龄大的名字叫做金吒，年龄小的名字叫做木吒。

　　这一年，殷氏再次怀孕了。不过，这一次却出现了一件奇怪的事情，怀孕三年零六个月，依然未生孩子。李靖心里十分的奇怪和不安，指着夫人的肚子说："你怀胎有三年了，仍然没有生出来，不是妖就是怪。"

　　殷氏也烦恼地说："这一次怀孕一定不吉利，我也是日夜忧心。"李靖听了后，心里非常不痛快。

　　当晚夜至三更，夫人睡得正浓，突然梦见一道人，头挽双髻，身着道服，径入香房。殷氏呵斥道："你这道人真是可恶，这里是内室，怎么能够随便进入，真是太可恶了！"

　　道人也不恼怒，笑着道："夫人还不快快迎接孩子！"殷氏还没来得及回答，就看见道人将一物送到殷氏的怀抱里。殷氏忽然惊醒过来，惊骇得出了一身冷汗。

　　殷氏急忙喊醒李靖，支支吾吾说："刚才我做了一个梦……如此如此……"说了一遍。话还没有说完，殷氏忽然就觉得肚子疼痛。李靖急忙起身叫了大夫和产婆。

　　李靖在屋子外面，心里想：夫人怀胎已经三年零六个月了，今天忽然发生这件事情，难道孩子要降生了？

　　就在李靖胡思乱想的时候，两个侍女急忙跑来："启禀老爷，夫人生下来了一个妖怪。"

　　李靖听说后，急忙跑到香房，手执宝剑。只见房里一团红气，满屋异香。有一肉球，滴溜溜圆转如轮。李靖大吃一惊，往肉球上一剑砍去，剑破虚空，分开肉球，跳出一个小孩儿来，满地红光，面如傅粉，金光射目。

　　李靖既吃惊又纳闷，上前一把抱住孩子，这分明是一个好孩子，怎么会是妖怪呢？李靖把孩子递给夫人。夫人见了孩子也非常喜欢，但是心里却又忧虑。

　　第二天，很多高官都来贺喜。此时，有一位道人路过，进入府宅内，这道人正是昆仑山金光洞的太乙真人。李靖曾求仙问道，听过太乙真人的大名，便将太乙真人奉为上宾，更是询问起了这孩子出生时候的异象。

昆仑神话故事集

太乙真人对李靖说道："在昆仑山瑶池处，因久遇仙气而成天灵地宝的一块宝石，采天地之灵气，受日月之精华形成，便是灵珠子。后来灵珠子转世，正是贵府的三太子。故而，他出生的时候，有此异象也是正常。"

太乙真人见李靖的三太子可爱异常，即为其取名为哪吒，并且对李靖说："这娃娃很了不起，就让我收他当徒弟吧。"说着，拿出一个镯子，一块手帕，交给李靖，"这是我送给徒弟的礼物，这镯子叫做乾坤圈，这手帕叫混天绫。"

哪吒对这两件宝物非常地喜欢，混天绫缠绕在腰间，当做红布兜，而乾坤圈则是挂在脖子上。太乙真人见哪吒喜欢这两件宝物，便笑着点点头，转身离去了。

瞬息光阴，暑往寒来，不知不觉已经过了七年。哪吒七岁的那一年五月份，天气炎热，李靖因为东伯侯姜文焕造反，在游魂关大战窦荣，因此每日操练三军，教练士卒，没空管教哪吒。

哪吒见天气炎热，心里烦躁，于是拜见母亲说："孩儿想要出去玩一会，希望母亲同意。"李靖管教严格，不允许哪吒私自外出，所以，每次哪吒出去，都要禀报父母。

殷夫人爱子之心重，于是便答应下来："哪吒，你既要出去玩，可带一名家将领你去，不可贪玩，快去快回。如果你的爹爹操练完回来后没见人，会骂你的。"

哪吒见母亲答应，开心地和家将外出。天热难行，没走多久，哪吒就已汗流满面。于是和家将来到海边，洗澡解暑。

哪吒脱了衣裳，坐在石上，把七尺混天绫放在水里，把水俱映红了。哪吒在海水中洗澡，手里挥动混天绫。混天绫乃是上古的宝物，七尺长，能自动捆绑敌人，即使剪断了也能自动修复。混天绫摆一摆，江河晃动；摇一摇，乾坤动撼。哪吒在水中嬉戏，舞动混天绫，高浪滔天，整个大海像是要倒转过来一般。

大海震动，海底的水晶宫也受到了波及。水晶宫也随着海水的翻滚而震动。像是地震了。东海龙王敖广正在水晶宫里坐，只听得宫阙震响，敖广急忙呼唤左右随从，问道："海底不应该地震，为什么宫殿摇晃得如此厉害？"东海龙王立即让巡海夜叉李艮，看看是何物在作怪。

夜叉李艮奉命来到海面上巡逻，抬头一望，却见水全部是红色的，光华灿烂，只见一小孩子将红罗帕蘸水洗澡。夜叉分开水，大叫道："那孩子手里拿的是什么怪东西，竟然可以把海水映红，让宫殿摇动？"

哪吒听到声音，回头一看，见海底一怪物，面如蓝靛，发似朱砂，巨口獠牙，手持大斧。哪吒好奇地问："你这畜生，是个什么东西，怎么也会说话？"

夜叉大怒："我是东海巡海夜叉，怎么骂我是畜生？"夜叉一跃，跳上来就向哪吒头顶上一斧劈来。

哪吒正赤身站立，见夜叉来得凶猛，将身躲过，把右手套的乾坤圈往空中一举。此宝

第二章　瑶池仙境

原是昆仑山玉虚宫所赐太乙真人镇金光洞的宝物，夜叉哪里经得起，乾坤圈打来，正落在夜叉头上，只打得夜叉脑浆迸流，当即死去。

哪吒笑着道："这东西，把我的乾坤圈都弄脏了。"哪吒坐到石头上，用水清洗乾坤圈。水晶宫如何经得起乾坤圈和混天绫二宝的震撼，险些儿把宫殿都晃倒了。

东海龙王敖广发现夜叉去了之后，龙宫的震动不仅没有停下，反而更加剧烈。东海龙王心里暗惊：这是怎么回事。就在这时，虾兵蟹将来报："夜叉李艮被一孩童打死了。"

东海龙王大惊失色："李艮是灵霄殿御笔钦点的巡差，谁敢打死他？"东海龙王立刻传令："点兵，我要亲自去看看是什么人如此大胆！"

这时候，龙王三太子敖丙自动请缨："父王少安毋躁，孩儿出去将这孩童擒拿来便是。"龙王三太子忙调龙兵，上了逼水兽，提着画杆戟，径出水晶宫来。分开水势，浪如山倒，波涛横生，平地水长数尺。

哪吒正在洗乾坤圈，突然发现海浪一波波席卷而来，于是哪吒踏水而行。

只见波浪中现一水兽，兽上坐一人，全装金色，持戟枭雄，大喊道："是什么人打死了我的巡海夜叉？"

哪吒毫不示弱，上前道："是我。"

敖丙看了一眼哪吒，问道："你是什么人？"

哪吒回答："我乃是陈塘关李靖第三子哪吒。我的父亲镇守此间，是陈塘关之主。我在此避暑洗澡，那妖怪上来就骂我，并且打我。我无意中打死了他。谁知道他那么大个，那么不经打。"

三太子敖丙大惊道："好小子，夜叉李艮是天王的殿差，你敢将他打死，还敢在这里乱说话！"龙王三太子将画戟举起就向哪吒刺去。

哪吒手无寸铁，把头一低，躲将过去，叫道："一会再动手，你是什么人？先说个姓名。"

敖丙怒道："我乃是东海龙王三太子敖丙。"

哪吒笑道："你原来是敖广之子。你妄自尊大，如果惹恼了我，连你那老泥鳅都揪出来，剥了他的皮。"

龙王三太子听哪吒说话如此无礼，怒火中烧，又一戟向哪吒刺来。

哪吒急了，把七尺混天绫往空中一展，似千团火块，往下一裹，将三太子裹下逼水兽来。哪吒抢一步赶上去，一脚踏住敖丙的颈项，提起乾坤圈，照顶门打了一下，把三太子的元身打出，是一条龙，在地上挺直。吓得那些虾兵蟹将连滚带爬地钻回到水里去。

哪吒见龙王三太子死了，便道："打出这小龙的本相来了。也罢，把他的筋抽去，做一条龙筋绦与俺父亲束甲。"

说罢哪吒就把三太子的龙筋抽了，径自收了起来。面对这突然变故，哪吒的家将吓得浑身骨软筋酥，腿慢难行。

昆仑神话故事集

终于回到帅府门前。哪吒来见母亲。殷氏问道:"哪吒,你去哪里玩了,一去就是大半日?"

哪吒回道:"我去外面闲玩了,不知不觉回来迟了。"哪吒说罢,就往后院去了。

没多久,李靖操演回来,卸下身上的战甲,忧心忡忡地坐在厅堂上。李靖忧思纣王的无道,逼反天下四方诸侯,每天看着生民涂炭,心中烦恼异常。

却说东海龙王在水晶宫,只听得虾兵蟹将来报说:"陈塘关李靖之子哪吒把三太子打死了,连筋都抽去了。"

东海龙王听了后,大惊失色:"我的儿子是兴云布雨滋生万物的正神,怎能说打死了就能打死呢?李靖,你在西昆仑学道,我与你也有一拜之交,你敢纵子为非,将我儿子打死,这也是百世之冤,怎敢又将我儿子筋都抽了!这真是痛心切骨!"

东海龙王又是伤心,又是震怒,恨不能立刻为儿子报仇,马上化身为一秀士,离开水晶宫,径往陈塘关,来找李靖了。一见李靖,龙王就气冲冲地质问李靖:"李贤弟,你生的好儿子,在海里洗澡,不知用何法术,将我水晶宫几乎震倒。我差夜叉去看,便将我夜叉打死。我第三子去看,又将我三太子打死,还把他的筋都抽了出来……"

李靖听了后,难以置信地道:"我长子在九龙山学艺;二子在九宫山学艺;三子才七岁,平时大门都不出,怎么会做出这种事情来?兄长是不是看错了?"

龙王气冲冲地说:"你若不信,就把他找来问一问。"

李靖见东海龙王生气,便找来哪吒对质。岂知,哪吒回答道:"孩儿今日无事出关,至海边玩耍,偶因炎热,下水洗个澡。有个夜叉李艮,孩儿又不惹他,他百般骂我,还拿斧来劈我。是孩儿一拳打死了。不知又有个什么三太子叫做敖丙,持画戟刺我。被我把混天绫裹他上岸,一脚踏住颈项,也是打了一圈,不意打出一条龙来。孩儿想龙筋最贵气,因此抽了他的筋来,在此打一条龙筋绦,与父亲束甲。"

李靖听了吓了个半死。赶紧将龙筋归还于东海龙王。

东海龙王见了龙筋更加伤情,对李靖说:"你生出这等恶子,你刚才还说我看错了。现在他自己也承认了,这岂是你能糊弄过去的!何况我的儿子是正神,夜叉李艮也是御笔点差,岂是你们父子无故擅自就可以打死的!我明日就上奏玉帝,问你的师父要你!"东海龙王说完就怒气冲冲地走了。

哪吒自知闯了大祸,借土遁来到昆仑山金光洞,拜见师傅太乙真人。并将前因后果都说了一遍。太乙真人吩咐哪吒:"你到宝德门……如此如此。事完后,你回到陈塘关与你的父母说,如果有事,还有你师父,绝不会牵连到你的父母。你去吧。"

哪吒就按师傅说的,离开昆仑山,来到上界的宝德门。哪吒第一次来到上界,初看天庭,只见金光万道,瑞气千条。南天门的两旁有四根大柱,柱上盘绕着兴云布雾赤须龙。哪吒到了宝德门,来得太早了,东海龙王还没有到。哪吒又看到天宫的各个大门都没有打开,于是就悄悄地站立在聚仙门下面。

第二章　瑶池仙境

没过多久，只见东海龙王敖广身穿朝服，来到南天门。看到南天门还没有打开，东海龙王自言自语地说："来早了，黄巾力士还没到，那就在这里等会儿吧。"

哪吒能看见东海龙王，但是东海龙王看不见哪吒，因为哪吒的师傅太乙真人在他的前心书写了符篆，名曰"隐身符"，故此敖广看不见哪吒。哪吒看见东海龙王在此等候，想到他马上要向玉帝告状，心中大怒，也是初生牛犊不怕虎，撒开大步，提起手中的乾坤圈，照着敖广的后心就是一圈，将东海龙王打了个饿虎扑食，跌倒在地。哪吒赶上去，一脚踏住龙王的后心。东海龙王扭回头看时，认得是哪吒，不觉勃然大怒，况又被他打倒，用脚踏住，挣扎不得，便骂道："哪吒，我和你无冤无仇，你不仅打死了夜叉，还打死了我的三儿子，还将他的筋抽去！这等凶顽，罪已不赦。今还敢在宝德门外逞凶……"

哪吒被东海龙王骂得怒火中烧，要不是有太乙真人的嘱咐，哪吒真想将东海龙王一拳打死。哪吒将东海龙王按倒在地，抡起拳来，或上或下，乒乒乓乓，一气打了有一二十拳，将东海龙王打得不停喊叫。

打了好一会，哪吒才对东海龙王道："我乃灵珠子转世，身负重任。更何况，是他们先招惹我的。你却想要上本。"

东海龙王气急，不断地怒骂哪吒。哪吒也极为生气，想要给东海龙王一个教训。古人云："龙怕揭鳞，虎怕抽筋。"哪吒将敖广的朝服一把拉去了半边，左胁下露出鳞甲。哪吒用手连抓了数把，抓下四、五十片鳞甲，鲜血淋漓，痛伤骨髓。东海龙王疼痛难忍，只叫"饶命！"

哪吒见东海龙王求饶，就对东海龙王说："你要我饶命，那你就不能上奏，跟我往陈塘关，保证不难为我的父母。你若不答应，我就用乾坤圈打死你，有我师父太乙真人做主，我也不怕你。"东海龙王感到自己遇着了恶人，莫敢违逆，只得应承。

哪吒这才松了手，说："那好，你跟我回去吧！"他怕龙王半路上逃走，就叫龙王变成了一条小龙，只有蚯蚓那么大小，再把小龙藏在袖子里，带着回家去了。

哪吒的父亲李靖正在发愁，哪吒回来了，一回来就告诉他："爹爹，你不用发愁，龙王不会去告状了。"

李靖说："你这孩子，闯了大祸，还敢胡说八道。"

"爹，是真的，龙王再也不会去告状了，我赶到南天门，拦住了他，不让他去告状，他答应了。"

李靖不相信，哪吒说："你不信，就问问他自己吧。"

李靖问他："龙王在哪里呀？"

"龙王在我袖子里呢。"说着话哪吒把袖子一抖，抖出一条小龙来，小龙一着地，就变成龙王了。

龙王一落地，怒气冲天，告诉李靖，哪吒怎么把他打倒在地，怎么揭他身上的鳞片，

昆仑神话故事集

又把胁下的鳞甲给李靖看,说完还恶狠狠地说:"你等着吧!你生这等恶子,我要请南海、西海、北海的龙王,一起来打你,把你这个地方淹成一片汪洋大海。"龙王说完,立即变作一阵清风飞走了。

正在李靖愁思百结时,没想到这个东海的龙王,真的请了南海、西海、北海的龙王,带了许多虾兵蟹将来了。李靖听说了,慌忙出门去迎接。

出门一看,只见乌云从天空的四周滚滚而来,分别有紫色、黑色、蓝色三种颜色的乌云,迅速把蓝天遮住。三团乌云在空中碰见了,他们搅在一起,转了几圈。忽然一道闪电,只见一条紫色巨龙摆尾进入海面。

紧接着,黑色和蓝色的乌云也化成黑色巨龙和蓝色巨龙扎入海中。海上激起滔天巨浪,滚滚而来。

原来,他们就是被东海龙王邀请而来的南海龙王、西海龙王和北海龙王。这三位龙王听了东海龙王的诉苦,皆大怒,认为是陈塘关李靖做得太过分了,他们要惩罚李靖和哪吒,为龙王三太子复仇。

四海龙王立刻起身,伴随着滚滚乌云,齐聚在陈塘关的天空。

陈塘关附近的海面上,一个巨浪从海底窜起,像大爆炸一般,直冲云霄,形成一个蘑菇云般的大水柱。大水柱没有落回海里,而是在旋转,越转变得越粗越宽阔。其中还夹杂着好几种颜色:红、蓝、紫、黑。随着转得速度越来越快,水柱像一面墙一样靠近了岸边。从水柱里甩出一团团的冰雹,撒向岸边。

这时,巨大的水柱忽然散开,变成了四条巨龙,大红龙(东海龙王)、蓝龙、紫龙、黑龙。他们咆哮着,盘旋着,慢慢升起在空中。

空中乌云滚滚,海上巨浪汹涌。四条巨龙首尾相续在空中游走,他们俯瞰着小小的陈塘关。电闪雷鸣,倾盆大雨。四海龙王在空中游走,发出一阵阵咆哮。

大雨倾盆而下,陈塘关顿时被狂风暴雨淹没。村民们纷纷从家里跑了出来。在他们身后,不时有房子倒塌。人们的惊叫声、哭声、暴雨声、倒塌声混在一起,显得危急而混乱。

空中,四海龙王显出原形,是四条伟岸的巨龙。东海龙王站在最近的地方,伸着一双巨爪,在空中朗声道:"李靖,如果不把你的逆子交出来,我们今天就要水淹你的陈塘关!"

陈塘关已经是乌云密布,整个陈塘关风雨交加,如人间地狱。李靖站在雨中,面色凄苦。他既舍不得自己的儿子,更不能看着全城的百姓就这样被水淹死。

哪吒见四海龙王如此行径,心里悲愤,抖开混天绫。混天绫一下子飞舞在空中,挥散了一片黑云。东海龙王浑身一惊。但是空中的南海龙王早已不客气,他伸出脖子,喷出一股黑水,冲向高地。一堆老百姓被黑水冲得七零八落,大家你拉我拽,你哭我喊,乱成一团。

哪吒见龙王对百姓出手,连忙收回混天绫。倾盆大雨再次从天而降,地面上的水迅速涨了起来,照这个速度,陈塘关要不了多久,就会被洪水淹没。

李靖不忍看着这一切，痛苦万分地闭上眼睛，下定决心，忽然上前："慢！龙王！李靖愿以命相抵！"东海龙王拦住三位龙王，他一低头，将黑水喷向大海，海上激起层层巨浪。

　　李靖刷地拉开了铠甲，露出胸膛，任暴雨浇打："无论发生了什么事，陈塘关的百姓是无辜的。请龙王饶过他们。李靖愿为龙王当牛做马，生生世世为奴，如果龙王还不宽心，请取走李靖的性命就是！由我李靖来祭东海。"

　　这时，哪吒再也无法忍受，他猛地将乾坤圈和混天绫往地上一掷："老龙王，我告诉你，打伤龙三太子的是我，所有的过错我都承认了，我愿意听你的发落。你别再找不相干人的麻烦了。"

　　东海龙王见哪吒自己出来认错，便道："你若身死，陈塘关三年内风调雨顺。"

　　哪吒说："这样啊，好啊！那不用你们动手，我自己来。"　只见哪吒转身，急速地从李靖身上抽出宝剑，倔强地横在颈上自吻了。

　　"哪吒！"李靖的惊呼声还没落地，哪吒那小小的身躯就已倒下了，身下殷红一片。

　　哪吒身死，散了七魄三魂，一命归泉。见此情景，四海龙王只好把李靖放开，收兵回去了。

　　哪吒躺在大堤上，太乙真人飘然而至，他用拂尘在他身上拂过。一缕蓝色的魂魄从他体内飘出，渐渐聚在一起，形成了一个透明的哪吒。太乙真人用拂尘卷起哪吒的魂魄，飘然而去。

　　来到昆仑山，太乙真人命令金霞童儿："把五莲池中的莲花摘二支，荷叶摘三个来。"

　　童子忙忙取了荷叶莲花放于地下。太乙真人将花勒下瓣儿，铺成三才，又将荷叶梗儿折成三百骨节，三个荷叶，按上、中、下、天、地、人铺开。太乙真人将一粒金丹放于中间，法用先天，气运九转，分离龙、坎虎，绑住哪吒魂魄，往荷莲里一推，喝声："哪吒不成人形，更待何时！"

　　只听得一声响，跳起一个人来，面如傅粉，唇似涂朱，眼运精光，身长一丈六尺，此乃哪吒莲花化身。见到师父就拜倒在地："谢谢师傅救命之恩。"

　　太乙真人笑着对哪吒道："你随我桃园里来。"太乙真人又传给哪吒了一支火尖枪，不一时已自精熟。太乙真人对哪吒道："枪法好了，再赐你脚踏风火二轮，另授灵符秘诀。"真人又付豹皮囊，囊中放乾坤圈、混天绫、金砖一块。

　　哪吒从此后脚踩风火轮，走起路来就像飞一样，他的本事更大了。

龙伯钓鳌

在渤海东面很远很远的地方，有那么一个巨大而又深沉的沟壑，大家都称它为"归墟"。归墟深不可测，由一个个巨大的无底洞组成。在这片大地上，由四面八方涌来的流水，全都流入这个归墟之中。在天空中，银河里以及其他星河的流水，也同样全都汇入归墟。

不知不觉中过了几千万年，归墟慢慢变成了巨大的海洋。归墟的海面上还漂浮着五座仙山，这五座仙山的名字分别是：岱舆、员峤、方壶、瀛洲和蓬莱。

这五座仙山都具有美丽的亭台楼阁，楼台是用美玉筑成的，宫殿是由金银建造的，还有琉璃连成的一条条小路，富丽奢华，非人间所能相比。

仙山上长满了奇异的花木，山林中生活着奇珍的异兽，有时还会有精灵一样的生物闪闪发光，穿梭游走。每朵花都散发着诱人的香气，形成了百花争艳的壮观景色。每个果子都有自己独特的味道，极其鲜美。平常人只要闻那花香，吃那果子，就可以长生不老，永葆青春。

同时，有人面鸟身的羽人住在这五座仙山上。羽人头着两尖的帽冠，长着翅膀，双翅舒展，一手持戟，腹部装饰着鳞纹，尾翼呈扇形散开，像海鸟一样，展开双翅在海面自由翱翔，从一座仙山飞到另一座仙山，经常聚在一起饮酒对诗，无忧无虑，逍遥快乐。

不单单是这样，五座仙山还有一个神秘奇幻之处：它们都是无根山，它们的底部与地面并不相连。由于无根，它们便随海潮漂流，在波浪里上下不断颠簸，没有一刻宁静。如果仙山漂流到归墟的边缘，羽人就必须要摇动大桨，把仙山划回到海洋的中央区域。

就这样，日复一日年复一年，羽人们也对这种漂浮无定的生活有所厌恶了，经过深思熟虑，大家一致推选一位代表飞到天上，面见玉皇大帝，请求玉皇大帝想想办法让他们居住的五座仙山安稳下来吧。

玉皇大帝听后，也担心五座仙山会被风浪冲到北方，那样的话，北方气候干燥，会造成仙山沉没，羽人和圣人就会流离失所。

于是，玉皇大帝下旨召见海神禺强，命令他，无论想什么办法都要解决这件事。禺强奉命到五座仙山下的海水底进行巡游了一周，找来一直生活在归墟深处的三只庞大的巨鳌，叫它们从海底浮上来，抬起脑袋，在水底下一起撑起岱舆山。

"哈哈，成功了！"海神禺强笑道。就这样，岱舆山真给固定住了！

"看来，这是个好办法，我要多找些巨鳌，如法炮制。"海神禺强这样想着，于是又

第二章 瑶池仙境

找来了十二只大鳌,让它们如同那三只巨鳌照着样子,把其余四座仙山员峤、方壶、瀛洲和蓬莱也都扛住。这么一来,五座仙山稳住了,不再随水颠簸。神仙们就这样安安稳稳、平安无事的又过了好几千年的岁月。

同时,在昆仑山的北面,有一个叫龙伯国的地方,这个龙伯国里的国民是世界上体型最庞大的巨人,身高三十丈,寿命长达一万八千多岁。

突然有那么一天,龙伯国其中的一位巨人闲得无聊,想找些事情做,于是决心四处走走。体型庞大的他几步就跨过昆仑山,越过大江大河,再走几步,就走入了渤海,海水还没过他的膝盖呢!于是巨人深一脚浅一脚地涉过渤海,又再往前走,他来到了归墟边,他一个跨步就踏上了岱舆山,一屁股坐到海边的岱舆山上,非常惬意,并随手折下了望天树,削尖了一头,做钓鱼竿,捞了一条鲸鲨做鱼饵,悠闲自在地垂钓起来。

不一会儿,他就感到有东西紧紧地咬住了鲸鲨。那龙伯国的巨人十分高兴,起身一下子提起钓钩,仔细一看,居然钓上来一只巨龟。巨人把巨龟用力拽了出来,用绳子把它绑了起来,放入背袋,又再捞起一条鲸鲨当鱼饵,不一会儿,又钓上来一只巨龟。就这样,不到半天的时间,巨人一共就钓上来了六只巨龟。可是,巨人根本就不知道,那六只巨龟是受海神指示去支撑岱舆山和员峤两座仙山的。巨人闯下了大祸。

巨人喜滋滋地背了六只乌龟回到龙伯国,想同族人一起分享。于是大家把六只龟放入大锅煮熟,刚刚好,够吃一顿晚餐。吃完龟肉,他把六个龟甲并排放在门口,就呼噜呼噜睡着了。

可是,当天晚上,海上就起了南风,"呼呼呼"地刮了半夜,岱舆和员峤两座仙山失去巨鳌的支撑,一直朝北边漂了过去。南风越吹越强劲,两座仙山越漂越快。它们漂到北方昆仑山的尽头,沉了下去,再也没有浮起来。

再说那两座仙山上的羽人神仙,半夜里突然遭遇这个变故,一个个衣冠不整,就飞上了半空。有些神仙因为睡得太熟,没有能够及时起飞,被海水沾湿了翅膀飞不起来,跟着仙山一起沉了下去,咕嘟咕嘟地喝了不少的海水。

羽人们无家可归了,纷纷飞上天,向玉皇大帝哭诉痛失家园的苦楚。玉皇大帝十分生气,当即派二郎神带领天兵天将,要去捉拿龙伯国吃龟的巨人。

"玉帝请息怒,这事需要大家从长计议。"风神箕伯上前劝说,"那龙伯国的国民是龙的后代,他们不仅身材壮硕、力大无穷,而且个个性情暴烈。万一激怒了他们,他们群起造反,只怕很难对付啊!这事情还需好好商议才是。"

风神的话大有道理,提醒了玉皇大帝,他低头想了一想,对着二郎神挥了挥手,遣散那天兵天将,对风神说道:"你说得对,我不动干戈,但是可以削弱龙伯国的力量。"

就在当天夜里,趁龙伯国的巨人个个熟睡,玉皇大帝脱下了金靴,赤着脚沿龙伯国的边界线走了一圈。等到黎明,太阳升起,那龙伯国的国土面积就缩小了十倍——龙伯国的山、

昆仑神话故事集

龙伯国的湖、龙伯国的巨人、龙伯国的蚂蚁等,龙伯国所有的生灵和物品,统统缩小了十倍。

第二天一早,那个钓龟的巨人一觉醒来,发现门前屹立着六座巍峨的高山,感到疑惑不解,不由得赞叹说:"难道,这就是我昨天钓到的龟吗?它们真是神龟啊,一夜之间,就变得这么大了!"

龙伯国的巨人都不知道是自己变小了,还以为是吃掉肉放在门口的龟壳变大了呢!

这六座龟壳变成的高山,后来和昆仑山连在了一起,成了昆仑山那绵延千里起伏山峦的一部分。

第二章 瑶池仙境

牛郎织女

这个美丽的爱情故事是我国四大民间爱情传说之一。

传说天上有织女星，还有牵牛星。织女和牵牛在漫长的时光里逐渐情投意合，心心相印。可是，天条律令是不允许男女私自相恋的。织女是王母的孙女，王母便将牵牛贬下凡尘了，令织女不停地织云锦以作惩罚。

织女的工作，便是用了一种神奇的丝在织布机上织出层层叠叠的美丽的云彩，随着时间和季节的不同而变幻它们的颜色，这是"天衣"。

自从牵牛被贬之后，织女常常以泪洗面，愁眉不展地思念牵牛。她坐在织机旁不停地织着美丽的云锦以期博得王母大发慈心，让牵牛早日返回天界。

牵牛被贬凡尘后投生到一户人家，长到七八岁的时候，父母亲都不在了，哥哥对他说："弟弟，父母不在了，我们以后要自食其力了。我到田里干活，你去放牛吧！"

从此男孩天天去放牛，他放的是一头黄牛，长得很威武，有一把镰刀弯角，它的性情特别温和。男孩喜欢吹放牛笛，笛子一响，牛就会竖起耳朵。

过了几年，哥哥要娶媳妇了，哥哥对弟弟说："家里只有一间屋，我要用这间屋娶媳妇，你住到牛棚里去吧！"

从此男孩住到牛棚去，跟牛睡在一起。

那头牛跟男孩特别亲，见他住进来，摇头摆尾十分高兴。男孩白天与牛在一起，夜晚也与牛在一起，因为他与牛总是形影不离，所以大伙儿都叫他"牛郎。"

哥哥娶了媳妇，牛郎就有了嫂子。

有一天，嫂子把牛郎叫进屋，对牛郎说："牛郎，你活干得少，饭又吃得多，我们要跟你分家了，以后你自食其力吧！这头牛跟你亲，这头牛归你。你到对面山坡盖个茅屋，开几块地，自己过日子去吧。"

牛郎的眼泪在眼睛里直打转，但他硬是没让它流下来。

他自个儿牵了牛，走到对面山坡去，花了几天时间盖了间茅屋，又开了几块薄田种庄稼，算是把家安下来了。

虽然只有几块薄田，但是牛郎很勤劳，牛也尽心竭力地帮他的忙，一人一牛相伴着过日子，牛能吃饱草，人也能吃饱饭。就这样一年又一年，春种秋收，牛渐渐老了，牛郎也长高长壮，到了要娶妻成家的年纪。

昆仑神话故事集

　　这年七月初七的傍晚，晚霞灿烂绚丽，牛郎跟老牛一道从田里回家，走到家门口，老牛忽然站住了，只见它抬起头，嘴巴一张一合，对牛郎说："牛郎啊，你长大了，该娶老婆了。"

　　牛郎笑起来："牛啊，你平日里不说话，一说话就开玩笑——我这么穷，谁会看上我呢？"

　　老牛说："我可不是开玩笑，我原本是天上的金牛星，因为吃了玉皇大帝的牡丹花，被贬下凡间，要当一辈子的耕牛赎罪。我告诉你一个秘密，你一定得听我的话——你今晚不要回家睡觉，你要到山那边的碧莲湖边，在树林里等着。等到半夜时分，就会有七个仙女从天上飞下来，她们会在碧莲湖里洗澡。等她们脱下仙衣，放在湖边草地上，你要趁机悄悄拿走红色的那件。你记住，那个丢了衣裳的仙女就是你的妻子。这可是个好机会，你千万别错过了。"

　　"知道了，"牛郎高兴地答应下来，"我一定按你说的做。"

　　当天晚上，吃过晚饭，安顿好老牛，牛郎就借着星光和月光，去到山那边的碧莲湖，在树林里等着。果然，到了半夜，七个仙女从天上飞下来，她们飞到湖边，脱下身上的羽衣，一个接一个跳进湖里洗澡。

　　"湖水好清凉啊——"

　　"碧莲花都开了呢——"

　　仙女们说说笑笑，泼水嬉戏，玩得好不痛快。

　　牛郎按老牛说的悄悄走出树林，来到草地，草地上散放着七件羽衣，红黄橙绿青蓝紫，件件鲜艳漂亮。牛郎偷偷拿走了红色的仙衣。那件仙衣就像鸟的毛羽，十分轻盈，美丽极了。牛郎藏好羽衣又回到湖边，躲在大树后观望。

　　这时，天边露出曙光，一个仙女说："天快亮了，我们该回去了。"

　　仙女们恋恋不舍地走上岸，一个个找到了自己的仙衣穿上，然后像飞鸟一样，飞到了碧莲湖上空。

　　"哎呀，我的衣服不见了。"被偷走羽衣的仙女焦急地说，"你们先别走，等等我啊！"

　　"你快找呀，回去晚了，可要受重罚的。"一个仙女说。

　　"会不会被风吹进芦苇丛去了？"另一个仙女说。

　　六个仙女飞入芦苇丛寻找，可是芦苇丛一片青绿，她们什么也没找着。

　　"我们先回去了——你找到仙衣，要马上回来啊！"穿上羽衣的仙女们飞走了，越飞越高，越飞越远，飞回到天宫去了。

　　湖边只剩下那个失了仙衣的仙女，她又羞又急，又怕人看见，只好躲进芦苇丛，让高高的芦苇遮挡住身子。

　　牛郎从大树后走出来，走到湖边，看见芦苇丛里的仙女，故作吃惊的样子："姑娘，你是谁？"

第二章　瑶池仙境

那仙女低下头："我不是人间的姑娘，是天宫王母娘娘的孙女，人人叫我织女。"

"哦，为什么叫织女呢？"

"因为我织得一手好锦缎，被王母娘娘召去织云锦。你每日在天边看到的朝霞和晚霞，都是我亲手织的呢！"

"原来你是织云霞的仙女——你，你为什么独自来到这里呢？"

织女伸手抹去眼泪："我因为犯了天律被罚，加上王母娘娘爱排场，要的彩锦越来越多，我只能没日没夜地织，没有一点儿空闲。昨夜七月初七，王母娘娘设宴请众仙，没空管我们，我和六个姐妹就偷偷溜出天宫，到这碧莲湖游玩。没想到丢了仙衣，现在回不去了。"

"天上不快活，你干脆别回去了，先跟我回家吧！"牛郎红着脸拿出那件仙衣让织女穿上。这时，织女抬起头，又惊又喜地发现，眼前这憨厚朴实的小伙子，竟是自己日思夜想的牵牛，于是她含羞点点头。

牛郎带她回到自己的茅屋，把她带到老牛面前。

老牛见到织女，眉开眼笑，又点头，又摆尾。

"我只有一间茅屋和几块薄田，还有这头老牛。如果你不嫌我穷，以后我耕田，你织布，咱俩一起过生活吧！"

牛郎和织女结了婚，从此，牛郎耕田，织女织布，两人过得殷实快活。夫妻两个都是勤快人，牛郎是耕田好手，种下的稻米都能获得丰收。织女的手艺不寻常，她一日能织九十九匹布，刺绣的手艺更是高超，绣锦鲤，锦鲤会游，绣黄鹂，黄鹂会唱。

两人男耕女织，一转眼就过去了几年，他们生了一个男孩、一个女孩。孩子们活泼可爱，一到晚上有空闲，织女就会带孩子坐在门前，指着天上的星星，给孩子们讲天上人间的事。天宫金碧辉煌，可是没有自由，她不喜欢。她喜欢人间，跟牛郎一起干活，她喜欢；给孩子们烧菜煮饭，她喜欢；给人们织布做衣裳，她也喜欢。

两个孩子会跑会跳的时候，那头牛老得走不动路了。有一天，牛郎走进牛棚，老牛眨眨眼，落下泪来。

"牛，你为什么哭呢？"

"牛郎，我要死了。"老牛说，"我死后，你不要立刻埋我，你要把我的皮剥下来，晾干了，挂在墙上。以后如果有什么要紧事，你披上我的牛皮，就可以飞上天宫。"

说完，牛就死了。

牛郎哭了一场，把牛埋在自家的田头，只留下一张牛皮，挂在自家的墙上。

牛郎织女满以为能够终身相守，白头到老。

可是天上一日，地上十年。

一天快过去时，王母娘娘突然知道了这件事，勃然大怒，马上派遣天兵天将下界捉织女回天庭问罪。

昆仑神话故事集

这天，天空狂风大作，天兵天将从天而降，不容分说，押解着织女便飞上了天空。

面对突然变故，牛郎心急如焚。急切之下突然想起了老牛临终的话，于是赶紧把牛皮披到身上，把两个孩子放到两个箩筐里挑上，来追织女。

在天兵天将挟持下正飞着、飞着，织女远远听到了牛郎的声音："织女，等等我！"织女回头一看，只见牛郎用一对箩筐，挑着两个儿女，披着牛皮赶来了。慢慢地，他们之间的距离越来越近了，织女已可以看清儿女们可爱的模样，孩子们都张开双臂，大声呼叫着"妈妈"，眼看，牛郎和织女就要相逢了。可就在这时，王母驾着祥云赶来了，她拔下头上的金簪，往他们中间一划，霎时间，一条天河波涛滚滚地横在了织女和牛郎之间，无法横越了。

织女望着天河对岸的牛郎和儿女们，泪如雨下，牛郎和孩子们也哭得死去活来。他们的哭声，孩子们一声声"妈妈"的喊声，是那样揪心裂胆，催人泪下，连在旁观望的仙女、天神们都觉得心酸难过，于心不忍。王母见此情景，也稍稍为牛郎织女的坚贞爱情所感动，便同意让牛郎和孩子们留在天上，每年的七月初七日，让他们相会一次。

从此，牛郎和他的儿女就住在了天上，隔着一条天河，和织女遥遥相望。在秋夜天空的繁星当中，我们至今还可以看见银河两边有两颗较大的星星，晶莹地闪烁着，那便是织女星和牵牛星。和牵牛星在一起的还有两颗小星星，那便是牛郎织女的一儿一女。

牛郎织女相会的七月七日，有成群的喜鹊飞来为他们搭桥。鹊桥之上，织女和牛郎深情相对，搂抱着他们的儿女，有无数的话儿要说，有无尽的情意要倾诉！传说，每年的七月七日，若是人们在葡萄架下葡萄藤中静静地听，可以隐隐听到仙乐奏鸣，织女和牛郎在深情地交谈。真是：相见时难别亦难！分别时，他们日日在盼望着第二年七月七日的重逢。

后来，每到农历七月初七，相传牛郎织女鹊桥相会的日子，姑娘们就会来到花前月下，抬头仰望星空，寻找银河两边的牛郎星和织女星，希望能看到他们一年一度的相会，祈求上天让自己能像织女那样心灵手巧，祈祷自己能有如意称心的美满婚姻，由此形成了七夕节！

第三章　八仙故事

老子收徒弟

老子，姓李，名耳。在道教中被尊为始祖，称"太上老君"。

话说老子升入仙界后，想为仙界做些事情。做些什么事呢？经过一段时间的观察和了解，他发现天庭虽然看起来很强大，但是却缺乏两样很关键的东西：仙丹和法宝。

老子想，应该有可以迅速恢复元气、增进修为的灵丹来帮助那些过于疲劳或诛妖时受伤的神仙们，天庭应该拥有更多厉害的法宝来应付不时之需，这样还能降低每次天兵天将出动后的危险，加快除妖灭魔的速度。于是太上老君以自己多年修为的精元，炼化出一件法宝八卦炉。有了芭蕉扇的三昧真火，再加上自己的法力，任何兵器法宝放入其中后都会产生脱胎换骨的变化，比如猪八戒的九齿钉耙、沙僧的降妖宝杖都是他的杰作。八卦炉中炼出的仙丹，更是效果神奇，孙悟空吃了一整葫芦九转金丹后，全身居然变得刀枪不入、水火难侵就是一个明证，其他功效诸如可令凡人立地成仙、尽消疑难怪病等不一而足。

太上老君炼出仙丹后，便开始为天庭培育新的有生力量，他度人之多，自然无法统计，但其中有八个特别有名的人物，因为法力高强，行侠仗义，而且脾气性格也各有特色，被后世一直传颂至今，他们就是八仙。

第三章 八仙故事

八仙显神通

　　早在炎黄的时代，就有两个名不见经传的神人，一个叫做黄神氏，一个叫做（亻巨）神氏，都是一心的修道隐士。黄神氏在东汉的时候，托生在大将钟离章的家中，由于他一生下来就有3岁小儿般大，而且顶圆额广，唇脸如丹，乳比臂长，一连七日昼夜不啼，至第七日突然口吐人言，他父亲认为此子自幼知轻视重，长大必有一番大作为，便给他起了个名字叫做钟离权。钟离权虽然天生异相，长大后却长得越来越俊秀。可他虽然文韬武略无一不精，打起仗来，却是打几仗输几仗，运气特别不好。他自己也很郁闷。在又一次打仗大败之后，钟离权正垂头丧气时，遇到太乙真仙王玄甫，获赠太阿神光剑，并学会了青龙剑法与长生真诀，后又再遇华阳真人，终于脱开尘世，得道成仙，拜在了太上老君的门下，成为他的关门弟子。他曾写过三首绝句流传于世，其中"坐卧常携酒一壶，不教双眼识皇都" "得道真仙不易逢，几时归去愿相从"等句写得仙味十足。

　　另一位（亻巨）神氏曾是赤松子的朋友，不过赤松子名扬四海的时候，他的本领只相当于地仙。不久之后，黄帝便统一了中原，为了更好地管理神州大地，广招贤士，曾找到过他。他为了不招惹麻烦，竟改名李凝阳来专心避世修行。据说这个李凝阳长得魁梧潇洒，因为长期修道，看起来仙风道骨，是八仙中第一个正式投入太上老君门下的弟子。但他后来怎么变得又瘸又丑了呢？原来有一次太上老君带他游华山，他以元神出窍的方式，随师前往，临行时叮嘱弟子说自己七日即回，若七日超过没归，可将其肉身焚化。可是那个弟子却因为家里突然发生了要紧的急事，而在第七天早上就把他的肉身给烧了。七日归位是他元神出窍的极限时间，可是当他在第七日晚上返回时，肉体竟然没有了，因为害怕元神受损，一时情急，看到不远处有个乞丐因冻饿而死，就往里一跳，天哪，这个乞丐居然是个瘸子……正在他懊恼不已时，这时太上老君现身劝他说："道行高低是不在于凡夫俗相的。"他顿时大悟，从此背上个大葫芦，悬壶济世，游戏人间。

　　八仙中看起来最老的一位，世人称他张果老。与其他八仙一样，他也有一个很特别的地方，喜欢倒骑驴。他的白驴据说吹口气就活了，可以日行几万里，当他停下来的时候，竟然还可以把驴像纸一样折起来放在随身的箱子里。张果老的传说非常多，但比起八仙中法力最高、经历最奇、影响最大的吕洞宾，他的那点事儿，就没那么精彩了。倒是后来有人专门给他题了首诗，颇有意趣："举世多少人，无如这老汉；不是倒骑驴，万事回头看。"

　　吕洞宾原名吕岩，他的籍贯与出生，民间流传的版本很多，简单概括地说，就是跟平常人没什么不同。他弱冠之时即通晓四书五经，诸子百家的文集，被称为神童，但他考了20多年，三举进士而不第。估计"仙文不入俗人眼"吧。不过他很有恒心，一直考到46岁，还不放弃，但就在这一年，他遇到了汉钟离。

吕洞宾与汉钟离相见投缘，就邀请他一起到落脚的客栈，跟他秉烛夜谈。聊到半夜，钟离权说肚子饿了，亲自下厨煮起了黄粱（小米），而吕洞宾则趴在桌上睡着了。

梦中，他状元及第，然后平步青云，官位一路攀升，这时他又娶了两个达官贵人家的女儿，生儿育女，过起了大富大贵的生活。后来他官至一品，成为当朝宰相，权势显赫无比，荣耀一时！然而俗话说伴君如伴虎，忽然间祸从天降，被重罪抄家，妻儿也被流放到边疆，自己孑然一身立于风雪之中，无限孤凄，唯能黯然长叹……

突然间，他从梦中醒转，看见汉钟离正从门外走进来，笑着对他说道："黄粱犹未熟，一梦到华胥。"（华胥是伏羲的故乡，梦华胥的典故源自黄帝。有一天，大白天的黄帝竟睡着了，还做起梦来，在这个梦里，他游览了华胥国。此后世人多用梦华胥来比喻某人做了美梦。）吕洞宾黄粱梦醒，知道眼前站着的一定是位仙人，于是想拜汉钟离为师学道。

汉钟离此来就是想度吕洞宾成仙的，但他有心要考考吕洞宾，于是出了十个题目来试他修道的诚心。吕洞宾经过黄粱一梦，大喜大悲过后，其思想境界已经超凡脱俗，汉钟离这点障眼法哪里瞒得过他？比如其中第五试时，汉钟离找来了一个漂亮的姑娘，试吕洞宾修道是否心无杂念。这吕洞宾得道后自称为纯阳祖师，于阴阳之道有着自己的见解，可是那个时候为了求学，竟然硬生生地忍了三天三夜。

吕洞宾修成正果后遇到了火龙真人，得到雌雄双剑，并学会了"天遁剑法"，从此诛妖无数，着实为老百姓做了很多好事。但这位被称为北五祖之一的吕祖因为风流多情，也吃过一次大亏，那就是著名的"吕洞宾三戏白牡丹"。白牡丹本是花妖，化身为洛阳城中的名妓参选花魁，吕洞宾对她一见钟情，于是化身为一风流秀才登门造访，白牡丹身价高贵，怎么会看上一个平凡秀才？于是吕洞宾施展神通，一连戏弄了她三次，这之后白牡丹也对他动了感情，与他合欢交好。吕洞宾爱上白牡丹后，才发现白牡丹竟是花妖，本来除妖灭魔是他的天职，但被爱情冲昏了头脑的吕洞宾竟开始对妖精全部都该杀的教义产生了怀疑。后白牡丹去向铁拐李与何仙姑请教，当晚吕纯阳便丢了元阳至宝，这时他的对头黄龙禅师突然出现，不但打败了他，还把吕洞宾的雌剑给收了去，从此吕洞宾就只剩下一柄雄剑护身了（这段经历又被称为"飞剑斩黄龙"）。

… 第三章　八仙故事

八仙闹海

　　八仙在昆仑山仙界修炼，他们分别是：何仙姑、吕洞宾、铁拐李、张果老、汉钟离、韩湘子、曹国舅、蓝采和。通过不知几多春秋的修炼，他们各自都炼成了自己的宝贝法器，道行也日益精进。但随着日子的一天天过去，修行带来的寂寞感也日益加重。

　　风流倜傥的吕洞宾首先耐不住了，提议说："咱们个个身怀绝技，又都炼成了随心变化的宝贝，不如出去到外面走走，散散心，也扬扬咱们八仙的大名。"

　　众仙早都憋闷坏了，听他一说没有不同意的，只是一时想不出去哪儿好。

　　还是吕洞宾见多识广，提议说："咱们去蓬莱仙岛吧！你们没听说吗？最近四海蹴鞠大赛好像刚结束，谁夺魁，我倒并不在意，有意思的是，海龙王抛出了位神卦爷——八带鱼！传闻它的卦可灵了，从第一场，卜到争三甲，场场都叫它给算准了。结果如今闹得是输家恨，赢家爱，赌家馋，身价已经窜上了天！"

　　"好！那咱们就去蓬莱……"其余七位听他这一说，都神往得不行："到了东海，咱们顺便也摸条八带鱼，逗它玩玩，看它算得灵不灵。"话音儿才落下，只见八道身影便腾空而起，驾云直飞蓬莱仙岛。

　　一阵腾云驾雾，仙风渺渺，八仙就已从仙雾浩渺的昆仑仙界，来到了蓬莱仙岛。

　　蓬莱仙岛坐落在波澜壮阔的东海中央，琼楼玉阁、金花银树、飞瀑清溪、珍禽瑞兽遍布礁岛，像晶莹的群星闪耀在浩瀚的海面上。仙景迷住了八仙，一连几天，他们都在岛上忘情地游玩着。

　　这天，吕洞宾遥望着四周如珍珠般散落的小岛，鼓动着大伙道："咱们别总是许仙游湖——总围着一个尿鳖子转，各处都游逛游逛咋样？"

　　"吕兄，快留点儿口德吧……"何仙姑笑着嗔道，你这张嘴，在圣地也敢胡呛！

　　此话一出，余仙各个捧腹。吕洞宾自嘲的一揖道："哎呀，忘了小妹在了，得罪，得罪……"笑过之后，好唱的蓝采和扬了扬手中的响板，指着波涛涌动的大海为难道："没船咋去呀？如果驾云过去，又怕错过了沿途的景色。"

　　铁拐李瘸腿一蹦跶，几步就蹦到了海边，将手中的铁拐向海里一扔，爽快地说："这有何难？咱八仙过海，各显神通。看我的！"说完"噌"地一下跳上了铁拐变的小船，箭一般向前面驶去。

　　好！我也来了。吕洞宾飞身而起，将手中的宝葫芦一甩，踏上葫芦随后追去。

昆仑神话故事集

　　看到他俩用各自的法器踏浪而行,其余六仙顿时兴致大发。只见汉钟离把大肚皮一拍,宝扇一晃五尺见方,踩上去稳稳当当地漂流起来;张果老把沾水就活的纸毛驴往海面一抛,倒骑着毛驴,得意地向岸上的人不住地招手;曹国舅放出玉板,顿时一片宝玉的光芒抚平了海浪;韩湘子笛声悠扬,纵身跃上花篮,一入水花映东海,漫天芬芳;何仙姑飘身站上碧翠的荷叶,手挥七彩莲花,舞姿婀娜,引得鱼儿欢快地直往荷叶里头蹦跶;蓝采和见七仙都已下了海,自己也不甘示弱,就擎起响板钩下一片霞云,轻抛在水面,晃身而上,打着响板唱起了渔歌。

　　这一来,东海可就热闹啦!海面一片欢腾,珠光宝气映天耀地,直射海底。特别是悠扬的笛声和响板清脆的击节声,伴着蓝采和嘹亮的歌声直传龙宫。

　　八仙的各种法器都是宝贝,道道宝光射入龙宫,只诱得东海龙王心痒难耐,情不自禁地步出龙宫,悄悄浮出海面,偷眼四望。只见八仙正在海面上劈波斩浪,逍遥行进,十分欢愉。这时,龙王一下看见蓝采和正唱得忘我,已远远落后于其他七仙,而且他手中的响板玉音铿锵,莹光润目,灵气喜人,一看便知是件无价之宝,不由得贪婪之心骤起。他不动声色地屏息以待,等蓝采和唱着歌来到近前,便一跃而起,抢下响板就窜回了龙宫。

　　这一突变,把蓝采和给弄懵了。响板无踪,歌声哑然,蓝采和像根木桩一样被钉在海面上。

　　七仙正在浪花间快乐地行进,突然听到后面声音有异,忙掉转各自的"小舟"回头,来至近前。一见蓝采和的窘急模样,忙问发生了何种变故。一听蓝采和说响板遭抢,众仙怒不可遏,急问抢者何人。蓝采和只是摇头,说没看清,道不出所以。

　　八仙只恨得两眼通红,血都快喷出来了……但弄不清是何人,又如何夺回宝贝呢?大家你看我,我看你,一筹莫展。

　　铁拐李性子直,人也很仗义,气得瘸腿直画圈。他这一画圈可不要紧,海水却受不了了,涌浪一蹿三丈高,吓得海族生灵抱头鼠窜,仓皇躲向海底。没承想,这时一团红光被涌浪倏地推至波峰顶端,落在何仙姑那翠绿的大荷叶上。顿时,翠绿的荷叶托着玛瑙红,分外惹眼。何仙姑诧异地俯下身,不知落到荷叶上的是何物。正在这时,红团缓缓展开,原来是一只灵透可人的八带鱼!何仙姑把它捧起来,关切地问:"伤着了吗,小东西?"

　　"怎么,仙姑不记得我了?"八带鱼在何仙姑手上蠕动了几下,动情地睁大眼睛,"您忘了?早些年,刘海哥和金蟾仙子婚配,王母娘娘闻之大怒,命雷公、电母惩办金蟾……我那阵儿正在南海嬉戏,被雷击误伤,生命垂危……恰好您和七仙赶到,降伏了雷公电母,说和了王母,还给我服了八卦仙丹……"

　　原来是你呀!服了我的八卦仙丹,你倒长寿了!何仙姑一听,忆起了往事。原来她和刘海是海南老乡,一起玩过家家的发小儿。刘海和金蟾仙子相爱,不料中间生变不测,王母娘娘从中作梗,用天规惩罚金蟾,一对相爱的人儿也差点分隔东西。为救金蟾,刘海千辛万苦北上昆仑山,寻得何仙姑,解了此难,同时也意外地救活了聪明贪玩的八带鱼。

第三章 八仙故事

八带鱼见何仙姑认出了自己,更高兴了,忙说:"仙姑恩人,我服了您的八卦仙丹,不光得了命,还长了算卦的本事。我算准你们今儿个来这里,就从南海赶来,想谢谢您的救命大恩,不想,刚才却看到了另一幕……"

"另一幕?"何仙姑凤眸一闪。

八带鱼说:"嗯,东海龙王抢了他的响板!我看得真真切切!"

"哦!"八仙闻言恍然醒悟,愤然道:"原来是这个老孽障!"

哼!行雨无时,一味懒惰,还总嫌百姓香火不旺。早就想收拾收拾他了!铁拐李抄起铁拐就要打先锋,七余仙也都摩拳擦掌,同仇敌忾,准备齐闯龙宫。

吕洞宾忙拦住大家。他先谢过八带鱼,随后对何仙姑道:"这一仗,咱们占理,是打定了!不过,不能叫这位小兄弟受牵连。小妹,你立即作法,送它回南海。"

何仙姑会心地点点头,不待八带鱼做出反应,便轻吹一口仙气,将它送上一团白云,朝南海疾飞而去。

吕洞宾这才开始点将布阵。他请张果老和曹国舅陪同蓝采和下海向东海龙王讨要响板,并嘱咐他们仨,不管老龙王承认不承认,交与不交响板,你们只管甩硬话,激怒他,然后边打边退,回来准备应敌。待三仙走后,他又告诉铁拐李,一见三人出水,立即用铁拐全力搅动大海,并让韩湘子、何仙姑严阵以待,随时接应返回的三仙,缠住龙王老贼狠狠打。看到吕洞宾半天没说到自己,一旁的汉钟离再也耐不住了,抬手扳住吕洞宾的肩头,大叫道:"咋着?你是不是嫌我老了?"

"哪能呀!老哥哟——"吕洞宾"嘻嘻"怪笑着,"您的扇子用处大着呐!待会儿我一抛葫芦,您就可劲儿地扇。我保证叫您闻到龙肉的香味……"

部署完毕,五仙各执法宝,静观动静。突然,海面浪花喷溅,起伏不定。眨眼间只见张果老、曹国舅、蓝采和各立浪峰波头,狡猾的东海龙王率领虾兵蟹将在后头却只是观望,却不急于追赶。铁拐李丝毫不敢耽搁,只见他把铁拐一晃五尺粗、百丈长,径插海底,双臂运力,只搅得海啸拍天,鱼仰鳖翻。吕洞宾更将宝葫芦投入大海,立时一股真火呼啸喷出。汉钟离举着神扇猛扇,顿时海面火焰熊熊,海水近乎滚沸……水族兵将难忍煎熬,轰然四散,溃不成军,争先恐后攀附岛礁,逃命要紧……

已成光杆司令的东海龙王,此时虽只身挣扎出火海,却已鳞煳须焦,被五仙围在空中,动弹不得。吕洞宾见火候已够,即和铁拐李、汉钟离同收宝贝,熄火平涛,升至空中。铁拐李抡起拐杖就想砸向龙头。

"勿伤其命!"吕洞宾忙举剑架住铁拐。汉钟离一扇将老龙王扇落一海岛,八仙按着云朵一起飘下……

经过这一回合,东海龙王输得惨不忍睹。那光彩夺目的响板自然又回到了它主人的手中。自闹过海后,八仙的名头从此更响亮了。

八仙庆寿

八仙得道的时间有先后之分，各自来历亦精彩纷呈。资格最老的就是一位叫铁拐李的，瘸着一条腿，拄着一根沉重的铁拐，是个有损于神仙形象的"残疾神仙"。他身背一只形影不离的大药葫芦，里面据说装着取之不尽的灵丹妙药。他原是相貌堂堂一表人才，四肢也十分健全。是一个形体魁梧的汉子，经得西王母点化成仙，隐居砀山修道，号凝阳子。

铁拐李原本修炼得道后的某一天，他因为太上老君和张果老邀请，忽然兴致来了，于是神游华山。便让灵魂出窍去找太上老君和张果老下棋，把躯壳留在山洞里。他算得自己的身躯会被一只吊睛白额猛虎当点心吃掉。所以临走前吩咐随他修炼的一名小道士："如果我七日不回，便将我的躯体焚化。"不料到了第六天，小道士的哥哥来报母亲病危，让小道士赶快回家看母亲。小道士非常着急回家探视，彻夜难眠。一直到次日正午，一直心不在焉，着急难耐，见老李的魂灵还不回来，便将他的躯体直接烧了，匆匆忙忙踏上了省亲之路。

谁知道等老李的灵魂下完棋回来，找不到自己的身躯归附，失魄无依，只好在空中游荡，正忧心惶恐，四处转悠，好不容易看到山脚下路边倒毙了的一个叫花子，便饥不择食一般，借尸还魂，没想到这叫花子蓬首污面，还是个跛足。谁知他背的葫芦里的那些灵丹妙药，正缺一味治这种"先天不足"的。老李临水自顾，好不烦恼，便直奔向昆仑山去向西王母诉苦。

没想到西王母说这是他的定数，无须懊恼，顺其自然，还送了他一根铁拐杖。自此铁拐李位列仙班，并受封为东华教主。从此，他又以"李铁拐"知名。大家又称他"铁拐李"。

铁拐李就此无心再回砀山，另外寻得终南为福地。直到东汉时，有一位偏将钟离权，开始是在朝廷中任谏议大夫，当时他所在的时期正处于吐蕃国侵犯中原，他的兄长钟离简对人吹嘘：钟离权有将才风范，可以带兵打胜仗。因为他是将门出生，又是带兵作战之际，正需要用人之时，朝廷就阴差阳错地把钟离权任命为大将。可是，权臣梁冀怕他立大功而对自己不利，只拨给钟离权二万老弱病残的士兵，同时，钟离权又没有多少实际作战经验，刚到战场，就被敌军乘夜劫营，被打得惨败，最后带去的兵士无一人生还，只剩下他一个人逃回。

途中，钟离权逃入终南山中迷了路，恰巧遇到神仙东王公（也有说是铁拐李）劝他出家修道，钟离权见全军覆没，真是有家难回、有国难投，已到了九死一生颠沛流离的无家

第三章 八仙故事

可归的地步，终于拜在铁拐李门下专心修炼。后来，他果真得道成仙，得道后，号称正阳子。真武大帝封其为"太极左宫真人"。到唐代时，钟离权奉师傅命，出游长安度化一人，自称"天下都散汉"，所以民间又呼其为"汉钟离"。

汉钟离所度之人就是吕洞宾。吕洞宾原是书生，两次考进士都不中。于是闲游来到长安，正在长安酒肆狂饮，在酒店中就遇到了汉钟离。汉钟离一见吕洞宾，便看出了吕洞宾是可以点化成仙的仙才，所以选中了吕洞宾想法点化他。

在点化他之前，汉钟离十次考验吕洞宾，他以病、死、财、禄、声、色等考验了他十次。一天，吕洞宾外出回家，发现全家人突然病逝了。吕洞宾即是仙才早已看破尘世，所以也不悲悼，只是买来棺木准备收殓尸体，可就在这时病逝的家人却突然间又一下活了过来。原来，这是汉钟离对他的第一次考验。吕洞宾有些时候会弄些东西到市集上去卖。和对方讲好了价钱，对方收下货物后却突然反悔，只愿付给一半的货价。吕洞宾也不与其计较，干脆分文不取，将东西白送给了对方，自己毫无怨言平和地走了，这是第二次考验。大年初一，门口来了个乞丐，靠在吕洞宾家大门上讨钱，吕洞宾给了他一些银两和吃的。谁知，那乞丐贪心不足，天天都上门讨要，讨了这件讨那件，给得慢一点，便破口大骂起来。吕洞宾不但不生气，反而一再好言相劝，那乞丐终于笑着走了。这是第三次考验。第四次，吕洞宾在山中放羊，突然跑出一只大老虎，猛追逐着羊群，咬死了很多只羊。吕洞宾一见，心中不忍，忙挡在羊群前面，情愿自己饲虎，也要救羊，那虎好似被感动了，放过了他和羊群，头也不回地走了。第五次，吕洞宾独居在山中茅草棚中读书，突然一位女子敲门，年纪大约十七八岁，长得十分漂亮，女子自称是回娘家去，路程很长，见天色已晚，要借宿一晚，明日再赶路，吕洞宾便放她进屋休息。谁知这女子半夜里不安分起来，百般勾搭。吕洞宾心如止水，丝毫不为情欲所动。第六次，吕洞宾外出郊行，等到回家一看，家中遭了盗窃，金银细软财产被席卷一空，眼看着以后的日常生活都无法维持。吕洞宾不气不恼，决定操持起药锄，采药度日。谁知这第一日采药之时一锄下去，挖出几十块金子。他急忙仍将土掩上，一无所取，回到了家中。第七次，吕洞宾到街上买了几件铜器，拿回家细细一看，却是金器，他急忙找到原来的店家，将金器退回。

还有一次，有位疯疯癫癫的道士在集市卖药，见人就说道："吃了我的药，立即会死去，但下一辈子却能得道。"听到这话，这药谁敢买，所以道士那里没人去光顾。吕洞宾却觉得道士十分得可怜，就去买药吃了下去，幸而一切无恙。这是第八次考验。春天来临，春水涨起，吕洞宾摇一叶小舟在江上悠闲慢行。船到中流，突然刮起狂风，一时波涛汹涌，险象环生。吕洞宾已看破生死，哪里还惧怕这大风大浪。仍是端坐船头，任它飘摇。不一会儿风平浪静，他居然没有丝毫损伤。这是第九次考验了。

还有一次，吕洞宾正独坐家中，忽然见无数奇形怪状的鬼神冲他跑来，有想抓他的，也有想杀他的，吕洞宾毫不畏惧。又过了一会儿，只见几十个夜叉，押着个血肉淋漓的囚犯走了过来，那人口中大叫道："我是被你上辈子杀害的，杀人偿命，还我命来！"吕洞宾答道："杀人偿命，你果真是我上辈子杀的，我又有什么好推辞的呢？"便起身去拿出刀子、绳索，准备自杀抵偿命债。忽听空中出现一人大喊一声，鬼神囚徒一下不见了，这人鼓掌而下，原来是汉钟离。他对吕洞宾说道："'尘心难灭，仙才难得'，我寻求徒弟的迫切，更过于别人求我。现在十次考验你都能经受得住，看来我没有看错人，你以后得道，是必定无疑了。"看到吕洞宾均不为所动，最后终于收他为徒。

吕洞宾一经点化，便大彻大悟愿跟汉钟离学道。汉钟离却语重心长道："你仙骨没长全，功德善行都没能完满，志行未能坚定，想要超越俗世，还须重新投生再过几辈子。现在且传授你个点铁成金成银的黄白之术，你可以用它来救济世人，利益众生，待三千功德完满，八百善行圆备，我再来度你成仙。"吕洞宾问道："用黄白之术做成的黄金、白银，以后还能用吗？"汉钟离答道："三千年后，无论是什么变得还是要恢复本质的。"吕洞宾道："这样看来，此物会贻误三千年后的人，我可不愿干。"汉钟离呵呵笑道："就凭你这善心，'三千'、'八百'都已在里边了。"说完飘然离去，吕洞宾听到汉钟离这么说却不气馁，辞官隐居一心学道去了。

吕洞宾经师父指点，勤勉修行，终于得道成仙。由汉钟离点化成仙，道号纯阳子。不过纯阳子不像他老师喜爱隐居，喜欢四处游玩，逍遥自在，解人危厄。

有一天，吕洞宾正在闲逛洛阳，恰巧遇到了唐代大文豪韩愈的侄子韩湘子，这孩子因赌博输钱拿不出来，被人追打着。吕洞宾见这孩子有道根，便上前去替他解困，带着他同游岭南。来到广州后，见到一位十三四岁的少女，随父在叫卖小本生意。吕洞宾看这位姑娘身上也是有仙质，便与韩湘子装成了路过的乞丐，天天去她的摊前讨饭吃，这少女不顾父亲反对，只要他们来就给他们吃的，毫不吝啬。吕洞宾看着个机会，趁她不注意往她嘴里塞了个仙桃，这少女吃过仙桃后，立刻茅塞顿开，跟父亲道别后随着吕洞宾、韩湘子去了终南山修道。这位与韩湘子一起修炼的少女，就是八仙中唯一的女性何仙姑。

吕洞宾带着两位徒弟回终南时，铁拐老祖出山云游去了，还收了个徒弟叫蓝采和。相传蓝采和是五代时人，十八岁就接了爷爷的班，开始行医了。他经常进山采药，饿了吃野果，渴了喝泉水，常吃灵芝、茯苓、野生黑枸杞。自幼落拓，常穿一件破衫在闹市行乞，一脚着靴，一脚赤裸。铁拐李显形凡间的时候，大家都当他是一个残丐，只有蓝采和与他十分投机，左跛右颠，打伙儿行乞，渐渐地也领悟成仙。

因为铁拐老祖出山巡游，汉钟离便领着徒子徒孙一起出山寻找铁拐老祖。此时人世间已经由五代入宋。他们在黄河摆渡时，碰见了宋仁宗的内亲曹国舅。这位国舅爷正想弃官隐迹山林学道，汉钟离通过和他知无不言地畅谈一番，赞他能识本业面目，遂引入仙班。随后，他们在东京找到了铁拐李和蓝采和，欢宴之际，当年同铁拐李一起游华山的张果老骑着驴子闯来了。

第三章　八仙故事

因当时西王母的寿庆在即，八仙遂商议着共赴昆仑山瑶池，为王母贺寿。当八仙正在讨论如何给王母祝寿时，张果老提议去向太上老君求字作贺礼。八仙纷纷赞同，于是共同驾着祥云来到了太上老君所居住的地方。看到八仙一起来有诚意的请求，太上老君挥毫落纸，以《千秋岁》为基调作出一首词：

昆仑日暖，阆苑风光好。玉楼醉，玄女傅朱颜，顿觉乌云晓，增纤巧；人在也，荣华南极祥光绕。位比东王老，历万劫而不朽，瑶池台上司阴教…………

八仙读完，赞不绝口，告别老君，驾云回府。八仙以天孙之锦为轴，编织星星为字，巧妙地剪云霞为彩，算好王母住宅的尺寸，制作出了一幅贺寿云轴。随即王母寿诞日，八仙持着贺寿云轴，驾着祥云盛装去给王母庆寿。

西天佛老、菩萨、圣僧、罗汉，南方南极观音，东方崇恩圣帝、十洲三岛仙翁，北方北极玄灵，中央黄极黄角大仙，这个是五方五老。还有五斗星君，上八洞三清、四帝，太乙天仙等众，中八洞玉皇、九垒，海岳神仙。下八洞幽冥教主、注世地仙。各宫各殿大小尊神，俱一齐赴蟠桃嘉会。一时宾客满庭，大开篷宴。

八仙到来只见一位仙童来报"八洞神仙来贺寿。"王母命仙童将八仙引入座席。寒暄许久，八仙拿出贺寿云轴送上。王母命仙童将云轴立刻挂起来，只见云霞灿烂，光辉满堂，贺词韵味隽永。而且云轴的尺寸恰合王母庭宇。王母高兴地开怀大笑，邀请众仙同游间苑。只见王母园中奇花盛开，异卉丛生，珍禽走兽，灵兽盘舞欢迎，机红熟青鸟相鸣。处处有异香相拥，步步有仙乐相从。千奇万异，难以阐述。走了没多久，又见台殿回旋屈曲、抵九层。上窥无极之天，下看四方之地，可谓天圆地方的极象。令人目不暇接。正如古诗所谓：天上神仙府，人间宰相家；有田俱种玉，无地不栽花。

游园结束后，王母又在瑶池之上设宴，与众仙畅谈。宴中摆列有交梨火枣，玉液琼浆，胡麻紫芝。珍奇美味，应有尽有。席间，董双成吹云和之笛，王子準八琅之，许飞琼鼓太虚之簧，安法其歌妙初之曲。四人更是配合得天衣无缝。八仙听得心旷神怡。受其鼓舞，蓝采和持觞至王母前拜寿。王母说："听说你善能踏歌，今日正当行乐之会，何不为我一试？"采和说："只怕我的歌难和这些阳春白雪，不登大雅之堂啊。"王母说："各有各的优秀之处，不必过谦。"于是采和来到庭前，扣衣盘舞，俯仰纤徐，手执云阳板，狂跳跃，舞罢，采和大踏步歌道。演出到此结束。众仙开怀大笑，王母说："在我的戏臣中还没有你这样的表演的，今天真的是大开眼界了。"众仙意犹未尽又推举韩湘子献曲一首，湘子离席吹箫助兴，箫音奇绝。王母赞道："此曲逼真仙景。"于是命安法其记下乐曲。

宴会快结束时，有仙童捧三千年一结果的仙桃来到席间，王母请众仙各食二枚。寿宴完毕，众仙离席，张果老也率众仙辞谢过王母，飘飘然赴龙华仙会而去。

铁拐李行医收徒

八仙之一的铁拐李，他的真名众说不一。有人说他叫李玄，有人说他叫李凝阳，还有人说他叫李孔目。但他的小名只有一个，那就是拐儿。

据说铁拐李本来生得魁梧体面，跟着老子在昆仑山学道，隐居在昆仑山的一处岩穴之中。有一天，他跟着师父老子去神游华山，且把自己的肉体躯壳留在了洞府中。临走时，他对一个新来的弟子说："如果七天七夜后我的神魂还没有回来的话，你就把我的肉体躯壳焚化了吧！"嘱咐完，他便飘飘然游山玩水去了。

铁拐李那位新来的弟子倒是很听话，在洞府中守着师父的肉体寸步不离。这弟子整整守了五天，到了第六天的时候，他的哥哥跑来给他送信，说是他的老母亲生命垂危，临死前非常想见他一面，让他无论如何也要回去一趟，如果晚一点，可就永远见不到老母亲了。

铁拐李的弟子一听，直急得如热锅上的蚂蚁，恨不能肋生双翅马上飞到老母亲的病床前。可是，他又想到师父临走时一再叮嘱，要自己一定要守到第七天。再有一天就可以完成师父的嘱托了，他便决定无论如何都要坚持把这最后一天守完。

到了第七天的早晨，心急如焚的弟子看师父还是没有回来，便有些沉不住气了，他好不容易熬到了中午，还是不见师傅的魂魄归来，最后，他实在等不及了，便一把火焚烧了铁拐李的肉体躯壳，急急忙忙跑回家去看望他的老母亲，尽孝道去了。

却说铁拐李的元神在外面游玩了七天，到第七天的傍晚时分，他才风尘仆仆地赶回自己的洞府。一看，顿时大吃了一惊，弟子不见了，自己的肉体躯壳已经被火化了。这可怎么办啊，自己的肉体没了，神魂该归于何处呢？他无依无附，只好到处漂泊。

一天，他看到树林里有一具尸体，便不管三七二十一地钻了进去，失去肉体的游魂总算有了归依。可是当他站起来的时候，却觉得有些不大对劲儿，原来这个人竟是个瘸子。

铁拐李来到一个池塘边想看看自己现在的样子，这一看把他吓了一跳！只见自己蓬头垢面，二目深陷，活像一具骷髅，丑陋不堪。正当他懊悔自己没有找对人的时候，忽听身后有人拍手说："不可只看相貌，真道应该到形体表相之外去求得。你只要用心修炼，便可以成为怪相真仙。"说这话的原来是他的师父老子。他听了师父的这番开导之语，茅塞顿开，不再为自己的相貌而难过了。

老子见他头发乱蓬蓬的，确实不像样子，便送了一个金箍给他，让他束住乱蓬蓬的头发，又给了他一根铁拐杖，让他拄着走路。他因此得了"铁拐李"的绰号。从此，这个相貌奇

第三章　八仙故事

特、又瘸又拐的神仙，常常蓬头垢面，手中拄着一根紫色的铁拐杖，身后背着一个药葫芦，云游四方，专为人们除灾祛难。

一天，铁拐李变作一个白发苍苍的老翁，从昆仑山来到汝南行医施药，扶危济困，为人们排忧解难。来找他看病的人络绎不绝，而他总是药到病除。人们于是便纷纷传说，汝南来了一位白发神医，被他治好病的人都想带着礼物来感谢他，可是散市以后人们却始终寻不到他的踪迹。

这件事有些奇怪，所以一来二去就传到了管理市场的官员费长房的耳朵里。为了把这件事弄清楚，费长房就在铁拐李施药处的附近，租下了一间楼房，每天早晚都坐在楼上，暗中观察这位白发老神医的行踪。没有几天，细心的费长房便了解到了其中的秘密：原来每当集市上的人们散去以后，那位白发苍苍的老翁便纵身一跳，竟然钻进了屋檐下挂着的药葫芦里。

费长房是个有心之人，他一看便知这白发老翁不是个凡人。于是，他第三天便备下厚礼，去拜见这位神秘而又医道高超的白发老人。白发老人见费长房带着礼物来了，倒也不客气，便收下礼物，请他到堂中相会。

费长房跟随老翁进入到葫芦中，没想到一进去才发现这可真是个非同凡响的去处。只见眼前亭台楼阁，瑶草琼花，别有一番境界。来到厅内，更是玉堂金室，幽廊曲径，令人目不暇接。老翁马上命人摆上美酒佳肴，与费长房开怀畅饮。

费长房从未吃过这样的山珍海味，使人饱而不腻。也未曾喝过这样的琼浆玉液，令人饮而不醉。酒宴过后，老翁送费长房出来，悄声对他说："来此之事，只可你知我知，不要对别人乱讲。"费长房马上点头答应。

一晃又是好多天过去了。一天，白发老翁来到费长房的楼上，对他说："你知道我是谁吗？我本是仙人，以济世救人为己任，现在，我该做的事情都已经做完了，也该离开汝南了。楼下还剩下一些酒，你去命人把那酒拿上来，我今天在这里和你饮酒话别。"

"不知何时才能与您再见面？"费长房颇有些不舍地说。

"至于何时能再见面，那就不好说了。"

于是，费长房派手下人下楼去取酒坛子。可是，去的几个人都没能搬动那个酒坛子。后来增加到十个人去抬，还是没有办法将酒坛挪动分毫。于是，老翁笑着走下楼，来到酒坛前，只用一个手指头就将其提到了楼上。那个酒坛子看上去非常小，好像装不下多少酒，可是两个人从早晨喝到中午，又从中午喝到晚上，一整天这一小坛酒竟然没有喝光。

席间，老翁问费长房："你愿意随我一起走吗？"费长房说："我很想修道，只是担心家里人离不开我。"老翁明白了他的意思，就折了一根青竹竿，比了比费长房的身高，让他把青竹竿拿回家挂在自家的后院。

第二天清早，家里人发现费长房在后院上吊死了，于是赶紧料理后事，把他埋葬了。其实，

昆仑神话故事集

当时费长房就站在那里，看着家里的仆人们忙前忙后，而别人却看不到他。

费长房离开家，跟随老翁走进深山密林之中。山中有一群猛虎，老翁就命他和那些老虎生活在一起。费长房毫不畏惧，白天在虎群中出出进进，夜晚就和老虎睡在一起。

后来，老翁又让费长房自己住在一间大房子里，上面用朽烂的绳索吊着一块万斤重的大石头，一会儿又进来几只猛虎，争着去咬那绳索。可是，费长房在巨石下面依然若无其事，安然不动。

经过多番考验，老翁最后才对他说："你是个可以教诲、能够修成正果的人。"

从此，费长房就跟着老翁回到昆仑山安心修道。又过了好些日子，他有些想念家中的妻儿老小了。老翁看出了他的心思，就交给他一根竹杖，对他说："你骑上它，想到什么地方去就可以到什么地方去，只是到达后要把它投进湖中。"老翁说着又给他画了一道符，对他说："你拿上它，路上就可以驱鬼抑神了。"

于是，费长房骑上竹杖，转眼就回到了家中。他自我感觉离家不过十几天，其实已经过了十几年了。他遵照老翁所说的话，到家就把竹杖投入湖中，竹杖入水后立即化作一条蛟龙，向远处游去了。

从此以后，费长房便留在家乡，治病救人。无论什么样的疑难杂症，他都能够手到病除，起死回生，因为他有灵符驱鬼抑神。

有一次，家中来了一位贵客，费长房便打发人到几百里以外的城里去买鲜鱼，那人出去后，一转眼就把鲜鱼买回来了。人们无不感到惊异，都说："这是费长房用了缩地法，数百里之遥变成了区区几步的距离，呼吸之间就可以到达。"

于是，他家乡的人们都知道他学到了真正的本领，无论有什么大事小情，都要向他来请教。他更是有求必应，为人们排忧解难。

汝南人桓景看到他本事高强，便跟随他学道。九月初的一天，费长房突然对桓景说："九月九日这天，你家将会大难临头。不过，你如果按照我的方法去做，就可以避过这场灾难。现在你赶紧回家，让家里人每人都缝一个小锦囊，在里面装上茱萸，系在胳膊上，然后离开家，登到高处，在那里喝菊花酒，就可以避免这场灾难了。"

到了九月九日这一天，桓景便按照费长房的嘱咐，率领全家人，带上茱萸锦囊，登上他家后面的一座小山，在那里边谈边饮菊花酒。他们从早晨一直喝到傍晚，直到红日西沉时，桓景才带着家人回到家里。

到家推开门一看，桓景不禁大惊失色，只见家里的牛羊鸡狗一只也没剩，全都死光了。

由此，人们便在九月九日重阳节这天登高佩茱萸，饮菊花酒，以期避灾躲难，说来这还与八仙有不小的关系呢！

第三章　八仙故事

吕洞宾舌战王母

在很早很早以前，在昆仑山的瑶池，王母娘娘经常举办蟠桃盛会。每到这一天，天南地北的各路神仙都会齐聚昆仑山，谈仙论道，觥筹交错，好不热闹。

这一年，王母娘娘又在瑶池设下盛宴，款待各路神仙。神仙们也都各尽所能，带来了许多奇珍异宝，瑶池一时仙风阵阵，宝光灿灿。

就在宴席即将开始时，王母娘娘突然看到吕洞宾姗姗来迟，于是立即沉下了脸。众仙不明就里，有些纳闷，不知道发生了什么事，也纷纷将头转向了吕洞宾。顿时，瑶池里一片寂静。原来，王母娘娘向来不太喜欢吕洞宾，今见他不但姗姗来迟还两手空空，心中更加不高兴，就吩咐守卫："不准他进来！"

吕洞宾没想到自己会被拒之门外，在门外据理力争："请问王母娘娘，今日你摆宴庆寿，我千里迢迢赶来庆贺，你为何要将我拒之门外呢？"

王母娘娘没想到吕洞宾会反问自己，于是冷冷地答道："你看看，今天在座的都是很有名的神仙，你只是一个小小的散仙，又怎么能入席呢？"这话刚说完，王母娘娘自己也感到有些不妥。

没想到她这里心里正打鼓，那边吕洞宾已抓住了她话中的把柄，问道："既然您只邀请有名的神仙，那么在座的王灵官、黄飞虎这几个人又算什么名仙呢？难不成是因为他们带了厚礼，而我却两手空空，所以才有不同的待遇？"

此话一出，王母娘娘的脸由红变白，沉得能滴下水来，又不知如何反驳，只能恨声道："哼，因你是个酒色财气之徒，我这不欢迎你。"

吕洞宾听了这话，拨开了守卫挡着他的手，缓缓地进到大厅，看着王母娘娘问道："您说在下是酒色财气之徒，不知有何凭证啊？今天当着众位神仙的面，您可得说清楚啊。"

"上次蟠桃盛会，你难道没有当着众人的面喝得酩酊大醉，出尽洋相？此为酒徒；你几次调戏牡丹仙子，这是色徒；你大闹龙宫，抢夺珠宝，这是财徒；你肆意杀生，此为气徒，所以说你酒色财气占全了，难道不是酒色财气之徒？"王母娘娘一口气数落完，环顾了一下四周，有些得意。

没想到吕洞宾笑了笑，反问道："王母娘娘，不知可容在下分辩几句吗？"

王母娘娘本不想让他分辩，但又不想在这么多人面前显得自己太强势，太以势压人，于是只得悻悻地说："你有啥可分辩的，就请说吧。"

昆仑神话故事集

吕洞宾往前走了一步，说道："先说酒徒之事。所有的酒席都会有人喝醉，人有七情六欲，神仙也不例外。不能根据一次醉酒就把人定性为酒徒。至于抢宝之事，那早就知道是谣传了，不必再说。您说的肆意砍杀，本就是我的各种战功啊，怎能说是气徒呢？"

其实吕洞宾在听了王母娘娘的话后，也是一肚子委屈。个中原由他很想申辩申辩。

那还是在吕洞宾刚成仙之后，曾经四处云游。一日来到桐柏山，发现这里的百姓生活在水深火热之中，大地震动，房屋倒塌，他经过仔细查看，发现原来这一切都是一只穿山甲在作怪。

吕洞宾想为百姓除去一害，就召集附近的各路神仙前来商讨如何对付这只成了精的穿山甲。了解了情况后，众仙都一筹莫展，说道："这只穿山甲已成精，我等对它皆无可奈何，不然我们还是禀报玉帝，让他派天兵天将前来镇压吧！"

吕洞宾听完想了想，他觉得凭自己的能力应该去试试，而不应一有事就禀报玉帝。于是就给诸位神仙说了自己的想法。诸仙也都同意。

但各位神仙一走，吕洞宾又有些担心，他其实也没有太大的把握来制服这只穿山甲。正在他发愁的时候，太白金星赶了过来，他告诉吕洞宾，这世上有一样东西可以制服这个穿山甲。那就是定山神针。但这个神针不是一般的神针，它其实是王母娘娘头上戴的那支玉簪。但这支玉簪因其功效巨大，王母娘娘看得很紧，谁能借得出来啊？

见吕洞宾眉头紧蹙，知道他为难，太白金星就又给吕洞宾支了个招。他告诉吕洞宾，王母娘娘身边有个贴身侍女，名叫牡丹仙子。这仙子素有思凡之心，渴望到凡间游历游历，若是吕洞宾能设法打动这位仙子，那事情就好办了。

恰好那时王母娘娘邀请各路神仙赶赴蟠桃盛会，于是吕洞宾便和太白金星一起驾着祥云来到了昆仑山的瑶池。

在宴会上，王母娘娘让牡丹仙子为各位神仙斟酒。当她来到吕洞宾面前时，吕洞宾趁接酒之机，轻轻地摸了一下牡丹仙子的手，只见仙子立刻红了脸，低下头退了下去。酒过三巡，王母娘娘又让上蟠桃，只见牡丹仙子到了吕洞宾面前时有些犹豫，有点害怕又有点期待地将蟠桃送过去。吕洞宾故意将装蟠桃的盘子使劲压了一下，牡丹仙子手一软，脸上瞬间飞起无数红霞，急忙转身退去，但又情不自禁地悄悄回头望了一眼。

她走到瑶池的一角，那里开满了盈盈的荷花。看着这些荷花，牡丹仙子有些心潮起伏。刚才吕洞宾的举动，让她有些怦然心动，但又隐隐地有些不安。正当她凝思时，忽听到一个朗朗的声音从身后传来："这里的景色真怡人啊。"牡丹仙子吓了一跳，一回头，正对上了吕洞宾那双灼热的双眸，她一下子脸红心跳，赶紧以袖遮面，问道："你可知天规？"吕洞宾深深地看她一眼道："天规我知道，但也不想辜负自己的心意。"听他如此说，牡丹仙子低头不语，手却在长长的裙子飘带上缠绕，又羞涩又紧张。吕洞宾趁机说道："我听说仙子很喜欢凡间的生活？"见牡丹仙子的脸更红了，吕洞宾便向她绘声绘色地描述起人间的美好：美丽的青山绿水，处处的鸟语花香，袅袅的炊烟，晚归的牧童……

随着他的描述，牡丹仙子那美丽的双眸开始充满了憧憬，问吕洞宾："你说的这些，可都是真的？"吕洞宾点头一笑："千真万确。仙子若是也想去过凡间的生活，我可以帮你。"

"你真的可以帮我吗？"牡丹仙子有些不敢相信自己听到的，激动地问道。因为她向往人间的生活已经很久了。吕洞宾十分肯定地回答了她，随即提出了自己的要求，那便是仙子必须帮忙偷到王母娘娘的玉簪，用后再奉还。

仙子答应了。吕洞宾便取出一支假的玉簪交给了牡丹仙子。

次日，牡丹仙子趁王母娘娘洗头时，悄悄地换掉了玉簪。吕洞宾带着这只玉簪回到桐柏山，果然制服了为害一方的那只穿山甲，还了当地百姓一方安宁。同时，他还兑现诺言，带着牡丹仙子下界游历了一番，使仙子也尝到了凡间生活的滋味。本来此事皆大欢喜，但后来这件事却不知怎么让王母娘娘知道了一些端倪，从那时起，她便对吕洞宾有了一些成见，处处不待见他，这才有了今日蟠桃盛会上的那一幕。

听了吕洞宾对王母娘娘说他酒色财气之名的解释，众神仙都微笑着点头，觉得为了百姓，吕洞宾这么做倒也无可厚非。

见众仙对吕洞宾的做法都认可，王母娘娘细想也是这个道理，于是才和颜悦色地让吕洞宾坐下，大家其乐融融地重开盛宴。自此以后，每次的蟠桃盛会上，王母娘娘再也没有刁难过吕洞宾。

吕洞宾剑斩石狮精

话说八仙过海之后，又到帝下之都昆仑山修持一番，诸仙便各自云游去了。

单说那吕洞宾，这天正踩着祥云路过山阳县上空，忽见有一股邪恶之气直冲天庭，便拨开云头向下望去。这一望，却着实让吕洞宾吃了一惊：只见山阳县内有行骗的、有滋事斗殴的、有抢掠的、有不忠不义的、有忤逆不孝的……居然有那么多不法之徒。见此情景，吕洞宾眉头紧蹙，急忙调转云头，直奔灵霄宝殿而去。

玉帝见吕洞宾进来就一脸沮丧，便问道："吕仙，何以如此扫兴？"吕洞宾垂着头说道："山阳县内无好人。"玉帝抚须道："有这等事？吕仙，不要忘记'狗咬吕洞宾'的事啊！切不可把人都看扁了。"吕洞宾自然没有忘记此事，急忙应道："小仙明白。"玉帝道："既然如此，还请吕仙下凡到山阳县去走一遭吧。"吕洞宾忙应道："遵命！如果真如我所奏，该如何处置？"玉帝叹道："若真如此，那就沉了吧。"

吕洞宾于是化装成一个卖油郎，挑着一副油担来到山阳县集市叫卖："三个铜钱一盅油！不论大盅小盅，三个铜钱一盅油呀！"叫卖声引来了不少顾客，都拿着盆呀罐的，却一再声称自己拿的是盅。

吕洞宾默默地给这些贪婪成性的人们盛满了油。这时，又来了两个人，一个是四十出头的壮汉，五短身材、目露凶光、满脸横肉，手里拿着一只大水盆；另一个是衣衫褴褛的青年，手里拿着一只小盅。青年认识那壮汉，知道他姓沈，是本地的操刀屠户，见他拿着大盆走来，便问："沈屠户，拿着盆到哪去宰猪呀？"沈屠户听了把眼一瞪，道："谁要去杀猪。谁说这是盆？这是盅，是大盅！"说着大大咧咧来到吕洞宾面前："舀油！"

吕洞宾看了他一眼问道："舀满吗？"沈屠户大声说："当然！"吕洞宾笑着说："舀满了怕你拿不动呀！"沈屠户撇着嘴说："满满一盆水都能端着跑，一盆油就拿不动了？"吕洞宾不再说话，给他舀满油。沈屠户付了三个铜钱，便心满意足地来端盆，谁知端了半天，使出吃奶的力气也端不起那盆。吕洞宾笑着说："吃饱了再来拿吧！"沈屠户瞪了他一眼，悻悻离去了。

那青年看呆了，吕洞宾提醒他："年轻人，你也是来舀油的吗？"青年连声说："是是！"吕洞宾望着他手中的小盅问："人家都拿盆盆罐罐的来买油，你怎么拿个小盅呀？"青年说："我以前都拿这盅买的，我如果换个大盅来，你不是要亏本了吗？我娘说不可占人便宜。"吕洞宾听了，想起自己说的"山阳县内无好人"那句话，便有点愧疚地给他舀了一盅油。

第三章 八仙故事

且说这青年姓高，住在南街的破庙里，有一个瞎眼的老母亲和他相依为命。因为他孝顺，邻里都称他高孝子。平日里母子俩靠磨豆腐糊口。每天卖罢豆腐，高孝子总要买些吃食孝敬老娘。离他们住的破庙不远处有一片废墟，杂草丛生，却有一只石狮子完好无损。每天高孝子从这里过，总会看见那只石狮子。这天，高孝子卖完豆腐又路过废墟，发现石狮子前围满了人。他卸下豆腐担挤进去一看，只见地上躺着个衣衫破烂的老人，双眼紧闭，分明是昏过去了。高孝子仔细一看，吃了一惊，这不是前几天那个卖油的老人家吗？围观的人只是议论，谁也不上前救助。高孝子动了恻隐之心，急忙从怀中摸出给母亲买的千层糕，喂老人吃了几片，又到河边舀了点水给他喝。老人终于醒了，睁开眼就用怪异的目光望了望围观的人，对高孝子也没道谢，拍了拍身上的土，蹒跚着走了。

从此以后，高孝子每天卖完豆腐回家，都在石狮子旁看到那个老人家躺在那里，他总会给老人一点吃的。

有一次，高孝子忍不住问："老人家，你为何躺在这里？是不是卖油亏本了？要不就住到我家去吧！"老人家看了高孝子一眼，叹了口气说："我是在看这石狮子呀！年轻人，难得你生性仁慈，我今天告诉你一个秘密：哪天你若看见这石狮子的眼睛出血，山阳县就要沉没了，你就赶快背着你娘向东南方向逃。记住，千万不要回头。"说着，他挠起痒痒来，挠着挠着，手中有了一小团污垢。他把污垢小心翼翼地交给高孝子，郑重地说："回家后，先把这宝贝放在你娘的眼睛上揉一揉，然后藏在身上，千万不要离身，记住了？"高孝子疑惑地接过污垢，还想问些什么，再抬头，老人家已不见了踪影。

高孝子回家后，急忙把那团污垢放在老母亲的眼睛上揉搓。当他把手拿开时，老母亲忽然睁开双眼，流着泪说："儿呀，我看见你了！"高孝子见老娘双眼复明，抱着娘哭了起来，娘俩知道这是碰上了活神仙。

此后，高孝子每次卖完豆腐回家，总要在石狮子旁停留片刻，把石狮子的眼睛细细端详一番，看看是不是真会冒出血来。半个月过去，石狮子的眼睛没有丝毫变化。

再说集市上那个沈屠户，那天买油不成反丢了个盆，心有不甘，当天就叫了两个壮汉，想把盆抬回家去，但三个人折腾了半天，那盆却不动分毫。几天后下了一场大雨，盆里的油流了个精光，沈屠户想倒掉水，把盆拿回家去，谁知那水盆竟像生了根似的，丝毫挪动不得。

沈屠户每天去宰猪，也要路过废墟。最近，他常看见高孝子在废墟旁的石狮子前徘徊，觉得十分奇怪，便问道："喂！高孝子，只听说你最孝顺老娘，最近怎么孝顺起石狮子来了？"

沈屠户生性刁滑奸诈，名声不好，听到这话，高孝子本想一走了之，但经不起沈屠户打破砂锅问到底的纠缠，只得把石狮子眼睛出血、山阳县要沉没的消息告诉了他。谁知沈屠户听了哈哈大笑，笑罢对高孝子神秘地说："原来是这事呀！高孝子你可不知，我沈某人也是半仙呢！不信，你明朝再看石狮子，它眼睛里准会出血！"

昆仑神话故事集

高孝子将信将疑地回了家，把沈屠户的话和娘说起，娘说那就收拾好东西防着点吧，娘俩连夜就做好了出逃的准备。

第二天，高孝子没有去卖豆腐，一早就来到废墟旁的石狮子跟前，他忐忑不安地向石狮子的眼睛望去，这一望把高孝子吓得魂儿都出了窍，原来石狮子的眼睛里真的出血了！

高孝子一溜烟跑回家，背起老娘就往外跑，边跑边和娘说："石狮子的眼睛里真的有血了。"娘问："那你跑的方向不对呀，仙人不是让你朝东南方向跑吗？"高孝子说："我这是去集市，叫大家一起逃呀！"娘说："对！应该叫大家一起逃！"

来到集市，高孝子背着母亲一边跑一边喊："山阳县要沉没了，大家快跑吧！"可谁也不信他的话，任凭高孝子喊哑了嗓子也没人理睬他。

这时，高孝子忽然看见上次沈屠户盛油的盆子。那盆子竟慢慢开裂了，一缕清水正从裂缝中汩汩流出。奇怪的是，周围已经是满地积水，而盆里的水却丝毫不见少，但那裂口还在逐渐扩大。高孝子知道事情怪异，急忙又大声喊道："山阳县真要沉了！真要沉了，快逃吧！"可大家好像都没看见盆子里的变化似的，高孝子只好独自背着老娘朝东南方向飞奔而去。

这时，集市里有一个人在偷着乐，他就是沈屠户，因为石狮子眼睛里的血是他用杀猪刀抹上去的猪血。他看着高孝子背着老娘一路狂奔而去，乐不可支，直笑得他一身肥肉都直打颤。

高孝子背着娘逃到吴县地界，再也跑不动了，他听到身后好像有哗哗的水声，忍不住回头去望。这一望，只吓得他两腿发软，一屁股坐到地上，他身上那颗污垢也掉落在地。

在高孝子的身后，白茫茫的一片，山阳县已经成了一片汪洋。这时，滚滚巨浪卷着人畜草木从身后涌来。说来也怪，这洪水居然绕过了高孝子娘俩歇脚的地方，径直向前奔涌而去。

山阳县沉了，成了现在的太湖。太湖边长满了芦苇、蒿草，远远望去，恰似一条锯齿形的翠带。但在吴县正湖乡的湖边，却有一条狭长的土堤孤零零地伸向湖中，长度竟达一华里。这块狭长的绿土虽然高出湖面不多，但始终没有被大水淹没过。这就是传说中高孝子母子俩逃出山阳县后落脚的地方，也是渔民们老幼皆知的孝子堤——高至。

第三章　八仙故事

张果老倒骑毛驴

很早很早以前，秋风送爽的一天，老顽童铁拐李和小顽童蓝采和，一路行善来到昆仑山以东某县城。刚到城隍庙门前，只见有个穿长袍马褂的算命先生，拽着一位衣衫褴褛的老农不放手："喂喂，老头儿，我给你算了命、破了灾，你就给这点儿钱？"

"算命老爷，您就行行好吧，我兜里剩下的那点儿钱，还要抓药呢！求求您快放我回家吧！我家老婆子还等着我回去给她熬药治病呢！"老农苦苦哀求。

"那好，把你抓药的钱都拿出来，我就放你回去！"算命先生瞪着恶狠狠的老鼠眼，就是不放手。

"放手！要多少钱？我替他付！"年轻气盛的蓝采和实在看不下去了，把自己身上的一串铜钱"咣当"一声甩了过去。算命先生贼眼一亮，放开拽着老农的手刚要去捡钱，忽然又眨眨眼，歪着脑袋说："小兄弟，就你这点儿钱哪够破灾免祸的？本人可是县城里数一数二的半仙，连县官老爷都高看我几分。你既要行善，就再多拿些钱出来，我就放了这老东西！"铁拐李知道蓝采和就剩这些钱了，于是瞪起眼睛，抡起手中的拐杖吼道："算命的，如此欺贫，看我不揍扁你！"

算命那人把脖子一梗，还没说话，就听得一声："且慢！算命的，你要多少钱？我都给！"瓮声瓮气的声音一下镇住了熙熙攘攘的人群。众人回头一看，哎哟，是一位两眉和头发雪白、下巴上长着长长的雪白胡须、牵着一头白色小毛驴的老头儿。这老头居然口出狂言，说要多少钱他都给！算命地仰首哈哈大笑，心想今天真怪了，竟然会遇到如此大言不惭的老狂人，那就别怪我狮子大开口，要他五十串铜钱，看他怎么收场！再说啦，他的这头小毛驴看起来也挺不错。

"嗯，看在你这一大把年纪的份上，给五十串铜钱，我立马放人！要不然，就把你的小毛驴给我留下！"围观的人纷纷咋舌：这算命的也太贪心啦！唉，也怪这白胡子老头儿太能夸海口了，难怪被别人反讹一下。看他穷兮兮的，不坐轿，不骑马，只牵着一头小毛驴，哪儿来这么多钱？

"我说老人家，你和这算命地啰唆啥？还是看我怎么收拾他！"铁拐李拍着胸脯，还是要用铁棍解决问题。原来这时的八仙相互还不认识。这时老农急了，弯腰作揖恳求铁拐李千万别打，说打伤了算命的，自己肯定要吃官司的！算命先生一听，重又抓住老农的衣襟，向着铁拐李冷笑，正当他洋洋得意时，只见白胡子老头儿竟然从衣袖中扔出了一串又一串

昆仑神话故事集

明晃晃、金亮亮的铜钱。铜钱掷地有声，算命先生又惊又喜，趴到地上数呀数，嗬，不多不少，正好五十串！他转过身忙向白胡子老头儿连连磕头："老人家，你大人不记小人过！小人有眼不识泰山！"

"嗯，起来吧，要说算命，混口饭吃也就罢了，千万不要贪得无厌欺诈穷人！"算命先生哪里听得进老人的苦口良言？此刻正忙不迭兴致勃勃地跪在地上，撅起屁股捡钱。就在这时，令人惊异的一幕出现了：不知怎么回事，算命先生的手碰到哪一串铜钱，那串铜钱顿时就变成了一串雪白的纸钱！他不甘心，一串又一串地捡，五十串铜钱瞬间毫不留情地全都变成了纸钱。

一串串纸钱提在算命先生的手上，气得他那双贪婪的老鼠眼眼珠都快鼓出来了。他跳起身，一把抓住白胡子老头儿的长胡须，跺脚厉声叫道："老骗子！你这个老骗子！走，跟我去见县太爷！"

"我这是以其人之道还治其人之身！"白胡子老头儿不紧不慢地说："要说算命，你小子别在我面前班门弄斧，告诉你吧，五千年前，我就在尧帝手下当过官，不知给多少达官贵人算过命卜过卦。算命，也只为了混口饭吃，千万不能坑蒙拐骗呀！"说完，只见这位须眉雪白、老态龙钟的老头儿只轻轻一推，就推开了算命先生的手。

"现在，让我也替你算个命吧：往后如果再敢欺诈别人，我准让你变成个纸人儿！"说完，老人转身一撇腿，倒骑上那头白毛驴儿，飞快地往东奔去。算命先生不由得吓得浑身发抖。围观的人群也惊得屏声敛息，直到毛驴声渐渐远去，大家才缓过神来拍掌叫好。

蓝采和高兴得又蹦又跳，打着玉板高唱："踏踏歌，蓝采和，世人切莫太贪婪，铜钱变纸无奈何！"铁拐李则挥挥铁拐，警告算命先生以后不准再欺负穷人，然后从身后背的大葫芦里取出几包草药送给衣衫褴褛的老农，让他赶紧回家给老伴治病。

白胡须老者说他五千年前就在尧帝那里当过官？嗯！此人一定不同凡响！蓝采和拉着铁拐李，循着小毛驴的脚印，一路追去。没追几里地，只见白胡须老者正在一棵大槐树下等着他们呢。蓝采和毕恭毕敬地上前请教老者尊姓大名。

"本人名果，姓张！"

"哎哟哟，原来是大名鼎鼎的张果老！久仰久仰！"蓝采和、铁拐李鞠躬作揖。说来也巧，原来张果老跟蓝采和、铁拐李一样，也是受吕洞宾、汉钟离之邀，要去蓬莱仙境聚会呢！

于是，三人结伴而行。眼看红彤彤的夕阳就要落山，天色渐晚，三人来到一座破庙中。铁拐李取下大葫芦当枕头，蓝采和倚着墙休息。院子里的张果老慢悠悠地从小毛驴身上滑下来。小毛驴气喘吁吁跑了半天，该吃草啦，可这破庙里哪有草啊？蓝采和想着自己年轻，自然要多干活，他站起身来说要去给毛驴找草吃。

"小兄弟，不用劳你驾，"张果老向蓝采和神秘兮兮地眨眨眼，"你仔细看哟！"说着他弯下腰，对着小毛驴轻轻吹了两口气。嘿，那原本气喘吁吁的毛驴，立马乖乖躺下，变成了一只白色的纸驴！不但蓝采和看得目瞪口呆，连见多识广的铁拐李也惊得连呼："厉害、厉害！姜还是老的辣！张果老果然不凡，佩服佩服！"张果老把纸毛驴叠好揣在怀里，走进破庙，和衣倒下就呼呼大睡了。

"怪老头儿，不但倒骑着毛驴赶路，能把铜钱变纸钱，现在只轻轻吹口气，就能把活毛驴变成纸毛驴！唉，我原以为自己能上天撒花调节气候，铁拐李能背着药葫芦治病救人，本事已经算不小了，现在看来真是'天外有天，人外有人'，我们这些游仙里，还真是藏龙卧虎呢！"蓝采和自言自语嘀咕着，直到听着铁拐李也打起了呼噜，这才慢慢进入了梦乡。

"叽叽叽、喳喳喳"，第二天清晨，破庙院子里几棵大银杏树上的鸟雀叫个不停，三位游仙起身打来井水洗漱。收拾停当，张果老从怀里拿出纸毛驴，对着它"呼呼"吹了两口气，哈，纸毛驴又变成了一只活蹦乱跳的活毛驴！须眉皆白的张果老倒跨上雪白的小毛驴，"嘚嘚嘚嘚"地又一路向东跑去！蓝采和托着花篮，铁拐李背着大葫芦瘸着一条腿，紧紧跟随其后。他们都急着赶路，要去蓬莱仙境参加聚会呢！

韩湘子造酒开花

　　八仙之一的韩湘子，生得眉清目秀，不管何时出现，手里总是持着一个花篮。传说，他是唐代著名文学家韩愈的侄孙。

　　传说韩湘子生有仙骨，凡事率性而行，对繁华艳丽之事感到厌恶，喜好恬淡清幽。佳人美女，不能让其为之心动。美酒佳肴，不能让其为之丧志。他专心致志地修炼，潜心钻研道学。据说韩愈曾屡屡劝他要好好做学问，多次督促韩湘子读书上进，韩湘子却说："我也在读书学习，只是学习内容与您读的有所不同罢了。"韩愈见他学的都是不入流的东西，竟然还说这样的话，自然十分生气，因此发怒斥责他。

　　韩湘子出外访道寻师，恰遇吕洞宾和汉钟离，于是离家出走，跟随二人学道，并得其真传。

　　韩湘子看到韩愈一度深陷仕途中，一心想度化韩愈，但韩愈不信道学之事，于是韩湘子就想先用法术来打动他。有一年，天下大旱，几个月天空都未降一滴雨。看到十土九焦，百姓苦不堪言，皇帝遂命韩愈到京城南郊龙王庙里去祈雨雪，如果祈不来雨雪的话，就要罢他的官。

　　韩愈去祈求多次，一直不见雨雪从天而降，因此面临着被罢官的危险。韩湘子听说这件事以后，便扮成了一个道士，在皇宫门外竖起一块很大的招牌，在上面书写四个大字——"出卖雨雪"。有人把这件事报告给韩愈，他马上命人把道士请来，两人一起到龙王庙让道士登坛作法，请他与自己一起代为祈祷。只见这道士登台作法，瞬间，刚才还晴空万里的天空，一下就暗了下来，不一会就阴云密布，紧接着，洋洋洒洒的鹅毛大雪从天而降。众人惊喜，韩愈却不信这是道术使然，问道士说："这雪是我求来的，还是你求来的？"道士说："是我求来的。"韩愈说："说是你求来的，有何凭据？"

　　只见这道士不慌不忙地说："不信你让人量一下，这雪三尺三寸厚。"韩愈派人一度量，果然如其所说，韩愈这才相信道术不同凡响。

　　有一天，是韩愈的生日，亲朋好友纷纷登门致贺，韩愈设宴招待他们。正在这时，韩湘子不期而至，向韩愈祝寿。韩愈见到久游回来的他，是又喜又怒。湘子坐在席间，韩愈问他："你长久游历在外，不知你的学问是否有长进？请作一首诗，来表达你的志向。"

　　韩湘子开口便吟："青山云水隔，此地是吾家。手扳云霞液，宾晨唱落霞。琴弹碧玉洞，炉炼白朱砂。宝鼎存金虎，芝田养白鸦。一瓢藏造化，三尺新妖邪。解造逡巡酒，能开顷刻花。"

第三章 八仙故事

有人能学我，同共看仙葩。"

韩愈听后，不高兴地说："你说话真是太狂妄了，你难道有造化自然的本事吗？竟敢自吹能夺造化之工。"随即命他当众表演造酒开花的法术。

只见韩湘子离席，拿过一只大空酒樽放在酒席宴前，上面盖上一只金盆，便做起法术来。过了一会儿，人们将酒樽打开一看，里面果然装满了香喷喷的美酒，把酒倒在杯里，一股清香之气扑鼻而来。客人们都迫不及待地品尝了起来，只觉得这酒醇香甘凉，回味无穷。人们齐声称赞："真是好酒，好酒啊！"

接着，韩湘子又在席前堆起了一堆土，在土堆上播下一粒种子。真是太神奇了，只一会儿工夫，就见从土堆里长出一棵茁壮挺拔的牡丹花苗。人们目不转睛地盯着它看，只见它节节长高，枝叶也逐渐地繁茂。顷刻之间，枝头的一朵牡丹花就已经一瓣一瓣地绽开了，那娇嫩的花瓣上还挂着点点露珠呢！

韩愈和客人们都惊得目瞪口呆，他们简直不敢相信自己的眼睛，可它又确确实实发生在自己的眼前。

正在这时，又出现了更为奇异的事情，只见这盛开的花瓣上还有两句金字诗句："云横秦岭家何在？雪拥蓝关马不前。"韩愈和众人都不解其意，韩湘子说："天机不可泄漏，日后自会应验。"在座的宾客无不称异。酒席散时，韩湘子又向韩愈告辞而去。

唐宪宗时，韩愈因谏迎佛骨，惹得宪宗大怒，被贬为潮州刺史，而且限日动身。韩愈别离妻儿，离开生活了多年的京城，往潮州而去。走了不到几天，寒风急起，大雪纷纷。这一天，韩愈走到一处，雪有数尺之深，马匹难以前行，附近不见一户人家，不知路在何方。想循路而退，也无归路。风刮得越来越紧，雪飘得也很急，韩愈当时全身都已湿透，冻饿难挨，万般愁苦无处诉说。就在韩愈绝望之时，只见一人冒着严寒，扫雪而来，走近了一看，竟然是韩湘子。韩湘子此时才问韩愈："您还记得当年那牡丹花上所写之联吗？"韩愈问："这是什么地方？"韩湘子答道："这里是蓝关。"韩愈一下恍然，嗟叹良久，才说："事物既然有此定数，我为你补齐那花上之联。"于是韩愈写下了著名的《迁至蓝关示侄孙湘》："一封朝奏九重天，夕贬潮阳路八千。欲为圣明除弊事，肯将衰朽惜残年？云横秦岭家何在？雪拥蓝关马不前。知汝远来应有意，好收吾骨瘴江边。"

在这大雪之夜，韩愈终于相信湘子所说皆是真实的。他们谈论着往来之事，修真的大道，韩愈是心悦诚服。第二天，辞行之前，韩湘子取出一瓢仙药，对韩愈说："服一粒，可以御寒暑。"韩愈恍然大悟。韩湘子又说："您不久就会重新归来，不止是没病，还将再次被朝廷重用。"韩愈问道："我们后会还有期吗？"韩湘子答道："不知道。"然后飘然而去。

日后，韩湘子在昆仑山潜心修道，终于成了八仙之一。

八仙斗花龙

八仙斗花龙是一个古老的神话传说故事。

相传,有一年,蓬莱仙岛上牡丹盛开,花团锦簇,加上仙岛上其他奇花异草,景色让人痴痴欲醉。于是,白云仙长就邀请他的好朋友们前来观赏。

铁拐李、汉钟离、张果老、蓝采和、何仙姑、吕洞宾、韩湘子、曹国舅这八位神仙当时正在昆仑山上修行,得到邀请后也都如约而至。在美丽的蓬莱岛,他们赏花饮酒,玩得十分快乐。不知不觉,到了该回去的时候,这八位神仙就驾着祥云,准备一起回昆仑山。

昆仑山与蓬莱仙岛虽然相隔万里,但本来腾云驾雾,一会工夫就可到,可是在东海上空,看着辽阔无边的海面,吕洞宾突发奇想,觉得就这样站在云头上过去有些没意思,别出心裁,提出要乘船过海,观赏海景。他拿来铁拐李的拐杖,往海里一抛,喝声"变",顿时拐杖变成一艘宽敞、漂亮的大龙船,八位大仙坐船观景,喝酒斗歌,好不热闹。不料,却因此惹出一场麻烦来。

原来,这东海龙宫里有条花鳞恶龙,是龙王的第七个儿子,称为"花龙太子",平时就游手好闲。这天,他闲得没事,在水晶宫外游荡。忽闻海面上有仙乐之声,其声渺渺,如雾如纱。便循声寻去,只见一条雕花龙船,内坐八位形色各异的大仙,其中还有一个妙龄女郎,桃脸杏腮,楚楚动人。花龙太子见此仙姿,魂魄俱消,早忘了师傅南极仙翁的忠告,想入非非,似魔似痴的迷上何仙姑了。

宽阔的海面上,雕花龙船正随着波涛的涌动前行,起起伏伏的感觉实在妙极了,这和平时乘云飞行时四平八稳的感觉完全不同。

这八仙正在海上逍遥呢,怎会想到花龙太子半路挡道。只见平静的海面突然掀起一个很高的浪头,将雕花龙船打翻了。张果老眼尖,翻身爬上了毛驴背;曹国舅敏捷,脚踏巧板浪里漂;韩湘子抛下仙笛当坐骑;汉钟离赶忙打开蒲扇垫脚底;蓝采和攀住了花篮边;铁拐李失了拐杖,幸亏抱着个葫芦;只有吕洞宾,毫无戒备,弄了个浑身透湿。

这时,众仙慌忙稳住心神检点人数。一眼望去,只有七位大仙。男的俱在,独缺一个何仙姑。奇怪,这何仙姑到哪里去了呢?汉钟离掐指一算,大吃一惊,原来是花龙太子拦路抢亲,把何仙姑抢到龙宫里去了。

这一下,大仙们可大动肝火了。个个摩拳擦掌,杀气腾腾,直奔龙宫。

花龙太子知道此事七仙肯定不会善罢干休,早就在半路上窥探着。如今见大仙们来势凶猛，慌忙挥舞珍珠鳌鱼旗，催动虾兵蟹将，掀起漫天大潮，向七仙淹来。汉钟离挺着大肚子，飘飘然降落在潮头上，轻轻扇动蒲扇。只听"……忽……"的一声，一阵狂风把万丈高的海浪和虾兵蟹将都吹到九霄云外去了，踪影全无。花龙太子见汉钟离破了它的阵势，忙把脸一抹，喝声"变"，海里立即窜出一条巨鲸，用它闸门似的巨口来吞汉钟离。

汉钟离急忙扇动蒲扇，不料那巨鲸毫无惧色，嘴巴越张越大，离他越来越近。这下，汉钟离可慌了神了。正在危急中，耳边忽然传来韩湘子的箫声。那箫声悠扬悦耳，直扬天际，没想到鲸鱼听了，斗志全无，竟随着箫声朝韩湘子摇晃着参拜起来，渐渐浑身酥软，瘫成一团。

吕洞宾见状趁机挥剑来斩鲸鱼，谁知一剑劈下去火星四溅，锋利的宝剑竟斩出个缺口。

仔细一看，眼前哪有什么鲸鱼，分明是块大礁石。吕洞宾一下气得火冒三丈，铁拐李却在一旁笑眯眯地安慰他："莫恼！莫恼！待我来收拾它！"

只见铁拐李向海中一招手，他的那根拐杖就"唰"地一下窜出海面。铁拐李拿在手中，一杖打下去，不料却打在一堆软肉里。原来，刚才的那个大海礁此刻已变成一只大章鱼，拐杖被章鱼的手脚死死地缠住了。要不是蓝采和见势不妙，及时将花篮罩下来，铁拐李早就被章鱼吸到肚子里去了。原来这巨鲸和章鱼都是花龙太子变的。这时，他见蓝采和的花篮当头罩来，慌忙化作一条海蛇，向东逃窜。张果老急忙催驴撒蹄追赶。眼看着就要追上了，不料他的毛驴一下被蟹精咬住了脚蹄，一声狂叫把张果老抛下了驴背。幸亏曹国舅眼疾手快，救起张果老，打死了蟹精。

一看自己的招数接二连三被破，花龙太子急红了眼，现出本相，闪耀着五颜六色的龙鳞，摆动着七枝八杈的龙角，挥舞着尖利的龙爪，向大仙们猛扑过来。七位大仙用各自的法宝，沉着应对，一齐围攻花龙太子。

几个回合下来，花龙斗不过七仙，只得向龙王求救。

龙王了解了事情经过后，把花龙太子痛骂了一顿，连忙把何仙姑从龙宫里送出，但任凭龙王如何说好话，八仙还是不肯罢休。龙王没办法，只好请来南海的观音大士讲和，一场风波才总算平息了。

张果老和唐玄宗

传说张果老早年在昆仑山修行，道行越来越深，经常下山云游。后又隐居在恒州的条山，经常往来于汾、晋之间。当时的人传说他有长寿的秘术。老年人讲："我还是孩子的时候就见过他，他自己说已经几百岁了。"唐太宗、唐高宗多次征召他，他全不答应。武则天叫他出山，他假死在妒女庙前。当时正是大热天，他的尸体不一会儿便臭烂生蛆。武则天听说之后，以为他真死了。没想到后来有人在恒州山中又见到了他。

张果老经常骑着一头毛驴，至于他为什么要倒骑毛驴，还有一个很有趣的故事呢。

张果老有个十分要好的朋友，是个道长，人称穆长老。穆长老住在女山东南坡上的仙姑庙内，张果老常去那里和穆长老研讨道教理学。这仙姑庙的大殿有三层，耳房若干，占地近十亩。殿前古柏参天，院内花木、假山、放生池琳琅有序。每逢每月初十，香客不断，钟声悠扬，是当时远近闻名的庙宇。穆长老整日炼制驱邪丹丸赠给香客，香客也常捐些银两、敬些粮油给他们，聊以度日。

仙姑庙除了穆长老之外，还有两位道童南桃、北李。南桃负责挑水奉茶、烧锅做饭；而北李呢，则负责清扫殿堂、续香敲钟。有一次，一连三天，南桃明明早晨挑满了水缸，次日清晨烧早饭时缸内却只有小半缸水，南桃很奇怪，但又不明所以，挠挠头只好再去挑水。但心里犯嘀咕，怀疑是北李和他过不去，想找师父评理，但又苦于没有证据。

为了解个究竟，一天晚饭后，南桃悄悄藏于暗处，想看看究竟是怎么回事。当月上了柳梢头，万籁俱静，南桃快要没有耐性的时候，忽见西边红光一闪，接着一个穿红色绸肚兜，胳臂犹如莲藕般雪白粉嫩的童子，三跳两跃到水缸前，伏在缸口就"咕咚、咕咚"喝起水来。喝完后一抹嘴四处看了看，又一蹦一跳地穿墙而去。南桃看得目瞪口呆。不知道是怎么一回事。

第二天一大早，南桃把昨晚看到的事一五一十地告诉了穆长老，说自己看到一个穿红色绸肚兜、浑身雪白粉嫩的童子。穆长老开始不信，但南桃说得有鼻子有眼的，又半信半疑。南桃一贯秉性憨厚，这事十有八九是真的，因为他这个徒儿从不说谎话。穆长老一边用手捋着胡须一边在想：难道是传说中的千年人参娃？

穆长老决定晚上去一探究竟。

当天晚上穆长老和南桃一起躲在暗处。果然又是昨晚那个时分，穿红肚兜的童子又出现了。穆长老趁这娃娃伏在缸口喝水时，悄悄地将事前准备好的一团红丝线的一端系在红

第三章　八仙故事

肚兜的后腰带上。

次日一大早，穆长老就领着南桃、北李顺着红丝线找到了仙姑庙后一棵千年古树下，红丝线扎入树旁的泥土中。北李跑回庙中取来木锹，顺着红丝线周围小心挖掘，足足挖了六尺多深。到了丝线尽头，果然见到一棵约两尺多长的人形人参果。穆长老高兴地说："得到这个千年的人参果，真是天助我也，吃了它可以长生不老，助道成仙。但是，这个人参果需要用文火煮三七二十一天，待人参果化为乳汁后，饮之最佳。"

师徒三人小心翼翼地将人参果用清水洗干净，放入锅中小火慢慢蒸煮。等到第十九天时人参果已是香味扑鼻。穆长老十分高兴，便安排徒弟南桃和北李继续文火慢煮，他去泗州城请自己的师兄们前来一同享用。

说来实在是太巧了，第二天，张果老骑着小毛驴刚好来到了仙姑庙，他把毛驴拴在院子里的一棵大树边，连声呼喊："穆长老！穆长老！多日不见，老兄可好？"南桃见是张果老来了，便开门相迎，回答说："先生来得不巧，师父昨日去了泗州城，请大师伯前来享用千年人参汤。"

张果老一听说千年人参汤，好奇地问个究竟："我怎么没有听说过什么千年人参呀？不是骗我的吧？穆长老怎么没有想到请我也尝尝鲜？"

南桃于是一五一十地如竹筒倒豆子般把这棵人参的来历叙说了一遍，并且领着张果老到厨房去看。张果老一进入厨房就闻到一股扑鼻的清香。说来也巧，南桃见灶头没柴了，就去院子后面抱柴。

张果老揭开锅盖一看，浓浓的参汤已成乳白色，香味四溢，清脑提神。他心里想：既然穆长老没有想到我，而且闻起来又这么香，我就偷偷地尝一口吧。他早听说这千年人参汤的功用，趁无人，实在忍不住要偷喝一点，顺手拿起葫芦瓢舀了半瓢喝了起来，哪知美味无穷，越喝越馋，一瓢又一瓢，一口气喝了七八瓢，铁锅转眼见了底。

张果老舀起最后一瓢正要喝，院里的小毛驴也叫了起来，张果老想：这毛驴可能口渴了，整天驮着我东走西窜，也够辛苦它了，不如让它也尝尝难得的美味。小毛驴刚喝完最后的一瓢汤，南桃抱柴回来了。张果老从树上解下毛驴说："我有事，先走了，等你师父穆长老回来，和他说一声我来过了就行了。"他知道自己做了错事，想赶快溜之大吉。

可是无巧不成书，张果老刚出庙门迎面就遇上了穆长老一行人。穆长老见了张果老，自然是盛情邀请他留下来一起喝人参汤，张果老哪里敢留下，推说自己有急事，赶快就走了。既然挽留不下张果老，穆长老也就只好作罢，他和师兄们一心想要喝那人参汤，直奔厨房而来。可没想到揭开锅盖一看，锅里干干的，汤已一滴不剩。想到张果老刚才的神情，穆长老心想人参汤肯定是张果老偷喝了，气得脸色铁青，抓过门旁的一根扁担就撵出门去，师兄和两个道童也各操家伙随后撵去。

这张果老自知理亏，不好解释，出了庙门跨上毛驴就跑。这毛驴喝了人参汤，仿佛通了人性，也理解主人的心情，不用拍打屁股就撒开四蹄，拼命奔逃。穆长老等在后面一边追赶，一边喊："张果老，你给我站住！站住！"他越是喊得紧，毛驴越是奔得急。毛驴一边跑，张果老一边回头看后面追赶的人，毛驴从山坡上往下跑，一跑一颠。张果老频频回头看，几次都差点掉下驴背，干脆调过身来，两手紧紧抓住毛驴尾巴。哪知心急，慌不择路，毛驴拼命向西跑去。不料翻过山坡，前面突然出现一个大湖，挡住了他们的去路。

浩淼的湖面不见一叶小舟，眼看穆长老师徒越追越近，挥舞着手中的家伙大骂张果老不讲义气。张果老心里一急，狠狠打了毛驴的屁股一掌，骂道："畜牲！那么多大道你不走，偏偏往这条绝路上跑，你要不飞过去，他们赶上来了，不扒了你的皮才怪呢。"话音刚落，忽听毛驴一声长叫，腾空而起，四蹄生风，越过大湖，落在一座小山岗上。张果老一见把穆长老师徒扔在了湖对面，这才松了口气，找块石头坐下喘喘气，一边摸摸毛驴一边说："小毛驴呀小毛驴，你可长了本事了。"

张果老偷喝了人参汤，得道成仙了，他的小毛驴因喝了那瓢人参汤，也成了神驴。张果老一辈子虽没做过亏心事，但为偷喝了人参汤被穆长老师徒撵而留下了心病，只要一骑上毛驴就觉得穆长老师徒在后面追赶，就得调过身子。时间一长，他就倒骑毛驴了。

得道之后，许多公卿都来拜访他，有的人向他打听世外的事，他总是诡诈地回答，常常说："我是尧帝时丙子年生的人。当时的人无法推测以后的事情。"又说："尧帝时我是侍中。"张果老可以长年累月地不吃东西，吃饭的时候只喝美酒。

有一次，唐玄宗把他留在内殿，赐他美酒，他推辞说自己连二升也喝不了。但他有一个弟子，倒是能喝一斗美酒。唐玄宗听说之后很高兴，让人把这个弟子叫来。不大一会儿，一个小道士从大殿的屋檐上飞下来，年纪有十六、七岁的样子，姿容清秀，神情雅淡，上前来拜谒皇上。小道士言辞清爽，很有礼貌。

唐玄宗让他坐，张果老说："我这弟子常常站在我的身边，不应该赐他座位。"唐玄宗看过之后，更加喜欢这位小道士，就赐酒给他。小道士喝够了一斗美酒，也没有推辞，张果老推辞说："陛下不能再赐酒了，他喝多了一定会有过失的，那要让皇上见笑了。"

唐玄宗好奇这小道士到底能喝多少，就又硬逼着小道士喝。喝着喝着，酒忽然从小道士的头顶上涌出来，帽子掉到地上，变成了一个酒盒子盖儿。唐玄宗和嫔妃、侍者先是吃惊，继而大笑。一看，小道士已经不见了，只见一个金色的酒盒子扣在地上。这个盒子正好是盛一斗酒的盒子。

有一位叫夜光的法师善于查看鬼神。唐玄宗曾经把张果老找来，让张果老坐在自己面前，而让夜光法师看着张果老。夜光来到唐玄宗面前奏道："不知张果老现在哪里，我愿意去察看一番。"其实张果老坐在皇帝面前好长时间了，夜光不能看见他。另外，有一个叫邢和璞的人，他有算命的法术。他每次给人算命，就把一些竹签摆放在面前，不一会儿，已经能详细地说出那人的姓名是什么，是穷困还是显达，是好还是坏，是短命还是长寿。

第三章 八仙故事

他前后给一千多人算命，没有不分析得很详细的，唐玄宗惊奇已久。

基于此，唐玄宗就想让他给张果老算命。没承想，他摆弄了老半天竹签，殚思竭虑，神色沮丧，也不能确定张果老的年龄。唐玄宗对高力士说："我听说成了神仙的人，寒冷和炎热都不能使他的身体生病，外物不能污染他的内心。现在的张果老，善算的人算不出他的年龄，善视鬼神的人也看不到他的形貌。神仙的行动是极迅速的，莫非他就是真正的神仙？然而我听说喝了堇斟酒的人会死。如果他不是神仙，喝了这酒就一定会败坏了他的身体。可以让他喝这酒试试。"

当时，天正下大雪，冷得很厉害，唐玄宗就让人把酒拿进来，赐给张果老。张果老举杯就喝。喝了三杯之后，醉醺醺地看着左右说："这酒不是什么好酒！"于是他就倒在地上睡着了。

一顿饭的时间他才醒来，马上拿起镜子看他的牙齿，发现牙齿全都变得斑驳焦黑。他急忙让身边的侍童取来一个铁如意，把牙齿打掉，收到衣袋里。然后慢慢地解开衣带，取出一帖药剂来。这药颜色微红，光亮晶莹。张果老把药敷到牙床上，接着再睡。睡一会儿忽然又醒，再拿镜子自己看看，他的牙齿已经全长出来了。新长的牙齿坚硬光白，比以前还坚硬。唐玄宗这才相信他的神奇，对高力士说："大概他是真正的神仙吧？"

于是唐玄宗下诏书说："恒州张果老，是云游世外的仙人。他的形迹先进高尚，他的心进入深远的幽冥之中，能把光荣和尘浊同样看待，应召进宫来，却不知道他有多大岁数，自己说是在羲皇以前的人。向他请教道术，他的道术完全达到高深完满的程度。现在就要举行朝礼，于是申明这加恩特赐的任命，授他'银青光禄大夫'之职。另赐号'通玄先生'。"

不久，唐玄宗到咸阳的郊外打猎，捕捉到一头大鹿。这头鹿与平常的鹿稍微有一些不同，不仅体型更大，神情也更悠然。

随行的厨师正要杀鹿做菜，张果老看见了，便说："这是一头仙鹿，它已经活了一千多年。以前，汉武帝元狩五年的时候，我曾经跟从汉武帝在上林打猎，当时活捉了这头鹿。然后又把它放了。"唐玄宗说："鹿多了，时代又变换了，那头鹿难道不能被猎人捕去？怎么就确定是这头鹿呢？"

张果老说："汉武帝放鹿的时候，把一块铜牌放在了鹿的左角下为记号。"于是唐玄宗让人检验那鹿，果然找到了一块二寸长的铜牌，但文字已经残损了。唐玄宗又对张果老说："元狩年是什么年？到现在有多少年了？"张果老说："那一年是癸亥年，汉武帝开始开凿昆明池。现在是甲戌年，已经八百五十二年了。"唐玄宗让史官校对这段历史，一点没有差错。对于张果老的神异，唐玄宗更加惊奇。

当时又有一个叫叶法善的道士，也善道术。唐玄宗问他道："张果老是什么人？"他回答说："我知道，但是我说完就得死，所以不敢说。如果陛下能脱去帽子，光着脚走路去张果老那求情救我，我就能活。"唐玄宗答应了他。叶法善说："张果老是盘古开天辟地、混沌初分时的一只白蝙蝠精。"说完，他果然七窍流血，僵卧在地上。唐玄宗急忙跑到张果老那里，脱去帽子和鞋子，自己说自己有罪。张果老慢慢地说："这小子口不严，不惩罚他，恐怕他坏了天地间的大事呢！"唐玄宗又哀求了好久，张果老才用水喷了喷叶法善的脸，叶法善当时就活了过来。

　　这以后，张果老多次说自己又老又病，请求回恒州去。唐玄宗派人把他送到恒州。天宝年初，唐玄宗又派人征召张果老，张果老听了之后，忽然死去。弟子们把他埋葬了。后来，有人打开棺材一看，里面空空如也。

　　从此，人间再也没有人看见过张果老的行踪。

第三章　八仙故事

王发与石狮精

　　传说八仙除了经常在仙雾缭绕的昆仑山修炼外，就是到天界和众仙聚会。时不时地还会驾着祥云下凡，到人间一览众生烟火。这其中也流传下来了许多故事。

　　话说，永平府城里有一个卖豆腐的人叫王发，他做豆腐的手艺好，做出的豆腐又白又嫩，街坊四邻都喜欢买他的豆腐。

　　有一天，突然有一个穿着一身白色衣服的姑娘来到他家，彬彬有礼地跟他说："王哥，真不好意思，可以讨碗豆浆喝吗？"王发立马答应："喝吧，喝吧。"边说边拿碗，盛了满满一碗豆浆递给姑娘。姑娘喝完豆浆，说了声"谢谢王哥"，就姗姗而去了。

　　第二天，穿白衣服的姑娘又来了，又要豆浆喝，王发又给了一碗，问姑娘说："你姓啥呀？家住哪儿啊？我怎么不认识你？"

　　姑娘说："我姓白，我家住得不远，就住在南街。我认识你，你做的豆腐好，豆浆又香又甜，以后我每天都来喝一碗，行吗？"

　　王发说："行啊，行啊，你随便喝。"姑娘喝完豆浆又走了。

　　一连几天，每到这个时辰，姑娘都来喝豆浆。由于城里人多姓杂，王发人老实厚道，也没和姑娘闲聊家常。这天，姑娘又来喝豆浆，王发给她盛完豆浆后，白姑娘说："王哥，你家里还有什么人啊？"

　　王发说："上无父母，下无兄弟姐妹，就我独自一人。"

　　白姑娘说："一个人多寂寞啊，为什么不娶个媳妇帮你过日子呀？"

　　王发说："我家里穷，没有人愿意嫁我，再说了，我一个人过惯了，娶个媳妇生活反倒累赘。"

　　白姑娘嫣然一笑说："王哥，我看你人实在，心眼好，你附耳过来，我告诉你一个秘密。"说着，凑到王发身边，对着王发的耳朵悄悄地嘀咕了一阵，临走又再三叮咛说："王哥，千万按我教你的方法去做呀！"

　　王发对白姑娘的话半信半疑。第二天，他老早就来到城南的关帝庙，把关帝庙的里里外外、上上下下打扫得干干净净。供桌香案也擦了，把关圣帝君的塑像也都给擦干净了。然后，他就钻到供桌底下，藏起来了。

　　不一会工夫，从庙外边来了八个脏兮兮的乞丐，一个个呆头呆脑，进来了就坐在庙堂里休息。王发在供桌下强憋着气，不敢吱声。那八个乞丐休息了一阵，起身要走，王发"噌"

昆仑神话故事集

地一下从供桌底下跑出来，拦住了八个乞丐，跪在地下磕头拜师父，哀求乞丐们收他做徒弟。八个乞丐谁也不理他，王发拽住两个乞丐不让走，哭天抹泪地软缠硬磨，乞丐们没办法，其中一个说："你是真心认我们做师父吗？"

王发叩头如同鸡啄米似地说："是啊，是啊。"乞丐说："那你起来，只要你心诚，我们挨饿受冻，你也得跟着挨饿受冻，我们走到哪儿，你就得跟到哪儿，你能做到吗？"王发破涕为笑，说："做得到，做得到。"然后起身拍拍身上的土，就跟在八个乞丐后边走。

走着走着，八个乞丐来到了一座大花园，里面古藤老树，奇花异草，百鸟鸣喧，美丽清幽。花园中有一眼八个棱角的大水井，井水清亮澄澈，站在井边上，井水里能映出自己的模样。这时，一个乞丐跟王发说："我们八个是穷讨饭的，生活艰难，都不想活了。我们跳井，你敢跳吗？"说完，八个乞丐"扑通扑通"，一个个都跳进了井里。井里立刻浮起了八具乞丐的尸体，把王发吓得倒退两步，吸了一口凉气，心想：这几个是仙人都活不了，我若跳进井里，也得白白淹死。白姑娘说让我拜这几个要饭的为师，就能得道成为仙家，现在看来不但仙家成不了不说，还差一点成了鬼，快吓死我了，我得赶快回家，还是卖我的豆腐去。

王发跑出花园一看，又到了城南关帝庙，王发熟悉这里的路，跌跌撞撞往回走。几具死尸浮在井水里的那一幕吓得他到现在还冷汗直冒，十分后怕。王发忐忑不安地回到家中，推开篱笆门往院子里一瞧，却见那个白姑娘正趴在院心的石磨上抽泣呢。王发说："白姑娘，你哭什么？你把我可骗苦了，我差一点吓死了。你叫我拜那八个乞丐为师，他们哪里是什么八仙，分明是八个穷人，刚才都跳到井里淹死了！"

白姑娘哭着说："你不听我的嘱咐……你要是也跟着跳到井里就成仙了。这回不但你当不成仙家，而且连我的小命也保不住了。王发哥哥，你快救救我吧！他们一定会找我的。"

王发说："你欢蹦乱跳的，没病没灾，我怎么救你啊？"

白姑娘说："我不撒谎，他们真是仙家，我向你泄露了天机，他们不会饶过我的。等我躲过这场灾难，我嫁给你做老婆。"

正在说话的时候，门外来了个高个道士，颔下五绺长髯，身后背着一把宝剑，冲着白姑娘说："孽畜！你泄露天机，贫道特来取你性命！"

白姑娘哭哭啼啼，紧紧拽住王发不松手，道士拔剑在手，怒目横眉指着白姑娘说："走！到关帝庙前向诸位大仙请罪去，或许饶你一命！"

白姑娘战战兢兢，拽着王发来到关帝庙前，王发定睛一看，吓得出了一身冷汗：这一帮乞丐眼睁睁都跳井淹死了，怎么又活了？但数来数去，只有七个乞丐。怎么少了一个？

他正莫名其妙，就听刚才那道士对他说："这个白姑娘你不能再护着她了，她是一个妖孽，等她喝完七七四十九天豆浆后，就要开始喝你的血了！"

道士说完，王发吓得拼命挣脱了白姑娘的手，与此同时，只见道士手起剑落，对准白

第三章 八仙故事

姑娘的头盖顶削下来，王发只觉得眼前金星迸溅，睁眼仔细一看，眼前哪里有什么白姑娘，原来是关帝庙前的一尊石狮子被削去了半个头颅，一瞬间，道士和乞丐也都不见了踪影。

原来，这八个乞丐就是从昆仑山乔装下凡游玩的八仙，他们这天游历至此，看到关帝庙前的这尊蹲门石狮子因受日精月华之灵气，年深日久成精了，时不时就化成人形到世间招摇，又总是不做善事，嗜血和泄漏天机，于是八仙决定对它予以罚戒。那个道士就是八仙中的吕洞宾。

这个故事一直在永平府一带流传着，故事是真是假，无从考证，但永平府城里二街从前确实有一尊半个头颅蹲门的石狮子。

王发从此又开始走街串巷，卖起了豆腐。

第四章 其他传说

第四章　其他传说

龙凤的传说

　　作为中华民族的儿女，我们都是知道龙、凤这两种动物的，一些成语，如"龙飞凤舞""龙凤呈祥""龙蟠凤逸""龙跃凤鸣"等，都与龙凤有关。可以看出，中华民族和龙凤有着密切的关系。那么，龙凤到底是怎么来的呢？

　　相传，轩辕黄帝经过五十三次的恶战，打败了蚩尤，平息了中原的战争，统一了三大部落，七十二个小部落，建立起第一个统一的国家。原来各个部落都有各自的图腾，统一以后，黄帝打算制定一个统一的新的图腾。开始，黄帝手下的谋臣建议不再创造新的图腾。理由是黄帝功德无量，天底下无人能比得上他的丰功伟绩。就建议沿用黄帝部落的图腾，一统天下。黄帝说："万不可这样做。各大小部落都拥戴我为尊长，我怎么能辜负大家的众望，独断专行，以大欺小，以强欺弱呢？"

　　接着黄帝又说："蚩尤所做的一切，以自己的强大来对兄弟部落进行欺凌压榨的行为，我们是万万不能做的。"黄帝叫他的史官仓颉发了个通知，要求原来各个大大小小的部落把他们使用过的图腾全部献出来，再由原来各大小部落选派一个代表，前来黄帝居住的宫殿，一起来商议制定新的图腾。

　　谁知，通知一发出去，各个大小部落都送来了本部落原先使用过的图腾，没想到有那么多。一下子，仓颉就收到了好几百个。其中蛇、鹰、马、鱼、熊、豹、羊、象、狗等各种各样动物的图腾和树叶、石头、月亮、星星等别的样式的图腾都有。这下可把黄帝难住了。究竟采用哪个图腾好呢？他一时拿不定主意。黄帝于是就召来身边的谋臣，征求他们的意见。

　　大家在大殿上，看着那么多的图腾，有点眼花缭乱。你一言，我一语，各抒己见．有人同意用这个图腾，有人主张用那个图腾，谁也说服不了谁。最后，仍然没有定下来。

　　仓颉着急地对黄帝说："您不用想太多，随便用一个图腾就行了，何必这样挑来选去的，太麻烦了。"黄帝耐心地说："这是一个新统一起来的大部落，处处都要谨慎从事，绝不能草率。一定要照顾原来各大小部落的情绪，要搞一个有团结象征意义的图腾。不然，刚统一起来的大部落就有再次分裂的可能。"众谋臣听了黄帝这一席话，觉得很有道理，连连称赞。

　　为了制定新图腾的事，黄帝一连几天没有睡好觉。甚至还有几天休憩在昆仑山，寻找灵感。有天夜里，忽然下起了暴雨，电闪雷鸣，黄帝突然发现电光一闪之后，一条明亮的光线，夹杂着"咔嚓"一声，雷电一闪而过，这个图像，就深深地映在了黄帝的脑海里。

昆仑神话故事集

第二天，黄帝单独叫来仓颉和风后，把他昨夜看到的霹雷闪电的形象，向仓颉和风后描述了一遍。

然后，黄帝指着各大小部落的图腾说："我看，为了照顾各个部落的情绪，做到公平、合理地竞争，咱们就参照各部落图腾的特点，制定这样一个图腾，它有蛇的身子，鱼的鳞甲，马的头颅，狮的鼻子，虎的眼睛，牛的舌头，鹿的尖角，象的牙齿，羊的胡须，鹰的爪子，狗的尾巴。这样，组成一个特别的图腾。把原来各大小部落图腾的特点都分别用上一些，要说照顾，这也算真正照顾周全了。可是，组成这样的图腾像个什么东西，叫个什么名字好呢？"

第三天，仓颉说："黄帝，这个图腾在世界上的动物中，谁也找不到它，谁也无法伪造。我想，咱们给它取个名字，叫做'龙'吧！既能腾云驾雾，又能翻江倒海。"

黄帝捋着胡须，轻轻踏着步子，细细琢磨了半天，然后，果断地说："好！就叫'龙'！"从此以后，龙就成为中华民族吉祥权威的象征物。谁也不能侵害它，就连黄帝也带头崇敬它。这就是"龙"的来历。

那么凤凰又是怎么来的呢？龙的图腾组成产生后，还有剩下一些部落的图腾没有用上，这又如何是好呢？黄帝的妻子嫘祖是一位绝顶聪明的女人，她发明了养蚕，给黄帝制作了衣冠，发明创造了许多东西。嫘祖受到黄帝制定新图腾的启示后，她把剩余下来各部落的图腾，经过精心挑选，细心端详，也仿照黄帝制定龙的图腾的方法：孔雀的头颅，天鹅的身子，金鸡的翅膀，金山鸡的羽毛，金色雀的颜色……就这样，也组成了一只漂亮华丽的大鸟。

嫘祖叫来黄帝另外的三位妻室征求她们对这个新组成图腾的意见，方雷氏是个有心计的女人，她对嫘祖说："姐姐，你组成的这只大鸟像只美丽的大公鸡，可就是个单身汉。水中的鸳鸯还是成双成对的呢！"一席话提醒了嫘祖。彤鱼氏、嫫母也齐声叫好，都说方雷氏说得有道理。她们姐妹四人，一齐动手，把剩余下来的，没有用到'龙'图腾上的其他小图腾，很快地组成了另一只华丽的大鸟。正好和嫘祖组成的大鸟配成了一对。可是，给它们取什么名字呢？这下可把黄帝的四位妻室都难住了。

最后，她们还是请来老谋深算的风后、造字的仓颉。叫他俩给这两只大鸟取个名字。风后看罢，哈哈大笑说："黄帝制作了一条龙，世界上各种飞禽走兽中都找不到它，你们四人又制作了两只大鸟，空中飞翔的鸟群中也找不到它们。这就成为了世界上最珍贵的吉祥物。"仓颉全神贯注，一直在详细地观看这两只鸟，一句话也没有说。直到嫘祖问他时，仓颉才把早已在脑中想好的名字脱口而出说："我看就叫'凤'和'凰'。凤代表雄，凰代表雌，连起来就叫凤凰。"

"好！我赞成，就叫凤凰！"原来，谁也没注意到黄帝早已站在他们身后，倾听着他们的各种议论。现在黄帝既然赞成叫凤凰，就请黄帝最后作决定。

第四章 其他传说

黄帝沉思了半天，才说："世上本无龙凤，谁也找不到它们，它们的高贵处就在这里。我看，还是风后说得对，这两种图腾谁也不会伪造，给后世的子孙万代也立下规范。我同意，'龙凤'就正式定下来，作为新部落统一联盟后的新图腾。"

这就是"凤凰"的来历。几千年来，龙凤就成为中华民族的伟大象征物。广大人民也把龙凤作为吉祥物。相继出现了"二龙戏珠""丹凤朝阳""凤凰戏牡丹""龙腾虎跃""虎踞龙盘""降龙伏虎"等一系列吉祥成语。历史进入封建社会，历代帝王又把龙凤作为他们高于一切、至高无上的统治象征。"真龙天子""龙子龙孙""龙衣""龙袍""龙帽""龙榻"都是因此而来。人们又演化出很多的俗语，如"龙生九子不成龙，打下凡间受人用""一龙升天，九子下凡"等。直到当今，又演变成"龙的传人"都是中国人。

五千年来，中华民族都接受了龙凤的神话传说，成为每个中国人的精神支柱。所以，中国人走到哪里就把龙凤带到哪里，在世界各地只要发现有龙的形象存在的地方，就有中国人。

大年除夕的传说

"大年"和"除夕"是我国的民间传统节日,说起它们的来历,还有则神奇的传说。

相传在很久很久以前,有只叫"夕"的妖兽,庞头大面,耸耳长鼻,足有两三头大象那么大,力气大得惊人,法力无边。"夕"平时长年深居在海底,但每年的农历腊月三十,它就会爬上岸来,跑到凡间践踏庄稼,吞吃人畜。它来时呼风唤雨,天昏地暗,闹得天下人心惶惶,诸家不安。大家往往谈"夕"色变。

随着"夕"来的次数增多,百姓们多少也掌握了一些"夕"的活动规律:它总是每隔三百六十五天就会跑到人群聚集的地方大饱口福,吞噬人畜,而且一般都是在天黑以后出来,等到东方露出鱼肚白,又会火速返回海底。摸到这个规律后,每到腊月三十,百姓们为了躲避"夕"的伤害,总是会扶老携幼地逃往深山。

韦珂作品《除夕》

第四章 其他传说

但日子总这样也不是个事。百姓们又祈盼着神佛们能来管管这个事，不至于总是躲躲藏藏。

老百姓就去找土地爷告状，土地又找庙王汇报，庙王再找灶王爷算账。因为灶王爷是玉皇大帝派来专管凡间事的，在每年的腊月二十三日都要回天庭汇报一次下界的情况。人们为了过上安宁的日子，这年刚进腊月，就一起商量着一同送了好多礼物给灶王爷，求他在玉皇大帝面前说句好话，早些把"夕"除掉。

这天，灶王爷带着礼物驾着祥云从昆仑山的"天梯"来到了天庭的南天门，径直跑到玉皇大帝的宫中道："臣灶王参见陛下！"见他来了，玉皇大帝道："今天并不是上天汇报的日子，我叫你到下界好生看管凡事，为何擅离职守？"

灶王回禀道："陛下，臣就是来报告下界事情的。"玉皇大帝这才消了愠色，忙问："下界怎么样？"灶王答道："其他的倒还好，就是……"玉皇大帝听他言语吞吞吐吐，追问道："就是什么？到底如何？"灶王遂将"夕"的形象、厉害以及害人的经过原原本本地说了一遍，然后又将礼物呈上说："这是老百姓托我送给陛下的，求您大发慈悲，急速除'夕'。"

玉皇大帝听见百姓遭劫，已是十分怜念，又见大家馈赠厚礼，更是愧疚非常，想着爱护天下苍生本就是自己的责任，没想到如今让百姓受了许多苦，还要通过这样的渠道来寻求庇护。玉皇大帝当即下旨命身边的神农氏去除"夕"。神农氏考虑到自己年老体衰，恐有不便，但这是御旨，岂能违抗？万般无奈之下，神农氏叫来了他的八个儿子，将除"夕"之事细说了一番。儿子们听了，其中七个哑然无语，面面相觑，独有那个叫"年"的儿子，最聪明，胆量又大，勇敢机智，看到父亲有些忐忑不安，就挺身走向前说："父王放心，我去除夕。""年"因排行老大，所以人们称他为"大年"。

大年虽然慷慨答应，但神农氏总是放心不下，遂传来灶王爷叮嘱道："今令'大年'下凡除'夕'，如有危难之际，请你助他一臂之力。"说完拿出一条红绫带和一支火筒，交给大年说："这是祖传的两件法宝，红绫带能刺伤夕的眼睛，火筒喷出的火焰可以把它烧死。"

转眼又到了腊月三十，百姓们又开始成群结队地上山避难。这时，只见从村外来了一个年轻人，肩膀上搭着一个袋子。只见他长得高大魁梧，星眉朗目。他一进村子，就见百姓们有的在封窗锁门，有的在牵牛赶羊……到处都是叫声，一片匆忙恐慌的景象，没人注意到这个年轻人的到来。

这个年轻人就是"年"。"年"从村西头一直走到村东头，遇到了一位老婆婆。年说，"老人家，今晚我能在你家借宿一晚吗？"

老婆婆看着他说："年轻人，你是外地人吧？每年的今天我们都不敢在家，都要出外避避，因为可怕的怪兽'夕'就要来了。你也和我们一起上山避一避吧。"

年轻人一听这话就笑了："老人家，你出去避避吧，我就在你家借宿一晚，那个怪兽

昆仑神话故事集

不会把我怎么样的。"

见这个年轻人坚持,老婆婆不好再说,千叮咛万嘱咐,让他务必要小心,这才离去了。

半夜时分,"夕"果然来了。它拖着壮硕的身躯,迈着沉重的步子,闯进村子。只见家家户户房门紧闭,处处不见一丝灯光。转了大半个村子,"夕"一无所获,不禁越来越焦躁。

当它来到村东头的时候,"夕"发现气氛与往年有些不一样:有一户人家的大门上贴着一张大红纸,这是从来没有过的情况。不但如此,这所房屋里还灯火通明。"夕"不由得吓得后退了一步,它碰到了克星。红色,是它最惧怕的东西。但它依然心有不甘,愤怒地盯视了这家大门一会儿,然后便狂叫着扑了过去。没想到还没等它靠近门口,院子里突然又传来了"砰砰、啪啪"的爆响声,一声比一声急促,一阵比一阵猛烈。"夕"吓得浑身战栗,再也不敢往前走了。

只见这时,这家的大门一下打开了,一个魁梧的年轻人身披红绫带,手持火筒,目光灼灼地盯着它,十分威严。"夕"一下大惊失色,匆忙掉头逃奔,一会儿就不见了踪影。

原来,"夕"是最怕红色、火光和炮响的。

第二天是正月初一。当避难的人们回到村里时,往年回来时那四周一片狼藉的场景没出现,村里看起来一切都安然无恙。人们感到十分惊讶,不知道发生了什么事。这时,那个老婆婆一下想起了那个年轻人,不知他是否安好。大家一起向老婆婆家跑去。

还没到门口,就见老人的家门上贴着一张红纸,院里还有一堆没有燃尽的竹子在"啪啪"炸响.但那个年轻人已经走了。

百姓们知道这肯定是神佛来帮助他们了,大家都十分开心。为了表示庆贺,他们纷纷换上新衣服,穿上新鞋子,挨家挨户地道喜问好。很快,一传十,十传百,周围的人们都知道了这件事,也都找到了对付"夕"的办法。从此以后,每年除夕,家家户户都要贴红对联、燃放爆竹。初一一大早,人们还要走亲访友互相问好。后来,这个风俗越传越广,便成了中华民族最隆重的传统节日——春节。

从此,天下人过上了安全幸福的日子,为了不忘"大年"的救命之恩,就把农历正月初一命为"大年",腊月三十定为"除夕",成为了民间的传统节日风俗。

第四章 其他传说

酒圣杜康

杜康，是中国古代传说中的"酿酒始祖"，《说文解字》载杜康始作秫酒。据民间传说和历史资料记载，杜康又名少康，夏朝人，是夏朝的第五位国君，夏后氏相的儿子。

因杜康善酿酒，后世将杜康尊为酒神，制酒业则奉杜康为祖师爷。孔颖达疏引汉应劭《世本》："杜康造酒，"后世因以"杜康"借指酒。

关于杜康和酒，还有几个美丽的传说呢。

传说一：黄帝大臣

杜康，有人说他原是黄帝手下的一位大臣。

黄帝建立部落联盟后，经过神农氏尝百草，辨五谷，开始耕地种粮食。黄帝命杜康管理生产粮食，杜康很负责任。当时，随着农耕的发展，加之土地肥沃，风调雨顺，粮食每年都获得大丰收。可是，粮食越打越多，粮食多了吃不完，那时候由于没有仓库，更没有科学的保管方法，只能储藏在山洞里。山洞阴暗潮湿，时间一久，粮食全部腐烂了。黄帝知道这件事后，非常生气，下令把杜康撤职，只让他当粮食保管，并且说，以后如果粮食还有霉坏，就要处死杜康。

杜康由先前一个负责管粮食生产的大臣，一下子降为粮食保管，心里十分难过。但他又想到嫘祖、风后、仓颉等人，都有所发明创造，立下过大功，唯独自己没有什么功劳，还损失了这么多粮食。想到这里，他的怨气全消了，并且暗自下决心：非把粮食保管这件事做好不可。

有一天，杜康在森林里发现了一片开阔地，周围有几棵大树枯死了，只剩下粗大的树干。树干里边已空了。杜康灵机一动，他想，如果把粮食装在树洞里，也许就不会霉坏了。于是，他把树林里凡是枯死的大树，都一一进行了掏空处理。不几天，就把打下的粮食全部装进树洞里了。

谁知，两年以后，装在树洞里的粮食，经过风吹、日晒、雨淋，慢慢地发酵了。一天，杜康上山查看粮食时，突然发现一棵装有粮食的枯树周围躺着几只山羊、野猪和兔子。开始他以为这些野兽因为什么原因死在枯树周围了，等走近一看，发现它们都还活着，只是似乎都在睡大觉。

杜康一时弄不清是啥原因，还在纳闷，这时，一头野猪醒了过来。它一见来人，马上窜进树林里去了。紧接着，山羊、兔子也一只只醒来逃走了。杜康上山时没带弓箭，所以也没有追赶。他正准备往回走时，又发现两只山羊在装着粮食的树洞跟前低头用舌头舔着什么。杜康连忙躲到一棵大树背后观察，只见两只山羊舔了一会儿，就摇摇晃晃起来，走不远就都躺倒在地上了。

嗯？这是什么原因？杜康飞快地跑过去把两只山羊捆起来，然后才详细察看山羊刚才用舌头在树洞上舔什么。不看则罢，一看可把杜康吓了一跳。原来装粮食的树洞上，已裂开了一条缝子，里面有液体不断地往外渗出，山羊、野猪和兔子就是舔了这种液体才倒在地上的。杜康用鼻子闻了一下，这种渗出来的像水一样的液体特别清香。杜康不由得也尝了一口。没想到这种液体味道虽然有些辛辣，但却特别醇美。他越尝越想尝，最后一连喝了好几口。这一喝不要紧，只一会工夫，他就觉得天旋地转，腿好像不是自己的了，刚向前走了两步，便身不由己地倒在地上昏昏沉沉地睡着了。

不知过了多长时间，当他醒来时，只见原来捆绑住的两只山羊已有一只跑掉了，另一只正在挣扎。他翻身坐起来，只觉得精神饱满，浑身是劲。他顺手摘下腰间的尖底罐，将树洞里渗出来的这种味道浓香的水盛了半罐。

回来后，杜康把到山上看到的情况，向其他保管粮食的人讲了一遍，又把带回来的味道浓香的水让大家品尝，大家都觉得这种水很香醇。同时也感到很奇怪，不知这种液体为何物。有人建议把此事赶快向黄帝报告，有的人却不同意，理由是杜康过去把粮食放霉坏了，被降了职，现在又把粮食装进树洞里，变成了水。黄帝如果知道了，不杀他的头，也会把杜康打个半死。

没想到杜康听后却不慌不忙地对大伙说："事到如今，不论是好是坏，都不能瞒着黄帝。"说着，他提起尖底罐便去找黄帝了。

黄帝听完杜康的报告，又仔细品尝了他带回来的味道浓香的水，立刻与大臣们商议此事。大臣们一致认为这是粮食中的一种元气，并非毒水。黄帝没有责备杜康，而是命他继续观察，仔细琢磨其中的道理，又命仓颉给这种香味很浓的水取个名字。仓颉随口道："此水味香而醇，饮而得神。"说完便造了一个"酒"字。黄帝和大臣们都认为这个名字取得好。

据说，黄帝后来到昆仑山等地云游时，都携带有杜康酒。

就这样，因为一个无意中地发现，酒在民间逐渐普及开来，杜康也被人们尊称为"酒神"。从这以后，我国远古时候的酿酒事业开始出现了。后世人为了纪念杜康，便将他尊为酿酒始祖。

传说二：酒的传说

民间还有如下传说：杜康有一天晚上梦见了一白须老者，老者告诉杜康，将赐其一眼泉水，杜康需在九日内到对面山中找到三滴不同的人血，滴入其中，即可得到世间最美的饮料。

杜康次日起床，发现门前果然有一泉眼，泉水清澈透明。遂出门入山寻找三滴血。出门第三日，杜康遇见一文人，吟诗作对拉近关系后，请其刺指滴下一滴血。第六日时，遇到一个武士，杜康说明来意以后，武士二话不说，果断出刀，慷慨划指，滴下一滴血。第

第四章　其他传说

九日，杜康见树下睡一呆傻之人，满嘴呕吐，脏不可耐，无奈九天的期限已到，杜康遂花一两银子，买下其一滴血。回家后，杜康将三滴血滴入泉中，泉水立刻翻滚，热气增腾，香气扑鼻，品之如仙如痴。因为用了九天时间又用了三滴血，杜康就将这种饮料命名为"酒"。

因为有了秀才、武士、傻子的三滴血在起作用，所以人们在喝酒时一般也按这三个阶段进行：第一阶段，举杯互道贺词，互相规劝，好似秀才吟诗作对般文气十足；第二阶段，酒过三巡，情到胜处，话不多说，一饮而尽，好似武士般慷慨豪爽；第三阶段，酒醉人疯，或伏地而吐，或抱盆狂呕，或随处而卧，似呆傻之人不省人事。

传说三：酒醉刘伶

古书云："天下好酒数杜康，酒量最大的数刘伶。饮了杜康酒三盅，醉了刘伶三年整。"说的就是"杜康造酒醉刘伶"的故事。

刘伶是晋代"竹林七贤"之一，出名的好喝酒，能喝酒。酒量之大，举世无双。他对当朝统治不满，到处游历，走到哪儿喝到哪儿。

一次，刘伶来到洛阳龙门南府店镇杜康酒坊门前，抬头看到门上有一副对联，写的是："猛虎一杯山中醉，蛟龙三盏海底眠。"横批是："不醉三年不要钱。"

刘伶一看这副对子就生气了，心里说：你未曾开酒馆先访访，谁不知刘伶酒量大，从南喝到北，从东喝到西，东南西北都喝遍，也没把我醉半天。你竟敢夸下这么大海口，不醉三年不要钱。刘伶带着气进了酒馆，杜康拿出酒来让他喝。喝了一杯还要喝，杜康就拿来第二杯，刘伶喝了之后还要喝。杜康说，别喝了，再喝就醉了，他不听，又要了第三杯。三杯酒下肚，刘伶说："头杯酒甜如蜜，二杯酒比蜜甜，三杯酒喝下去，只觉得天也转、地也转、头晕目眩。"他喝醉了。

这时杜康过来对刘伶说："怎么样？先生喝够了吗？"刘伶醉醺醺地说："够了，够了，真是琼浆玉液。"说着便向兜里掏酒钱，一摸，钱袋是空的，便支支吾吾地说："掌柜的，我忘记带钱了，先记个账吧，改天送还你。"

刘伶说罢，出了酒坊往回走。一路上东摇西晃，趔趔趄趄走到家，一进门就跌倒在地上，他媳妇赶忙把他扶到床上。刘伶自觉不行了，赶快给媳妇交代说："我要死了，把我埋到酒池内，上边盖上酒糟，把酒盅酒壶给我放在棺材里。"说完，刘伶真的死了。他一辈子爱喝酒，媳妇就照他的嘱咐把他埋了。

不知不觉，过了三年。这一天，杜康来到村上找刘伶讨酒钱，刘伶媳妇一听是这事儿，心中好恼，说："他三年前不知喝了谁家的酒，回来就死了。原来是喝了你家的酒呀！你还敢来要酒钱呢，我还得找你要人呢！"杜康说："他不是死啦，是醉啦！快领我到埋他的地方看看去。"就这样，他们来到埋葬刘伶的地方，打开棺材一看，刘伶穿戴整齐，面色红润，跟生前一个模样。杜康上前拍拍他的肩膀，叫道："刘伶醒来！刘伶醒来！"只见刘伶果然打了个哈欠，伸伸胳膊，睁开眼来，嘴里连声说道："杜康好酒！杜康好酒！"从那以后，"杜康美酒，一醉三年"的话就传开了。

树神罗永

据说，树神罗永，原是天上的文曲星，掌管着凡间读书人的荣辱机遇，仕途升迁。只因他秉性耿直，敢于犯颜直谏，尤其是那一支铁笔，半点也不饶人，该贬低就贬低，该赞誉就赞誉，完全没有个人的私欲，也不顾上司的面子，所以无意间得罪了玉皇大帝，被贬到了人间。

到了凡间，罗永先是在昆仑山上修行，修行的间隙，他喜欢到处云游，云游时他依然路见不平就要管，各路神仙拿他一点办法都没有。于是就不停地有神仙上天给玉帝打小报告。

玉皇大帝原以为，到了凡间，罗永吃了苦头，受了颠簸，性子必然有所收敛。可是，玉皇大帝没想到，罗永在人间，仍然嫉恶如仇，鄙薄功名利禄。玉帝一生气，也不让他在昆仑山上修行了，因为昆仑山是"天帝下都"，时不时地有各路神仙在此修行，仙气很足。玉帝直接让他到了下界，去当个小官，去过过普通百姓的生活，想借此让他收敛一些身上的锋芒。

没想到罗永也看不惯官场的腐败，辞官不做，隐居到雷公坡下，劳作为生。因为他知书达礼，当地百姓叫他"罗永秀才"。

有一年冬天，罗永上雷公坡挖蕨菜。蕨菜不但味道鲜美，而且有很好的药用价值，而且，不用钱买，需要的只是气力和时间罢了。罗永就是喜欢这种自食其力的感觉。这时，天上突然下起了瓢泼大雨。这个雨来势凶猛，别说在大树底下，就是有一把雨伞，肯定也是全身湿透。大雨瓢泼，罗永根本没有地方可以躲雨。不一会儿，就把他淋得浑身透湿，冷得像筛糠，嘴唇渐渐发白变紫。更何况劳作了一个上午，饥肠辘辘，怎么办呢？还是生一堆火吧，哪怕是暖暖身子也好呀。

说干就干，罗永就割了些柔软的茅草来烧火取暖。好不容易用火镰打着火了，可是茅草因为刚过大雨，根本点燃不起来，他只得趴在地上用嘴巴吹。吹的过程中烟雾又大，呛得他鼻涕眼泪一起下来了。他脾气犟，不吹燃绝不心甘，直吹得浓烟滚滚往上冲，这一冲，就冲到了玉皇大帝的灵霄宝殿那儿。

此时玉皇大帝正在早朝，文武大臣都在汇报各自的公务呢。正在这时，只见下界冲上来一股浓烟，玉帝大为惊异，忙派值日星官去查看。那值日星官立在云端，手搭凉篷朝下一望，只见罗永两手撑在地上，头象捣蒜一样，还以为是在向天界的神仙磕头拜谢呢！便连忙转来向玉皇大帝报告："报告玉皇大帝，罗永感激上天的恩德，正在泪流满面地向您

第四章 其他传说

磕头呢。那股浓烟，是他烧的香呀！"

玉皇大帝一听，心里好不得意：想不到呀，想不到！你罗永被贬谪到凡尘后，也变得乖巧了，晓得向我求情讨饶了。我何不宽大为怀，以显示皇恩的浩荡、宽容和威严？于是遣人降旨道："罗永如今既有悔改的诚意，那就仍旧封他为仙吧！"但转念一想，觉得欠妥：要是他脾气还是那样犟，岂不是还要给自己惹麻烦？想到这里，便急忙改口道："但是，他只能在下界为仙，天庭永不录用。"

值日星官连忙问玉皇大帝："那您看，应该封他做下界的哪路仙人？"

玉皇大帝一时弄不清下界究竟缺哪路神仙，要问一下旁边的侍从吧，又感觉有失自己的尊严和天庭的体统，只好把手一挥说："赠天书一本，随他自己挑去！"

那罗永正在寒冷中死命地吹火，猛听得"啪"的一声，振聋发聩，抬头一看，只见烟云缭绕中，金光闪闪掉下一本天书来。罗永本来嗜书如命，赶紧起身双手接住，见书面上写着："念你有诚心，赠给书一本，愿做哪路仙，只管喊三声。"

他知道这是天书，心想：我隐居高山，自食其力，不图名声显赫，不贪万贯家财，要这天书何用？就是当上神仙，又会如何？到最后，还不是得罪玉皇大帝。但一看到这光秃秃的山岭无遮无盖，狂风肆虐，雨雪逞威，害人不浅，猛一转念：要是山上长一些茂密的参天大树，来为过路的行人和渔夫、樵夫等人遮风挡雨，岂不好吗？既然有这天书，何不求助于它。于是对着天书连喊三声："我要当树神！"刚一喊完，书面上的字就变成了"树神要诀"几个大字。罗永连忙翻开一看，满本都写着各种树的名称、用途、习性和生长秘诀。罗永越看越高兴，一口气把它读完，马上将秘诀念动起来。每念一句，地上就长出一种树来。罗永对哪一种树都喜爱，天书上的口诀全被他念完了。一下子，山上长满了各种各样的树，引来各种鸟雀飞舞歌唱，各种野兽穿梭其中……

从此以后，人们砍树造屋、劈柴取暖、摘果子充饥、扎火把照明，再也不受风雨之欺、长夜之苦了。罗永呢，仍旧和大家一起务农，其乐融融地过日子。

有一个三伏天，罗永上山去田间翻红薯的藤，太阳火辣辣的，晒得真难受，他就到桐子树下去歇凉。那大张大张的桐子叶，密密地将阳光挡住，树下一片阴凉。山风吹来，罗永浑身舒服极了。他不禁夸赞道："桐子树，像把伞，不高不矮好遮荫。"因为罗永是被封了神的，所以，他的话也变成金科玉律，一讲就灵验，桐子树从此就不再长高了。罗永话音刚落，忽然"啪"的一声，一颗桐子掉在他的脚边。拣起一看，见那桐子嘴上流出一滴泪来，他知道是桐子在叹息自己无用，请求封赠。罗永想：如今人们晚上烧柴火，点火把照明，多不方便啊！就立即封桐树道："桐子未老落地，为求对人有用，不怕粉身碎骨，死后化作光明。"后来人们将桐子送进榨坊碾碎榨油，用来点灯照明，桐树真的是"粉身碎骨"地化作光明了！

又有一天，罗永和几个同伴去山里砍柴，大家一边说笑，一边劳作，不一会儿，就砍

昆仑神话故事集

了满满一筐的干柴。走了一段山路，大家都挑不动了，罗永就建议大伙儿放下柴担，坐在一棵大枞树下休息。罗永把背往树上一靠，架起二郎腿和大家聊天。大家天南地北地瞎聊一通，哪知越聊越有味，太阳都偏西了，大家才想起来回家。罗永刚一起身，只听得"哗"的一声，背上的衣衫被撕去了一大片。他回头一看，原来是枞树流出来的树浆，黏黏的，把自己的衣服牢牢粘住了，他正要去揭那块布，又听得旁边的伙伴"哎哟、哎哟"的呻吟声，侧身一望，见一个打赤膊的同伴背上被树浆粘脱了一块皮。

罗永心里的火一下子冒起来，气愤地骂道："枞树真可恨，根根都砍绝！"另一个同伴听见了，就插嘴说："这么好的树，绝了种多可惜呀！"罗永抬头一看，只见这棵树有一抱多大，郁郁葱葱，确实可爱，也觉得有点不忍心，于是灵机一动，补上一句："枞树多结子，风吹满坡生。"他又想，这枞树刚才伤了人，应该将功补过才行，接着又加封一句："烧火烘烘燃，下水千年不烂。"从那以后，枞树只要砍了，树蔸就会朽掉，真是"砍一根绝一根"，幸亏它的种子结得多，经风一吹，满山飞散，生命力很强，几年工夫就长得满坡满岭了。

在各种树中，罗永特别喜欢杉树，因为它又高又直，用途又广。因此，对它的封赠也格外不同："杉树长满针，野兽怕挨身，树蔸永不腐，砍一根发十根！"

据说，世上的树木大都是经罗永封赠过的，各有各的用处。后人为了感谢罗永，当真把他奉为"树神"常年祭祀。

第四章　其他传说

三茅真君

　　谁是三茅真君？估计没有几个人知道，但如果说起茅山道士，很多人可能或多或少知道一些跟他们有关的传说。而今天说到的三茅真君，就是道教茅山派的创教祖师。

　　三茅真君，为汉代修道成仙的茅盈、茅固、茅衷三兄弟，道教称为大茅君茅盈、中茅君茅固和三茅君茅衷。要说到三茅真君的故事，必须先从他们的高祖父，也就是他们爷爷的爷爷说起。

　　三茅真君的高祖父名叫茅濛，周朝末年出生在咸阳南关。他十分博学，为人慈悲善良，平素积德行善，简朴素净。他预知周朝必将衰落，所以从不去诸侯那里求官。他常常发出叹息：人生若流电耳，奈何久迷尘寰中。有一天，他决定跳出红尘之外，寻找高人拜师学艺。打定主意之后，他便前往云梦山拜鬼谷子为师，可以说他与后世赫赫有名的孙膑、庞涓是同门的师兄弟。

　　入得师门，他勤学苦修长生之术，静心修道炼丹，终于在秦朝时的某一天，乘飞龙白日飞升，得道成仙。此事在当时引起了巨大的轰动，还有人为此编出了童谣，曰：神仙得者茅初成，驾龙上升入太清，时下玄洲戏赤城，继世而往在我盈，帝欲学之腊嘉平。也因此，后世又把腊月称为"嘉平"。这首童谣中有一句很有意思——继世而往在我盈，很有启示性，似乎告诉了人们他的玄孙茅盈日后也必定可以得道成仙。

　　大茅君茅盈，字申叔，十八岁时，他决意离家，赴北岳恒山读老子书及《易经》。六年之后的一个夜晚，他梦见太玄玉女前来告知：西城王君得真道，你可前去拜他为师。茅盈醒来之后欢喜万分，就斋戒三个月后前往西城，西城王君在道教称号为：左辅右圣上军西城西极真人总真君，在道教中的排位在上清左位，西城王君俗名叫王远，东海人氏，未得道之前官拜中散大夫，通晓五经、天文、图谶、河图洛书，有预知未来的神通，后来弃官入山修道，相传寿神之一的麻姑是王君的小妹。

　　茅盈来到西城见到王真君，王真君见茅盈天资聪颖，颇有道缘，就传授茅盈长生之道，食术调神之法。茅盈在西城潜心学习了总共20年，当王真君看到茅盈已经得到自己真传之后，就带着茅盈前往昆仑山拜见西王母。

　　来到昆仑山，到了西王母的洞府，茅盈大为震撼。但见大山巍峨，高有万仞。还未到山前，就可以听到仙乐阵阵，缥缈而来。及至到了山门，就看到山中云雾升腾，无数宫殿散落山中，华美壮丽。宫殿间园囿精美，奇花异草葱茏葳蕤，珍禽异兽奔跑其间。

昆仑神话故事集

仙童带王真君和茅盈来到西王母的宫殿，西王母对王真君说到："你为何携带凡人登上灵台？"

王真君笑而不答，此时茅盈及时跪倒在地，祈求西王母赐传真道，西王母了解来意之后说到："你的心是赤诚的，我就把我的师傅元始天尊玉佩金珰之道以及太极玄经，口授给你。"茅盈再拜叩恩。茅盈得到西王母的真传之后，潜心修炼。三年之后茅盈的气色像年轻的女子一样，目有流光，面生玉泽，王真君又赐九转还丹二粒、神方一副给茅盈，并对他说："你已经了悟真道，功成圆满，可以返回家中了，一百年之后再来南岳见我，我将授你仙职于吴越。"茅盈叩拜王真君之后归返尘世，而此时茅盈已经49岁。茅盈学成得道而归，于天汉四年（公元前97年）三月十八日得道升天。

当茅盈回到家中时，他的父亲见到他之后非常生气地说道："作为儿子，你如此不孝，不亲身供养父母，却奔走四方，那么多年一点音讯全无。"说完就举起拐杖要打茅盈。茅盈赶紧跪倒谢罪说道："我受天命应当得道，做事不可能两面兼顾，离别父母不能供养，但使父母长寿家门平安，我道术已成，不能打我啊。"父亲愤怒不止，拿起拐杖就打，拐杖却断成十几节，如飞石强矢竟将墙壁射穿好多窟窿。

茅盈的父亲顿时大惊失色，满腹怒气也全部消失，并向茅盈问道："你说已经得道，是否能使死人复活？"茅盈回答道："已死之人如果犯了重罪，坏事做尽不可能复生，若是遭受意外短命而亡，我可随即将其救活。"此时乡里正好有一人刚死去不久，于是茅盈念动咒语招来土地问道："此人是否平生没有做过恶事？"土地答曰："此人生平确实没有做过恶事。"于是茅盈就招来地府有关职务之神，要他们放人。日落之后，土地来禀报可以掘墓了，于是众人来到墓地打开坟墓，此时墓中之人眼睛睁开起身跪下叩谢茅盈救命之恩。

此事传出后轰动乡里，人们对茅盈尊敬万分，纷纷前来观看，尊称他为活神仙。之后茅盈说："上天命我三月十八日上任神职，希望到时大家前来送我。"到了三月十八这天，茅君门前的几顷地忽然之间无人整理却自然平坦，而且出现了青色细绢帷帐，远近之人全都来给茅君送行，他们都感到不可思议。此时空地上出现了桌宴，桌宴上出现了山珍海味，却没有上菜之人。突然间丝弦之乐响彻天空，天神天兵从天而降。然后毛君向父母拜别，在天神天兵的簇拥下升起祥云飞向天际。众乡亲见状纷纷跪下，瞬间茅君队伍消失在天际。

茅盈辞家时告诉家族子弟说："真仙道隐，韬光养晦，贵在看破人间功名利禄，我之所以不默然藏起行踪悄然潜举而去，其目的是想诱劝我两位弟弟和普天下有心修道之人，还望他们不要再追名逐利，应早日看透凡世，修得功圆果满，超脱成仙。我二弟、三弟，虽然现在仍迷恋功名富贵，但总有一天会知迷必返，走上修道之路。将来他们自会辞官委禄来找我，我这次要去的地方，是长江以东，句曲之山。此山内有灵府，众洞相通，穴岫长连，确为洞天仙馆。以前我与圣师王君约定，先在此山清修，恭伺天命，然后镇彼大霍，

第四章 其他传说

居于赤城矣。"

茅盈离开家就直接到了江南,在句曲山上修炼。山上有石洞,相传是仙人居住的地方,茅盈就居住其中,山下之人听闻他是得道神仙,就为他立庙供奉。茅盈经常化身白天鹅出行,人们有病就向他祈祷,茅君就煮十颗鸡蛋给求助之人带回,打开鸡蛋里面没有蛋黄病人就会痊愈。相传茅君在句曲山40多年,远近居民承蒙茅君庇佑,没水灾、旱灾、疾病、蝗灾等,此地四季无灾。

再说茅盈的两位弟弟,他们都在朝做官,听到兄长茅盈那些神奇的仙术后,开始确信他已修炼得道,坚信神仙可学。于是商定同时弃官还家。一日,二弟对三弟说:"长兄修炼得道,并非外人,我俩何不前去寻找长兄,求他亲自给我俩传授道法仙术,免得枉走错路,白浪费光阴,我们不能等待老死,快去找兄长指点迷津,超脱凡世为上策。"三弟听完二哥这番话,完全赞成,愿随他一起去寻找长兄茅盈。

汉武帝永光五年(39年)三月六日,茅固与茅衷越秦岭,渡长江,来到句曲山,与兄长茅盈会面。悲欢交集,未曾开言,早已泪流满面,茅盈对两位弟弟说:"只要醒悟了,什么时候都不晚啊。"两位弟弟回答:"以前我俩迷于尘世官职,流涵风尘,稀世臭味,虽然官至太守,后来知道这些都是因为家兄的神力庇护,平时体会不深,今天想起,一旦没有了兄长护佑,就像没有了天地啊。我俩在家习读兄长所留仙经道书,只因不得要领,没有掌握诀窍,修炼无从下手,所以现在渡过大江来见兄长,想当面跟兄长请教道法口诀,养生训诲。更重要的是请兄给我们传授如何修真的方法。"

茅盈说:"两位弟弟年龄已近入老年,身体内元气亏损,不是短时间可以复元的,即使得到道法真诀,也只能修成地仙啊!"从此后,开始叫两位弟弟服青芽,服气烟液,以保形体。同时,茅盈根据两位弟弟的体质,让他们服下不同的丹药,指教茅固说:"你宜服黄帝四扇散。"又对茅衷说:"你宜服王母回童散。"茅固服"四扇散",以填精补脑;茅衷身体亏损少,宜服"回童散"。两位弟弟按照兄长的指教,服药行气、咽液。又开始学习养生修真法戒,精勤静思,谨慎修持18个春秋,面色如少男。此时,茅盈又传授仙术,教"明堂玄真宝气",以摄运生精,理和魂神。三年之中,神光始现。茅盈又各赐九转还丹一剂,神方一首。于是,两位弟弟仙道告成。

这一天,茅盈乃启奏西城王君,说两位弟弟蒙天恩济度,得位地仙,请赐仙职。按照道书说法,大道修成,要受上天敕封。元朝《茅山志》中说:"仙法要当佩篆受箓。"王君说:"你少年学道,勤心不懈,我悯你道心坚定,传授道法,得以成道,为你保举,太上垂许,赐命仙职,自上古以来,像你们兄弟都已修成道果,在人世间也是少有的。然而,你们的高祖得道,功德浩大,以致普及万物,积德所致,乃生你们贤良,慈心仁和,每修阴功,行笃意诚,你屡请求授两位弟弟仙官职务,今天再赐玄水玉液丹,可教他们长期斋戒后服下,但要告诉你,让他们不要随便乱说。"

昆仑神话故事集

茅盈两位弟弟服玄水玉液丹后，内通神明，外摄六丁。心斋三月，奉旨青童诸官，书名金简，次诣西城洞宫，朝见总真上宰；茅固、茅衷受封"地真上仙定录神君"之号，茅衷被赐"有司三官保命仙君"之位。元《茅山志》载："至此时，茅盈大司命君句曲山已四十三年，至汉衰帝元寿二年庚申岁，已一百四十有五。"（卷五）

元寿二年，即公元前一年。这年，西城王君与西王母、上元夫人等同降茅山，王母命侍女松辟出《三元流珠》《丹景道精》《隐地八术》《太极绿景》共四部经，已传茅固、茅衷。王母又命李方明出《玉佩金珰太宵隐书》及洞飞二景内符传司命君茅盈。

大司命君茅盈伏受隐书，宴集受事。受书毕，西王母与上元夫人乘祥云而去。后茅盈与两位弟弟诀别，大司命君随西城王君仙居赤城玉洞府。临行前告诉两位弟弟说："我今去便有局任，不得经常往来，早晚相见，如果见面要当一年再过来于这里。今后每年三月十八，十二月二日是相会日期，我师王君与南岳太虚赤真人游览于两位弟弟之处，你们可要记清，有真心学道的人，等待这两日，我自会默佑他们，使学道者慧性大开，得悟道法。"话毕，茅盈与王君施仙术而去。从此，茅固、茅衷留治句曲山，洞内立宫。茅氏兄弟成道后，道著万物，流润苍生，德加生灵，俱获其情。百姓有求，无不感应，默佑之恩，众口皆碑。句曲山流传已久的歌谣说：

"茅山连金陵，江湖据下流。三神乘白鹤，各治一山头。召雨灌旱稻，陵田亦夏柔。妻子咸保室，使我白无忧。白鹄翔青天，何时复来游？"

三君成道后，曾经乘白鹤会集茅山大茅峰、中茅峰、小茅峰，时人称句曲山为大茅君、中茅君、小茅君。经书称赞是时风调雨顺，五谷丰登，灾害不起，后人为纪念其功德，立庙奉祠，时称"白鹤庙"，后来改句曲山为茅君山，简称茅山。尔后，西方信士来此敬香，年复一年，一直延续到今，至今已有二千余年的历史。

茅氏三兄弟得道成仙后，善男信女尊称"三茅真君""三茅帝君"。道教上清派在茅山创立后，该派又称"茅山派"，亦称"茅山宗"，尊茅盈、茅固、茅衷为本派开山祖师，简称三茅祖师。宋徽宗时，分别为三茅真君加封。宋理宗加封茅盈为"太元妙道冲虚圣佑真应真君"，茅固为"定录右禁至道冲静德佑真君"，茅衷为"三官保命微妙冲慧仁佑真君。"时至今日，茅山一年一度的朝山敬神礼香道教活动，依然延续着两千年前茅盈所说："每年三月十八，十二月二日是相会日期"的传统。只是香客游人数量与往昔相比，呈逐年上升趋势，这不能不说三茅祖师与道教信仰，已是何等的深入民众。

三茅真君在茅山修道成仙之事影响了不少修道之人，在南北朝之时一个叫陶弘景的人就在茅山开创了茅山派，以三茅真君为祖师，茅山派主修上清经，以符咒劾召鬼神，兼修避谷、导引、炼丹术。茅山与天师道、龙虎山、阁皂山同为道教三大符箓派，元朝之时归入了正一道。

第四章 其他传说

汉武帝和东方朔

据说，汉武帝和秦始皇一样，喜好求仙的事情，并且他也喜欢上古神灵的遗物逸事。可是他虽然贵为人间的帝王，却常常有眼不识金镶玉，经常不能辨识真正的宝贝。

传说汉武帝天汉三年，武帝到东海巡游，当时西王母从昆仑山派了使者献给武帝四两灵胶和一件吉光毛皮袍子。收到礼物后，武帝没太重视，把这两件礼物交给宫里的大库收存。并不知道灵胶和皮袍有什么妙用，认为西方仙山昆仑山虽然遥远，但送来的这两件礼物却没什么特别，所以对前来送礼的西王母的使者，也没什么赏赐，但也没有送走。

后来有一次武帝到华林苑狩猎，用弓箭射虎和犀牛，弓弦拉得太紧，突然断了，当时西王母的使者正好在武帝身旁随侍，就对武帝说："请您拿一分王母献来的灵胶，用嘴把胶浸湿后，就可以把断了的弓弦接好。"武帝照使者的话做，果然把断弦接上了，而且让几个武士从两面使劲拽弓弦，弓弦也不断，比没断之前还要结实。

武帝当即惊奇地赞叹说："这灵胶可真是宝物啊！"

这灵胶呈青色，像碧玉一样闪光。灵胶产自凤磷洲，洲在西方大海中，整个洲是个正方形，长宽都是一千五百里，四面是连羽毛都浮不起来的弱水环绕着。洲上有很多凤和独角宝马，那独角马的毛皮是黄里透白的颜色，好几万匹马群聚在一起。把凤的嘴和独角马的角放在一起煎熬，就熬成了灵胶，起名叫"集弦胶"，又叫"连金泥"。

断了弦的号弩和折断了的刀剑只要用这胶一粘，立刻就接好了，而且永远不会再断裂了。放在水里不沉，放在火里也烧不焦。汉武帝这时才明白西王母送的两件礼品都是珍贵的宝物，就重赏了使者并送他回去。

又有一次，西胡月支国的国王派使者向汉武帝进献了四两香料。这香料像麻雀蛋一样大小、像桑椹那样呈紫黑色。汉武帝认为香料自己的国家有很多，并不是中国缺少的珍品，就交给了库房。

月支国使者还献了一头猛兽，只有狸猫那么大，黄色的毛，就像出生五六十天的小狗。汉武帝见月支国使者抱着这么个东西进了大殿。看那个动物皮毛秃疏，没精打采的，心里不太高兴，就问使者："这么个小动物，称得上什么猛兽啊？"

使者回答说："能统领千禽百兽的动物，不一定非得是庞然大物。独角的神马可以统领庞大的象而称王；凤凰也不大，但可以镇住展翅十几里宽的大鹏，可见一个东西的大小不是最重要的。我们月支国离这里三十万里，但我国的东风像柔和的旋律一样，千日吹拂，

昆仑神话故事集

高天的云中也合乎上古音乐的旋律，多少个月音乐声也不散。"

汉武帝心想，使者说的话很奇怪，正要发难，使者又接着说："我们月支国国王一直仰慕中原的兴盛，所以视金玉为粪土，却特别看重神灵宝物。因而千方百计找到了这种神香，深入天林捕到了这只猛兽。为了寻找宝物，我们国王渡过了弱水河、穿越了大沙漠，长途跋涉，路上经历了无数艰难险阻，整整用了十三年的时间。这神香能够救活将死的病人，这猛兽能驱除各种妖魔鬼怪，所以这两件宝物是救济百姓的最重要的东西。没想到皇帝陛下您竟不觉得这两件宝物珍贵。莫非是我们月支国的卜者算卦算错了吗？"

汉武帝听了这番话后，虽然没说话，但心里很不痛快。就叫使者让那头兽叫一声听听看到底怎么样。使者就用手指着那兽让它叫一声，只见那兽伸出舌头舔了半天嘴唇，突然一声吼叫，声音大得像天空中响起一声响雷。接着又吼了几声，两只眼睛发出闪电般的白光，半天才停下来。

汉武帝被这猛兽的吼声吓得差点昏过去。两手捂住耳朵也挡不住声音进入耳中，几乎失去了自我控制的能力，差一点丧失皇帝的尊严。侍护在他身边的扈从和武士吓得连仪杖和刀枪都扔掉了。

基于此，汉武帝更加讨厌这头怪兽，让人把它送到上林苑里喂老虎。但没想到的是，老虎们一见这头怪兽，立刻吓得聚在一起连动都不敢动了。

武帝忌恨月支使者在金銮殿上出言不逊，打算问他的罪。然而第二天连使者带怪兽都不见了。

过了几年，京城大闹瘟疫，病死的人有一多半。武帝在焦急之余，猛然想起月支使者的话，想起了久放在仓库里的香料，就取来神香在城里点燃。

没想到这香点燃后，城里凡是死了不超过三天的人都活过来了，京城的瘟疫也解除了。缭绕的香气过了三个月还不散。这一下武帝才相信神香是奇珍异宝，就把剩下的神香珍藏在一个盒子里。但有一天打开来看时，盒子里却空空如也，神香不知怎么消失了。

据说这种神香出自于东海中的仙岛"聚窟洲"的人鸟山上，这座山中长着很多和枫树差不多的树，树发出的香气传到几里地之外，名叫"返魂树"。这种树本身能发出像牛群吼叫的声音，使人听了心惊胆战，把"返魂树"的树根砍来放在玉制的锅里熬煮后把汁取出来，再用小火慢慢煎熬，一直煮到变成黑色，形状像软糖稀的样子，再把它制成药丸，这种药丸名叫"惊精香"，也叫"振灵丸"，还叫"返生香""振檀香""却死香"，一共有好几个名字。看来这种香确实是神灵的珍宝。

从此，汉武帝特别喜好神奇怪诞的东西。

他有个臣子叫做东方朔，精通各种神异的事情。这一君一臣在一起，发生了很多奇妙的事情。据说东方朔的小名叫曼倩。父亲叫张夷，活到二百岁时面貌还是像儿童一样。东方朔出生三天后，母亲死了，一邻家妇女抱养了他。这时东方刚刚发白，就用"东方"作

第四章　其他传说

了他的姓。

东方朔三岁时，就表现出他超人的记忆力，只要看见任何经书秘文，看一遍就能背诵出来，还常常指着空中自言自语。养母常常担心他是不是不正常。

有一次，养母忽然发现东方朔不见了，过了一个多月才回来。养母十分生气，就鞭打了他一顿。后来东方朔又出走了，过了一年才回来。

养母看见他大吃一惊说："你走了一年，我十分担心。你怎么不体会我的心情呢？"

东方朔惊讶地说："我不过到紫泥海玩了一天，海里的紫水弄脏了我的衣服，我又到虞泉洗了洗，早上去的，中午就回来了，怎么说我去了一年呢？"

养母不相信他说的话，让他详细地说说一年中的经历。

东方朔给养母说，他先洗干净了衣服，在冥间的崇台休息，睡了一小觉，冥间的王公给他吃了红色的栗子，喝了玉露琼浆，差点撑死了。冥公又给他喝了半杯天上的黄露。等他醒来以后，一只黑色的老虎驮他回来。因为着急赶路，东方朔使劲捶打那老虎，老虎把他的脚都咬伤了。

养母听了他的话，查看他的脚，果然有一块伤疤，就撕下一块青衣裳布给东方朔包扎脚伤。

后来东方朔又出走，离家一万里，看见一株枯死的树，就把养母包扎他伤口的布挂在了树上，那布立刻化成了一条龙，后人就把那地方叫"布龙泽"。

东方朔长大后，在汉武帝朝中任太中大夫。汉武帝晚年时爱好道家成仙之术，因东方朔对这些奇门异术了解较多，因而武帝和东方朔很亲近。

一天他对东方朔说："我想让我喜欢的人长生不老，能不能做到呢？"

东方朔说："我能使陛下做到。"

汉武帝问："那我必须服什么药呢？"

东方朔说："东北地方有灵芝草，西南地方有春天生的鱼，这都是可以使人长生的东西。"

武帝好奇地问："你怎么知道的？"

东方朔说："三只脚的太阳神鸟曾经下地，想吃这种芝草。太阳的妈妈羲和用手捂住了神鸟的眼睛，不准它飞下来，怕它吃灵芝草。鸟兽如果吃了灵芝草，就会麻木得不会动了。"

武帝不太相信："你怎么知道的呢？"

东方朔告诉武帝："我小时候挖井不小心摔到井底下，几十年上不来，有个人就领着我去拿灵芝草，但隔着一条红水河渡不过去，那人就脱下一只鞋给了我，我就把鞋当作船，乘着它过了河，摘到灵芝草吃了。这个国里的人都用珍珠白玉串成席子，他们让我进入云霞做成的帐幕里，让我躺在墨玉雕成的枕头上，枕头上刻着日月云雷的图案，这种枕头叫'镂空枕'，也叫'玄雕枕'。又给我铺上贵重的褥子。这种褥子很凉，常常是夏天才铺它，所以叫作'柔毫水藻褥'。我用手摸了摸，以为是水把褥子弄湿了，仔细一看，才知道褥子上是一层光。"

听东方朔说这些，汉武帝如听天书一样，闻所未闻的事情让他觉得十分惊奇。

有一次，东方朔从西方的那邪国回来，带来十枝"声风木"献给武帝。这种树枝有九尺长，手指那么粗。

这种声风木产自西方"因霄国"的河边，河的源头是甜甜的水，水边的树上聚集飞翔着紫燕和黄鹄等鸟类。声风木就长在这样的地方。它结的果实像小珍珠，风一吹就发出珠玉的声音，所以叫声风木。由于因霄国的人善于长啸，所以树木也能发出声音。

声风木有神奇的功能，当某个人拥有它时，如果这个人得了病，树枝自己就会渗出水珠，如果他快死了，树枝自己就会折断。

相传古时候，老子在周朝活了二千七百岁，他那根树枝从来没有渗出过水珠。还有仙人洪崖先生在尧帝时已经三千岁了，树枝也没折断过。

武帝把声风木的树枝赏给年过百岁的大臣们，也赏给东方朔一枝"声风木"。东方朔拒绝了，他说自己已经看见这树枝枯死了三次，但又死而复活了，何况是渗水出汗和折断呢？一个人的寿数不到一半，那树枝就不会渗水出汗。这种树五千年渗出一次汗珠，一万年才枯萎一次。

武帝越加相信东方朔的奇异了。

第二年，武帝移住苍龙馆，非常渴望成仙得道，就召集了不少懂道术的方士，让他们讲述远方国家的奇闻轶事。

众方士侃侃而谈，东方朔开始沉默不语。等大家讲完了，他才站起来开始讲。

他说他向北去过北极的镜火山，那里太阳月亮都照不到，只有烛龙神衔着火烛照亮山的四极。山上也有园林池塘，种植了很多奇花异树。有一种明茎草，长得像金灯，把这种草折下来点燃，能照见鬼魅。有位神仙叫宁封，曾在夜晚点燃了一根这种草，可以照见肚子里的五脏，所以叫它"刚馒草"。如果皇帝把这种草割下来剁碎做成染料，涂在明云观的墙上，夜里坐在观内就不用点灯了，所以这种草也叫"照魅草"。如果把这种草垫在脚下，就能入水不沉没。

东方朔说他向西游历过五色祥云升起的地方，得到一匹神马，有九尺高。武帝问这是个什么神兽，东方朔说，当初昆仑山的西王母乘坐着云光宝车去看望东王父，把驾车的马解开，马跑到东王父的灵芝田里，东王父大怒，把马赶到了天河岸边。正好东方朔那时去朝拜东王父，就骑着那匹马往回返。这马绕着太阳转了三圈，然后直奔向汉关时，汉关的门还没闭。他在马上睡了一觉，不知不觉就回到了家。

东方朔给这匹神马起了个名，叫"步影驹"。但是宝马来到人间以后，因为没有合适的饲料，变得和劣马笨驴一样又慢又迟钝。于是东方朔就在五色祥云升起的地方种了一千顷的草，草地在九景山的东边，两千年开一次花，来年就可以割草来喂马，马就不会再挨

第四章　其他传说

饿了。

他向东还到过极地,经过了吉云之泽。那里有一个国家叫吉云国。国人常用云的颜色来预卜吉凶。如果将要有吉庆的事,满屋就会升起五色祥云,光彩照人。这五色吉云如果落在花草树木上,就会变成五色露珠,露的味道十分甘甜。

汉武帝和大臣们瞠目结舌地听着东方朔描绘的一切。为了证明自己说的都是真的,东方朔就骑上神马往东走,晚上就赶回来了,用青色的琉璃杯装着黑、白、青、黄四种颜色的露水。他将甘露献给武帝。武帝把五色露赏给大臣们,大臣们喝下了露水,老人都变成了少年,有病的都立刻痊愈了。

东方朔没死的时候,曾对和他一起做官的朋友说:"天下人谁也不了解我东方朔,只有太王公知道我。"

东方朔死后,武帝就召来太王公问他,"你了解东方朔吗?"

太王公说:"我不了解东方朔。"

武帝问:"你有什么特长呢?"

太王公说,"我对星宿历法有研究。"

武帝问他:"天上的星宿都在吗?"

太王公向天空仰望了一番,回答说:"诸星都在,只有木星失踪了十八年,现在又出现了。"

武帝仰天叹息说:"东方朔在我身边十八年,我竟不知道他就是木星啊!"心里很是难过了好大一阵子。

广寒茶

"茶"是我们中华民族祖先的一项伟大发现,并由此衍生出了闻名世界的"茶文化"。我国的茶品种很多,饮茶的方式和习俗也各不相同。单就茶的品种就有很多讲究,什么龙井、碧螺春、铁观音、蒙山茶等等。除了这些著名的茶之外,据说过去还有一种神茶——"广寒茶",但遗憾的是这种"广寒茶"早已失传,只留下了一个传说……

据说很久很久以前,昆仑山以东很远的一个大山深处有个小村庄叫大柳庄,这年夏季的一天,一位云游道士来到大柳庄化缘。道士进村后一路走走停停,最后来到一户财主家门口。这户人家的老当家的叫岳富贵,见道士化缘,就命家人送给道士几枚铜钱。但道士说他不化钱物,只求主人留他住上数日。岳富贵本不情愿,但又觉得出家之人往往都有些奇异的本领,这道士既然投奔他岳富贵而来,说不定与他有一段善缘,能给他带来"福气",况且家中又有闲房,便留道士住下了。

这个大柳庄的村南有一座大山,山势十分险峻,峰高万仞,壁立千丈。山上树木葱茏,流泉飞瀑,云缠雾绕。这道士在岳富贵家住下后,就每天早出晚归,一连在村南的大山上转了十多天,谁也不知他在干什么。

这天,道士又在南山中转了一天,将近日落时正准备下山返回村庄,突然发现一个悬崖下有一个大洞,一条茶杯粗的大乌蛇正守在洞口。据说大山里凡有灵性的动物都会守着一种宝物,道士心中便有了主意。他小心翼翼地隐藏在树丛中,细心观察大乌蛇的动静、四周的地形和奇花异树……

第二天,道士到集市上买来了一筐鸡蛋,然后便带着鸡蛋上了南山,乘大乌蛇未出洞时他把十个鸡蛋悄悄地放在了洞口。大约过了半个时辰,大乌蛇出洞寻食时发现了鸡蛋,便把十个鸡蛋全都吞进了肚里。大乌蛇吞下十个鸡蛋后,蛇身便兀起一个个鼓"包",那乌蛇就把身子拱起来,一下一下地往地上摔,摔了一阵肚里的鸡蛋就都被摔碎了,一个个凸起的"包"不见了,蛇身又恢复了原样。

这样,一连几天,道士都一早趁乌蛇没出洞就把鸡蛋放在洞口,乌蛇每天出洞就有鸡蛋可吞。每天吞完鸡蛋也都是拱起身子把鸡蛋摔碎。如此数日,那乌蛇吞食鸡蛋也上了瘾。道士见乌蛇入了圈套,便又买了几十个铁球,他把铁球用鸡蛋壳包好,又用白蜡封住,乍一看跟平常的鸡蛋一样,分不出是真是假。这天,道士故意比平时晚了一个多时辰来到山里。他把十个假鸡蛋放在蛇洞口后又藏了起来,那饿急了的大乌蛇一见"鸡蛋"便不顾一切地

第四章 其他传说

吞了下去。接下来，它又像往日一样拱起身子往地上摔。可是，任它怎样摔也摔不碎铁球啊！于是，道士就看到了令人惊诧的一幕：大乌蛇见摔不碎体内的"鼓包"，就拖着笨重的身子爬到一个崖头下的小平台上，那里生长着一株五尺多高的小树。大乌蛇便张开嘴一口一口地吞食小树上的叶子，然后又爬到泉水边喝水。道士试了两天，大乌蛇吞了二十个铁蛋却能平安无事，那铁蛋都化在肚子里了！

这道士先是惊讶，后是惊喜。后来道士就赶忙顺着大乌蛇爬过的痕迹找到了乌蛇咬食树叶的那株小树，采了一大包树叶下山了。

道士回到岳富贵家，把那些树叶摊开放在背阳的地方阴干。过了两天，道士把这些干树叶包好装进行囊准备回南方他出家修炼的道观。临别时，他把预先准备好的一小包干树叶拿出来对老当家的岳富贵说："老施主，贫道在府上住了一月有余，给您添了许多麻烦，贫道感激无比。出家人身无长物，就将这一包茶叶送给老施主吧，请老施主好好品一品这茶叶的妙处……"

道士走后，岳富贵也没把那包茶叶放在心上，就随便放在了橱柜里。

在农村，每当秋收完了庄稼人就闲了，年轻人都会利用这个空档上山砍柴，一是自家可以用来烧火做饭，二来可以卖钱换些油盐酱醋。大柳庄有个小伙子叫郭大柱，人长得高大魁梧，有力气，也很勤快。他每天都起得很早上山砍柴。别人都在近山割些软毛柴，郭大柱却往往独自一人去远山、高山去砍硬木柴。

由于他每天出门都较早，所以都要带一小瓦罐粥作午饭，下午再接着砍柴，砍多了捆成捆放在山上，待冬季柴干了再往家里担。这天，郭大柱来到南山后，他把瓦罐挂在一株小树上，然后便开始砍柴。到中午时郭大柱肚子也饿了，便把小树上的瓦罐取下来准备吃饭，可是，小瓦罐里的饭没有了，里面全是清水！郭大柱感到很奇怪，早上从家里带来的明明是一瓦罐粥，怎么变成清水了？但回家路途太远，没办法，只好把一瓦罐清水喝了，然后接着砍柴。可没想到第二天、第三天，瓦罐里的粥又都变成了清水！郭大柱心里就犯嘀咕了：莫非这山里有什么妖怪？小伙子脾气倔犟，不信这个邪，非要把这怪事弄清楚。

这天他又带着一瓦罐粥来到山里，他还是把瓦罐挂在那株小树上，但他不去砍柴了，往小树下一站，两眼紧紧地盯着瓦罐，想看看瓦罐里的粥到底是怎么变成清水的。

此时正是深秋，秋后的树叶变黄了，一天天枯干，又一片片地往下落，正好那小树的一片叶子落进了瓦罐里。过了一会儿后，郭大柱一看瓦罐里的粥全变成了清水！郭大柱这回明白了——原来是这棵小树搞的鬼！

他娘的，能把好好的粥变成清水，这分明是妖树鬼树，留它何用！郭大柱直接拿起砍柴刀啪啪两下就把那株小树给砍倒了。

第二年的夏季，那个道士又来到了大柳庄，仍然住在老财主岳富贵家里。道士歇了两天后，又独自一人上山了。当他来到南山那株小树的地方准备再采一些树叶时，却发现那株小树已被人砍掉了，只剩下小树根部那孤零零的茬口！道士一下子傻了眼，腿一软，一下跌坐在地上，伤心欲绝地哭了起来："天哪！我辛辛苦苦地找了十几年才找到这株神茶树，想不到就这样被毁了……"

傍晚时，道士垂头丧气地回到岳富贵家里，岳富贵见道士脸色不好，便问道："道长，在外面遇上什么不快的事了吗？"道士长叹一声说："老施主有所不知，贫道为寻找一株神茶树，十几年来不辞劳苦走遍了天下的高山峻岭，去年终于在贵地的南山中寻到了。可惜这株神茶树现在竟被人砍掉了！"

岳富贵说："什么'神茶树'，竟值得老道长如此痛心？"

道士连叹了几声气，然后便讲起了"神茶树"的来历。

道士说，自嫦娥奔月来到"广寒宫"成了"广寒仙子"后，就在"广寒宫"的旁边种了一株茶树，其树叶制成的茶叶名为"广寒茶"。这株茶树和月宫中的桂花树分别在"广寒宫"的两侧，这广寒茶与月宫里桂花所酿的桂花酒同为嫦娥招待天上众仙之佳品。月宫里除了那只捣药的玉兔还有一种鸟儿，这种鸟一般来往穿梭于昆仑山仙界和月宫之间，最喜欢吃神茶树的茶籽。有一天，它又飞到那神茶树上吃茶籽时，不小心将茶籽啄掉了一粒，这粒茶籽从月宫中掉下来，正好落在大柳庄的南山上，千年后，这粒茶籽发了芽，长出一株神茶树——就是被砍柴人砍掉的那一株……这株神茶树的叶子制成的"广寒茶"，饮后不仅能使人消除百病、强身健体、延年益寿，而且能使人返老还童。

道士说到这里突然想起什么，问岳富贵说："老施主，去年贫道临走时送给您的那一包茶叶还在吗？那就是我在南山上采来的广寒茶。"

道士这番话让岳富贵想起了那包茶叶，他翻箱倒柜地寻找了好半天终于找到了。当即取出一些用开水冲泡，顿时满屋芬芳。岳富贵端起茶杯饮了一口，立刻感到神清气爽，胸襟大开，荡气回肠，耳聪目明，不由得惊叹道："果然是神品！老道长，去年你临走时为何不对我说明？如道长当时告诉我，我早就上山把那神茶树挖回来栽在院中了，那样就不会被砍柴人误砍了……"

道士听得此言，点了点头说："老施主不要怪我，我早就想到当时如果告诉你，你肯定要挖回家来。但你哪里知道，那神茶树是神树，挖回来无论如何是栽不活的，即使我告诉你栽不活，你恐怕也不会相信，我走后你还是会挖的，故而未对老施主说明。但我没想到此树会毁在砍柴人手里。唉！罢了，看来这仙界之物凡人终是无福享受，早晚必然毁在人类的手中。"

从此后，世上再无"广寒茶"，只空留了一个美丽的传说……

第四章 其他传说

神仙桥

　　在遥远的昆仑山的东南方，有个人稠物穰、风光奇异的地方，名叫丰隆村。村子的西北角有一座用石碑搭建起来的小桥，名叫神仙桥。这座桥是丰隆村通往外界的必经之地。据说这座小桥是八仙之一的张果老用供奉在自己庙内的石碑搭建起来的。

　　由于丰隆村的后面就是南泉河，因而地下水质十分优良，凡是喝过丰隆村水的人都说，这儿的水清爽甘甜。即使是寒冬腊月，村里人也敢喝从井里刚打上来的水。由于水质优良，因此，丰隆会造酒的人特别多。其中，最著名的酒坊有两家，一个是前街的史家，一个是后街的刘家。刘家酿酒的时间较长，他家的酒大多销往济南等地；史家酿酒的时间稍晚，他家的酒主要销往中都。甭看史家是后起之秀，由于他家的酒使用的是村南古井里的水酿造的，因而入口很爽，细细咂之，香味弥久不去。

　　当时丰隆村西有一条排泄南泉河水用的泄洪沟，沟上原建有一座木桥，但因其年久失修，早已颓坏不堪。好在泄洪沟已几年没用，所以人们去中都时，一般都要从沟底爬上爬下，十分吃力。

　　史家酒坊的主人老史有四十多岁，因为他家酒坊起步晚，底子薄，没敢雇工。老史两口子负责酿酒，而往中都送酒的任务就责无旁贷地落在了大儿子和大女儿身上。那时进城没有其他交通工具，靠的就是一双脚。史家有一辆独轮小车，俗称红车，纯木器制作，连车轱辘都是木头做的，推起来很费劲。史家兄妹每次往县城送酒都只能靠这辆红车。每隔三五天，鸡刚叫过三遍，兄妹俩便一个在后推，一个在前拉，将酿好的酒送往中都。别的还都好说，兄妹俩最头疼的就是过那条沟，每次过都得先把酒坛子一个一个搬到沟对面，再把独轮车奋力搬过去，然后再装车，每次都折腾出一身臭汗。

　　有一次，兄妹俩又要过沟时，来了一位倒骑毛驴的白胡子老爷爷，问兄妹俩要不要帮忙。兄妹俩看着老人那须发皆白的模样，不好意思让他帮忙，连忙说："不用，不用，谢谢老人家。"老人笑笑，从毛驴上下来，二话不说，推起独轮车就走。兄妹俩瞪大了眼睛，还没来得及帮忙，那辆装有几大篓酒的红车便在白胡子老爷爷的推扶下，轻飘飘地过了沟。

　　兄妹俩既惊讶又感激，妹妹见白胡子老爷爷身上有个酒葫芦，便说："老爷爷，俺给你盛点酒吧！俺家的酒可好喝了。"闻得此言，白胡子老爷爷一脸馋相地解下葫芦递过来。妹妹灌满酒刚递过去，他就情不自禁地咂着嘴喝开了。

　　从此，只要兄妹俩过沟，白胡子老爷爷准在那里帮忙。兄妹俩每次都会给老爷爷灌满酒葫芦。

三个月后，老史去中都结账，发现酒钱比往常少些。回来细诘儿女，方知兄妹俩遇到白胡子老爷爷的事。老史想，哪能这么巧？说不定这个白胡子是个老神仙！于是对兄妹俩说："下次再遇见白胡子老爷爷时，就把车上的酒都给他，请他在沟上给咱建座桥。"

隔了没几天，兄妹俩又往中都送酒时，白胡子老爷爷又和他们不期而遇了。妹妹没等老人家开口，便甜甜地说："老爷爷，这次俺把车上的酒都给您，求您在沟上给俺建座桥行不行？"老爷爷抚着白胡子笑眯眯地问："谁让你这样说的？"

"俺爹呗！"妹妹笑嘻嘻地答道，"俺爹说，如果沟上有座桥，村里人出来进去的就方便了。"

"好！"白胡子老爷爷点点头，然后解下酒葫芦递给了妹妹。奇怪，以前往葫芦里灌酒，只几下就灌满了，这一次装了快一坛也没满。兄妹俩又继续装下去，几坛酒光了，酒葫芦也满了。只见白胡子老爷爷用手一指，那葫芦就轻飘飘地到了他手里。他一边咂嘴弄舌，享受地喝着，一边对兄妹俩说："回去告诉你爹，下次再来时，桥就修好了。"

下次，兄妹俩再来送酒，到泄洪沟前时，只见一座造型简朴、结实耐用的小石桥果然横亘在沟上。左右望望，白胡子老爷爷却不见了。

老史和村里的乡亲们听说以后，来到桥上，看到桥后有点奇怪：别人的桥都是用木头或石头建的，而这座桥却是用石碑建的。众人下到桥底朝上一看，没想到看到了张果老几个字。方才明白，那个白发飘飘的老人是张果老。

原来，当时在昆仑山仙界修炼的张果老偶尔下界云游，走到丰隆这个地界时，但见南泉河云蒸霞蔚，水质甘洌，更难得的是，这里的民风淳朴，邻里之间总是相互帮助，即使做酒的人家很多，也从无欺行霸市的行为。加上张果老本就喜欢好酒，不知不觉就在这个地方多盘桓了几日。又见丰隆这地方供有自己的庙，喝了那兄妹俩几日的好酒，于是就用自己庙里的石碑搭建了这座十分结实的桥。

自此以后，这个地方的百姓出行更加便利，大家感谢张果老，他庙里的香火也更加鼎盛。那座桥，从此便被人们称为"神仙桥"。

第四章　其他传说

鹊桥传说

　　传说很久很久以前，在西方昆仑山脚下，住着一个小伙子，名叫张升。

　　张升家境贫寒，靠采药为生。这天，他到柳家药铺去卖草药，一抬头，见门前贴着一张布告，说药铺老板柳呈青的千金柳艳得了重病，需要铁肤树的根做药引，谁能找来铁肤树根，女的赏银千两，男的，就把柳艳许配给他为妻。张升一见，也不卖药了，一把揭了布告，说："我知道哪儿有铁肤树根。"

　　柳呈青见状，便把张升带到药铺后面的住宅，只见柳艳小姐病得奄奄一息，已说不出话来。张升顿觉心如刀绞，其实，他和柳艳小姐已不是第一次见面了。上个月，张升来药铺卖药，柳艳到药铺送饭，这对青年男女就有了点意思，后来又借故见了几次面，两人早已彼此相悦，没想到，不长的时间，柳艳竟病得如此严重。

　　这时，柳呈青问张升："铁肤树根世间罕有，你去哪里找？"张升说："家父也是采药的，生前留下一本册子，记载着铁肤树的生长之地。"

　　离开药铺，张升直奔距昆仑山三十里的二指峰，铁肤树就生长在那儿。二指峰山势险恶，张升历尽艰辛，终于爬上了半山腰，只见峰头一分为二，像两个张开的手指，中间是条大裂谷，最窄处也有十几丈宽。一片铁肤树就长在对面的峰头上，可是对面这座山峰直上直下，根本无路可通，裂谷上又没有桥，怎么过去呢？张升向裂谷下看去，只见下面黑沉沉的不见底，一股硫磺热气蒸腾而上。

　　张升沿着裂谷慢慢走，始终找不到过去的方法，想到生命垂危的柳艳小姐，他情急之下，就要往崖下爬去。这时，一个在山上砍柴的老樵夫拦住了他，张升对老樵夫讲明原委，老樵夫想了想说："其实，裂谷上是有桥的，不过需要有人来喊，一喊桥就会出现。"张升纳闷了：桥怎么会被喊出来呢？

　　老樵夫说，很多年前的七月初七，有一对私定终身的男女，被女方家人追到了二指峰。当时裂谷上有一座索桥，那男的叫阿尤，先跑到了另一座峰上；女的叫织妹，正要跟过去，她的哥哥就追到抓住了她，还把索桥砍断了。阿尤被困在孤峰上，和织妹相向而泣，两人正要跳下裂谷殉情，幸好在峰上修行的鹊仙姑看到，她喊出了一座鹊桥，让阿尤过桥团聚……

　　张升听后苦笑，说世间哪有这种事。老樵夫认真地说："怎么没有呢？鹊仙姑还活着，我这就领你去。"

　　老樵夫领着张升走了好久山路，来到一间草屋旁。老樵夫先进去通报，不多时，一个

昆仑神话故事集

脸蒙黑布的老婆婆走了出来，老樵夫说，这就是鹊仙姑。张升半信半疑，但还是对老婆婆说了自己的事。

老婆婆听完，掐指算了算，说："每年的七月初七酉时，才可以喊鹊桥，三天后就是这个日子，看你一片诚心，我就为你喊一次吧。"

临别她又郑重嘱咐，过鹊桥有危险，记得只挖一截树根就要往回跑，不然鹊桥一断就回不来了。

张升虽点头答应，心里却有点将信将疑，这鹊仙姑看着就像一个普通山民，难道她真有喊出鹊桥的本事？

三天后的酉时，张升来到了裂谷边。这时天色已暗，鹊仙姑和老樵夫正等在那里，见张升来了，鹊仙姑就俯身对着裂谷喊道："架桥喽！"

裂谷上窄下宽，鹊仙姑的喊声激起回音，不绝于耳。忽然，裂谷下飞起一团金光，张升仔细一看，真的是一大群喜鹊飞了出来！那些喜鹊一只只比鸡小不了多少，翅膀上还带有金丝。金丝喜鹊越聚越多，很快把裂谷的缝隙密密层层地填满，见张升还在发愣，鹊仙姑大喊一声："还不过桥？"

张升一咬牙，踩着喜鹊的背就走了过去，虽然步子不太稳当，还是快速通过了。到了对面的山峰上，那里果然长着十几株铁肤树，张升匆匆挖出一截树根，砍下后回头就跑。这时，鹊桥上的喜鹊已不像刚才那么密集，张升飞快地跑了回来。

鹊仙姑喊过桥后就悄然离去了，只有老樵夫等在那里。张升就问老樵夫："既然对面有珍贵的铁肤树根，为什么不在裂谷上架桥？"

老樵夫说："索桥被砍断后，也有人想重新架桥，可是白天刚把绳索接好，晚上桥就莫名其妙地断了，后来就没人敢修了。我猜是鹊仙姑在这里修行，不愿意受打扰，才施法断桥的。对了，今天的事你不要说出去，当心鹊仙姑生气。"

张升点头答应，拿着树根回去给柳艳小姐熬药，不久，她的病就好了。此时张升提起成亲的事，柳呈青虽满口答应，但是又说："我们柳家也是大户人家，嫁女儿不能太寒酸，怎么着也得收一笔彩礼吧？这样吧，你再去采些铁肤树根，卖出去就有彩礼了。"

张升一想，这话也不是没有道理，可是鹊仙姑说过，鹊桥只有每年的七月初七那天才能架起来，只好等一年了。

一年后的七月初七，张升预备了一捆绳子，再次上了二指峰。他准备将绳子一端系在裂谷这边的树上，踩鹊桥过去后，另一端系在铁肤树上，这样可以从容地采满一筐树根，再攀着绳子回来。

张升上山后先去草屋找鹊仙姑，不料鹊仙姑这天不在。眼看酉时快到了，张升只好自己想办法。看着黑不见底的大裂谷，张升试着冲裂谷喊开了："架桥喽！"

在回音的嗡嗡声中，跟上回一样，裂谷下面忽然飞起一团金光，大群金丝喜鹊越聚越多，

第四章 其他传说

密密层层地布满了裂谷的缝隙，鹊桥竟然架好了！

张升见状大喜过望，他系好绳子，踏着鹊桥过了裂谷，很快就砍了满满一背篓铁肤树根。然后他攀着绳子回来，背着背篓下了峰。

张升把铁肤树根一卖，很快换回银两，置办了彩礼。不料此时柳呈青又发话了："我女儿怎么能住得惯你家的草屋？结婚最少也得是青瓦房。反正你知道长铁肤树的地方，就再去一趟吧。"

张升没有办法，只好再等一年。第三年的七月初七，他刚要出发，突然想到，盖房开销大，只挖一筐树根肯定不够，于是就雇了几名工人，带上好几捆绳子，直奔二指峰。张升计划踩着鹊桥过去后，把所有绳子都分别系在两头树上，那就是一座绳桥了，然后带工人过去开挖。

来到大裂谷前，已是酉时了，张升就朝裂谷下喊开了："架桥喽！"裂谷下果然又飞出一团金光，但这团金光比以前黯淡多了。眨眼间，金丝喜鹊就架起长桥，张升抬腿就上，没想到才走出两步，就一脚踏空，坠落桥下！工人们刚想救他，只见谷底飞上来一团黄雾，冲破金丝喜鹊的封锁，向众人劈头盖脸冲了过来。大家一看这团黄雾来势凶猛，尖叫着都跑了。

张升掉下鹊桥并没有死，他被一张大网托住了，就这样悬吊在半空中。这时月光明亮，直照到谷底，张升看见谷底白花花的一片，也不知道是什么，接着就闻见硫磺味更重，也更热了。再看两旁山壁，到处都是孔洞……正在疑惑之时，山峰上垂下了一条绳子，张升慌忙抓住，攀着绳子出了裂谷。

张升攀上峰顶，只见老樵夫和蒙着脸的鹊仙姑就站在面前。老樵夫一见张升就叹起了气："你闯了大祸，这一带的老百姓要遭灾了！"

张升不明白，鹊仙姑解释道："你刚才看见谷底的白色了吧？那是蝗虫卵，因为谷底有地热，适宜蝗虫繁殖，那里的蝗虫数量大得惊人。每年七月初七前后，蝗虫翅膀长硬，不断飞出谷外。如果此时有人喊一嗓子，受惊的蝗虫就会蜂拥而出。幸好山壁间的孔洞里住着许多金丝喜鹊，蝗虫出谷的时候，金丝喜鹊就飞出来捕捉，有少量蝗虫逃逸也不足为患了。因为天色暗，一般人看不清蝗虫，乍一看，还以为金丝喜鹊是来架桥的。"

原来如此啊，张升点点头，可他还有一个疑问，就问道："为什么这回我过鹊桥，会掉下去？"

老樵夫叹道："还不是因为你贪得无厌，去年采了那么多铁肤树根。铁肤树极为娇嫩，一旦根部损伤就活不成了。峰上的十几株树被你毁掉一半，用铁肤树嫩芽哺育幼鸟的金丝喜鹊不得不迁徙，离开了裂谷。喜鹊数量大减，就不能承受你的重量了。好在我们事先在鹊桥下张了大网，你才没出事，但是蝗虫已大量逃逸出去，必然会危害附近的庄稼。"

听到这里，张升也大为后悔，他叹了口气说："我是被那门亲事逼急了，现在我想通了，既然娶不起，就算了，我这就下山帮大家治蝗虫，将功赎罪。"鹊仙姑听后，微微一笑，忽然摘下蒙脸布，露出一张满是疤痕的脸来，说："看你诚心悔改，我就帮帮你。我们两个这就跟你下山，会一会柳家药铺的柳呈青！"

来到柳家药铺，鹊仙姑独自去见了柳呈青，两人在屋里一会儿哭一会儿笑。不多时，满面泪痕的柳呈青走出来，郑重宣布，女儿的婚事随时都可以办，不要大瓦房了。

张升闻言，惊喜交加，马上张罗亲事，不几天就把柳艳娶过了门。洞房花烛夜，张升对鹊仙姑赞不绝口，柳艳闻言扑哧一笑，说出了真相。

原来鹊仙姑就是当年的织妹，老樵夫就是阿尤。那一年两人因为门不当户不对，被织妹的哥哥一路追上二指峰。两人隔峰相望，情急之下大喊大叫，误打误撞喊出了鹊桥。两人鹊桥再次相会，但织妹的哥哥还是不依不饶，于是两人双双跳下了悬崖。织妹的哥哥以为两人必死无疑，追悔莫及。其实他们跳下去时都被崖旁的大树挡住，沿着崖边又爬了上来。虽然两人身体都无碍，但是织妹的脸却被树枝和崖石损毁，平日里就蒙着脸。好在阿尤不离不弃，从此两人就居住在二指峰上。两人在崖底看见过蝗虫卵和金丝喜鹊，明白了鹊桥的秘密，也明白了此处关系着百姓的庄稼收成，就自觉负起了保护之责。织妹假扮鹊仙姑，想过去只有找她喊出鹊桥才行；阿尤则偷偷破坏修桥，不让人随意砍伐铁肤树根。

张升终于懂了，但他还是不明白，织妹是怎么说动自己的老丈人的？见他如此不开窍，柳艳一指头戳到他脑门上："榆木脑壳啊，我得管织妹叫姑姑，懂了吗？我父亲见了亲妹妹，还有什么不答应的？再说，姑姑来了个现身说法，阿尤面对毁容的她还是不离不弃，相伴一生，可见，感情才是连接两人幸福的真正鹊桥啊！"

第四章 其他传说

上清祖师魏华存

《黄庭经》是道教上清派的著名典籍，是一本养生修仙的专著，主要包括《黄庭外景经》和《黄庭内景经》，统称《黄庭经》。《黄庭经》是道教上清派第一代大师魏华存所作。

魏华存，号称魏夫人，她生于晋代山东的一个官宦人家，家境很好。她的父亲名叫魏舒，字阳元。据《晋书·魏舒列传》记载，魏舒精于骑射，百发百中，为人朴素，有雅量，能断大事，深受司马昭和司马炎的器重和信任，司马昭曾在一次朝会后目送他的背影说："魏舒堂堂，人之领袖也。"也因此，魏舒很受重用，曾任尚书郎、相国参军、散骑常侍、冀州刺史、尚书等官职，可谓位极人臣。

魏华存从很小的时候就很喜欢修道，酷爱读《道德经》，内炼调息之术，还长期服食胡麻散等长生不老药。

她的父母见她年纪轻轻就沉湎道术，整日沉默寡言，不声不响，躲在自己的房间里不跟外人来往，十分担心。有一天，魏华存竟然跟父母提出来要单独居住，以方便自己练习道术。父母更加担心了，想着给她成个家，有了家庭她一心修道的心便会收敛一些。所以她的父母没有同意她单独居住的要求，并且很快给她操办起了婚嫁之事。魏华存很排斥，并做了很多抗争，但并没有动摇父母的心意。她迫于无奈，只得听从父母之命嫁了人。

她的丈夫是南阳人刘文，曾任太保掾之类的佐吏，后任修武县令。她和丈夫婚后生了两个儿子，她不愿受孩子拖累，到了孩子稍微大点能够自理的时候，她便独居一室，继续潜心修道。有一次，她三个多月闭关不出，撰成首创"吐纳""导引""咽津""存思""服气"及"三丹田"之说的《黄庭内景经》。之后，魏华存为了避开世俗烦扰，又先后在阳洛山、沐涧山独自修炼。晋代永嘉年间，她的丈夫染疾身亡，期间又遇到晋代末年大乱，北方无法安身，她便带着两个孩子南迁。

魏华存修炼多年，很多仙人感佩于她的执着修道，所以她在别室清修的时候，不断有仙人自天庭来到凡间，传授给她修道大法，清虚真人王褒就是其中之一王褒，字子登。《历世真仙体道通鉴》称其为范阳襄平人，生于汉元帝建昭（公元前38年—公元前33年）三年（公元前36年），世为贵族。其父王楷为朝中重臣，执掌教化殿三朝元老，德行、学问誉满京城。

王褒生性淡泊名利，年轻的时候就喜欢养生修道，他常常喟叹人生无常。后来他便辞别父母，入华山修道，历时九年。后从太极真人西梁子文得授学道的秘诀，又隐居在洛阳山中。又从西城真人那里得到《太上宝文》《八素隐书》《大洞真经》等，并得到西城真人的引领，游历玄都，入紫桂宫，见到太上老君，太上老君授他上清仙境秘籍《龙文八宝真经》两卷。后来又经过多年修炼，终于得道成仙。游历天下时，来到自空虞山紫清太素琼阙，拜见了太素三元上道君，被封为太素清虚真人，统领小有天，治理王屋山洞天，领天王之职。

有一次，王褒问魏夫人："你认为道教的最高境界是什么？"

魏夫人答道："应该是天师道尊崇的玉清境吧。"

王褒摇摇头说道："世人只知道玉清，但不知道天界还有一处上清仙宫，宫中藏着一批至精至妙的真经，比玉清修炼的真经还要高上一等。"略停了一下，王褒又说道："当年我在华山修炼时，有一天夜里，我忽然听见林外箫鼓声声由远及近，忙出门观看，只见空中有千骑万乘，正徐徐下落，原来是太极真人率领群仙降临到了华山，特地来通告我已名录仙籍之事。后来我又在洛阳的山中修炼，太极真人再次从天界降临，并传授给我《大洞真经》等三十一卷经书，要我按照经书修炼，传给后人。这些经书均是上清宫中所藏真经，我见你诚心奉道，很有仙缘，所以将经书传给你，望你能继往开来，将上清经法发扬光大。"王褒说着便将那些经书拿给了魏夫人。

魏华存得到真经之后，修炼更加勤勉，法力日益精进，八十三岁时，魏夫人服用仙丹升天。在天界她进一步修炼，但她最大的精进与西王母是分不开的。

某一年，魏夫人受邀参加了西王母在昆仑山举办的瑶池蟠桃会，她见到了掌管众女仙的西王母，西王母极为欣赏魏夫人潜心修道的诚心，便引领她晋见了玉晨大道君，受封紫虚元君，掌管南岳衡山，所以世人又称她为"南岳魏夫人"。

第四章　其他传说

嵩岳梦游

　　传说，古时候，三礼的田谬很有文采，博览群书，学识渊博，和他的朋友邓韶相类似。他们都是因为人太老实，不爱彰显自己，所以没有声名远扬。田谬的家住在洛阳。元和年间，癸巳那一年中秋节的晚上，田谬携带着酒具，傍晚从建春门出来，准备和好朋友邓韶去郊外赏月赏桂。田谬走了二三里地，在中途遇到了邓韶，邓韶也携带着酒具从东边走来。两个人在路边停下马，正想着到哪赏月最好呢，这时就又见有两个书生骑着青白色的马，也从建春门那边出来。他们与田谬、邓韶作揖见礼，然后说："二位带着酒具，莫非是寻找今天晚上赏月的地方吗？我们有个庄园，水筑台榭在洛阳一带是出名的，往东南走离这几里地，倘能调转马头一同前往，敝人不胜荣幸。"

　　田谬、邓韶对两位书生的邀请很高兴，就跟着他们前往。问两位书生的姓名，都被这两位书生用别的话岔开。走了几里地过后，眼见月亮已经升起在半空了，终于见到了一个小门。刚进去时觉得很荒凉，又走了几百步，就有特别的香味迎面扑来。那里泉水和瀑布交流，松树和桂花夹道。奇花异草，明烛照耀得如同白昼。俊鸟腾飞，和天上的明月直相辉映。看得田谬、邓韶连连称叹。

　　在这样的一个所在，两人觉得真是一个赏月的最佳地点，所以二人要求传杯痛饮。书生问道："您的酒器中酒的味道怎么样？"田谬、邓韶回答说："我们带的是乾和五酿。即便上清宫里的佳酿，估计也不会比这种酒的味道更好。"书生说："我有瑞露酒，是提取百花的甘露精炼而成，不知与您的美酒，哪个更好？"

　　于是对随从的小童说："折一支烛夜花，倒给二位先生品尝品尝。"烛夜花每枝四朵，深红色，花形圆如小瓶，直径三寸多，绿叶形似酒杯，触碰它还有余香。小童把花折来，在众人中一共传饮数巡。花汁的味道又甜又香，美酒的味道又烈又醇，夹杂在一起，那种感觉真是妙不可言。

　　喝完了酒，这两个书生又带着二人往东南走，过了几里来到一个门前。书生揖请二位客人下马，又用酒杯装上了烛夜花中剩下的瑞露酒，赏给从者每人一杯。这些侍从们都喝得大醉，各自停步于门外。书生于是领着二位客人入内，这时就有几十只鸾鸟仙鹤腾舞着来迎接。迈步向前走，只感到花更多了，酒味更美了。那里的百花都散发着芳香，把花枝压得低垂于路旁。凡是经过池馆堂榭，全都陈设着盛筵，好像等待什么人的样子，只是不留田谬、邓韶去坐。

田谬、邓韶喝多了，走得又很疲倦，要求暂时小憩。

书生说："原本坐一坐也没有什么大不了的，只不过对您二位不利罢了。"田谬、邓韶连忙惊问其中的缘故。

书生说："今天晚上，天上群仙在这座山岳聚会。因为您知礼仪，所以请您引导升降。这些都是群仙的座位，尘世间的凡人不宜触动啊。"说完，就看见正北花烛在天空绵亘不断，仙乐使天空沸腾起来。在金堤之上停驻着云母做的双车，在瑶幄之内摆设着水晶做的果盘。群仙正演奏着《霓裳羽衣曲》。

书生向前走近，命田谬、邓韶给夫人行礼，夫人掀开帷幕笑着说："不错，下界的人却能如此懂得礼仪。然而衣服食物的气味还是这样的熏人，不可让他们靠近贵婿。可以各赏他们薰髓酒一杯。"

田谬、邓韶领赏，喝完薰髓酒，觉得肌肤温润，渐渐与平常人不同，呼吸都有奇异的香气。这时，只见这位夫人问身边的侍者："是谁把他们召来的？"回答说："卫符卿、李八百。"夫人说："那就令这两个童子接待。"

于是二童把田谬、邓韶领到神仙的背后纵目观看。田谬问童子说："主持仪式的人是谁？"童子回答说："刘纲。"田谬又问："充当侍者的是谁？"回答说："茅盈。"问："东邻弹筝击筑的女子是谁？"回答说："麻姑、陶自然。"他们又问刚才帷幄之中坐着的夫人是谁？童子回答说是西王母。二人不胜惊愕，感觉是实实在在地来到了神仙的世界。

不一会儿，有一人驾鹤而来，王母说："刘君久望。"有玉支问道："赞礼的人来没来？"童子应到："来了。"于是把田谬、邓韶领进去，站在碧玉堂下左边。刘君笑着说："刚才由于莲花峰士奏章的缘故，事情必须决断处置，因此耽搁了。还有许多客人没来，怎么说久望呢？"

西王母说："奏章言事的人所为何事？"刘君说："浮梁县令祈求延长寿命。因为他这个人凭贿赂当官，以苛刻残酷的办法处理政务，在办案上生私情，没有遵循古人的忠恕之道，唯独在财产上拼命钻营、巧取豪夺的办法层出不穷，自己给自己留下覆灭的结果，因而折损余寿。但因莲花峰士屈从于他的意旨，把他的奏章写得很恳切，特请您将浮梁县令的死限再延五年。"

田谬悄悄问："刘君是谁？"一个童子回答说："是汉朝天子。"

过后，又有一个人驾着黄龙，带着黄色有铃铛的龙旗，以笙歌为前导，以嫔嫱为后队，到了王母的瑶幄下。西王母又问道："李君为什么来迟了？"李君回答说："因为下令让龙神安排水旱的计划，兴雨弥漫淮蔡，用以歼灭妖逆。"汉帝说："兴雨了老百姓怎么办？"李君说："天帝也有这个疑问，我一道表章就解决了他的疑惑。"

汉帝说："可以让我听一听你的表章内容吗？"李君说："不能全部记住，只略举大纲吧。那道表章大意是：某县的一个人，德政通及千万百姓，治理百姓履行职责，该深则深，该

第四章 其他传说

薄则薄，不敢怠误荒废，不敢劳动雨师之车。平定中夏巴蜀的妖孽，不费天府之力。扫荡东吴上党的妖孽，大部分被廓清，只有一方还处在不祥的氛围中。如果让岁时丰收，人心安定，这就养肥了群丑。只要庄稼歉收，灾害发作，一定使人心摇动。如此老百姓就会群起而攻之，可以席卷全国，灾祸就会殃及三州的逆党。安定天下疾苦的百姓，这样的功劳是最大的，所受的损害也最小。因此，烦请龙神前来施水，厉鬼前来行灾，由此天诛，以资天下百姓的战力。"

汉帝说："表章很好，既已允许，可以提前祝贺诛除妖孽了。"书生告诉田谬、邓韶："这个人就是开元天宝年间的太平天子李隆基。"

不久，又听到仙乐从空中传来，手擎红色符节的人在前面大声说："穆天子来了，奏乐！"

群仙都站起来，西王母也离开座位相迎，两个皇帝也降阶出迎，然后一起入帷幄之中环坐而饮。

王母说："为何不把老轩辕拉来？"穆天子说："他今天晚上主持月宫的宴席，因此来不了。"西王母感慨地说："昆仑山瑶池一别之后，山谷几经变迁移动，刚才来时观看洛阳东城，已变成土丘废墟了。定鼎门的西路，转眼间又变成了热闹的市朝。而人们的名利思想还像旧时一样，可悲可叹哪！"

接着，穆王把酒，请王母唱歌。

王母就用珊瑚钩敲击着玉盘而唱道："劝君酒，为君悲。"又吟诵说："自从频见市朝改，无复瑶池宴乐心。"

王母持杯，穆天子唱道："奉君酒，休叹市朝非。早知无复瑶池兴，悔驾骅骝草草归。"唱完以后，穆天子与西王母又一起回忆以前二人在昆仑山瑶池相会时的旧事。于是又重新歌唱了一段。二人相互唱和祝酒。一会儿，汉帝又说："我听说丁令威能唱歌。"就命左右之人去把他召来。丁令威来到，汉帝又派子晋吹笙来伴奏。

丁令威唱道："月照骊山露泣花，似悲先帝早升遐。至今犹有长生鹿，时绕温泉望翠华。"汉帝持杯良久，感慨良久。王母娘娘说："应该把叶静能召来，让他唱一曲时下的事。"一会儿，叶静能也来到，跪着给各位神仙敬酒，又引吭高歌。歌唱完了，唐玄宗凄惨良久，诸仙也觉得惨然。

于是黄龙持杯，也在车前舞了又拜致祝词。接着，西王母给众人赏赐礼品：鲛绡的织物五千匹，海人的文锦三千端，琉璃琥珀器皿一百床，明月般的骊珠各十斛，众神欣喜领赏。一会儿，进献法膳，共几十道美味佳肴，连田谬、邓韶也借了光。田谬、邓韶饮了酒。

这时有仙女捧着玉箱，托着红纸和笔砚而来，请写催汝诗。于是刘纲作诗写道："玉为质兮花为颜，蝉为鬓兮云为鬟。何劳傅粉兮施渥丹，早出娉婷兮缥缈间。"于是茅盈作诗写道："水晶帐开银烛明，风摇珠飒连云清。休匀红粉饰花态，早驾双鸾朝玉京。"巢父作诗写道："三星在天银河回，人间曙色东方来。玉苗琼蕊亦宜夜，莫使一花冲晓开。"

昆仑神话故事集

这些诗送进帷幄以后，就听里面有环佩响动的声音。于是就有几十位玉女引领仙郎入帐，召田谬、邓韶去执行礼仪。

礼仪完毕，两个书生又领着田谬、邓韶向西王母辞行，西王母说："不是没有好的宝物可以赠送给你们，只不过你们没有力量携带罢了。"于是各赏他们延寿酒一杯，说："此酒可以增添你们在人间三十年的寿命。"又命卫符卿等领着他俩回人间，不要让他们归途寂寞。于是两个童子领着田谬、邓韶离去。

一路上二童又折烛夜花给他俩倒瑞露酒喝，二人每走一步都恋恋不舍。卫符卿对田谬、邓韶说："夫人白昼升天，让鸾鸟仙鹤驾车，这样的事情，只是在于长期积习罢了。积累仁德而又胸蕴才学，却始终不能享受爵禄，我不相信这样的事。倘若您能够跳出尘缘的牢笼，能够解脱世俗的桎梏，从现在开始十五年后，我在三十六峰等待您，希望您二位在人间珍重自爱，咱们后会有期。"

和两位神仙依依惜别之后，田谬、邓韶又从来时的东门出来，双方握手告别。分别以后，只不过走了四五步，再回过头看，哪里还有什么神仙和侍童的踪迹？只有嵩山巍然耸立，直刺青天。

他们找到一条砍柴人走出的小路，沿路回来。

等到回到家里，才知仙界一晚，人间已过去一年多了。而家里人因为他们二人自那晚赏月出去就杳无音信，都以为他们死了，已为他们招魂下葬在北邙山原野之中，坟上的草都已经很长了。

于是田谬、邓韶尘心已了，就抛弃家室，一同进入少室山，再也没有消息了。

第四章　其他传说

仙境一日　凡间十年

　　传说，很久很久以前，蜀郡青城有一个人，不知他叫什么名字。

　　这个人曾经在青城山下采药，挖到了一棵大薯药，往下挖了几丈深，发现它的根渐渐粗大，像瓮那么粗。这个人不停地往下挖，渐渐挖到了五六丈深，土就不停地往下陷。到十丈深的时候，一不小心，这个人掉到了坑里。

　　他从坑里抬头仰视洞口，只能看见如同星星那么大的光亮，心里很恐惧，以为自己必死无疑了。

　　忽然他发现旁边还有一个洞，心想怎么都是死，不如看看，就爬了进去。开始洞身极其狭小，他只能勉强通过。越往里爬，洞越宽敞，渐渐能站起来走路了。不出几十步，就看见前面依稀有亮光。他循着那亮光往前走，大概走了一里左右，这个洞穴渐渐变得很高。他在洞中又绕来绕去走了一里多，就走出了一个洞口。

　　洞前边有一条河，大约几十步宽。岸上有一个村落，几十户人家，家家有花草树木。正是春天二三月的时候，树上开着娇艳的花朵，都是他叫不出名字来的。村里耕地的农夫、织布的妇女、钓鱼的儿童。大家的样子都很快乐知足，从他们的穿着来看，不像现在这个时代的人。

　　这时，有一个人发现了傻站在洞口的他，就吃惊地问他是怎么来的。于是挖药人就一五一十地告诉了那人自己的遭遇。那人就用一条小船把他渡了过去。挖药人说自己已经三天没有吃东西了，那人就把胡麻饭、柏子汤以及各种腌菜给他吃。

　　他在这里住了几天，觉得自己的身体渐渐地变轻，就问那人："这是什么地方？"并且向那人打听回蜀郡的道路。

　　那人对他笑笑说："你是人世间的人，不知道这是仙境。你能到这个地方来，就表明你应该与神仙有缘分，暂且留在这里。我将领你去昆仑山和天庭拜见东王公和西王母。"这时，听见村中又有人喊道："明天是三月三，可以去拜谒天帝了。"

　　第二天，那人带着挖药人一起出门。他们一会儿乘驾着云气，一会儿乘驾着龙鹤。那个人还能在云中徒步行走。

　　不多时，就来到一处所在，这里所有的房子都是用金玉装饰的，宫殿楼阁，金碧辉煌。从四方来的人都汇集到一座宫殿前，按照一定的次序进去拜谒，唯独挖药人被留在了宫门外。一头赤红色的大牛趴在门口，它的形状很奇特，正闭着眼睛吐唾沫。

昆仑神话故事集

带他来的那个人让他去参拜这头牛，乞求成仙之道，如果牛吐出什么宝物，要立即把它吞下。挖药人按照他说的去做，毕恭毕敬地参拜了牛。

不一会儿，这牛吐出一颗赤色珠子，直径超过一寸。他刚要去捧，忽然有一个穿红衣服的童子拾起宝珠，就离开了。他再拜了，牛又吐出一颗青色珍珠，结果被一个穿青色衣服的童子取去。他再讨要，又有黄珍珠白珍珠，也都被各个童子夺去。

最后挖药人着急了，于是急忙用手捧住牛嘴，不一会儿接到一颗黑珠子，就赶快吞了下去。一个穿黑衣的童子过来，什么也没有见到，就空手回去了。

那人于是领着挖药人去拜见天帝。天帝坐在殿上，样子十分威严。七个侍卫佩剑站在其左右。几百名玉女和侍从在庭院里。庭院里到处是奇花异果，散发着人间所没有的香气。天帝问了一些问题，他都如实地回答。

谈话间，他常常四顾左右，看着美丽的玉女。天帝就问他："你很喜欢这些侍奉的玉女吗？"他趴在地上请罪。天帝说："只要你勤奋地用心修道，自然会有这些。但是你的修行还不到家。你必须努力用功，不然就不能轻易得到。"

天帝让左右端来一盘仙果。仙果是青红色，有拳头那么大，样子像人世间的海棠果，芳香无比。天帝把仙果给他看，说道："你随便用手捧，捧几个果，就给你几个侍女。"他自己估计最多能捧起十几个，就伸手去捧，没想到只捧起三颗而已。天帝说："这对你来说已经足够了。"

因为挖药人是刚来的，宫中没有他的位置，暂时就让他随那人回到了村子。另外给他一所房子居住，三名侍女跟着他一起回村侍奉他。村里人都很热心地向他传授神仙之术，帮他服药炼气，洗涤尘俗之念。

后来挖药人又多次拜见天帝，每次天帝都勉励他全心全意地修行。

他所居之处的草木，没有荣枯寒暑的变化，一直都是人间三月的繁荣景象。大概过了一年多，他认为自己仙道已成，忽然半夜里叹气。

左右问他为什么叹气，他说："我本是凡间的人，因为偶然的机遇来到这里，来的时候妻子生了一个女孩，刚没几天我就离开了，现在过了这么长时间，也不知道家里怎么样了。我想回去看看。"

玉女说："你离开人世已经很久了，妻子女儿应该已经死去，哪儿能再找到！大概因为你尘念未了，到现在还胡思乱想。"

采药人说："我外出采药到现在只有一年罢了，妻子应该没什么变化，我只是想弄明白是怎么回事。"

玉女于是告诉了邻居们，邻居们都感叹。又告诉了天帝，天帝让人送他回去。神仙们在水上作歌奏乐、置办宴席为他送行。

那三名侍奉他的玉女向他告别，每人送给他一锭黄金，说："恐怕到了人世间，回家

第四章 其他传说

什么也找不到，用这些黄金作费用吧！"其中一个玉女说："你到了那里，如果什么也没见到，想回来，我有药放在金锭中，你取出来吞下去，就可以回来啦！"另一个玉女说："担心你被尘念侵害，不再有仙气，我们就在金锭里预备了药。可是又怕金锭中的药会保存不住，我就在你家老屋东头的一块槌衣石下边，埋了仙药。如果你不能从金锭中取药，只要到石下取药吃下也可以。"

说完，有一群鸿鹄从天际飞过，大伙对他说："你看到这些鸿鹄了吧？只要跟着它们飞去，就可以回去。"众人把他抬起来，他腾身往上一跃，便来到鸿鹄群中。鸿鹄也不害怕，和他共同飞在空中。他回头看看，还能望见岸上大约有一百来人挥手送他。

飞了一会儿，他来到一座城中。城里人很多。他一打听，这地方是临海县，离蜀郡已经很远了。于是就卖掉一个金锭作盘缠。经过一年才来到蜀地。

那时已经是开元末年。他到处打听他的家，却没有一个人知道。

有一天，有一个九十多岁的人说："我祖父当年外出采药，再没回来，不知哪儿去了，到现在九十年了。"他这才知道这人是他的孙子，于是说了自己的经历。祖孙俩抱头痛哭。孙子说："姑姑、叔叔全都已经亡故了。祖父离家时生的那个女儿出嫁以后也死了，她的孙子都五十多岁了。"

祖孙俩去寻找故居，见故居都成了瓦砾和荒草，只有旧时的槌衣石还在。他这才明白了玉女们说的话。

于是他砸碎金锭找药。要吃药的时候，药忽然不见了。他又把槌衣石抬起来，从石下取出一个玉盒，盒中有丹药，他就把它吞下，就进了青城山，不知到哪儿去了，大概是回到洞天仙境去了。

挖药人本来是凡人，无意中成了仙，自己却并不知道。

当时有一个叫罗公的术士远在蜀地，他听了挖药人的故事以后，便说："这是第五洞宝仙九室的天地。天帝就是东王公，他跟前站着的七个佩刀侍卫，是北斗七星。那宫殿前红色的牛叫驮龙，牛吐的珠子，人如果吞了红色的，寿命与天地一样；吞了青色的，能活五万岁；吞了黄色的，寿命三万岁；白色的一万岁；黑色的五千岁。这个人吞了黑色珠，虽然不能学道术，但是在人世上也能活五千年了。"

另外有个人叫李球，是燕人。唐文宗宝历二年，和他的朋友刘生游览五台山。五台山有一个风穴，游人稍微有些喧哗呼叫或投物击触，就会大风骤起，掀走屋盖，拔出大树，造成破坏。所以人们登山的时候，总是互相嘱咐告诫，都不敢去触动它。

但这个李球走到风穴口时，竟持一种嬉戏的态度，把一块大石头扔进了洞穴中。过了好长时间，石头撞击洞壁的声音才没有了。然后果然有像骏马奔驰似的大风迸发出来，有一根木头像大柱一样，随着风飞出。

李球的性情轩昂勇猛，什么也不顾忌，于是用力扳住那根木头，但是坠入了洞穴中。

昆仑神话故事集

李球被木头载着,也不能出来,过了好长时间,才落到地上。这时他看见一个人形状像狮子,却说人话,他领着李球进入洞中的书房里,看见两个道士正在下棋。

道士看见李球很高兴,问李球修行的道术。李球平时不知道,也不了解有关修行的事,所以默默无言,不知怎样回答。两位仙人责备那个引导李球进来的人说:"我的道术的精要,应当授予有骨相的有识之士和学习道术的人。你为什么胡乱引来凡俗的庸人进入我的仙府呀?快引导他出去。"说完顺便把一杯水送给李球让他喝,并对他说:"你虽然是凡俗之流,但能看到我洞府,脚踩我真境,也就有一点道的情分了,所遗憾的是你平素不习道术,不可以告诉你修行的要领。不过,你可以离开这里。如果确有希生之心,出世之志,以后可以再来。喝了这神浆,也可以延年益寿。"

李球喝完水,拜谢完毕,引者领李球到来时的洞旁边,指给他看另外的路说:"这山是道家的紫府洞,在五峰的上面,搜集来天下的奇宝,用来镇峰顶。如象茅山洞,用安息国全埔城的宝物镇它。春山杂玉,环水香琼,来坚固上仙的住所。这山的东峰有离岳火球,西峰有丽农瑶室,南峰有洞光殊树,北峰有玉涧琼芝,中峰有自明之金。环光的玉每到积阴将散,久热将雨,就有众宝交相发光,照耀岩岭。春秋的早晨,就有九色的气连接天,光辉闪烁云霞之上。太帝命令韩司少卿、东方君和紫府先生,率领六年仙寮神王力士,在这儿镇守。所以叫神仙之府。"

"这洞有三个门:一个一直西通昆仑山,一个出口在这岩石下面,一个是向来风穴,来风穴是洞的正门,各门都有龙蛇把守。先生有命令说:'有大石头投入洞门,击中我柱的,是人世间将要获得道术的人,在这里接受道术。'如果碰到了就让我引进。我也是学习了很长时间的道术,积蓄了很多功力,但人间的业障还没消除。由于素来就有的功业的庇荫,才能够把守这洞穴的口。我遵守先生的命令,恰好有人投石击中了柱子,依照先生的教导引进你,确实不知道你是嬉戏投石。然而几百年来,投石头的人很少,就是有,也没有击中柱子的。神仙的住宅,不容易来到,你将来也会有获得道家玄妙源流的机会。这里有北岩的小路,可以使你能很快地回到人间。"

引者说完,就解开衣带,取出三丸药,穿到一根枯干的树枝的梢上,又对李球说:"路旁如果看见有奇怪的东西,用药指它就不会被伤害。这药吃了它,可以无痛。"

李球手里拿着这药,走到洞中黑暗处。没想到药有光,像火一样。有几条大蛇,张大口向着李球,李球赶紧用药指它们,大蛇就都伏在地上不敢动。李球于是出了洞门,门外的古树已经半朽,洞口都要被塞住了。李球推开填塞洞口的土和朽树,很久才出来,出来已在寺门的外面了。

在这之前,因刘生和李球一起游玩,而李球失踪,李球的儿子怀疑刘生害了他的父亲,正想要向官府诉讼。因为寺里有大斋,没有能够就去。现在看到李球回来了,大家都很高兴。

李球给大家说了他所看见的奇怪的事。顺便把三丸药分给刘生和自己的儿子各吃一丸。

第四章 其他传说

当李球六十岁时，胡须已经白了，垂在胸前；可当他九十多岁时，容貌身形却像三十几岁的人。说起所遇到的奇事，他常常感慨地说："从服药到现在，逐渐由老朽变成健壮，性情不喜欢吃东西。"他的儿子也像三十岁左右。因而父子俩决心一起进入仙山修道。有人说他们去了昆仑山，有人说他们去了王屋山。总之，从那以后，再也没有人见过他们。

鲁班借龙宫

传说很久很久以前，鲁班师傅通过不懈的探索，对造房子的要求越来越高，想要造一座天下最好看的房子。

鲁班师傅造房子的手艺天下第一，举世无双。但是，天下最好看的房子是什么样子的呢？鲁班师傅冥思苦想了很久也想不出来。

他去问他爹爹，爹爹说："这有什么为难的？你就照着祖屋造吧！"

祖屋确实蛮好看，但祖屋不是天下最好看的房子。

他去问他师傅，师傅说："这有什么难的？你就照着皇宫造吧！"

皇宫虽说金碧辉煌，但是鲁班师傅觉得，天下最好看的房子么，皇宫还是够不上。

当天晚上，鲁班回家去问他娘子。鲁班娘子人长得美丽，脑袋瓜也十分聪明。你见过亭子吗？你见过亭子只是进去坐坐罢了，但鲁班娘子呢？传说她见到鲁班造亭子时，灵机一动，就发明了后世一直使用的油纸伞。

鲁班娘子听说鲁班要造天底下最好看的房子，就建议说："天下最好看的房子，我也没见过。但我曾听来此地云游的昆仑山道人说过，天下最好看的房子除了'天之下都'昆仑山上的宫殿外，就数东海龙王的龙宫好看了。昆仑山太远了，一时去不了，不如你下东海去，借个龙宫来做样子。"

"东海龙宫？多谢娘子提醒！那我明日就去借！"

鲁班师傅想着海底的珊瑚玉树，想得一整夜睡不着。第二天一大早，他就跑到东海，问东海龙王借龙宫。

鲁班师傅大名鼎鼎，东海龙王推托不过，只得借给他："龙宫可以借给你，不过，只有三天期限，三天期限一到，你就必须还回来。"

三天？鲁班思忖了一下，觉得这时间太紧，怎么也不够。于是跟龙王用玩笑的口气商量："别那么小气嘛，难道就不能多借几天？"

结果龙王不肯通融："就三天。"

没办法，鲁班师傅只能先把龙宫弄回来。当他把这美丽的宫殿放在花草地上，前面是水，后面是山，整个宫殿流金溢彩，大伙儿一见，都围过来观赏，个个夸这龙宫真好看，红砖墙，绿瓦背，门窗雕着金花龙凤，用波浪做成屋檐，四个飞檐屋角最好看，高高翘起，就像长了四只大翅膀。有了四个飞檐，那龙宫也活了，马上就要原地起飞似的。

第四章 其他传说

"这龙宫，真的是天下最好看的房子呀！"大伙儿都这样说。

鲁班师傅目不转睛地看着龙宫，围着那龙宫转。

第一天，鲁班师傅摸着龙宫各扇门、各扇窗，又爬上梯子去摸屋檐，喜欢得舍不得离开。他思量了大半天，还没来得及拿出纸笔画图画，天就黑了。

第二天，鲁班师傅照着龙宫的式样画图纸，他画了又擦，擦了又画，只觉得无论怎么画都没办法把龙宫的妙处画出来。太阳落山，月亮出来，鲁班师傅刚刚把图纸画好，还没来得及吩咐徒弟去买建筑材料，天就黑了。

第三天，鲁班师傅吩咐徒弟买来建筑材料，开始赶工。可是，才刚刚打好地基，还没来得及把房子建好，天又黑了。

三天时限就要到了，龙王马上就要派人来要回龙宫啦！这可怎么办呢？

鲁班师傅急得火烧火燎，嘴角都起了火泡。

一切都还没准备好，他实在舍不得还这座龙宫，好想跟龙宫来的人说一说，让龙宫多留几天，让他多看几眼，多画几张图。他怕东海兵将不跟他打招呼，夜里偷偷来把龙宫取走，就拿来四串大铜铃，挂在翘起的屋角上。这还不放心，他又吩咐家里的大公鸡站在屋顶，叫它一看到龙宫来人就大声叫唤。

果然，三更时分，东海龙王就派龙太子和金鲤鱼大将来取龙宫啦。

俗话说："龙布风，鲤行雨。"龙太子和金鲤鱼大将还没到，就吹来一阵大风，下了一场大雨。挂在屋角的铜铃"丁零当啷"响起来，吵醒了鲁班师傅。鲁班师傅连忙叫徒弟们起身，在龙宫四周钉上大木桩，一共钉了四根大木桩。

才刚刚钉好，龙太子和金鲤鱼大将就到了。它们用力搬，搬不动；用力推，推不动；用力拔，拔不起。站在屋顶上的大公鸡见这情景，赶忙"喔喔喔"地大叫起来。

太阳听到公鸡叫，"嘭"地一声从东海升起来，一下子升得老高老高，龙太子急得爬上龙宫的瓦背顶，金鲤鱼急得拿鱼头直撞门。可是无论它们怎么拉，怎么扯，怎么撞，龙宫还是一动也不动。

太阳越升越高，晒得大地越来越热，龙太子无路可逃，在屋顶被晒住了——龙头扑在屋角上，龙身沿着瓦背横睡着，龙尾晒干了，高高翘起来。

金鲤鱼被晒得耐不住，乱蹦乱跳，最后挂在大门上，弓着身子，张开大嘴，睁大了眼睛。

鲁班师傅一看，觉得房子这个样子非常棒，非常漂亮，他连忙照着样子，把图纸画好了。

画好以后，鲁班师傅赶忙把龙宫还回去了。

只见龙宫一放入海水里，那晒在屋顶的龙太子，挂在门上的鲤鱼，便都活过来了，活蹦乱跳地游入海中。

从那会儿起，房子就都照着这个样子建啦！而且，鲁班在这个基础上，又探索了许多新方法，使各种建筑越来越独具特色，越来越新颖！

煮海治龙王

传说远古时候，舟山西南面的一个小岛上，遍地都埋着黄灿灿的金子，所以人们称它"金藏岛"。

后来，这个岛上有金子的消息被贪得无厌的东海龙王知道了。他为了独吞这满岛藏金的宝地，竟调遣它的龙子龙孙、虾兵蟹将，涨潮的涨潮，鼓浪的鼓浪，直向金藏岛扑来。眨眼间，恶浪滔天，狂风大作，金藏岛上树被连根拔起，许多房屋倒坍了，许多人被滔天的巨浪淹死了。

在金藏岛的东首有座纺花山，山上住着一位纺花仙女。她目睹东海龙王为了一己私欲无端作恶，残害百姓，心中气愤难抑。于是她决定要帮助这些百姓摆脱危难。只见她手拿神帚，朝海面轻轻一拂，漫上山来的滚滚潮水、滔滔巨浪，就哗的一声向后倒退了。金藏岛上幸存的男女老少，都纷纷逃往纺花山避难。

因纺花仙女知道这东海龙王过去在昆仑仙界也曾多次触犯天条，为了遏制它，纺花仙女摇身一变，化作一位白发苍苍的老婆婆，挂着拐杖对大家说："龙王为了得到宝藏，不惜水淹金藏岛，让大家都遭了殃。若要保住金藏岛，保住大家的家园，大家就得和我一起来纺花。只有纺花织成渔网，才能下海斗败龙王！"

大家听了老婆婆的话，不论男女老少都赶忙来纺花织网。他们没日没夜地纺着织着，整整忙了七七四十九天，终于织出了一张九九八十一斤重的金线渔网。这张又大又重的渔网，张开来竟然可以遮住头顶上的天空。

渔网织成了，可是一个现实的问题又让大家发起愁来，到底派谁下海去斗龙王呢？大家面面相觑，无法决定。因为他们觉得，只有能力超群的人才能战胜龙王。但大家都是普通人，怎么办呢？

正在大家没法决定的时候，人群中跳出一个孩子，只见他拍着胸脯说："我去！"

乡亲们一看是海生，不禁心里凉了半截。海生只是个七八岁的小孩子，乳气还未脱，怎能下海斗龙王？可是纺花仙女听了，却乐呵呵地说："下海斗龙王，最需要的是有胆量。海生小小年纪就有如此魄力，就让他去吧！"

接着，她就拿出一套金线衣，给海生穿上，又向海生传授了斗龙的秘诀。

海生穿上金线衣，顿觉全身一阵酥痒，他遵照纺花仙女的嘱咐念了声："大！"没想到浑身上下的肌肉疙瘩立刻一块块鼓了起来，越来越大，一下子变成了一个力大无穷、顶

第四章 其他传说

天立地的巨人。乡亲们一个个看得目瞪口呆，惊讶万分。这时，只见海生毫不费劲地就拿起了那张九九八十一斤重的金线渔网，辞别纺花仙女和众乡亲，迈开大步，奔下纺花山，扑通一声跳进了汪洋大海。

说来也奇怪，海生游到哪里，哪里的海水就纷纷让路。原来海生穿的金线衣是纺花仙女特地为他编织的避水宝衣！

一路畅通无阻，不一会儿工夫，海生就来到大海中央。他取出金线网往上一抛，大喊一声："大！"那网就铺天盖地撒向了大海。

万万没想到，第一网收起，就擒住了东海龙王的护宝将军狗鳗精。海生听纺花仙女说过，只要擒住狗鳗精，就可得到煮海锅，有了煮海锅，就能保全金藏岛。他开心极了，命令狗鳗精快快交出煮海锅来！

原来这煮海锅，是女娲炼石补天时剩余的一块石头。后经太上老君在昆仑山将其围炉炼丹，已有十分的仙气。后不知怎的，被东海龙王上昆仑山时见到，就被带回了龙宫。

狗鳗精沉默着，一声不吭。因为它知道，一旦将这个秘密说出去，自己一定会受到龙王的惩罚。可是，时间一分一秒地过去，金线网越缩越小，被罩在网中的狗鳗精痛得死去活来，为了活命，最后它只得向海生求饶："好吧好吧，我说，我说！"

海生问："快说，煮海锅在哪里？"

狗鳗精战战兢兢地说："在东海龙宫的百宝殿里，我可以带你去！"于是乖乖地带着海生到东海龙宫的百宝殿去拿煮海锅。

还没进百宝殿，就有万道金光从里面射出来，进去一看，只见里面藏着各种各样的宝贝，各类金银财宝一应俱全，闪着万丈光芒。殿内九缸十八排，缸缸盛满了奇珍异宝。海生对这些都视若无睹，拿上找到的煮海锅，就急匆匆地赶回纺花山来了。

海生和大家一道按照纺花仙女的指点，在海边支起煮海锅，舀来一勺东海水倒进锅里，然后点着一堆干柴，就"噼里啪啦"地煮起来。就这样，煮呀，煮呀，一炷香的时间过去了，海水里有热气冒出来；两炷香的时间过去了，煮得海水泛起了白泡泡；三炷香过去之后，煮得东海龙王老老实实地浮出了水面，后面跟着一群气喘吁吁的龙子龙孙、虾兵蟹将，直喊饶命！

海生看到东海龙王，说："赶快退潮息浪，还我们的金藏岛。否则，我就煮烂你这个海龙王！"

东海龙王连连作揖，急忙下令潮退三尺，浪息三丈。

金藏岛终于又露出水面重见天日。

谁知，等海生刚端开锅，熄了火，东海龙王又再次拿出过去在昆仑仙界泼皮耍奸的作风，突然涨潮鼓浪，一个浪头上来，就将煮海锅卷得无影无踪了。

"怎么办？"海生急得直跺脚。不承想，这一脚非同小可，跺得地动山摇！所有埋藏在地下的金子，都被海生跺了出来，纷纷飞向海岸，落在滩头。眨眼之间，就形成了一道金光闪闪的大海塘。任凭潮涌浪翻，这座金塘巍然屹立，岿然不动。

东海龙王终于知道了海生的厉害，自此以后，再也不敢出来兴风作浪了。百姓们又过上了太平的生活，而"金藏岛"自此以后也被人们改称为"金塘岛"。

第四章 其他传说

龙公主与捕鱼郎

很久很久以前,传说昆仑山以东都是海,海边有个岛,岛上有个小伙子,叫海田,家里很穷,十五六岁就到船老板的船上去当伙计了。海田长得敦厚老实,不仅手脚勤快,还吹得一手好渔笛。

一天早晨,渔船扬帆出海,撒网捕鱼。可是每次拉上来一看,网里都是空空的。他们换了一个又一个地方,撒了一网又一网,可还是一无所获。

打不着鱼,没有收入,回家吃什么啊,大家的情绪都低沉起来。

船老大看伙计们一个个都愁眉苦脸的,便对海田说:

"伙计!吹曲笛子吧,让大家消消愁,解解闷!"

海田答应了,便坐在船头上,吹响了渔笛。

一瞬间,婉转动听的笛声就开始在海面荡漾。一支曲子吹完,船老大才叫大伙去拉渔网。可是,渔网一节一节拉上来,还全是空的。大伙心里凉透了,拉起最后一节网袋时也没抱什么希望,拉上来就猛地往船板上一掼。

忽然,网袋里闪出一道金光,把渔船照得通亮通亮。大伙吓呆了!仔细一看,原来捕到了一条金灿灿的鱼。只见这条鱼浑身金鳞闪亮,背脊上有一条鲜红的花纹,头顶红彤彤的,嘴唇黄澄澄的,唇边还长着两条又细又长的胡须。

这是什么鱼?大家面面相觑,都不认识。只有船老大一个人知道。他告诉大伙,这是一条非常稀罕名贵的鱼,叫黄神鱼,吃了这种鱼能补身强筋骨。而且,最重要的是,有黄神鱼的地方,一定有鱼群。

船老大望着黄神鱼,笑嘻嘻地说:"海田,你去把这条鱼洗干净,烧成鱼羹请大家尝尝鲜。有了这个好兆头,但愿一会捕个大网头,一网鱼装上三舱!"

伙计们听了都满心欢喜,各自忙碌起来。只有海田看着黄神鱼发愣:这样好看的鱼杀掉烧鱼羹,多可惜啊!他心里有点舍不得,但船老大吩咐了,他手里还是拿起刀,在磨石上嚓嚓地磨了两下,吓得黄神鱼乱蹦乱跳。

紧接着海田就张开双手去捉鱼。可是,他往东,鱼就跳西;他往西,鱼就跳东,怎么抓也抓不住。突然,他听到一阵女孩子的哭泣声,感到奇怪:船上哪儿来的姑娘?他惊疑地四下一望,什么人都没有。再一看,只见黄神鱼躺在舱板上,嘴巴一张一闭,双眼噗噗流泪。海田看呆了,自言自语地说:"黄神鱼呀,老大要杀你,我有点不忍心啊!"

黄神鱼忽然跳到他的脚边，苦苦哀求："放我回去吧！放我回去吧！"

海田见它会说话，越发惊奇，蹲下身子问道："莫非你通灵性？"

黄神鱼点点头，眼泪簌簌流下来。

海田心肠软，用手揩揩黄神鱼脸上的泪。这一揩，黄神鱼哭得更伤心，眼泪像一串珍珠断了线，不停地往下落。海田同情地说："别哭！别哭！我放你，放你归大海！"说着，海田就捧起黄神鱼，走到船舷边。黄神鱼尾巴一翘，头一抬，扑通一声便跃进了大海。海面上咕噜噜一阵响，泛起一朵朵银白色的浪花，浪花中间冒出一个姑娘，娇滴滴，水灵灵，一双大眼睛直盯着海田看。

海田一下窘得满脸通红。急忙揉了揉眼睛，定睛再看，姑娘不见了。

原来，这姑娘是龙王的三公主。当天，她在龙宫里玩腻了，化作黄神鱼，悄悄地溜出了龙宫。突然，一阵笛声自远而近，她侧耳细听，那婉转动听的笛声一下就吸引住了她！她循声找寻吹笛人，一个不小心，就撞进了渔网里。

这时，海田呆呆地望着浪花，以为自己看花了眼，又用手揉了揉眼睛。

突然，他眼前一亮，海底下的海藻泥沙，他竟能看得清清楚楚。他正感到奇怪，这时，只见一群黄鱼迎面游来，他高兴地大声喊道："黄鱼！一群大黄鱼！老大，快下网呀！"

船老大不相信，摇摇头，没有搭理他。

眼看着黄鱼群从船底游过去了，海田惋惜地说："可惜，真是太可惜了！"

话声刚落，他又看见一群黄鱼朝渔船游来，他再一次大喊起来：

"老大，快下网，又来大黄鱼了！"

船老大这次半信半疑地催大伙撒下渔网。不到一袋烟的工夫，海田就拍着双手笑着喊："进网了，进网了，快拉网呀！"

渔网往上拉，哗啦哗啦一阵响后，渔网浮上海面，大伙一看，只见金灿灿、亮闪闪，满满的一网大黄鱼。大家高兴坏了。从此，岛上的渔民都传开了，说海田的眼睛能看到海底的鱼群。大伙都喜欢跟海田出海，他说哪里有鱼，渔民就往哪里撒网，网网不落空，次次满载而归。

岛上渔民的日子越过越兴旺，人人都很感激他。

这下可急坏了海龙王，急忙找来龟丞相商讨对策。

龟相摇着头说："这事难办！这小伙子救了三公主，三公主赠了他一对神眼珠。"

龟相于是把三公主如何听到笛声，如何落网遇救的经过说了一遍。

龙王听罢，沉吟片刻说："为了报恩，每天奉送几担海产是可以的，但怎么能赠送神眼珠呢！不行，神眼珠一定要收回来！"

龟相有点为难地说："收回神眼珠，这小伙子双目就会失明，恐怕三公主不答应！"

龙王不耐烦地说："那该怎么办？"

第四章　其他传说

龟相想了想，凑近龙王，如此这般地咬耳细语了一阵。最后，龙王无可奈何地叹了口气说："事到如今，也只得如此了！"

一天，风和日丽，海天蔚蓝。海田又带着岛上的渔船扬帆出海。他吹着渔笛，望着海底。船刚到一个地方，迎面就游来了鱼群。海田手持渔笛，指点撒网，谁知此时鱼群却哗地一下调头，顺潮而去。海田他们赶快摇橹猛追。追着追着，突然，天上升起团团乌云，海上也刮起了阵阵狂风。突然，一个巨浪打来，一下卷走了海田。大伙焦急地呼喊着："海田！海田！"

海田被浪卷着飘荡，只觉得天昏昏，海茫茫，不知过了多久，到了一个地方。他定睛一看，眼前有一幢富丽堂皇的宫殿，龟相站在宫门前迎接："浪花跳，贵客到，赶快进宫里歇一歇！"

接着，宫门里闪出一群宫女，簇拥着海田进了宫殿。宫殿里早就摆下了一桌酒筵，龟相请海田入席，端起酒杯，满脸堆笑地说："恭喜！恭喜！"

海田稳了稳神说："遇难落海，还道个啥喜？"

龟相说："龙王要招驸马，这不是天大的喜事吗？"

海田不解地说："我只是个穷渔郎，龙王招婿与我何关？"

龟相呵呵笑道："那天你救的通灵性的黄神鱼，就是美丽的三公主。患难相救，终身相配！"

海田一听，又惊又喜。但转念一想，门不当，户不对，公主怎能配渔郎？

他淡淡一笑说："公主是金枝玉叶，到人间吃不起苦。"说罢就要离席而去。

龟相忙伸手拦住："既然来了，何必再走？"

海田不依，一定要走。龟相急了，把脸一沉，喝道："龙王有旨，不愿留在龙宫，只好收回神眼珠！来呀！"

随着喊声，一队墨鱼围了上来，猛地喷出墨汁。

海田只觉得双眼一阵剧痛，昏死在地。

过了很久，海田才苏醒过来。他慢慢睁开眼睛，只觉得眼前一片漆黑，摸摸地上，全是沙子。海田虽然回到了家乡，却双目失明了，再也不能出海捕鱼了。他心里充满了忧伤和愤恨，常常独自一人坐在海边，吹着心爱的渔笛。

一天夜里，三公主被一阵笛声惊醒。她侧耳静听，不觉双眉紧锁，心里不安起来：以往的笛声是那么悠扬欢快，今天却如此忧伤凄恻！她匆匆离开龙宫，循着笛声来到海边。一见海田双目失明，她顿时就明白了父王当初许婚的用心。

她又恨又愧，扶起海田，一字一顿地说："走，我们回家去！"

海田只是呆呆地站着，脸上毫无表情，好像什么也没听见。三公主急了："既已许婚，你我就是夫妻！你不带我回家，叫我到哪里去？"

海田长长地叹了一口气说："我两眼看不见，怎么能连累你？你还是快回龙宫去吧！"

"不！我绝不回龙宫，宁可守你一辈子！"

海田心里万分感激，嘴里还是一个劲地催她快走。

三公主低头想了想说："好吧！一定要我走，那就让我再看看你的眼睛！"

海田听她答应回去了，便顺从地在沙滩上躺了下来。三公主微微张开嘴巴，一道异光射了出来，一颗龙珠一下就落在了海田的眼睛上。龙珠滴溜溜地打转，海田眼珠里的毒汁一滴一滴地往外淌，眼珠闪烁出一道亮光，越来越明亮。毒汁黏在龙珠上，异光灿烂的龙珠越来越暗淡，最后变成了一颗小黑球。

三公主失去龙珠，浑身发软，扑通一声跌坐在沙滩上。

海田的双目复明了，睁眼看见三公主瘫坐在沙滩上，花容憔悴，喘息不停，一时慌了手脚，忙问："你怎么了？"

三公主两眼含泪，忧郁地说："龙珠失明，我只好重返龙宫养身。你我要想再见，恐怕很难了！"

海田难过得说不出话来，他一把扶住三公主说："为了救我，你竟献出了宝珠，这可如何是好！"

三公主脸色惨白，微微一笑说："你双目复明，我也放心了！待我返回龙宫，恳求父王每日奉献海产万担！"

说罢，三公主渐渐地现出龙形，"哗"的一声，向大海深处游去。

据说，海龙王拗不过女儿的请求，终于答应每日奉献海产万担，算是报答海田的救命之恩！

第四章　其他传说

鲤鱼精

　　这个故事要从一位名叫许少君的书生开始,这位书生家住太湖北岸。他幼年家境贫寒,十岁便失去双亲,但是他非常得聪明好学,在方圆几十里很有名气。他的伯父伯母看到孩子生活得如此艰苦,便经常接济他,希望他日后能有出头之日,自己努力过上好的生活。

　　日子一天一天渐渐地过去了,伯父的年岁也越来越大了,许多事都渐渐力不从心,对他的接济也随之减少了。于是他便自己垦出一片荒地种些蔬菜自给自足,就这样平平淡淡地生活着。

　　许少君有一个习惯就是常常去湖边的鹰嘴岩上背诵诗书,在湖边那种平静而又祥和的感觉总能让自己心如止水。这天,许少君正在湖边背诵诗文,突然感觉肚子有些饿,正想回屋做饭,只听远处传来几声吆喝,一位中年的打鱼人向他大声地喊道:"这位小兄弟,

韦珂作品《鲤鱼精》

你们读书之人伤脑筋费精神，买一条鱼回去补补身子吧。我今天运气好，刚捕到了一条红鳞鲤鱼，非常的新鲜，便宜卖给你吧，我还是头一次捕到这么好的鱼呢！"

许少君本来不打算买鱼，想着回家吃些新鲜蔬菜即可，可听这位中年男人说捕到了一条鲜见的鱼，便好奇地走过去看个稀奇。这位中年男人立刻把船靠到岩边，抬手就捞起舱里的大鲤鱼。要说来事情有些怪异，这条大鲤鱼见了许少君，停止了挣扎还不停地向他点头。仔细一看它那长满鲜艳红鳞的背脊上还插着小半截渔叉。许少君这时便动了恻隐之心，立刻就掏出仅有的一吊钱来，把这可怜的大鲤鱼买了下来。他接过鲤鱼拔掉鱼背上的渔叉，匆忙地回到家中立刻取来了治疗伤口的草药粉末，敷在了大鲤鱼的伤口上，用布包扎好，轻轻地把它放回湖里，嘴里念叨着快点好起来吧，可怜的小家伙。

这事情过去了很久，有一天晚上，许少君坐在微弱的烛光下缝补破了的衣服，缝着缝着，他的指尖被针扎了一下，鲜血直冒，疼得他龇牙咧嘴的。这时也没有人安慰他。他一下心中感到无比孤独，他想，假若我能有个媳妇那该多好啊！有人陪伴，衣服破了有人缝，肚子饥了有人端来香喷喷的饭菜……想着想着，他回过神来自言自语道："不嫌我孤苦贫贱又好心的姑娘，你在哪里啊，什么时候才能出现呢……"

正在感叹着，这时门外突然传来了敲门声。许少君感到纳闷，这么晚了，谁还会来我家呢？于是他放下手中的针线活儿，慢悠悠地打开门一看，只见门口站着一位窈窕动人的姑娘。他紧张的结结巴巴地说："姑娘深夜来我寒舍，有何贵干？"

只见姑娘羞怯地回道："我叫红凌，因去亲戚看望姑姨迷了路，能否在你这里借宿一夜，明天一早就走？还请您不要拒绝！"许少君一听，立刻乱了方寸："这……这……"他望望外面黑漆漆的夜，再看看姑娘那可怜巴巴的表情，觉得晚上姑娘一人走夜路也确实太危险，最后还是请姑娘进了门。

第二天，许少君一大早就起来准备好食物和水，想让姑娘赶路之时充饥。可是他发现，红凌姑娘却没有一点走的意思，第三天、第四天还是没有动身的打算。许少君也不敢多问。就这样到了第五天，许少君终于开口问道："红凌姑娘，你不用赶路去姑姨家了吗？"

没想到红凌姑娘瞬间悲伤起来，不一会儿带着哭腔回答道："说实话我不是来找什么姑姨的，是家中父母双亡，实在无家可归，多日来看到先生人品不错才来借宿的。"许少君心里一阵酸痛，觉得这姑娘如此可怜，与自己一般的无助，于是决定留下红凌姑娘。从此，许少君与红凌姑娘过起了甜蜜的夫妻生活。红凌给了许少君一些碎银子，让他去买一架纺织机回来，她决定在家织布，然后让许少君拿到城里去卖，赚些钱回来补贴家用，就这样，二人的日子过得其乐融融。

这一年的秋天，红凌怀孕了。快分娩时，红凌叫许少君在屋子的后院搭起两间小茅屋，并且在茅屋中放一张床和一口大水缸，还嘱咐他到时候不能去偷看，并让他到镇上崔记小货店的隔壁去请一个姓刘的老太太来接生。许少君虽然觉得很奇怪，一头雾水，但都还是

第四章 其他传说

照办了。

一切就绪。第三天夜里，许少君只听茅屋里传出"扑腾扑腾"的水声，但他就是不敢靠近。天渐渐快亮时，茅屋里传出了婴儿的啼哭声，接着刘老太太抱着一个婴儿出来了。

许少君望着自己又白又胖的儿子，高兴得合不拢嘴。刘老太太一直帮许少君把红凌照料到出月子后才离开。

可是，婴儿满一百天后，却整日啼哭不止，任凭许少君怎么哄都不行。红凌轻叹一声，走进生孩子时的那间小茅屋。过了一会儿，只见红凌双手捧着一颗绿莹莹的珠子出来了，她拿珠子在孩子眼前晃了晃，孩子便立即止住了哭声。最后红凌只好用绸布缝了一个小香囊，装上珠子挂在孩子的脖子上，孩子才不哭不闹了。

后来孩子一天天长大了，脖子上不用挂那个装着珠子的香囊也能吃喝玩耍安静自如了。许少君想让妻子把珠子收藏起来，孩子也长大了，不需要用珠子来哄了。可红凌说，还是挂在孩子的脖子上吧，这是一颗宝珠，能治百病的。

生活还在继续。红凌照样织布，而且织出的布花样也越来越好看了，卖的价钱也更高了，日子越来越好了。慢慢地，许少君读书没以前那么用功卖力了，开始懒散了起来。有时，他到城里去卖布，卖了布竟然在城里还要住上两天才回家。红凌劝他说，还是要继续用功读书。许少君听了很不高兴，说多了听烦了，就取出酒饮起来。

儿子满一岁后的一天，许少君从城里回来，告诉妻子，县官老爷的娘不知得了什么怪病，许多医师都医不好，县官老爷急得像热锅上的蚂蚁一样团团转，他让师爷写了一张布告贴在县城门口，布告上说，谁能治好县官老爷母亲的病，赏黄金十两。许少君看了布告，想起妻子曾说过儿子颈上那颗能治百病的宝珠，因此，他为了黄金十两动起了保儿子健康的珠子的心思，急匆匆回来，想拿宝珠去给县官老爷的母亲治病，换来十两黄金，留待日后作上京赶考的路费。

妻子听许少君说完，就劝他别贪图那笔小财，只要安心读书，以后上京赶考的路费一定为他凑够。许少君听妻子这么说，轻叹一声，随便抄起一本书低头默读起来。

可是，次日天一亮，红凌却发现儿子脖子上的宝珠不见了，到处找许少君，也不见他的人影。红凌知道是许少君偷偷拿珠宝去给县官的老娘治病去了，心里暗自伤心，便轻叹了一声。

吃晚饭的时辰，许少君终于一瘸一拐地回来了，妻子关切地问他去县衙的情况，许少君低着头满脸羞愧地一言不发。问急了，许少君才长叹一声，说："娘子，我对不起你呀……"原来，许少君拿了宝珠去了县衙，很快就治好了县官他娘的病，县官大喜之后便起了贪心，他知道许少君这颗宝珠是无价之宝，便拿出十两黄金给他，想霸占珠子。许少君当然不答应给他宝珠，县官就心生一计，假装说，你不同意就算了，又对衙役们说："放他走吧。"谁知，许少君还没走出县衙大门，就被两名捕头捉了回去。两名捕头按倒许少君搜出了那

昆仑神话故事集

颗宝珠,然后,县官以许少君假借为老母亲治病为名,偷走了县衙的宝珠,念他是一时糊涂,又为县官母亲看过病,故不深究,只追回宝珠,乱棍将他打出了县衙。

妻子得知许少君失了宝珠,心中十分痛惜,她知道丈夫想发财,只得重重叹了一口气,便招呼夫君先吃饭,再从长计议。

这时,只听门外一声洪亮的声音叫道:"红绫仙子,快快出来随我二人回归太湖龙君府中,听候处置,若不从令,将受万世枷锁之苦……"红凌听到这震耳的声音,全身立时颤抖起来。许少君一把抓住妻子的衣袖道:"娘子,你怎么了?这是怎么回事?"

红凌满脸哀怨地说:"事到如今,我也不必再瞒你了。我本是太湖龙君的外甥女,是湖中的红鳞鲤鱼仙子。几年前,我常在湖里听你诵读诗书,暗暗爱上了你,后来你又救了我一命,我更铁定了心嫁给你,决定陪伴你一生。只是,你不该不听我的话,偷出宝珠后又被县官抢去。那宝珠本是昆仑山西王母送给我舅舅太湖龙君的,是女娲当年补天时遗漏下来的一块采石。那采石集天地之精华,已有无穷的法力。后来舅舅又送给了我,是我的镇身之宝。如今,我失去了宝珠就失去了法力,只好随二位神差回去了……"说着,已泣不成声。

原来,县官得了宝珠后,兴奋万分,想拿出来炫耀,于是就命人把它悬挂在衙门口派人看着,让过往的人都见个稀奇。宝珠的奇光异彩直冲城外,正巧被两位四处寻找红凌仙子的神差发现,他们便赶去收回了宝珠,以此找到了她的踪迹。

许少君听到真相后心如刀绞,悔恨万千,他抓住妻子的裙带,请求两位神差成全他们,让妻子留下。只见两位神差毫不留情,凶狠地扯住妻子向湖边奔去。许少君抱起床上的孩子追到湖边,只听见红凌的声音远远传来:"往后,你一定要好好养育我们的孩子,把他培养成一个有作为的人。"许少君一下跌坐在地上,差点急昏过去,他不停地说:"我听话,我听话,我不会再惹你生气了……"可如今,纵使万般悲伤也无济于事。

事情发生后,许少君不吃不喝,伤感了一天一夜。孩子不见了娘,啼哭不休,令他更加烦恼。绝望中,他冲动地抱起孩子,跑到湖边大叫:"红凌,我随你来了……"眼一闭就要往湖里跳。就在这时,只听身后一声吼叫:"站住!"一个人蹒跚跑来。许少君停下寻声一看,竟是他年迈的大伯!

老人上来一把抓住他的衣袖,"啪啪"就是两个耳光:"混账!真没出息!你不想活可孩子还小,他可不想死啊!"大伯狠狠地瞪了许少君一眼,一把抱过孩子,边走边说:"从今往后,孩子由我们二老来抚养,你一个大男人顶天立地,就是要死也得死远一点,免得死在家乡给先人丢脸!"

许少君蹲在地上失声痛哭了好久。他终于想明白了,穷苦人家要想团团圆圆过好日子,不受人欺侮,只有发愤图强,好好读书,考取功名才能扬眉吐气。从此往后,许少君振作起来重新又过上了以前那种日子,一边耕种荒地,一边熬更守夜,刻苦读书。好在大伯一

第四章 其他传说

家时常还来接济他,不是给他送米就是给他送钱。就这样,许少君的日子还算过得去。

两年后,许少君中了举人,不久又赴京城考中了进士。放榜后,他差点高兴得晕了过去。他用没花完仅剩的一点盘缠,买了一匹高头大马骑上,顾不得旁的,迅速从京城荣归故里。第一件事就是去湖边的鹰嘴岩上大声地喊道:"红凌,我中了举人,你可以放心了,一切都会好起来的。"

白娘子

这一年，阳春三月，莺飞草长，桃柳夹岸。两边是水波潋滟，游船点点，远处是山色空蒙，青黛含翠。人们纷纷从家里出来，到湖岸边踏青，各路神妖也纷纷前来游玩。

就在大家都开开心心地踏青之时，断桥下有一白一青两个蛇精，把她们的蛇窝变成花红柳绿的富贵住宅，自己幻化成青春貌美的姑娘。那白蛇名叫白素贞，变化成大户人家的小姐，青蛇叫小青，变做她的妹妹。

二人在路上扭着走着学习人类的走路方式，就在这时天空下起了小雨，白素贞伸手摘下身旁一棵树上的一枝桃花，这支桃花随即变做一把漂亮的桃花伞。小青一看便也摘下一条柳枝，柳枝化成碧绿的柳叶伞。由于二人法力不同伞的大小也不同，白素贞的伞大一些而小青的伞却小了很多，只变了把刚能遮头的小伞。两个变幻成人的蛇精撑着伞，在这春季的美景中雨中漫步着。因为是蛇变的女子，她俩腰肢柔软，走一步笑一笑都有千万种风情，整个春天所有的花所有的鸟加起来，都比不上她们的美艳。

雨越下越大，气温越下越凉，西湖的游人都渐渐散去了，两个蛇妖走到了断桥边，见湖里有只小船，便高声喊道："哎，师傅，雨太大了，请让我们搭个便船可以吗？"船家回道："我的船已经被一位公子给包下了，让你们上船得问一问公子愿不愿意让你们上来啊。"

正说着，只见一个相貌清秀的书生从船舱探出头来，见两个姑娘站在岸边，被大雨淋得全身湿漉漉的，便对船家说："快靠岸，让她俩上船来。"

白素贞上船后，赶忙向书生道谢。这时小青又问书生："叫什么名字，是什么地方的人，住在何处？"书生很有礼地回答道："我叫许仙，父母已经亡故了，如今寄住在清波门姐姐家里。"

两蛇妖相视一笑异口同声说道："这可巧了"，白素贞低头含笑说，"我也和你一样，无父无母。"

突然小青高兴地大声说："这样说来，你们两人倒是门当户对，蛮般配天生的一对啊！"

白素贞和许仙就这样相识了。他们互相照顾，你来我往地没过多久，就你喜欢我，我喜欢你，于是在小青的做媒下，结成了夫妻。

许仙娶了妻子成了家，便从姐姐家搬了出来，夫妻二人带着小青搬到镇江，自立门户过日子。他们开了一家药店，名字叫"保和堂"。白素贞给人看病开药方，许仙配药抓药，小青煮药煎药，配了丸、膏、散、丹各种药品，又在门前挂个牌子，上面写道："贫病施药，

第四章 其他传说

妙手回春。"因为白素贞是个修炼了一千八百多年的蛇妖,对草药性状十分熟悉,病人无论大病小病,前来求诊,回回取得草药回家,都能药到病除,看病治好了很多人,所以店里的生意也是非常的红火。

过了一段时间,"保和堂"出了名,人人都说保和堂那白娘子真是菩萨下凡,不仅模样端庄秀美,还乐善好施,济世救人。

一日复一日,转眼到了端午节。家家户户在编五彩绳,包粽子,往地上洒雄黄酒驱邪。钱塘江面更是热闹,敲锣打鼓,要赛龙舟。街道上人山人海,热热闹闹。

白素贞悄悄把小青拉到屋外说道:"青儿,今天就是五月初五端午节,处处洒满雄黄酒,你可要小心留神,别现了原形啊。"

小青说:"姐姐,我知道。"白素贞说:"午时三刻最难挨,你回到山上洞里去避一避吧。"

"姐姐我上山去,你怎么办?要不跟我一起走吧"小青很担心。

白素贞说:"我们两人都不见了,对官人不好解释,我有千年道行,现在食人间烟火,又怀了身孕,料想不碍事。"

小青想想也对,就说:"那我走了,姐姐好好保重。"说完就化作一阵青烟,遁到深山去了。

许仙一早去江边看龙舟,到街上赶热闹,遇见一个老和尚纠缠着他半天。对他说:"施主,你脸上笼着一团黑气,我看呀,一定是给妖精缠上了。"

许仙没好气地瞪了老和尚一眼说到:"胡说,你才给妖精缠上了呢!"

气得许仙跑回了保和堂,他本想甩开老和尚的,没想到老和尚也跟在他身后,来到了保和堂。老和尚到了保和堂拉住许仙说:"我告诉你,你娘子是蛇精,她的妹妹也是,如果不信,等会儿你给她喝雄黄酒,她马上会现出原形。到时你再上金山寺找我,我是金山寺方丈,法名叫'法海'。"

其实呢,这个法海和尚,原本是只乌龟精,它曾经上灵山听如来佛祖宣讲佛法,后来偷走佛祖的紫金钵、青龙禅杖和一件袈裟,来到了人间。它与白素贞有着一段恩怨,几百年前有一天,白蛇在洞中修炼完毕,将头伸出洞外,观赏风景。忽见空中有一颗明珠,金光四射,上下盘旋。白蛇仔细一看,认得是乌龟偷吃的那粒金丹。原来乌龟每天早晨练功时将偷吃的金丹从口中吐出,以吸取天地灵气,增长道行。待炼完功,再将金丹吞入腹内。这粒金丹经过乌龟每天早晨的吐纳,已经变成一颗金光四射的明珠。白蛇见神珠在空中盘旋,灵机一动,有了主意。它昂起头来,用嘴对着神珠一吸,只听"呼"的一声,就把神珠吸到自己肚里去了。乌龟失了神珠,一下减了五百年道行,变不成人形,再也不能到洞外去为非作歹了。白蛇吞了神珠,一下增加了五百年道行,变成了一个头挽双髻,身穿白色衣裙的姑娘,自称白莲仙姑。那只乌龟被白蛇吞去了神珠,一直怀恨在心,但因为道行未满,斗不过白蛇,只好重新修炼,等待机会报仇。如今变成人形,在金山寺修行。

许仙回到家仔细打量了一番娘子怎么看都不像妖怪。于是笑着说:"娘子,今日为何

昆仑神话故事集

看着如此面白无色，病了吗？"

白娘子低头笑道："我身上不自在，身子发冷，可能是因为怀了身孕的缘故。"

一听到自己快要做爸爸了，许仙高兴得乐开了花。他亲自到厨房去，端来了一盘热粽子，烫了一壶老酒，又在酒里和了雄黄。随后一直不见小青身影于是问道："小青去哪里了？"白素贞搪塞地回答了一句："我让她上街买东西去了。"

许仙没在意，便倒了两杯雄黄酒说道："今天是端午节，我们喝一杯吧。"白素贞只得推开酒盏："我不能喝酒，吃两只粽子过端午就好。"

许仙听了，哈哈大笑道："我祖宗三代开药店，你当我外行了！这雄黄酒能驱恶避邪，定胎安神，你怀了身孕，正要多喝几杯才是！"

白素贞怕许仙起疑心，只好喝了下去，哪知道那杯酒一下肚，立刻身体感到不适、头昏脑涨、腿脚发软站也站不住，坐也坐不牢。白素贞扶着头爬到床上，迅速地拉上帘子不让许仙拉开帘子来看。许仙以为白素贞喝醉了立刻端了一碗醒酒汤来，走到床前，撩起帐子一看，呀！床上哪有什么娘子，只见一条大白蛇扭来扭去，正痛苦地翻腾，见许仙过来，它张大蛇嘴，"嘶——嘶——嘶"地靠过来。

"啊呀！"许仙吓得大叫一声，向后一仰，一下子跌倒在地，不省人事了。

而小青，她躲在深山，只感到心里非常不安生，心一个劲地"怦怦怦"跳，看看日头偏过天中央，午时三刻过去了，她就化一阵青烟回家来。上楼一看，天啊！许仙倒在床前，已经没有气息了。白蛇现出了原形，躺在床上还没醒过来。

小青急急推醒白素贞："姐姐，姐夫死了，这可怎么办啊？"

白素贞下得床来，失声痛哭："要不是我大意现了原形，也不会把官人吓到。"随后摸摸许仙的心口，还有一丝儿气息，忙说："凡间的药草救不活他了，你守护他一会，不要让他的魂魄被鬼差带走了，我必须上昆仑山取灵芝仙草救他。"

说着，白素贞双脚一跺，驾起一朵白云，飘出窗户，向昆仑山飞去。

昆仑山是座仙山，这仙山外被冰雪覆盖，仙山内山上长满了仙树和仙花，山顶有一个小药圃，里面栽着几株紫郁郁的药草，那便是能起死回生的灵芝仙草。

到了昆仑山药圃，白素贞拆开竹篱笆，正想伸手采摘，云雾中忽然跳出一只神鹿，挡在她面前，白素贞打退了神鹿。可是这灵芝仙草还有一只仙鹤在看守，这鹤可是蛇的克星啊。只见云雾中仙鹤飞了过来，用翅膀护住仙草。白素贞击退仙鹤，神鹿又冲了上来。这样打斗了几个回合，眼看白素贞性命不保，一位白胡须白头发的仙翁走出来，他就是南极仙翁。

"白素贞，你为何偷我的仙草？"

白素贞垂下宝剑，落下泪来，向南极仙翁合掌央求："老仙翁，给我一株仙草，救救我的官人！"

南极仙翁怜悯她，就摘下一株仙草给她："听说你开药店济世救人，我种这灵芝仙草，

第四章 其他传说

本来也是用来救人的——拿去吧！"

白素贞谢过南极仙翁，收起灵芝仙草，驾起白云，回到保和堂。她把灵芝草熬成药汁，灌许仙喝下，过了一会，许仙活过来了，他一睁开眼，指着白素贞就喊"蛇蛇"马上爬起身，转身就朝门外跑。

白素贞忙拉住他："官人，你要去哪儿呢？"

"蛇！刚才我见你变成了一条白蛇，好大好大的蛇啊！"

白素贞说："必定是官人眼花看错了。"

小青连忙过来解围说："没错，没错，今日端午，苍龙白龙都现形啦，我从街上买花回来时，也看到屋里有一条白龙，我一进门，它就从窗户飞出去了，真龙降世这可是喜事啊。"

"原来是这样啊，那一定是苍龙白龙都现形了。"许仙松了口气，再也不敢提起这个话题。虽然不再说龙蛇现形的事，但许仙整个晚上都睡不着，他心里总会想着法海和尚的话："你娘子是个蛇精，妹妹也是个妖怪。"

过了几天，法海和尚来找许仙，对他说："我说你娘子是蛇精，现在你相信了吧？她会害死你，还会吃掉你！你如果想保全性命，马上跟我上金山寺做和尚，有我的佛法保护，她害不了你。"法海把许仙带到金山寺，剃光他的头发，要他做和尚。

白素贞很多天不见了丈夫，非常焦急，她跟小青四处寻找，很快，便找到金山寺来了。白素贞到了门口祈求法海放了许仙，可法海根本就不理会。气得白素贞用力拍门："老和尚，老和尚，快把我丈夫还给我！"

许仙听见了，也想出去见娘子："法师，我娘子不会害我，就算她是蛇精，也不会加害我——娘子现在有了身孕，我怎么能做和尚？"

法海说："许仙，你娘子看起来像花一样，其实却是害人的妖魔，你不能再受迷惑！佛说，'苦海无边，回头是岸'，你要用功勤修佛法，才能洗净你的罪孽。"

法海把许仙关了起来，在僧房门上锁了一把十斤重的大铁锁。然后他走出寺门，对白蛇说："白素贞，你是蛇精，不要到人世害人，现在回头也还不晚，不要再痴心妄想。告诉你，许仙已经皈依佛门，出家做了和尚。"

法海关上寺门，任由白素贞再怎么叫唤，怎么哀求，都不再回应。

白素贞愤怒极了，她拔出头上的金钗，迎风一摇，金钗变成了法器，法器上有水纹波浪。小青接过法器摇了三摇，一时间，平地上翻起滔滔巨浪，狂风刮起，黑云涌来，大水越涨越高，很快涨到金山寺门前。海底龙宫的虾兵蟹将听到号令，排成整齐的军队，跟随白素贞冲上金山。此时白素贞在门前大喊："法海你再不放了许仙，我便水漫金山。"

法海看着大水漫上金山，连忙脱下身上穿的袈裟，往寺门外一拦。只见一道金光闪过，那件袈裟变成了一道金色的砖墙，把滔天大水全拦在寺门外面。白素贞呼着风，唤着水，大水不断上涨。可是，水涨一尺，长堤就高一尺，水涨一丈，长堤就高一丈。任凭波浪多么大，水总漫不过去。

　　白娘子再也无计可施，她斗不过法海，水漫金山又动了胎气，她筋疲力尽，只得退了大水，跟小青回到断桥下勤修苦练。

　　过了一段时间，许仙在金山寺住了一段时间，后悔了，他后悔离开温暖的家，离开怀着身孕的娘子。有一天，趁法海和尚不注意，许仙偷偷跑出来，回到保和堂，却见保和堂大门紧锁，草药都已蒙上灰尘。许仙一个人慢慢走到西湖，来到断桥边，见西湖还跟从前一样，许仙想起与白娘子初相见的情景，心里十分难过，禁不住痛哭了起来。

　　听到许仙的哭声，白娘子和小青从湖底钻出来，她顺手捞了一片柳树叶，吹一口气，变做一只小船。姐妹俩人打起双桨，慢慢划着，来寻找许仙。

　　许仙见到小船，十分欢喜，慌忙大喊："娘子，我头发长出来了，再不做和尚了，你们跟我一道回家吧！"夫妻俩又是难过，又是欢喜，抹干了眼泪又流出眼泪，哭哭笑笑不知道怎么才好。最后，许仙说："保和堂住不得了，那老和尚肯定还要来找，我们到姐姐家去寄住一阵吧！"

　　他们摇船打桨，很快来到了清波门许仙姐姐家，姐姐看到他们非常得开心，连忙给他们收拾屋子安排他们住下来。日子过得很快，转眼过了新年。到了元宵节，白素贞生下一个男孩儿，哭声豪亮，白白胖胖很可爱，全家人思来想去给孩子取了个名字，叫做许仕林。

　　就在孩子满月那天，一家人热热闹闹的决定摆满月酒。姐姐姐夫忙里忙外张罗，小青一大早抱了孩子照顾。白素贞在内房梳妆打扮，许仙看着娘子，发自内心的越发喜欢，只觉得娘子越看越好看。过一会看到娘子头上的金钗没有了，想起上回水漫金山弄丢了，决定给她买一顶金凤冠。

　　许仙连忙跑出去买金凤冠，见街上远远有一商铺，门前一卖货郎在门口喊："卖金凤冠罗，纯黄金打的金凤冠！"

　　许仙一听，连忙跑过去，接过那货郎手里的金凤冠，一瞧，果然金光闪烁，造型独特，美丽非凡。觉得这金凤冠正适合白素贞。许仙取出银两，买下那顶金凤冠，拿回屋里交给白娘子："娘子，我给你买来一顶金凤冠，你戴上看合适不合适。"

　　白娘子非常开心，一时忘记了仔细看，就让许仙把那金凤冠戴到头上。没想到，那凤冠一戴到头上，就变成了金钵罩住了白素贞，无论怎么挣脱也挣脱不掉。

　　许仙看到这种情况赶紧出门去找那货郎，那货郎走进来，一抹脸，原来是法海老和尚。

　　"现在你总算落在我手上了，这段时间是因为你怀的孩子是天上的文曲星转世，我才放你一马，现在是我收了你的时候了。"

　　原来，戴在白娘子头上的那个金凤冠，是老和尚的紫金钵变的。法海和尚拿青龙禅杖敲一下紫金钵，那紫金钵立即射出千万道紫色的金光，霎时间，白娘子变成了一条小白蛇，被吸到紫金钵里头。小青听到了屋里的情况冲了进来，要跟法海拼命，白素贞拦了下来说道：

第四章　其他传说

"青儿你快走，你不是他的对手，不要枉送性命。等你修炼好了再来救我也不迟。"小青听了白素贞的话，化作青烟飞走了。白素贞祈求法海让她跟家人道别，法海同意了，于是白素贞告诉许仙自己此番前来是为了报恩，白素贞在修炼时曾被捕蛇人抓到过，一位放牛的牧童救了他，许仙就是牧童的转世，现在恩报完了，是她该走的时候了，希望许仙好好抚养孩子长大。说罢便随法海而去。

法海和尚收了白蛇，把紫金钵埋在西湖边，又在埋钵的地方，建造了一座塔，起名叫雷峰塔。就这样，法海把白素贞镇住了。

从此，白娘子被镇压在雷峰塔下，出不来了。直到很多年后，她的儿子许仕林中了状元，到雷峰塔拜祭，才把她放出来。小青也随观世音菩萨回到南海修炼。

如来佛祖听说了这件事后，认为法海以佛法的名义报白素贞吞丹之仇，不能容忍。

于是佛祖来到了金山寺，现出真身，没收了青龙禅杖和袈裟两件宝物。法海和尚失了宝器，又怕佛祖处罚，他低头跑到西湖边，见脚下有只螃蟹，螃蟹肚脐下有一线缝隙，便一头钻了进去。

那螃蟹把肚脐一缩，法海和尚就被严严实实地关在里面了。

法海和尚被关在螃蟹里，从此再也出不来——以前螃蟹是直着走路的，自从肚子里钻进那个霸道的老和尚，就开始横着爬行。直到今天，人们吃螃蟹，只要揭开背壳，还能在里头找到个秃头和尚。

济公活佛的故事

济公活佛，俗世的名字叫李修缘，这名字蕴含着"恒修佛缘"的意思。父母给他起这个名字的时候，也就注定了他与佛的缘分。

济公生于公元1130年，正是南宋时期。他出生在浙江天台山永宁村。他家世代信佛，祖上李遵勖是宋太宗时的当朝驸马，曾任镇国军节度使。他的父亲李茂春和母亲王氏年近四旬时仍然没有孩子。常言说，不孝有三，无后为大，他的父母便经常去寺庙中虔心求佛，期盼佛祖能感其诚心，给他们李家送来子嗣，以延续李家香火。

这一天，李茂春夫妇来到国清寺拜佛求愿。他们点燃香烛，虔心跪拜，正拜着的时候，突然降龙罗汉的尊位倒了下来，这可把李茂春夫妇吓个不轻。寺院长老见此情景忙过来安慰他们，说道："降龙罗汉尊位在你们跪拜的时候倒下来，其实是个好兆头，你们家最近会有好事降临的。"

李茂春夫妇二人这才安下心来。

过了不久，王氏竟然发现自己怀孕了。中年得子，这可是大喜事，李茂春夫妇又赶紧来到国清寺还愿，并把喜事告诉了寺院方丈，寺院方丈也笑着向他们道喜。十月怀胎，一朝分娩，王氏终于在中年时生了个孩子，而且是个儿子，他们夫妇给孩子起名李修缘，意思是他们虔心向佛，修来了佛缘，这才有了这个儿子。这件事也一时传得尽人皆知，大家也都愿意相信李家的孩子是天上的降龙罗汉转世投胎。

说到济公的前世，还真如传闻所说，他确实是天上的降龙罗汉转世投胎，但降龙罗汉为什么要转世投胎到凡间呢？这里面是有渊源的。

传说古印度有条恶龙，它曾用大洪水淹了那竭国，然后抢了佛经藏在龙宫。佛祖命他的座下弟子迦叶尊者前去降服恶龙，救出洪水中的百姓，取回被抢的佛经。后来迦叶尊者降服了恶龙，红水退去，百姓也得救了，他也顺利取回了佛经。佛祖因为他立下大功，就把他封为降龙尊者。受封之后，降龙尊者助佛祖驱魔除妖，立了不少奇功，他又修炼了多年，但却始终不能得成正果。

有一天，佛祖招来降龙尊者，对他说道："你已修炼多年，但至今未能得成正果，还是时机未到。东方有座神山，名曰昆仑山，那里是众多仙人修道的地方，你不妨前去潜心修炼，定有获益。"

降龙尊者遵从佛祖法旨，来到昆仑山，不问琐事，一心向佛，专心致志解悟佛法。昆

第四章 其他传说

仑山中众仙云集，但知道降龙尊者是佛祖的座下弟子，也都对他礼敬有加，很是尊重。就这样过去了很多年，有一天，有几位仙人来到降龙尊者修炼的洞府拜访。虽然佛家与道家不尽相同，但也有相通的地方，降龙尊者已在昆仑山修炼多年，与很多神仙也都成为了朋友，所以他们早已熟悉，也相互敬重，互有来往。闲谈之中，降龙尊者与几位神仙朋友打了个赌，他对凡间世人身上的很多低劣的本性很是看不上，所以赌约的内容是降龙尊者化身为凡人，要去凡间走一趟，在凡间找三个人，看是否都愿意为他牺牲自己的性命。如果三个凡人不愿为他牺牲自己的性命，降龙尊者便胜了，他的那几位仙人朋友便会助他修炼，让他早日得成正果；如果在一定时间内三位凡人肯为他牺牲自己的性命，降龙尊者便败了，他便要受轮回之苦，去人间做一世的凡人。

赌约已定，降龙尊者便来到凡间，化身为一个凡人，他选中了三个人：一个是乞丐，一个是杀人的大盗，一个是红楼中的妓女。在降龙尊者的感化下，三人与降龙尊者建立了深厚的情谊，那个妓女还深深爱上了降龙尊者化身的凡人。那个乞丐和大盗后来愿意为降龙尊者赴死，降龙尊者也助他们得道了。但对于那个妓女，降龙尊者却犯了难，他肯定不能接受一个凡间女子的爱情，为了让那个女子死心，降龙尊者便假意让自己的肉身假死，但不料那个痴情的女子知道之后，竟然投河自尽了。三个凡人都为降龙尊者死去，按照赌约，降龙尊者便败了，他要受到轮回之苦，去凡间做一世的凡人。

轮回之前，降龙尊者前去求教观音菩萨，观音菩萨告诉他："你尘缘未了，命中有此安排，需要你下界去普度众生，以了结自己的尘缘。尘缘了结之时，就是你得成正果的时刻！"

经过轮回，降龙尊者降临到了李家。

降生到了李家之后，由于父母是中年得子，他自小就倍受宠爱。小修缘成长在赭溪岸边，读书于赤城山。天台山一直就有"佛宗道源"的说法，他们李家又世代积善信佛，小修缘从小就对佛法很有兴趣，他本来就是降龙尊者转世，所以与佛亲近也就更在情理之中了。二十岁时，他说服了父母，皈依了佛门。他先到国清寺出家，法号道济，后来他又到临安（今浙江杭州）灵隐寺投奔高僧慧远，慧远禅师为他受具足戒。

他法号道济，出家后做了很多好事，受到人们的敬重，大家便叫他济公活佛。济公出家之后，不循常理，不拘小节，与平素见到的出家人全然不同。他言行难测，耐不住坐禅，也不喜欢念经，反倒嗜好酒肉。平日里他衣衫褴褛，破帽破扇破鞋垢衲衣，他常在市井之间奔走，言行疯疯癫癫，人们便称他为"济颠僧"。在一般人眼里，济公的言行出格，被认为是不正常的人。寺内的僧人经常有人向方丈告状，说道济经常违犯禅门戒规，应该受到责打并逐出山门。方丈慧远便回复他们说："法律之设原为常人，岂可一概而施。我们佛门广大，难道还容不下一个貌似有些疯癫的人？"

济公颇懂医术，为百姓治愈了很多疑难杂症，他又喜好打抱不平，扶危济困，除暴安良，在人们心中留下了独特而美好的印象。关于济公的故事有很多，下面就讲几个流传比较广

昆仑神话故事集

的小故事。

今天，在西湖的湖水里，可以看到很多螺蛳，乍一看，和别处的螺蛳好像没有什么不同，但如果仔细观察，会发现西湖里的螺蛳没有尾巴，这是怎么回事呢？传说这与济公有关。

济公当年整日流连市井，有一次，他路过西湖，看到很多居民在打捞螺蛳，已经打捞起了很多，不少民众已经将螺蛳剪掉了尾巴，准备带回家烹食。济公心生怜悯，就向民众乞讨这些螺蛳，民众无不认识济公，平素就对他敬重有加，便都将螺蛳给了济公。济公拿到螺蛳，全部放生到了西湖里面，没想到这些螺蛳全部都活了下来，从此，西湖里的螺蛳便都不生长尾巴，以感念济公的救命之恩。

济公当年先在灵隐寺出家，后来又去了净慈寺。有一次，净慈寺失火，烧毁了大雄宝殿，方丈为此很是忧愁，济公见此情景，安慰方丈说他有办法。

长老深知济公文思敏捷，便请他起草一道募资的榜文。济公道："长老有命，岂敢推辞。只是酒不醉，文思不佳，求长老赏酒一壶，以助文笔。"

长老即叫人买酒，济公喝得快活，兴致一上来，提笔一挥而就，榜文中有这样的妙句："下求众姓，盖思感动人心；上叩九天，直欲叫通天耳。"

这道榜文张贴出去以后，轰动了杭州城，人们争抄传阅，连南宋皇帝也读到了。皇上又见文中有"上叩九天""叫通天耳"等妙语，便派人送三万贯钱布施给净慈寺重建大雄宝殿。

长老谢过皇恩，又找济公商量如何去四川等地措办建寺急用的大的木料。济公说："我为净慈寺做事，'天耳'都叫得通，只是四川路远，须得让我吃个大醉，三日后保证你有好的木料可用。"于是，济公又喝得烂醉如泥，足足睡了三天，等到醒来时，突然大叫大喊："木头到了！木头到了！"

长老听见济公的喊声，问："木头在哪里？"济公说："木头已从钱塘江上运到寺里的醒心井，叫人到井口搭起木架，装上辘轳，一根一根拉上来就是了。"

众人前去井边观看，过了一会，果然见井中有一根粗大的木头露出水面。众僧人用辘轳将木头拉了上来，拉了一根，井中又冒出一根，一直拉到第七十根，在旁边估算木料的木匠师傅说道："够了！够了！"话音刚落，井里最后那根木头便再也不上来了。

从此后，醒心井便被称为"神运井"，又叫"运木古井"，人们在井上建起一座亭子，最后那根木头就留在了井底，现在人们用绳子系上蜡烛坠入井中照明，供后人观赏，成为净慈寺最吸引人的"古迹"之一。

还有个飞来峰的故事也比较有意思。

济公当年很喜欢到山下的灵隐村去，跟村里的小孩子一块玩。他鼻子很灵，谁家煮肉，他闻到肉香味就去跟人家一道去吃；谁家打开陈年老酒，他闻到酒香味就去跟人家一道喝酒。他吃了肉喝了酒就跟村里的小孩讲故事、说笑话，孩子们都很喜欢他。

第四章　其他传说

在山下玩累了，济癫和尚就会回到灵隐寺门前的老松树下，有时躺下睡觉，有时坐着捉虱子，寺里的正经和尚也不怎么理会他。

有一天，济公正捉虱子呢，忽然抬头一望，见西边天际有一朵黑云，正慢慢飘过来。

"这朵云有点儿怪！"

济公掐指一算，马上知道那不是黑云，而是一座小山，他大吃一惊，立刻跳了起来，一手提着酒坛子，一手摇着破蒲扇，冲进灵隐寺的僧堂里。

"不好啦，有座山飞过来了，就要压住咱这里啦！"

寺里的和尚一个个坐得端端正正，敲着木鱼，念着经，正开水陆会做法事，忙着呢。

"道济，别说胡话，你快走开，到外头玩去，别耽误我们做正经事。"

"正经事，大正经事，要出大事了，山已经飞过来了，马上就要落在咱们这里啦！会出人命的！"

可是，无论济公怎么喊，都没有人理会他。

济公没办法，又跑到山下的灵隐村，大声喊道："不好啦，山要飞来啦，要压在咱们这里啦！"

"别闹啦，村里办喜事，正忙着呢！"

济公喊破喉咙，村里头也依然没有人理会他。

就在这时，山路上传来"滴滴答答"的唢呐声，一行人抬着花轿子，吹吹打打，热热闹闹，正送新娘子到夫家来了！

济公一看，计上心头，不由得眉开眼笑，急忙摇着蒲葵扇走上前去："新娘子来啦，哈哈，你们把新娘子给花和尚送来啦，哈哈哈！"

还是没人搭理济公，轿夫把花轿抬到娶亲人家的门前，刚把花轿放下，济癫和尚便又唱又跳地来到轿门前，他把破蒲扇和酒坛子往花轿里头一塞，然后往里面伸手一捞，把个新娘子拦腰抱起，往背上一扛："哈哈，我光头和尚今日大喜啦！哈哈哈，我光头和尚有新娘子啦！"

济公背着新娘子冲开人群，绕着村路跑起来，他一边跑，一边高声唱："你敲锣，我打鼓，我光头和尚也要娶媳妇！"

光天化日之下，众目睽睽之中，灵隐寺的疯和尚竟然跑下山抢人家新娘，这怎么得了？

办喜宴的人拿着锅铲锅盖追了上来，准备放鞭炮的人举着鞭炮追了上来，喝喜酒看热闹的人也吵着嚷着追了上来。

"疯和尚抢新娘子了，快堵住他啊，疯和尚抢走了我家新娘子啦，快堵住他啊！"

济公背着新娘子跑到田间，田里干活的人拿着锄头，举着扁担，追了上来；

济癫背着新娘子跑到山间，山间的樵夫拿着柴刀，举着斧头，追了上来。

"捉住他，快捉住他，疯和尚抢人家新娘子啦！"

所有的孩子都拍着手追上来，所有的老人都拄着拐杖追上来。

灵隐寺做法事的和尚也坐不住了，拿着木鱼，举着经书，浩浩荡荡追了上来。

"不得了啦，疯和尚抢走了新娘子啦！"

那济癫和尚背着新娘子，飞一般向前跑，刚跑出灵隐村，狂风刮起来了，乌云升起来了，天给遮住了，天一下子黑得像个锅底。

"好了，好了！累死我了。"

济公见跑出去了很远的距离，已经安全了，便把新娘子往地上一放，举起破烂油腻的袖子抹了一把汗，大笑着坐在地上。

大伙儿正要冲上前去揍他，就在这时，他们身后传来天崩地裂的一声巨响："轰隆——"大地剧烈地震动，天地间尘土飞扬。

"山来啦，没事啦。"济公笑嘻嘻地摇着扇子，长长舒了一口气。

众人回头一看，大吃一惊，但见灵隐村一下被压在了山下，成了泥尘。

人们个个吓得目瞪口呆。

"原来道济和尚抢新娘子，是为了救我们啊！"

"这济癫和尚能算出飞来峰飞来，他真是活神仙啊！"

"这济癫和尚不疯不癫，他是我们的大恩人啊！"

济公绕着飞来的山峰走了一圈，对大家说："我看这座山不接地气，说不准什么时候又要飞。我们一人做一个罗汉，把它镇住吧。"

济公一共救了五百人，这五百人每个人到山上凿出了一个罗汉，从此飞来峰上也就有了五百罗汉。有了五百罗汉坐镇，飞来峰从此安安稳稳地立在了灵隐寺前，再也飞不起来了。

济公急中生智采用了"和尚抢新娘"的办法，使得村民们避开了被山峰压死的厄运。如今，飞来峰已经成了一处秀美的景点，如果我们去灵隐寺游览，便可以一睹胜景了。

现在大家都把黑恶势力的帮凶叫做"狗腿子"，但你知道"狗腿子"这个说法的来历吗？相传，这也与济公有关系。

南宋时临安有一个有钱有势的大财主，他为富不仁，经常仗势欺人。他家里有位助纣为虐的管家，一肚子坏水，经常帮着赵财主欺负老百姓。有一次，管家怂恿赵财主在通往净慈寺的一座桥上设卡，收取过往香客和行人的过路钱。赵财主一听有钱挣，就听从了管家的建议。这让经常过桥的老百姓苦不堪言，但又惹不起他们，只得把苦水往自己肚里咽，敢怒而不敢言。

济公为了惩恶扬善，就把赵财主的一条腿变成了一条布满了铜钱的铜腿。赵财主的铜腿散发着恶臭，而且铜钱不断向上传染，如果把他的五脏都变成了铜，那他的小命就要一命呜呼了。赵财主大为惊惧，不得不请来济公帮他医治。

济公告诉他，如果想治好自己的腿，必须把铜腿锯掉，重新换条好腿。赵财主为了保命，

第四章 其他传说

只好同意锯腿。他把所有的仆人都叫进来,让济公从中挑选一条好腿,济公说仆人的腿都不好。赵财主又把管家叫进来,济公看了几眼,说管家的腿好,适合给赵财主换腿。

赵财主一听可以治好自己的腿,很高兴,便命人把管家抓住,把他的腿锯下来。管家一听,吓得魂都飞了,平日里的嚣张跋扈也早就不见了踪影。管家面如土色,跪地求饶,磕头如捣蒜。

赵财主为了换腿,哪顾得上管家的苦苦哀求,他一脸凶相,恶狠狠地说:"你真不愿意吗?"

管家知道求情无用,只好违心地说自己愿意。但管家还不死心,又苦苦哀求济公锯腿的时候别锯多了。

济公惩罚他们的心意已决,当然不会放过他们两个。就这样,济公把赵财主的铜腿锯掉,又给他换上了管家又粗又短的小腿。但管家被锯掉了小腿,该怎么办呢?济公早有了主意,他捉住了一只狗,把狗腿锯了下来,接在了管家的腿上。管家从此以后只能一瘸一拐地迈着狗腿为他的主子鞍前马后,效"犬"马之劳了。

从此以后,人们就把那些欺下媚上、助纣为虐的人叫做"狗腿子",这个称呼很直白,却形象极了,表达了人们对那些人的痛恨与鄙视。

济公活佛的一生,除恶扶弱,救危济困,行侠仗义,却又不拘小节,放荡不羁,深受人们的喜爱。他的故事也将永远传扬下去,在中华文化的宝库中熠熠生辉。

昆仑神话故事集

勿忘我的传说

　　织女和牛郎的事被发现后，在天律天条森严的天宫引起了轩然大波。玉皇大帝雷霆大怒，下令彻查此事。天宫的各项管理更严了，规矩更多了。强调天上的各路神仙都不能迷恋人间，更不能让织女和牛郎的事再次重演，如有违反天规者，便会被贬下人间，永世为贫民，即使轻的也会被处罚永世不得超生。过去经常下界云游的神仙，如今也都战战兢兢。连在下都昆仑山修炼的众仙，也都小心翼翼。

　　有一个名叫秀女宫女，曾经服侍过织女。而织女曾经给秀女讲过不少关于人间的故事，人间那充满烟火气息的温暖生活，深深地吸引着秀女，她和织女一样迷恋着人间，有几次还想偷偷溜出天宫，到人间一览繁华。可惜的是，她的计划还未成行，新的天规就出来了，南天门的守卫比以前多了一倍。

韦珂作品《勿忘我的传说》

第四章 其他传说

一天晚上，秀女织完云锦回到寝殿，梦见织女告诉她逃出天宫的方法。织女让她偷来玉皇大帝的驾云，并告诉了秀女玉皇大帝的作息时间。

第二天晚上，秀女提前做好准备，趁着玉皇大帝熟睡，偷来了玉皇大帝的驾云，逃出南天门，偷偷来到了人间。

人间遍地的花红柳绿，莺歌燕舞，摩肩接踵的市井人流深深吸引了秀女。秀女幻化成当地的姑娘，好奇地打量，徜徉在人群中。她时而看看街边的杂耍，时而摸摸美丽的小饰品，有时又取下曼妙的衣裙在身上比划比划，眼前的一切都充满了新鲜感。就这样，秀女不知不觉走过了几条街。

眼看太阳就要落山了，秀女已感到饥肠辘辘。就在这时，她看到路边有一种圆圆的果子，飘着诱人的清香。这清香使她的饥饿感更强了。秀女伸手就拿起一个果子，边走边咬。谁知还没走两步从店里就跑出一个女人，问她要钱。秀女一下懵了，才知这些吃食都是要收钱的。但她没有钱，手中的果子又已经咬了几口，无法退回，怎么办？

无奈之下，秀女下意识地拔腿就跑。女店主以为遇到了一个吃"白食"的，拔腿就追。人生地不熟的秀女哪里跑得过店主？眼看秀女就要被抓住了。拐进一条小巷时，突然从旁边伸来一只手，一把将她拉进一户门内。店主找不到秀女只好回自己的水果铺子去了。秀女便和救自己的这个叫云生的人成为了朋友，也才知道自己吃的这个果子叫"苹果"。

秀女无处安身，云生便留她住在自己家。云生是个书生，从小家穷，除了几亩救命田之外没有什么值钱的东西了。他的父亲曾开过一个小铺子，母亲则在家耕田。很多年前，父亲的小铺子倒闭了，债主逼着其父还债，父亲便把所有家当包括耕地的牛卖了，还了债，母亲也改嫁了。经过这几年云生和父亲的共同努力，家里的情况慢慢有了些起色。如今父亲又买了一头健壮的牛，在田里耕地，虽然收入不多，但足以维持生活，还有些剩余的钱可以用来做些别的生计。

看到云生的家境不好，秀女就想为他赚一些钱，改善生活条件。毕竟从天宫来到人间，云生是第一个帮助自己的人。但用什么赚钱呢？秀女突然想起来，在从天宫临走之前，自己曾拿了一些天上的圣果带着吃，可半路就吃完了，还剩下几个果核。秀女曾听其他宫女说，圣果果核如果用来种植的话，如果是好地，只需五个月就能种出好的圣果，次一些的地呢，需要九个月能种出花来，再次的地就什么也种不出了。

于是，秀女便把圣果的核种植在云生家的土地上。数月后，这些果核虽然没种出圣果，但种出了一种美丽的花儿，一大片一大片地，铺满了云生家的土地。云生用这些花也卖了不少钱。随着日子一天天流逝，秀女和云生的感情也日渐加深，从陌生人到无话不说的朋友，后来两人羞涩地发现，彼此的心已紧贴在一起，无法分开了，于是就拜了天地，结成了夫妻。

婚后，他们夫唱妇随，秀女孝敬公爹，勤俭持家，其乐融融，他们过了一段幸福的日子。可天上一天，地上一年，每一天，天神都会清点宫女人数，可秀女到了人间后乐不思蜀，

昆仑神话故事集

竟然忘了回去。天神在清点人数时也发觉少了秀女,到处寻找秀女的去向。这时,秀女最好的朋友出卖了她,并把她下人间的计划一五一十全部告诉了天神,于是天神派人把秀女抓了回来。他们不仅把秀女抓回了天宫,还抓了云生,一起带到玉皇大帝的跟前。天神说:"这个丫头,不仅犯了天条,还偷了陛下的驾云,按天规两人都应该打入天牢,永世不能超生!"

听完此话,秀女美丽的脸庞充满了愤怒,她问玉皇大帝:"陛下,云生作为凡人,并没有犯错,犯错的是我,为何要将云生打进天牢,这是何理?"

玉帝想想,秀女说得也有一点道理,为了避免引起纷乱,就把她打入了大牢并永世不能超生,但把云生放回了人间。

云生回到人间后,想到今生再也无法和秀女相见,不禁悲从中来。站在美丽的花田边,他把秀女种下的花儿取名"勿忘我"。因为秀女对他说的最后一句话就是:"不要忘记我啊!"

站在花田旁,云生觉得满坡的勿忘我都像秀女一样,在对着他笑。云生抬起头,那洁白的白云镶嵌在碧蓝的天空下,他仿佛隐隐约约看见,在天空之国的秀女正在对着他微笑!

第四章 其他传说

蝴蝶仙子

很久很久以前，在昆仑山的深处有一个非常奇特的地方，那里山清水秀，鸟语花香，宁静美丽，是一个没有硝烟，没有战火的世外桃源，因而王母娘娘每次的蟠桃盛会也常在那里举行。

每当蟠桃盛会时，各地的神仙都纷纷赶来参加，就连土地、山神和一些小仙也都参加了。但今年的蟠桃会，有一位小仙女艳美没有来参加。原来艳美同其他仙子一样，对人间的一切充满了好奇，一年前私自下凡，遇到了一位心仪的书生。艳美想体会人间生活的滋味，便与书生生活在了一起。

开始他们的日子过得还算幸福，后来他们的事被玉帝发现了，玉帝非常懊恼仙界的此类事件，要求艳美立即返回天界，于是她只得回了天庭。但当时她已有孕，回到天庭后，没过多她便生下了一位聪明伶俐而又美丽的女孩，取名叫彩蝶。彩蝶一生下来就会笑，十分可爱。可是艳美又不敢让玉帝知道，一直用法力封印住孩子的气息，直到又一个蟠桃盛会来临。彩蝶已经不知不觉十五岁了，艳美想瞒也瞒不住了，于是便把这件事告诉了玉帝，玉帝一气之下把彩蝶逐出仙境，贬下了凡间。

彩蝶被逐出仙境后，在外流浪了一年，自己一个人生活，无依无靠，吃不饱，穿不暖，过着非常艰苦的生活。这天，她的身体实在是太虚弱了，一下昏倒在路边。当她醒来后，发现自己的两条腿都变成了鱼尾巴，变成了美人鱼。这时她看到有一条男人鱼在看着她，于是彩蝶问："你是谁呀？我这是在哪里呀？"男人鱼说："我是人鱼界的第一美男，也是人鱼王的唯一儿子。哦，对了，我忘记告诉你了，这是海底，也是人鱼的世界，你现在是人鱼界中最美的一位了，所以你一定要藏起来呀！"

彩蝶奇怪地问："为什么呢？"那个男人鱼说："因为我父王有一种怪病，巫师说只能用最美的人鱼的鲜血才能把病治好，到现在，始终没有找到最美的美人鱼的鲜血，所以他快发了疯了。而你却在这个时候到来，幸好遇见了我，不然你恐怕早就死了。"彩蝶说："既然老天让我在这种时刻出现，说明我能把你父王治好，相信我吧！"男人鱼说："可……"彩蝶说："相信我，我不会死的。"于是，她走到男人鱼的父王面前，用刀割破了静脉，鲜血直流。由于失血过多，她昏了过去。

当她醒来时，发现自己在一座皇宫里，侍女们正在看着她。她发现自己又变成人了，十分高兴。这时，来了一位非常慈祥且华贵的女人，她就是人鱼皇后。人鱼皇后对她说："可

昆仑神话故事集

算醒了,你已经在床上躺了一个多月了。在这一个多月里,我一直在想,你是不是仙女。你快告诉我啊!"

彩蝶说:"算是吧!可你怎么会知道我是仙女啊?"人鱼皇后说:"一个月前,我在窗前绣花,忽然看见一群彩色蝴蝶飞到我的窗前。蝴蝶托着一个人,那个人就是你。我急忙打开窗子,把你放在床上,这时蝴蝶已经飞走了。"彩蝶问:"那跟我是不是仙女又有什么关系呢?"人鱼皇后说:"皇上得了一种病,说是需要找一位仙女,把仙女的血注入皇上体内,便可复原了。"彩蝶说:"哦!原来是这样,我愿意一试。"输完血,彩蝶又昏了过去。

她醒来后,看见一群狮子。狮子对她说:"我们狮子已经不吃人肉了,可我们狮王得了病,而药就是一块人肉,所以,请你答应我,给我们狮王一小块肉治病吧!"善良的彩蝶说:"好吧!"于是,她用小刀割下一块肉,痛得她再次昏了过去。

当她再次睁开眼睛时,看见的却是玉皇大帝和王母娘娘。玉帝对她说:"自从我把你逐出仙境后,你母亲就一直在求我,还说你这也好,那也好,还很善良。于是我给你设下了三重考验,没想到你都过关了。所以,我现在正式宣布,你以后就是彩蝶仙子,是蝴蝶的首领,我还要赏你一些东西。"彩蝶高兴地说:"谢谢玉帝,我可以跟我的母亲光明正大地生活在一起了。"

从此彩蝶和艳美就在天宫过上了幸福快乐的生活。